盛唐秘史

笑晨曦◎著

重庆出版集团
重庆出版社

图书在版编目（CIP）数据

盛唐秘史/笑晨曦著. 一重庆：重庆出版社，2009.7
（凤鸣九霄）
ISBN 978-7-229-00664-8

Ⅰ. 盛… Ⅱ. 笑… Ⅲ. 长篇小说－中国－当代 Ⅳ. I247.5

中国版本图书馆 CIP 数据核字（2009）第 070996 号

盛唐秘史
SHENGTANG MISHI

笑晨曦 著

出 版 人：罗小卫
丛书策划：李　子
责任编辑：李　子
责任校对：何建云
装帧设计：余一梅

重庆出版集团
重庆出版社 出版

重庆长江二路 205 号　邮政编码：400016　http://www.cqph.com
重庆升光电力印务有限公司印刷
重庆出版集团图书发行有限公司发行
E-MAIL:fxchu@cqph.com　邮购电话：023－68809452
全国新华书店经销

开本：720 mm × 1000 mm　1/16　印张：15.75　字数：246 千
2009 年 7 月第 1 版　2009 年 7 月第 1 版第 1 次印刷
ISBN 978-7-229-00664-8
定价：25.00 元

如有印装质量问题,请向本集团图书发行有限公司调换:023－68706683

目　录
CONTENTS

 CONTENTS

世上最遥远的距离，不是生与死，不是我爱你你却不知道，而是彼此相爱却距一步之遥……

前　言

一直很想写贴近历史的故事，一直很想写关于大唐的故事，一直想写一个奇特女子的故事。她的地位不高，也不必太聪慧，不必太漂亮，不必太能干……在我心中她应该是非常普通，有一点爱耍小聪明的女子。但是时势造英雄，她的经历应当非常坎坷，最后回头让人羡慕。

这样的女子在古代很少，若真要计算，武则天应该算一个。为了完成这样的故事，三年前我开始收集资料。本打算写武则天，关于她的资料更是不可少。可是越看那些资料，在喜爱那个繁华和缔造无数奇迹的时代时，我就越不知道如何下笔写武则天。

试想，在那个灿烂的时代，在那个男子为天的时代，是怎样的东西让一个女人放开时代的烙印，成为千百年来至今为止中国历史上第一个也是最后一个女皇帝？很多史书将她打上了野心家的烙印，仿佛她天生就有很叛逆的思维，仿佛她从生下来就想着当皇帝，仿佛她和李治在一起都是她算计的阴谋……我想不通，唐初承接隋朝风气，在一个依照长孙皇后《女则》为模板，就连武则天也会写出《内训》的时代，怎么可能有女子生下来就想着当皇帝，怎有女子在不得圣宠的时候就想到勾引皇帝的儿子？对于武则天，我是彻底不知道如何下笔。

大人物不知道如何写，就写个小角色吧！在跟老妈看《怀玉公主》，看着青青被随意处罚、被整死的时候，我忽然很想写一个宫女，想要小宫女办大事情。可纵观古今,历史中记载小宫女成大人物的史实如凤毛麟角;更何况,一个宫廷最底层的小宫女,如何能够抗争命运,进而抗争历史?

可是,我偏偏就想写唐代历史,就想写个小宫女。天马行空中,可爱的玥月诞生了。只有这样一个出生于现代,被男女平等的思想浇灌长大,思维独立的女子,才可能。因为不属于唐代,所以无法融入那个时代;因为她太过渴望生存,所以不自觉之下她慢慢改变自己;因为不甘心命运,所以慢慢用现代的思想改变身边的人……无形中融入了历史潮流。

没错,这的确是个穿越小说。但是我更希望大家看的时候,把它当成野史传奇。毕竟它不同于一般的穿越小说,在寻找历史缝隙甚至衣食住行时,我花费了太多心血。

可以说,文章大部分内容,不会出现不属于初唐的物品,不会出现不属于初唐的称谓。当然,为了文章好看,我刻意犯下的错误除外。

最后希望大家能够喜欢一个宫女在大唐悲伤生活的血泪史!

CHAPTER · 01

第一章·水中楼阁

——当一切错过的时候，我们从这里开始。

青丝如墨，眉如远黛，眼如秋水，唇如艳桃……一张融合着稚气和娇艳的豆蔻年华的少女面，笼着细腻如缎的眼光映在明澈的铜镜上。

"唉——"媚娘额间轻蹙，就连此刻嫣红如霞的锦裙，裙上华丽夺目的牡丹，亦难令她有一丝欣喜。

明月去为韦贵妃①梳髻已有一个时辰，怎么算也该回来了。可至今未见人归！想到明月离开时的欲言又止，韦贵妃近侍彩霞带走明月时眼中闪过的阴狠，媚娘猛打一个寒战，心如雷击，愕然站立："小顺子。"雕雀珠钗在阳光下亮若晨露，手间铃铛随袖而响，杂乱如此刻心绪。

"武才人。"粉头白面的小顺子，忙绕过屏风进入内室，恭敬向媚娘行礼。

媚娘从一旁的紫檀木雕花镶珍珠盒中，取出一袋碎银递给小顺子："去韦贵妃那儿打听一下，为何明月还未归？"黑浓的睫毛微微低垂，她愣了片刻，如画的衣袖执在胸前，宛若旭日的黑眸乍现聪慧的流光，"记住，要快！切勿惊动韦贵妃。"

小顺子傻傻地愣了愣，眼睛骨碌骨碌地转溜一圈，笑眯眯地收起钱袋："喏。"脚下抹油似的，一溜烟消失在屋内。

不到半盏茶的工夫，小顺子满头大汗再次出现在屋内。望着自他离开后一步未移的媚娘，他惊讶地挑高眉头，转动眼珠，"咚"地一声，双膝跪在媚娘面前："武才人，不好了，不好了。那边宫人说，明月早拿着赏钱离开了。"

---

① 韦贵妃为韦珪。初嫁李珉，后改嫁李世民。在贞观元年得到贵妃册封。

"不可能。"黑眉一蹙，眸中的厉色让人不敢直视。

"不过，我刚才见彩霞和几个宫女抬着一个麻布袋向冷宫方向去了。"小顺子跪在地上哆嗦。

冷宫？难道，明月听了不该听的东西，犯了不该犯的过错，韦贵妃要除掉她？媚娘的眉头锁得更深，黑白分明的瞳子快速转动，脸上尽是连桃花妆也难遮盖的严肃。

她该怎么办？去求德妃①？不，德妃不会为一个宫女得罪韦贵妃，更何况时间紧迫。

明月！她们名为主仆，实则情同姐妹。难道真要她眼睁睁看着自家姐妹在翡翠衾寒的后宫惨死？不，她要救她。

冷宫，麻袋……后宫秘密处决宫人，通常会用失足溺水或者凭空消失……凭空消失的人，通常是被人投井。

而靠近冷宫有一处刚好有口废井，那里人迹罕至，正是杀人毁尸的好地方，"小顺子！"心提高在嗓间，她恍惚看见明月惨死的模样。

"喏。"

"拿捆绳索，跟我来！"后宫无人可靠，她唯有靠自己！她挥袖提裙，大步离开，艳丽的裙摆在空中掀起一层层刺目的波浪。

明月！媚娘赶到井边时，彩霞正拽着明月的黑发向井边拖。小顺子见状，意图上前赶走彩霞，却被媚娘拦住："切勿妄动。"

她虽是受宠的才人，但韦贵妃权掌后宫。此刻她和小顺子贸然出手，只怕彩霞一时气急，连同他们一块儿杀人灭口。媚娘暗示小顺子切勿出声，遂领着小顺子藏在灌木后。

"别怪我，后宫是贵妃的天下！不从她的人，没一个能活！"彩霞艳若桃李的面容扭曲得如同地狱恶鬼，凝水的眸瞳充溢残暴的杀戮之气。她站在一旁呵斥着一群浑身发抖的小宫女，咆哮命令她们钳制住疯狂挣扎的明月。

"放开我，放开我！我不会放过你们，我做鬼也不会放过你们……"渐渐地明月瘦削的双肩失去了气力，清秀如拂柳的面容失去光泽……唯独那双丹凤眼明亮

---

① 德妃为燕氏，与武则天母亲关系亲密，可算武则天表姐。李世民还在青年时，燕氏就已经做了他的姬妾，后生下了越王贞和江王嚣，一直升到德妃。

得如同烈日，明澈得如同寒潭，锋利得如同利剑。

她不该听见太子承乾和彩霞有染；她不该听见韦贵妃与太子承乾密谋如何除掉魏王；她不该听见韦贵妃讨厌处处替德妃出头的媚娘，想要杀鸡吓猴，废掉媚娘……只可惜一切难以回头，她等不到媚娘晋升昭仪，也等不到李君羡为她披上嫁衣。

"呸！"泪水从眼角滑落，明月咬碎舌尖，朝彩霞愤恨吐出一口带血唾液，"我一定会回来，我一定会回来找你们。我要你和韦珪食难安，夜难寝。我要让在场所有人不得好死！"明月黑白分明的眼瞳充盈犀利的血丝。

"哈哈哈哈！"从她效忠韦贵妃开始，这些话她听得太多。彩霞踹了明月一脚，抽出明月随身携带的丝绢塞入明月口中，"扔下去！"彩霞瞪了眼明月，转身对身边的宫女叱喝。

捆束明月的小宫女们害怕地看了彩霞一眼，颤抖抬起明月的手和脚，闭上眼将明月推下古井。

"嘭咚！"古井中溅起一尺高的水花，明月口齿不清的叫嚷声，在井中消失。望着幽深的古井，想到明月的诅咒，一阵冷风吹过，彩霞猛颤了一下，反倒害怕起来。

她惊恐地咽下一口唾液，恍然觉得双眼流血的明月正从井底向上爬。"走！"她跟跄后退一步，呵斥着身边的小宫女，稳住发抖的身形，领着一群宫女慌乱地逃开。

"走！"见彩霞离去，媚娘忙拨开灌木大步向前，望着自己在井中华丽的倒影，媚娘高悬的心"扑通"猛跳。

"武才人，要不我捆着绳索下去看看。"探出半个身子看着静谧如镜的井面，小顺子心生悲痛。明月只怕是凶多吉少！念及平日明月的和善，两行泪不由涌出。

"哭，哭什么哭！"心中的杂乱被小顺子一扰，竟变成团乱麻。明月，明月，明月如此轻易就被灭口了吗？媚娘揪住胸前的衣襟，盯着那古井，一步也不敢向前。

"咕噜……"忽然从井底冒出一串气泡，一缕黑发缓缓从井底浮起，"小顺子，还不捆绳下去。"欣喜的亮光在黑眸中燃烧驱走哀伤的绝望，媚娘笑逐颜开地吩咐满脸惊讶的小顺子。

怎么会，怎么会，又浮上来呢？"喏！"小顺子怀着满腔疑问，将绳索一端捆绑在粗壮的树干上，一端结在腰际，快速下入井中。

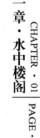

很快他拽住井中的黑发，抓住溺水人的手臂。那刻光滑如缎的触觉让他惊叹。他明明看见明月套着身襦裙被推入井，怎么刚落井明月的衣袖就消失了呢？

借着井中微弱的光亮，他将背向他的明月翻了个身。"啊！"惊恐的叫声响彻古井，他双手发颤，差点松开手中人，将对方踹入井底。

"小顺子？"媚娘提着亮泽的裙摆，弯腰探向古井。可井中光线黯淡，她仅能看见小顺子抱着一女子。

"她，她，她是明月？"不，她，她不是明月！明月着红白窄袖襦裙，一颦一笑宛如风中绿杨、俏丽修长。可他怀中的女子，虽有明月的身形，但那身装束露肉显骨，就连青楼女子也不敢如此打扮……难道，她是井中精怪，抢了明月身形，夺了明月魂魄？看着怀中穿着粉色 T 恤，蓝色牛仔裤，面容却偏同明月一模一样的女子，他害怕得发抖。

"还嚷什么嚷？！快，快把人带上来。"媚娘抚胸叹出口长气，紧蹙的含烟缓缓舒开。还好，赶得及时，救了明月！

"喏。"她究竟是谁？满怀疑惑，小顺子一步步攀向井口。

"小月！"看见那张熟悉的面容时，媚娘满怀喜悦，眼含泪花，扑上去。但顷刻，她目光发直呆住。明月落井前还穿着艳丽的襦裙，可这会儿她的衣着怎会变得如此怪异和孟浪？还有那张面容，明月明明画着明艳的盛世妆，可此刻怀中的女子为何素面朝天？……难道，她不是明月？

望着阳光下，发丝飘散、素面苍白的女子，媚娘搂着她的颈项，缓缓仰天闭眼。明月那张梳高髻、描白妆、着襦裙……笑若杨柳扶风的容颜在脑海中荡漾不止。

刺骨的水如摄魂的蛇般紧紧缠绕着她的躯体，冰凉的水从五官向她五脏六腑压迫……浑身刺痛得没有一点力气。

爸爸，妈妈……她仿佛回到了十多年前车祸时被父母紧护在怀中的情景。那时，父母的鲜血，也像这井水一样冰冷，她的眼前除了一片红，还是一片红……

"玥月，活下去，一定要活下去。活下去就有希望，就有幸福！"父母的容貌渐渐在她脑海中模糊，唯独妈妈死前捧着她脸蛋说的话，她还记得很清楚……她要活，即使活着很辛苦，一个人很孤独，她也一定要活！

"妈妈——"剧烈的咳嗽震动着玥月的胸腔，浅浅的水痕从她嘴角流出。晶莹的泪珠从眼角滚落那刻,她睁开了眼。眼前眉若远黛,眼如梨花带雨,唇似海棠醉日,有着倾国之容的美人,刹那又惊得她心魂一漾。

"你醒了!"媚娘含笑取出手绢为玥月拭去眼角的水痕。

她真美,就像朵洁白如雪、向阳而放的牡丹之王——姚黄!"你是谁?"玥月狐疑地打量着眼前这位龙瞳凤颈的佳人。

斜斜绾起的坠马髻透出一股慵懒却又美到极致的华贵,宝相花纹的罗衫上金线挑绣着团花,腋下系一蓝色丝带,一袭石榴红金线挑绣大朵芍药的罗裙高腰垂下,裙摆迤逦,艳红的薄纱披帛长长地飘于身后,华丽却不庸俗,更衬出她的卓尔不群、高雅脱俗……活脱脱一个古代仕女图中走出来的美人。

等等,她若是乾陵的工作人员,未免穿得也太过华丽了吧!轰——与王雅去乾陵旅游,不幸落井的记忆跃现脑海。

"小雅,小雅在哪里?"玥月猛然抓住媚娘的衣袖慌乱开口。小雅,只要能找到小雅,一切都能弄明白!

"我不认识小雅。我叫媚娘。"果然,她不是明月!心头一酸,浓眉轻蹙,清澈的眸子间闪耀着点点泪花。

"媚娘?不会是那个一代女皇武则天吧!"搞什么搞?落井醒来,却像闯入了疯人院。她挠挠脑袋,拍拍没几两肉苍白的脸蛋,摇晃着站起身来。

"自古以来男子为帝,哪来的女皇?"看着对方粗鲁的举动,媚娘微微摇头,轻蹙的眉头蹙得更深,"我姓武,陛下赐名为媚娘,册封才人。"她的确不是明月,而是不知从何处冒出来的野丫头。

武媚娘,武才人?! My God!她不会也穿越了吧!玥月宛如被闪电击中一样,扑向不远处的铜镜前。

黑发披于肩后,一身红白绸缎襦裙尤显身段修长,眼若秋水含烟,面色如雪苍白……熟悉却又陌生的形象跃现镜中。

"我究竟是谁?"她迷惑而痛苦地蹲在铜镜前,数不清的疑惑蜂拥而上。她到底身在何处?到底是谁?

"我……我不知道你是谁,也不知道你为何会出现在这里。"媚娘本想欺骗自己,也欺骗对方,告诉对方——她是明月。但看着那张与明月一模一样的面容痛苦不堪,她顿了顿却难道出谎言。

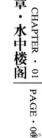

"我只知道,你虽然长得和明月一样,但你不是明月。"媚娘轻步上前,缓缓蹲下搂住玥月的双肩,"明月死了,不会回来了。"揪心的泪顺着眼角静静流淌。

"明月?"明月是谁?她的手指划过冰冷的镜面,含泪的双目满是迷茫,"我不是明月,我是……我是……"王雅朗笑着叫她玥月的记忆,跃现脑海,"我是玥月,武玥月!"她笑了,灿烂如春日绚丽的紫藤花。

"玥月。"颤抖的柔荑抚上玥月的双颊,明月的音容缓缓与玥月重叠。明月离开,带来一个玥月,这算明月留给她的缘分吗?泪水像黑夜里的泉水清澈而凄凉。

梨花带泪,美则美却让人揪心。再说要哭,也该是她哭吧!她找不到王雅,甚至无法确定自己到底在哪里!

"别哭了!"玥月拉扯衣袖为媚娘拭泪,打量着屋内奢华的摆设,黑眼珠咕噜转动,焦急而紧张地吞咽唾液,询问道,"这里是哪里?现在究竟是公元多少年?呃……或者说是谁执政?"心紧张跳动着,书中的穿越不会真发生在她身上吧?

"这里?这里是太极宫,时逢贞观十五年,太宗皇帝执政。"媚娘忍住眼泪,好奇打量着眼前嘴巴张得足以放下颗鸡蛋、双目惊愕突出的玥月。她究竟从何处来?为何会在井中出现?

贞观十五年?那么就意味着她穿越到李世民统治时期。玥月拉扯着头发,瞬间觉得自己如飘云里雾里,不知方向。My God!她居然从乾陵跑到了中国历史中辉煌而华丽无比的唐代!媚娘?!刚才眼前这个女孩说她叫武媚娘。

哇——玥月脑袋轰隆闪过一片白光。她果真和中国历史上唯一的女皇来了次亲密接触!这……这是什么情况啊?她,她不是在做梦吧?

柔美的紫藤花在金灿的阳光下静静绽放,阴沉的古井被细润的阳光染上层活力。她该跳下去吗?玥月蹲坐在井边犹豫不决。

虽然她答应过媚娘她会尽心扮演好明月的角色,可她心中只装得下——回家。

呜呜……不知道现代为何会有一票穿越粉丝,在古代她可一点也不习惯!没有电脑、没有电话、没有电灯、没有电视……连她喜欢吃的冰激凌都没有。

更可怕的是,这里虽为皇宫,却依然没天天洗澡的条件!幸好现在天气不热,否则她还不脏死?

她要回去，她一定要回去。不过好像回去的唯一办法就是跳下井去。她该跳下去吗？跳下去万一回不去怎么办？那会不会被淹死？……唔，她不要死。玥月嘟起嘴巴，挑挑眉。跳，不跳？呜呜……好麻烦！她拉长脑袋，探出身子，凝视幽深的井水。

　　"别跳！"一道强有力的呼唤，笃然在她身后响起。

　　"啊？！"身子一颤，脚下踩上青苔，身体前倾，眼看要扑入井中。这样下去应该是个意外吧！如果能穿越时空回去当然最好。如果不能，叫她别跳的那个人会救她吗？

　　一阵风闪过，在她坠向井中那刻，一双有力的臂膀搂住她的腰，稳住她下落的身形。

　　来者一身银线挑绣雄鹰紫色益州高杼缎袍，佩金玉带十三銙，脚蹬乌皮六合靴，黑眉如剑，朗目若月，鼻挺如山，薄唇如菱……身形挺拔俊朗。

　　"小娘子[①]，何必轻贱性命？"沉稳的声音宛如钟磬。

　　"靠，谁是你的娘子……"这人有病啊，见谁都叫老婆！鸡皮疙瘩瞬时掉了一地，玥月转身正欲继续责骂对方。可由于彼此距离太近，她扭头面对他那刻，细嫩的额头刚好扫过对方双唇。

　　"啊！"她本能低呼一声，羞红着脸扭头。

　　柔软，冰凉！双唇触上玥月额头那刻，他愕然一惊，一股酥麻从脚心直冲大脑。他怎能去亲吻一个素未谋面的女子？这……这不符合规矩。他全身僵硬，两道如墨的剑眉紧蹙。

　　"放……放开我。"玥月尴尬推了推对方，慌张出声化开两人的尴尬。色狼，色狼，古代的色狼怎么比现代更可怕？

　　他嘶哑的声音比玥月好不到哪儿去："嗯！"看着玥月羞红的面颊，静如止水的双瞳掀起巨波，在慌张松开玥月的同时，他的脸"刷"地变得通红。

　　被他双唇扫过的地方，隐隐透着丝丝凉意，仿佛在提醒那张连小狗都不曾舔过的脸蛋，刚被陌生的男子侵犯。

　　更可恶的是，那个吻的罪魁祸首不在他，而是自己。天啊！想到这儿她又羞

---

①　男子和女子打招呼，不管是否相识，一律可以称为"娘子"，年轻一点的可以称为"小娘子"。这里"娘子"并非老婆含义。

又恼。她咬唇叹气,抬头却正好撞见对方慌张的亮瞳及脸庞难以掩盖的绯红。

怦!她心尖猛一跳,脑袋混乱一片,双颊变得更加火热。对于眼前这个叫她娘子的疯子加色狼,她应该给他一拳,大骂几句……抑或自行负责?

男女授受不亲!为了救人揽了她的腰,那叫万不得已。可他却不小心吻上了她的额。若按古例,他要么纳了她,要么她保贞洁自尽……想到当年长孙皇后的教诲他就头皮发麻。到底该怎么办?眼前这宫女打扮的女子,不会哭嚷缠着他,又或再度投井自尽吧?

他虽被朝中大臣称为温文尔雅、文武双全、智勇过人……可他戎马半生,一心报效朝廷,所接触的多为男子。如何处理女子之事,他真是大姑娘上轿——头一回!

他紧张叹气,硬着头皮:“那个……那个抱歉。”为守礼教,维护朝中形象,若此女泼辣缠着他,他勉为其难收她为婢;若她不纠缠,那就万幸。拿定主意,缓缓吐气的同时,温雅的气质再次回到他的身上。

“哦。”她下意识应声,只觉得额头那丝凉意更重。

事情到此为止?望着玥月依旧绯红的面颊,他陡觉不可思议。他应当对她说些什么吧?愣了半晌他终出声,声调依旧慌乱异常:“刚……我……情况太混乱,我不小心……小娘子实在抱歉。你也知晓刚才,我……你……”

他是个笨蛋吗?没看见她努力漠视那句怪异的小娘子,正在淡化那个意外的亲吻吗?他……他干吗还要不断重复和强调?还嫌她丢脸丢得不够多吗?

玥月摇头跺脚,微恼抬起脑袋,吸气叉腰:“别,你,我了!你是个男人耶!说到丢脸也是我丢脸,说到吃亏也是我吃亏,你有必要不断重复刚才的尴尬吗?还有,你和我什么关系都没有,别小娘子来,小娘子去的!恶心死了。”她喘着粗气,将事情摊开说后她觉得心情好了不少。

什么?这是何理论?哪句又符合《女则》?而他不呼她为小娘子,难道呼她为小郎君?她是女子没错啊!

脑袋被玥月的话语击得晕乎乎的,他眉头挑得老高,惊讶地盯着玥月双颊上那抹红晕,瞬间忘记原有的尴尬和担忧。

没关系,都什么年代了啊!亲吻额头在国外还是种礼仪了。她又何必将自己困在一个平凡的亲吻上?更何况亲她额头那人一身干净的紫衣,长得温文尔雅,就像那些温柔专情的韩剧男主角……再说她可是新世纪新兴女性，才不会因为待在古代，脑袋就变得迂腐。

"你这是什么表情？俺又不是从火星上来的，你有必要用这种怪异的神色打量我吗？好了，好了，算我倒霉，就当是被狗亲了一下。算我遇见疯子被人占了口头便宜！今天所有事情，我们都当成没发生过，明白吗？"玥月嘟着嘴，努力忘记额头敏感的微凉。

火星，何解？玥月眼瞳毫不遮掩的怒火，意外让他心弦微微一动……是那个吻作祟吗？眼前的小娘子，在换着方式对他死缠烂打吗？……当真如同魏王所言，后宫的女子沾染不得。

"小娘子，有话不妨直言。何须用怪异的举止遮掩？"他无可奈何理理衣袖，挤出一个笑容。算他倒霉！好不容易回宫，偏惹上这等风流事。

还叫她小娘子，这个古人没听懂她的话吗？那个笨蛋脑袋是木头做的吗？还有，他笑什么笑，以为他是皇帝，女人一见到他就要扑上去？……哼，恶心的大男人想法！以为穿一身好衣服出来晃荡，女人就该像扑羊的狼吗？

呃——超级无语的自恋狂！玥月瞪着他，眼中喷出万丈火焰："没有人需要你负责，我更不需要你负责！别仗着自己衣服穿得好，颇有几分姿色，就以为是女人就会像狼一样，毫不犹豫向你身上扑！切，你当真以为你是奶油蛋糕啊！"玥月瞪了对方一眼，上前两步狠狠踩了对方一脚，扬起脑袋又轻蔑瞟了对方一眼，扇扇衣袖扬长而去。

她才不管对方什么身份，反正用不了多久她就能回去。就算对方找她算账，遭殃的也是明月，而不是有着超现代头脑的玥月。想到这儿，她笑得有些得意，看着头顶灿烂的阳光，她又有些惬意。

她……她说了什么？那是女子该说的吗？今日所见，可是他李宽，从世子到平民，再从平民到皇子，又从皇子变侯爷，这几十年以来闻所未闻的场面。

一阵风吹过，混着紫藤花香的花瓣随风挂在李宽的发丝上。他看着玥月离开的背影，眼中除了惊愕，还隐隐有一丝激赏。他们应该还会再相遇吧？！

阳光洒落在紫檀木桌上的佛像上，佛像前放着一座雕花铜质檀香炉，缕缕轻烟载着檀香缓缓从炉中升起。嗅着空气中安神的檀香味，坐在屋中与人对弈的李

宽不雅地打了个呵欠。

"侯爷,很无趣?"坐在李宽对面一身白袍,道骨仙风的老者,执手中白子笑言。

"不。李太史多虑了!"李宽倒一杯茶饮尽,捏捏鼻梁将目光移向了窗外。

窗外搭着一花架,花架上缠满了淡淡的紫藤花。半眯着眼品着紫藤的香气,他不禁想到了那个跳井的女子。她真的很奇特!

"侯爷喜欢紫藤花?"顺着李宽的目光,李淳风向外望去。看着窗外开得大好的紫藤花及随风落在李宽发梢的紫藤花瓣,他玩味道,"不如老朽给侯爷占上一卦?"

"卜卦?"李宽倒茶的手一抖,几滴茶水落在了棋盘上。

李淳风官拜太史令,不仅精通天文和算术,更能凭借一身阴阳学窥探古今未来之事。据说当年在太宗皇帝面前指出李宽未亡,而是在动乱中流落民间,再到后来通过易术,将李宽迎回宫与太宗皇帝相认的就是李淳风。

此等再造之恩,李宽一直铭记于心。长期以来在他眼中,李淳风不仅仅只是太宗身边会占卜的近臣,更是他的救命恩人。

丝毫不在意李宽眼中的惊愕,李淳风看着滴落在棋盘上的茶水,又看看挂在李宽头上的花瓣,他笑着在指间掐算……终于他仰头大笑:"龙遇水腾,水为花生。侯爷恭喜了!"

"恭喜?"好模糊的一句,李宽迷茫地反问。

人未到,笑先至:"哈哈哈,当然恭喜,好事将近。"房门突被推开了,面若朗空旭日,态如春日之风,眉若远黛之峻,眼似幽潭之深,鼻如险峰之峭,唇似珊瑚之态……一身蜀州紫色大科绫罗上绣金线麒麟温润如玉的男子,拥着一身细柔的阳光,大步来到李宽身边。

"二哥好久不见。"嘴角天生微微上扬,不笑时自含笑三分。

"魏王,楚王早谥。我不过是陛下认的义子。"李宽无奈笑了笑。所有皇子中,这个随时笑眯眯的魏王李泰,最易让人感到亲切。

"但你确实是我的二哥。虽说父皇将你过继给叔父,可你身上流着的是父皇的血;何况若不是叔父疏忽,父皇怎会以为你夭折?你又怎会流落民间受苦?……相隔十余年,父皇与你好不容易相认,你我兄弟好不容易再见。可你为何偏和父皇一条心——碍于叔父的颜面?明明是亲子,偏认为义子。明明是楚王,偏封为楚侯。二哥，你和父皇这招掩耳盗铃，唱的是哪出戏？"李泰将从李宽发丝取下的花瓣，握在掌心把玩。笑嘻嘻的瞳中散发夺目的异彩，爽朗的言语间尽是义愤填膺的激昂。

"死人复生。族谱上该如何记？更何况父皇早将我过继给叔父。若我依楚王的身份归来，是该认叔父为父，还是认父皇为父？四弟，别忘却此乃天子之家。"李宽凝望着窗外大片紫藤花溢出自嘲的笑。

他的身份有太多的尴尬和无奈，偏偏他又必须接受一切。谁叫他的父皇贪心，想要儿孙绕膝，却又是唯恐损伤天子颜面的皇帝。

"哎——"李泰长叹一声，顺着李宽的目光探向窗外，阳光下大片典雅的紫藤花，刹那间晃了他的眼。绚丽而不张扬，安宁而又别致！他低头看着掌心的花瓣，眼中的笑意更浓，若可以活得像花儿一样简单该多好？

不经意间，李泰紧握着手中的花瓣。他露出魏王特有的和煦笑容，谦谦有礼地望向李淳风："平日里，千求万请劳烦李太史占上一卦，李太史却坚决不从。为何今日……楚侯爷尚未开口，太史竟主动为他占卦，未免太有失公道吧。"

李淳风望眼李泰紧握着花瓣的手，唇边浮现神秘的微笑："呵呵，既然王爷开了金口，老朽就破例再为王爷卜上一卦。"他抚着长长的胡须，半眯着眼又开始掐算起来，过了许久他看看李泰和李宽长长呼气："天意，天意！水和花，到底哪个才是影响龙腾之本？一切皆是造化。"

"这……何解？"李泰心生狐疑，眼中含笑，彬彬有礼相询。

"艳阳高照，捻花掌中……如此好风光，老朽为王爷占的自是姻缘！'龙遇水腾，水为花生'，魏王，你同侯爷竟是同样的卦数。恭喜两位，姻缘将近！"李淳风拱手向李泰和李宽道贺。

"姻缘？楚侯爷尚无家室，姻缘将近尚有道理。可魏王府已有王妃阎氏，侍妾数人。李太史道我姻缘将近，这……又或，太史算准我将再纳新人？"李泰朗声大笑着，手中花瓣不禁握得更紧。

姻缘、情爱，那不属于皇室，更不属于他。从娶妻到生子，那是唐太宗早已为他安排好的人生。身为皇子，毫无疑义，也只当服从……可为何在李淳风提及姻缘时，早已认命的他偏偏心湖荡漾？

除了皇位，他究竟在期望何事？哼！李泰眼中划过丝自嘲，缓缓敞开掌心，破

碎的花瓣一点点飘落……也许如李淳风所言,是这花太美,阳光太好,他才会像束发少年①般浮想翩翩。

"龙遇水腾,水为花生!"一切真如李淳风所说,他的姻缘将近吗?

"多情总为无情苦!宽儿,男子用情当深而专,而非多而薄……真心怜惜的女子,一个足矣!"想到早年被唐太宗冷落的母亲,临终前悲伤的泪,他不禁心头一荡。

若此生真能遇上让自己动心的女子,无论对方何等身份,何等地位……他皆会倾之一切求之,娶之为妻终生怜爱。看着窗外被阳光包裹的紫藤花,李宽的唇角溜出温柔的暖笑。

李淳风看着落在地上的花瓣,又看看被茶水溅湿的棋盘,他缓缓仰头笑望着窗外在风的助力下变换着各种形状的浮云,心中瞬间灼燃疯狂的激动和慌张。变数出现了!原本的命运,因花的出现,开始驶向未知。未来的天子是谁?也许,当真只有天知道。

"万般皆是命,半点不由人!凡事切莫太执著。随缘而遇,随缘而安!"他低喃着,仿佛在对李泰和李宽说,又像是在提醒自己。

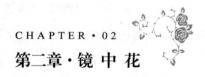

CHAPTER · 02

第二章 · 镜 中 花

——紫藤花下,我们相遇了。

清风在空气中飘动,抚平午后太阳的炙热。可凉爽的清风,偏无法安抚玥月

---

① 古代男童成为少年,将头发束成一髻。一般指 15 岁,这时应该学会各种技艺。《礼记·保傅》:"束发而就大学,学大艺焉,履大节焉。"

心中的怒火。

"该死的色狼，该死的白痴……"玥月立在紫藤花架下，愤恨地撕扯着紫藤叶，咬牙切齿瞪着紫藤花，仿若她面对的不是紫藤，而是李宽那张低呼"小娘子"的面孔。

小娘子！想到那个称呼，她全身恶寒。还有，那满口大男子主义的古言……吐血！对了，还有那个……想到额头不经意的吻，她就额头发热，心头堵得慌。

"小月！"一身粉色绣荷花窄袖襦裙的媚娘，缓步走到她的身后，伸出手重拍了下她的肩膀。

"啊！"玥月沉沉一惊，叹气回头，"是你！"虽然是大白天，但她不知道人吓人，吓死人吗？

玥月虽再三向她强调自己不是明月，可每见玥月和明月一模一样的面孔，她就不禁将玥月当成明月。"在咕哝什么？"看着被玥月扯了一地的碎叶，媚娘扑哧笑开。

"媚娘，在这里如果一个男子，不小心亲了一个女子的额头，他们会有什么下场？"虽自我多次强调一个吻不算什么，可见到媚娘她却又忍不住发问。

"啊？！若真有此事，女子要么自刎，以示贞洁；要么只能从男子，为妻、为妾、为婢……"媚娘惊愕瞪大眼，双颊隐隐显着丝丝红晕。

"晕，女人又不是畜生，又不是奴隶。凭什么要求女人，不要求男人？"自刎？为妻、为妾、为婢？现代社会的宠物，都比古代女子有人权！玥月怒火直冲脑门，一跺脚开始大骂。

"小月，男子尊为天，自古皆如此……你在此叫嚣，可是大大不敬！"媚娘难以接受玥月的言论，缓缓蹙起眉。女子本当夫为纲，德为先！尊贵的母亲嫁给父亲后，还不是收起聪慧和尊贵，凡事以父亲为天，安心为父亲生儿育女。

晕菜！她眼前这个女人，真的是中国历史上唯一的女皇武则天吗？无论电视，还是书籍，上面对武则天的描写不都逃不过"叛逆，大胆"这四个字吗？

怎么她眼前的武则天，居然是如此保守！神啊，她真是历史上记载的那个成为唐太宗才人，唐高宗皇后的武则天吗？

"你……你……真是则天……"

不待玥月结巴道完，媚娘又再度说教："你可读过《烈女传》、《女诫》，还有皇后

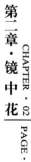

娘娘的《女则》？"

玥月摇摇脑袋。在二十一世纪有空闲时间，她不是去旅游，就是上网，要不看电视。一定要看书，她也是抱着小说和漫画啃……这是现代女生典型的生活习惯吧！谁没事玩自虐，抱着那些虐待女人的古籍看？

看着玥月一脸茫然，媚娘无奈摇头。但想到玥月奇异的来历，媚娘笑笑耐心讲解："《礼记·曲礼》有记载：男女不杂坐，不同椸，不同巾栉，不亲授，叔嫂不通问，诸母不漱裳。外言不入于梱，内言不出于梱。女子许嫁，缨。非有大故不入其门，姑姊妹女子已嫁而返，兄弟弗与同席而坐，弗与同器而食。你可知这些话语的含义？"

废话！为了用高考语文的高分来弥补她恶劣的英语，她可是在语文中最弱的文言文上狠下苦功了。

当年她不仅不断苦写上千道文言文真题，更拼着一股蛮劲，将文言文《孙子兵法》和《山海经》前后翻译过三次……当然，面临高考的时候，她骄傲地拿下了文言文考题满分。

"那个狗屁记载中不就是说：男女不能杂坐，不能共用衣架和梳洗用具，不可亲手递交东西。还有，小叔子与嫂嫂不能互相伺候，不得让庶母给自己洗下衣，外面的事不得传入闺女内室，内室的言谈也不要说出去。女人订婚，脖子上要带个此货已售的彩带标志。没有地震、杀人、放火这些大事，不要进入女孩子的房门。已出嫁的女人回娘家，不能与兄弟同席坐、同盘子吃饭。"狗屁，狗屁，她居然跑到如此歧视女人的时代，她要回去，一定要回去。

翻译媚娘口中《礼记·曲礼》的同时，她不由想到古代的"三从四德"和"七出三不出"之礼……她头皮顿时簌簌发麻，直感古代不是块生存的好土壤。

"既知其言，你该知男子……他……他……亲……轻薄女子，何等严重？"说到"亲"字的时候媚娘的脸颊更红了。

"轻薄？！这也算轻薄？你还没见识过什么叫人工呼吸。按照这些狗屁理论，公共汽车都不用开了！简直是歧视女人！"玥月忍无可忍地吼叫着。

没法待了！先不提这里没有电脑，没有牙刷，没有洗发水……单单是这些怪异的礼仪，都快要把她逼疯……瞧武则天那副深受封建礼仪毒害的模样，她实在无法想象日后武则天怎么会抛下李世民投入李治的怀抱，更无法想象几十年后她会废掉自己的儿子站上历史舞台。

这等神采飞扬、天真烂漫的感觉真好！就算听不懂她话语中怪异的"方言"，可在感叹玥月大逆不道的同时，她不得不承认对玥月从骨子里涌出的羡慕。

曾经她也像玥月那样纯真烂漫，在刚进宫的时候她也曾与晋王李治一起斗蟋蟀，拖着左武卫将军李君羡一起放风筝。

但很快这座冰冷的皇宫抹杀了她所有昂扬的激情。为了不落人话柄，为了不被人用"行为放荡"治罪，为了讨得圣上的欢心……她不得不忘记少女时代熟读的"四书五经"，不得不捧着一本本《烈女传》、《女诫》、《女则》……一次次提醒自己班昭在《女诫》中说："妇德，不必明才绝异也。"

"哼，反正无论怎么跟你说，你也不明白什么叫'女人能顶半边天'！这个世界我真是待够了，我要回去，无论如何我也要想办法回去！明天……明天我就跳井回去。"凝视媚娘嘴角那道古代淑女必从手册之——笑不露齿，玥月宛如被雷劈中，心中更加堵得慌，说话也更加语无伦次，"对了，如果男人叫女人小娘子，那么这男人是不是有病？或者，压根是个一见女人双脚发软的色狼，登徒子？"见媚娘一脸不解，她反问，"喂，你知道我想说什么吗？"

"男子呼女子娘子或者小娘子，这不是天经地义吗？"媚娘不解反问。

"一个大男人老婆，老婆，满大街叫嚷，这还叫天经地义？有病啊！"玥月挥动双手哇哇大叫。

"小月，男子呼女子娘子，女子呼男子郎君，这是正常礼仪。"媚娘缓缓摇头，有点不知玥月这是叫直爽还是疯了。

"这还正常……等等……"仔细品味媚娘的话，玥月忽然觉得有些不对劲，"你是说……娘子只是一种非常普通的称呼，就像我直呼你为媚娘一样？"

"嗯。可以如此认为。"媚娘点点头。

"天啊——"糗大了，真的糗大了！火辣辣的感觉直涌脸颊，玥月紧握双拳尴尬得望天长啸。这古代和现代的语言差距，未免也太大了吧！

"扑——"被玥月话语逗乐，媚娘掩唇轻笑。玥月不是明月！玥月直爽的话语和豪迈的举止，无不提醒媚娘，就算两人相貌一样，玥月终此一生也不可能变成温柔婉约的明月。

"我要回去，我要回去，我马上去跳井回去！"玥月提着裙叫嚷。

也许这里真不适合她，也许让她回去她才会幸福。"好。"媚娘咬咬下唇，下定决心开口。

后宫是个战场，只要活着一天就必须适应其中规则，就必须在其中争斗。她早已深陷其中，不由自主。但她真不希望不属于这里、性情直爽的玥月像她这样被后宫彻底染黑。

"啊？！"媚娘的话宛如当头一棒。媚娘将她藏起来，不让别人知道她的存在，目的不就是让所有人以为明月死了；在确保她人身安全的同时，利用她假装明月报复？为何媚娘又突然改变主意呢？……不过，不管如何她可是很仗义的！

"答应你的事情，我一定做到。记得叫上小顺子，等我们三人将彩霞还有彩霞的主子韦贵妃吓个半死，我再回去！"玥月拍着媚娘肩膀，故作阴险地露齿大笑。

"小月……"盈盈泪水涌现眼眶，媚娘拉扯着玥月衣袖，感动得不知道该说什么。

"感动吧！想要感激我吧！你不觉得为报答我的恩情，应该为我做点什么？"明净的眼眸中满是狡黠异彩，她看着头顶蓝天，得意扬扬地开口，"古人云，喜莫大笑，怒莫高声。给姐姐我记住，那是屁话！人要活得真实，就要笑得开心，要笑得开心当然就要露出白白的牙齿！来，为报答姐姐我，跟着姐姐先大笑三声！"

拍了拍媚娘粉嫩的脸颊，看着媚娘来不及以袖遮唇，"扑哧"露齿破涕而笑的媚态……玥月顿时觉得很有成就感。

她想她返回现代后，她可以大声驳斥历史学家在武则天身上刻下的阴谋论。她可以挺胸抬头告诉大家：少女时期的媚娘，没有史书上的野心，没有电视中的贵气，没有箴言中的天命……她身上有的只是在后宫挣扎了数年的无奈和艰辛。

阴晦的天空低沉得快掉下似的，空气中流溢着潮湿的闷热。玥月蹲在矮小的灌木后，拉扯着媚娘的衣袖："蹲下来点，不要被发现。"

"小月，你真有把握让彩霞以为你是鬼怪？"媚娘颦眉打量眉若远黛，眼若清泉，唇若夏花的玥月，如此小巧可爱，虽称不上绝色，但亦难吓人。

"别担心！我早有准备。"玥月解开随身携带的包裹，包裹里胭脂、水粉、铜镜……女子梳妆用具毫无遗漏。她坏坏地笑笑："媚娘，你等一下。"随后，她抱着包裹转身开始涂抹。

一炷香后……看着铜镜中，脸色土白、眼眶黝黑、血红大嘴的自己，玥月不由得得意地"咯咯"偷笑。

蹲在玥月身后的媚娘，望着玥月突然哆嗦的双肩，担忧起来，忙向前挪了半步，拍拍玥月肩膀呼唤："小月。"

"媚……娘……"玥月含着幽怨的声音缓慢回头，一张"鬼脸"赫然在媚娘视野中放大。

"啊——"媚娘惊叫一声，被吓得跌坐在地上。

"咋样，效果咋样？"玥月高兴拍手大笑，拉起跌坐在地上的媚娘。

"还好，不过……"这未免太可怕了！媚娘含着点点畏惧望着玥月吞咽唾液。

"效果不够逼真？"玥月嬉笑着，快速取下发钗，将一头黑发揉搓得杂乱不堪，"待会儿，我再弄两行血泪，再用水把身上淋湿，效果会更好。"

"我想，这样就好。"这模样已够让人惊心！再恐怖一点，她怕闹出人命，弄巧成拙，反被唐太宗下令追查。

"媚娘，做事要认真点！"她抓着铜镜继续涂涂抹抹，总觉这造型就像八十年代的香港鬼片，不吓人反有些搞笑！

"小月，这样真的很好了。"这模样比戏台上演的那些鬼怪，吓人多了！在阴沉的天空下，媚娘竟有些不敢看她的面孔。

瞧瞧，自己又要生气了！她真要怀疑，这个唐朝和历史上的唐朝是一个地方吗？眼前这个吓得哆嗦的女人，是亲手掐死自己女儿，除掉皇后和萧淑妃的女皇武则天吗？……哼，她不觉得自己在和女皇相处，反觉得在和老鼠相处。

"好了，好了！"与其跟她怄气，还不如想办法在自己还待在大唐时，将她锻炼得胆大和真实点。玥月双手搁搭在媚娘双肩上："还记得我们的计划吗？"

"嗯。"思量装鬼吓韦贵妃和彩霞的计划，媚娘因紧张而握住的双拳，不禁拧出丝丝细汗，"会成功吗？你一个人能行吗？"

"一切OK！差不多了，快快，快去把彩霞给引过来！"玥月快速收拾包裹，想到待会儿装鬼的计划雀跃不已。

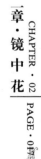

"彩霞，你近日可有瞧见明月？"媚娘一脸哀伤瞅着体态微丰、貌若满月之华的彩霞问道。

"回武才人。从前几日，明月妹妹为贵妃娘娘梳髻离去后，我再未瞧见明月妹妹。"彩霞笑着，一双凤眼略带几分勾魂之韵，"这几日，贵妃还念叨明月妹妹手巧，什么时候让妹妹再来梳髻呢。"

梳髻！梳髻会梳到井里去吗？好一个以梳髻为名，杀人为实的阴谋。"明月不见了。那日替韦贵妃梳髻后，就不见了。"媚娘眨眨眼，挤出两滴泪。

彩霞心尖一惊。难道媚娘知道，韦贵妃借赏赐为名，让她将明月投入了人迹罕至的井中？彩霞猛吸一口气，反驳："武才人，话不可如此讲。难道，贵妃娘娘还会藏着一个小宫女不成？还是武才人怀疑我，需要找贵妃娘娘对质？"

韦贵妃统摄后宫，她又是韦贵妃身边的红人。明月已死，死无对证！只要韦贵妃护着她，她又抵死不认。媚娘只是一个当红才人，就算知道是她害死明月，又能拿她怎样？

好一个大胆宫女！一个宫女竟敢如此待她，一个宫女就敢杀人而不惧……韦贵妃的宫女果然不同！一口怒气堵在心头。她若不借此机会，好好惩戒她，如何对得起掉下去的明月？

媚娘心中磨刀霍霍，脸上却挂满歉意："不，彩霞，我没别的意思。皇宫如此大，甚至不少地方，你和我都没去过。走丢一个人，很正常。"潮湿的凉风拂过，媚娘的音调变得低沉起来，她看看四下无人，便靠在彩霞耳边低语，"只是近日我老是心绪不宁，老梦见明月双眼滴血，浑身淌水，在又阴又潮的地方，一声声冲我喊：我冤啊，我死得好惨啊……"

"呃！"彩霞低呼，紧抓着衣襟，全身哆嗦一下，急急后退。

平日不做亏心事，半夜不怕鬼敲门！彩霞忽然害怕的模样，让媚娘心底燃起复仇的快感。恐慌的表情，也就装得更加逼真："还有，我老感到她就在我身边，甚至有时恍惚间还能看见她……可定眼一瞧，她又不见了踪迹。彩霞，你说……"

"闭嘴！"彩霞捂着耳朵咆哮，猛觉失态，她忙压制全身的颤抖，低下脑袋用力喘气，"怪力乱神之说，可是宫中大忌，武才人休得胡言！你要知若传到韦贵妃耳中……"

让韦贵妃治她的罪吗？韦贵妃早就不满德妃将她推荐给唐太宗，更不满唐太宗为她封号赐名……在韦贵妃培植的新人难获龙宠,韦贵妃又拉拢徐惠[1]无效后,恐怕韦贵妃早有除掉她的心思。

难道此次除明月,就是为了杀鸡吓猴?媚娘的心猛地一跳,遂又自己否认。要论在陛下面前出众,她不及徐惠;要论后宫地位,她亦不及徐惠……更何况众人皆知她是德妃的人,韦贵妃何必花闲心恐吓她?

碍于德妃的地位,韦贵妃若真要向她动手,无须打草惊蛇,而应一击致命,直接断去德妃的左膀右臂。哎——究竟是何原因,要让韦贵妃不顾后宫表面的融乐,急于得罪她,急于向明月下手?

“我知道,可是我怕啊……”媚娘拽着彩霞的手臂,睫毛闪动,泪眼蒙蒙。她就赌韦贵妃恐唐太宗追查,不敢借机惩处!她就赌若要人不知,除非己莫为!“彩霞,你看!她就在那儿!”媚娘惊恐地瞪大眼,指着空旷的草地大喊。

“啊——”彩霞惊恐大叫,偏又忍不住向媚娘指的地方瞄去,见空无一物后她稍稍缓气,“没有。武才人,你可别吓我。”

脑海中猛然跃现,投井时明月猩红的眼瞳,怨恨的眸色……彩霞下意识摸摸手臂上被明月抓出的血痕。这世上真有鬼?一阵风吹过,她忽觉颈后冷飕飕的,双脚不禁哆嗦。

害怕了吗?杀人的时候怎么不怕?……这些年韦贵妃为巩固地位,秘密处死的宫人又何止明月,彩霞这双手又何止沾染了明月的血!

咬牙忍住堵在胸口发颤的恨:“她,她就在那儿!”媚娘拽着双脚发软的彩霞,冲向靠近玥月藏身的灌木旁。“奇怪,没了!”她耸耸肩,刻意背对灌木。

阴沉的天空,潮湿的空气……整个太极宫又冷又热,仿佛正被一双手拽入阿鼻地狱。彩霞努力告诉自己宫女的命不过是蝼蚁,死不足惜!就算变鬼,她们也是无主的游魂野鬼。生前她们怕她,死后绝不会变成她怕她们。

彩霞望着灰黑的天空吸气,稳定心神后,恼怒甩袖:“武才人近日神情恍惚,应传御医把脉开药,多加休息,少出门才是!”

还硬撑?哼,倒要看看她还能撑到何时!媚娘故作脆弱,低头叹道:“可能……是我眼花了。”好戏要上演了!

“彩霞……”一阵幽怨的呼唤缓缓从彩霞身后的灌木飘出。玥月披头散发,浑

---

① 徐惠此时为充容,历史上有名的才女,著有留名青史的《谏太宗息兵罢役疏》。

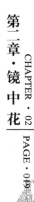

第二章·镜中花 CHAPTER · 02 PAGE · 019

身滴水，双眼流血……悄无声息地在灌木后站立："我死得好惨，井里好冷。"她刻意在彩霞身后缓缓呼气。

彩霞直觉一阵阵冰凉在颈后缠绕，她身子一僵，不敢回头却偏想探个究竟："武才人，你可有听见怪异的声响？"

这个玥月，装神弄鬼倒蛮有一套。媚娘心中暗笑，脸上却挂着茫然："没。你有听见什么吗？"

没有，她是不是听错了？彩霞握着双拳，缓缓转身……"彩霞，我好孤独……下来……下来……陪我……"玥月伸着满是淤泥的双手，哆嗦着向彩霞的颈项伸去。

面对此刻凌厉的鬼影，想到明月落井前抓着她手，撕心裂肺地吼叫："就算死，我也会回到武才人身边告诉她所有阴谋！就算死，我也会化成厉鬼回来找你们！我一定会让你和你家主子夜夜难眠！我一定会回来，把老怪物从后宫的宝座上拖下！一定会让你们所有人不得好死！"

"啊——"心中脆弱的清明崩溃，彩霞一声怪叫，扔下媚娘连滚带爬地跑开。

"哈哈——"媚娘和玥月相视一眼，捂着肚子彼此狂笑。

过了许久，笑到肚子疼不敢再笑，玥月才喘着粗气，望着媚娘："痛快吗？"

小时做坏事而没被父母逮着的愉悦洋溢身心，复仇的痛快在血液中流窜。"嗯！"媚娘点点头，"扑哧"露齿笑了。入宫后，她第一次尝试，女子居然还有另一种随心所欲的活法。

"嘿嘿！那你先回去，让小顺子把东西准备好。我换身衣服，洗洗脸就回来。"玥月晃动早已准备好的另一个包袱，冲媚娘眨眨眼，"晚上我们再去对付韦贵妃！"

"一切小心。"媚娘点头淡笑，快步离开。

目送媚娘离开后，玥月望着手中的包裹，转身准备取水换衣，却觉得似乎有人在盯着她瞧。猛然抬头，望见远处的凉亭中立着一紫衣男子，再多瞧一眼——正是古井边救她的男子。

超级自大沙猪！自动抹杀古代字与现代语言不通的那段，脑海中全是他口中的大男子主义言论。玥月黑白分明的眼珠一转，顶着"鬼脸"向李宽做出一个怨灵的神情，脚下一跃闪入灌木旁的古树后。

好期待，对方觉得自己见鬼的模样。不知道，他会不会像彩霞那样尖叫？可惜，这一切她都无缘看见。

　　这不是他前几日从井边救起的女子吗？她为何偏要把自己弄得脏兮兮的？还画着一张人不人鬼不鬼的妆容？……难道她当真患有癔病？但她若真有癔病，又怎会有人放她出来，在宫中晃荡？

　　浅浅的八字在额心浮现，想到当日她叉腰破口大骂的直爽，一丝柔笑不禁缓缓在李宽唇边浮现。

　　夜幕降下，白日的闷热却依旧在太极宫游荡，青蛙更在池边"呱呱"高唱祈雨的古曲。而灯火通明的宫殿内，一身着大红绣牡丹钿钗礼衣，头梳宝髻，眉若峻山，眸如秋水，挺鼻翘唇的贵妇正坐在亮净的铜镜前。

　　"疼。"脑后的发丝忽然被揪了一下，贵妇怒目扭头。

　　"贵妃娘娘恕罪！"为她打理发丝的彩霞"咚"地立刻跪下。

　　"彩霞，你今儿怎么老犯浑？"凝煞的双眸含着让人不敢直视的贵气。

　　"奴婢……"彩霞望望左右宫人，意味深长地拉长语调。

　　韦贵妃半眯眼，扭头望向铜镜，慵懒地动动眼睑："换一个。"

　　"喏。"彩霞战栗起身，忙安排另一个梳妆巧手上前为韦贵妃卸妆。

　　半炷香光阴后，素面朝天的韦贵妃，披散着黑亮如漆的七尺长发，在宫人搀扶下缓缓起身："我累了，除了彩霞外，都退下吧！"

　　"喏。"一群宫人快速有序退下。而后，韦贵妃静立烛火边，声不怒自严："到底何事？"

　　"奴婢，奴婢……"彩霞全身哆嗦，双腿发软再次跪下，"贵妃娘娘，奴婢，奴婢看见明月了。"

　　"她不是死了吗？"韦贵妃眸色如剑地扫过彩霞。

　　"是。奴婢，奴婢，奴婢是看见她的魂了。她就在树丛中叫嚷……'我好孤独……下来……下来……陪我……'，贵妃娘娘你说……"话到此刻，彩霞已害怕得泪流满面。

　　犀利的眸中闪过一丝惊恐，韦贵妃大怒挥袖："休得怪力乱神！"

　　"奴婢知罪！奴婢知罪！可是……"嘴上直道知罪，可彩霞心中却害怕万分。

　　"人死如灯灭。翠微宫又得陛下庇佑，哪有那么多鬼怪！"韦贵妃眉心轻蹙，

不断摇曳象牙轻纱团扇驱赶闷热。

她眼前的可是代皇后行懿旨的韦贵妃，一句怪力乱神，就够她死百次。就算下午真看见明月的鬼魂，在韦贵妃面前也不能道有。

彩霞努力将明月的模样深埋心底，挺直腰际跪着碎步，向韦贵妃靠去："有娘娘艳冠后宫，那些孤魂野鬼，岂敢靠近翠微宫半步。是彩霞眼花，请娘娘恕罪。"

念及彩霞已随她数年，也算颇有姿色，聪明伶俐……更何况，彩霞已是承乾的人，她也有将彩霞送至承乾身边当眼线的打算。太严厉对待彩霞自是不妥。

韦贵妃收起怒气，笑着将彩霞扶起："虽是马屁，倒也中听。这次就饶恕你。下次，可休得满口的怪力乱神！"

"喏。"彩霞起身忙将脸上的泪拭干。她垂头立在韦贵妃身边，正欲再吹捧韦贵妃两句时，忽一阵狂风卷入屋内，顿时吹熄了不少烛火，吹得雕花窗户"啪啪"直响。

"恐怕要下雨了。贵妃娘娘，奴婢去关窗。"心虽不禁又想到明月的鬼魂作怪，但口中却不敢再语，只能讨好地向韦贵妃露出紧张的笑靥，脚下加快步伐向大敞的木窗走去。

刚冒着狂风走到窗边，一道闪电划过天际，映白了半边天，也照亮树丛中那道披头散发的黑影。"轰隆——"一道惊声炸雷进响。

"啊——"彩霞忍不住嘶声尖叫，不顾一切向韦贵妃怀中扑去，"明月，明月，鬼，鬼……"

"彩霞，非得吾治你重罪不成？"韦贵妃口中叫嚣，双手却不敢推开彩霞，反倒一手紧握成拳，一手抓紧扇柄。

"真的，她……她她她就在窗外。"眼泪忍不住疯狂涌出，彩霞口中不断念叨，"明月，放过我，放过我……不是我，我不是……"

"世间哪有那么多鬼怪！更何况，这里是……"不待韦贵妃说完，天空又划过一道刺目的闪电，炸雷再度在空中击响，"哗哗"倾盆大雨伴随狂风倒下。

"韦珪，彩霞……"阴怨的声响，随着风声若有若无传入屋内，披头散发的黑影在窗外一闪而过。

"贵妃娘娘，你看，你看黑影，那，那就是明月。"彩霞处于崩溃边缘，指着黑影叫喊着。

"不，不可能。她死了，死了。"韦贵妃努力说服自己，世上没有鬼怪。闪电和炸雷几乎同时出现，黑影又在同一个地点划过。

"没有，没有……我害怕，娘娘别怕，我去叫人，我去叫人。"彩霞哆嗦得语无伦次，她放开韦贵妃，想要靠人多赶走鬼怪。

但她未能行出三步，便被韦贵妃唤回："回来！"韦贵妃大步冲向彩霞，"啪"甩出一巴掌，锐利的指甲在彩霞脸上划出五道血印，"混账！你难道想将明月之事公之于众？就不怕，密谋之事传到陛下耳中？彩霞，你到底还想不想去服侍殿下？"

若能进入东宫为妾，他日说不定就能成为另一个韦贵妃。这可是她毕生期望！"贵妃娘娘！"彩霞"咚"的一声，双膝跪下，双手拉扯韦贵妃裙摆，"彩霞糊涂，娘娘恕罪！恕罪！"

"过去看看！窗外，到底是何东西？"看看屋内在风中摇曳，仿佛随时都会熄灭的烛火，韦贵妃吞咽唾液，又看看电闪雷鸣的窗外。她极怕窗外立着青面獠牙的明月，可她又不甘心如此躲在屋中害怕，只能命令彩霞上前察看。

"娘娘……"她不敢去，但为了早日进入东宫，她不得不拖着哆嗦的双腿，惊恐地步向大敌的窗户。

"咚咚咚"风吹动木窗声声着响，"呼呼呼"树丛中传来声声鬼泣般的声响，"啪啪啪"雨水敲击着绿叶……炸雷伴随闪电笼罩整个翠微宫。

"媚娘。"看着憨笑的媚娘，画着青面獠牙妆容的玥月，晃动手中小顺子准备的两个麻布口袋，指指烛火摇曳的昏暗屋内做出一个准备的手势。

媚娘点点头，接过一个口袋，躲在窗角，在闪电亮起前，将口袋中黑黢黢的小老鼠放入屋内。

估摸彩霞快接近窗边时，玥月无声闷笑，打开手中麻袋，一只全身漆黑虎虎生威的大猫，挥动爪子爬出麻袋。

嗅到老鼠的味道，黑猫一跃跳上窗台，正遇见上前探视情况的彩霞。"喵——"黑猫尖叫一声，一把抓向彩霞面颊，再一跃满屋奔跑追赶老鼠。

"啊——"彩霞下意识将眼前的黑猫当成明月的怨灵，缩成团闭上眼疯狂叫喊，"明月，冤有头债有主，不是我，不是我！"

在彩霞的尖叫声中，湿漉漉的老鼠，正好蹿上韦贵妃的丝履，令她忍不住蹬脚大叫："什么东西，什么东西？"她猛一低头盯见一双黄绿的眼瞳紧瞅着她。

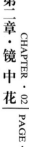

"啊——"她尖叫一声,眼前一黑,双脚一软倒下了。

翌日,韦贵妃和彩霞被老鼠和野猫吓晕,韦贵妃因此卧病在床的传闻,传遍太极宫每一个角落。

晨风拂过,细细的阳光透过绿叶洒落在草地上。玥月趴在井口,望着幽深的古井,一声声长叹。

她已经帮明月报了仇,吓了彩霞和韦贵妃,也通过讲述乡间野史诱拐媚娘,让媚娘相信除了遵循礼教,女子应当还有另一种更自我的生活。

现在的媚娘,在四周无人的时候,会与玥月大声说笑和追逐;敢与玥月一起争论历史;敢看除《女则》外的一本本历史传记和乡间野史。

媚娘天生的叛逆气息,已开始一点点在灵魂中流淌!是时候回去了。玥月呆呆望着井底的倒影。

可她又不放心,她还不知道明月被推入井的原因,不知道韦贵妃口中密谋的究竟是何事……难道,她应该留下查个究竟?

不,她用力摇头。这个时代不属于她。她应当回到属于自己的地方。那里有王雅在等她,还有未完成的学业,还有死去的爸妈……她必须回去,最好顺道带回明月。但她跳下去真能回去吗?万一回不去,她岂不是会被淹死在井中,哭着去见死掉的爸妈?

不要啦!她这条小命可是用爸妈两条生命换来的,她发过誓绝对要代替爸妈活到80岁以上。看着井中映出的自己,她忍不住伸出双手,意图触摸井水。她不过想当一只小小的米虫,简简单单活到80岁,为什么老天偏要看她不顺眼,将她扔到复杂的唐朝宫廷?

"小娘子,别跳!"因昨日偶遇,忍不住踱步前往与玥月初遇古井边的李宽,望着趴在井边的玥月,飞跃上前搂住玥月的腰,再次将她拉离井边。

"为何偏要想不开?"李宽俊秀的面孔浮上一丝乌云,安宁的心房宛如平静无波的湖面被投入颗石子。

她究竟是有癔病,又或遇见难事?昨日画个大花脸,今日又到此处跳井?她可知,身体发肤受之父母,不可轻伤?

只见一眨眼,她已远离井口十余步,玥月不禁猛抽气。这就是传说中的功夫吗？好厉害！她张大嘴巴，眼珠一转，想到一个跳井而不用担心死掉的好办法。

"你好厉害。"她满目崇拜，拽住对方衣袖。她要靠他回去，以前的误会和恩仇，就一笔勾销吧！

"还好。"她火热的眸色，盯得他有些难为情，火热的感觉从心头直蹿面庞。想到男女授受不亲，他温笑着放开环在玥月腰间的双手："小娘子，珍惜身体发肤。"

玥月丝毫没将他的话听入耳中，她满脑全是跳井计划："帮帮我，好吗？"黑白分明的眸瞳直望李宽深邃的眸瞳，细嫩的双手紧抓李宽衣袖。

她似乎非常需要他帮忙？低头看着玥月眼中的焦急，看着紧拽着他衣袖的双手，他压抑面孔的燥热，点头："好！但请先放开我的衣袖。"他僵硬笑笑。

"哦！"玥月尴尬回笑，忙松开对方衣袖，挠挠脑袋，"对不起，我太激动了。"搞什么，她差点被误以为调戏一名古代帅哥，真像妓院里见男人就扑上去的老鸨！

玥月用力甩头，将思绪拉回正题："我一会儿就跳下去，如果我没有消失，就麻烦你将我从井里捞起来！"玥月比手画脚地叫嚷着。

"跳井？小娘子，何事要如此想不开？俗话说，身体发肤……"李宽一怔，完全无法理解玥月的想法。

晕，他是唐僧吗？啰唆！"停停！"唠叨的男人比乱嚼舌根的八婆更可怕！黑眸一转，她不禁想到那日的意外之吻。

她将李宽拖到井边，理直气壮道："有人告诉我，在你轻薄了我后，我只有两条路可以选了。一是，我自杀；二是，我亲手杀死你。你说我该选择哪个让你负责呢？"

这……这这是谁说的？李宽看着眼前一脸灿笑的女子，无奈摇头："小娘子，不可听人胡言！"

"你放心，我大人大量，两个都不会选。不过，你不觉得你似乎应该用实际行动补偿我吗？"玥月眨眨大大的眼睛，声音很甜很甜。

"补偿？"李宽双目睁得斗大。女儿家，思想怎会如此怪异？

"我当你答应了。是男人就要讲信用！"玥月眸中满是算计的精光，"按照我说的话做。先去找根长长的麻绳，然后帮我跳井。"她伸出食指指指李宽的鼻梁，又指指一旁的井，"别忘了，这都是你欠我的。不许问原因，快按照所说的做；否则，就按照我刚才说的两条路，随便选一条！"

按照感觉走吧！感觉告诉她，李宽是个好人，一个一定会守承诺的好人。就

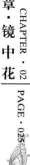

算,这句承诺只有她承认。

她怎会认为他会答应帮她？她误会他了。他可以私下找御医给她治病,可他怎会助她跳井？

可,看着她认真的眸色,她真觉得他是答应了。男子汉,一诺千金！哪怕,是被人误会的承诺。也许,他真该帮她。有他在井边,至少可保她性命无忧。

"好。"李宽无奈叹气。

CHAPTER · 03
第三章 · 无 归 兮

——无法离开,也许一切都是注定。

一边是紧握着绳索满面担忧的李宽,一边是深不见底的井水……上下展望的玥月,突觉得有些紧张,又觉得很兴奋。她半眯眼,望着李宽巧笑道:"你准备好,我要跳了哦！"

"嗯。"李宽点点头,微思下,又觉不妥道,"小娘子,要不你顺着绳子爬下去,又或者拴着绳子跳？"

真是个好人！不过以经典武侠小说《神雕侠侣》为鉴,杨过最后能找到小龙女全靠他舍身一跳。她虽然没有杨过那种舍身精神,不过她好歹也知道跳井和爬绳的区别。

玥月翻翻白眼,撅嘴又道:"安啦！有你在不会有问题的。对了,我叫武玥月,你叫什么名字？"今天一别就是永远不见！虽说她无法报答他,但她可记住他的名字,回去告诉王雅奇异的经历。

"我……"李宽犹豫了下,望着玥月清澈的眸子,终道出真名,"李宽。"

李宽？！在她看过的电视和书中没有记载过这样一个人……不过她记住他了。"李宽，谢谢你帮我哦！一会儿，如果看见我在井中消失，千万别惊讶。我只是回到我该去的地方了！如果看见我挣扎，那你千万要快点将我救上来……否则我变鬼也不会放过你。"玥月认真指着李宽的鼻梁再三嘱咐。

他真要放任她疯吗？不！生命之重。"小娘子，你可知不怕一万，只怕万一……你……"李宽不放弃希望劝说。

是啊！万一，一个不小心她跳偏，撞上井底石头，她还不死翘翘？万一，李宽武功没有她想象好，没能及时将她救起？万一……玥月盯着幽深的井越想越害怕。

不！她不可以如此犹豫不决。玥月用力摇头，大步上前，推了推李宽的肩膀："闭嘴！你少在这耸人听闻！还有，小娘子这个词，听着就恶心！我有名有姓的。你可以叫我小月、玥月，甚至可以连名带姓一起叫，但千万别叫让人浑身直起鸡皮疙瘩的小娘子！"

算算，跳下去存活的几率高于死亡，更何况这一跳很有可能将她带回去。不想了，拿定主意该怎么做就怎么做！玥月快速立在井口处，眼睛一闭，屏住呼吸——"扑通！"跳了下去。

"小娘子……不，月月！"李宽伸手一抓，却未能制止下坠的玥月。心头一紧，他连忙探出半个身子望着井底。

一人高的水花，随着玥月的下坠飞溅，然后一圈圈涟漪……她不会真消失了吧？一股怪异的失落在李宽心中荡开。

柔滑的双手伸出井面，黝黑的头发跟着浮出。"啊噗，救命……救……啊噗……"玥月四肢用力拍打四周的井水，脑袋一起一伏地求救。

她活着！失而复得的庆幸涌上心头。李宽暗运力道，对准玥月掷出手中麻绳，绳子在空中画出一根直线，又像蛇般紧拴住玥月腰身。他握紧麻绳用力一提，玥月破井而出，安稳落在他的怀中。

"咳咳，咳咳咳！"玥月紧紧抓着李宽，下意识将脑袋埋在他的怀中剧烈咳嗽。

"没事。"他木讷地挥起大掌，轻轻拍着她的背。听见玥月急促的呼吸，坚毅的双唇不禁泄出一丝窃喜，甘甜更缓缓在心田弥漫。

有所依靠的感觉真好！缓过气后，感受着李宽身上散发出暖暖的体温，玥月幸福地想着。从父母过世后，她都没有被人如此保护过了！想到这儿，她眼眶湿

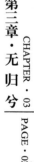

润起来。

他想保护她！"有我在，没事的。"李宽低头看着玥月红彤彤的双瞳怜惜低语。

好熟悉的感觉！以前每当她从噩梦中惊醒，爸爸总会这样将她搂在怀中安慰……可惜，爸爸死了，为了保护她死了很久了！

她很想哭，可她答应过爸爸要快乐活一生，因此她不哭，不要哭……她长大了，不会再让九泉之下的父母为她担忧。

脑袋埋在李宽的怀中抽气，当她觉得自己止住眼泪后，她抬起头挤出微笑："谢谢！你可以放我下来了，否则我不知道该怎么对你负责！"

"咳！"李宽一怔，尴尬地将玥月放下，"抱，抱歉！"

玥月看着面颊微红的李宽，她心底泛起阵窃笑……李宽这样的滥好人，也只可能存在于古代，若放在现代还不被一群"女狼"剥干净吃掉。

望着玥月如花的笑颜，"龙遇水腾，水为花生！"李淳风的箴言猛然浮现在他脑海，他的心快速鼓动，也许玥月就是他母亲口中的命中注定……

"阿嚏！"凉风吹过，挂着一身湿衣的玥月，忍不住打了个喷嚏。她哆嗦着抱着双臂，冲着李宽吐吐舌："谢谢你，你又救了我一命。可惜我不知道该如何报答，小女子只能在这里添上一句……大恩不言谢，不过有机会我还是会报答你的！呵呵，今天就算了……好冷，我先回去了。"不去想他那日的大男子主义，他真的好得让人心动。

"我送你。"看着玥月哆嗦的身子，发青的双唇，他有种脱下外衫为她取暖的冲动。但当他准备付诸行动时，他陡然觉得不妥，只能继续用温柔的笑容相对。

真是个温柔的好人！"不用了！我跑回去快点。走了，拜拜！"玥月甜甜笑着，转身跑开。可跑了两步，她又想到什么。她停住步伐，回头向李宽眨眨眼，"对了！明天申时，你再在这里等我好不好？嘿，我想再尝试跳跳井。"申时，是她穿越到唐朝的时间，按照无数穿越小说描述，同一时辰反穿越的几率会提高！

面对她的笑靥，他无法拒绝！"好。"目送玥月离开后，他不禁望着碧蓝的天空叹息。

堂堂一个楚侯与来历不明的宫女，混迹在一起成何体统？可他偏很开心，母妃死后他第一次如此开心！满满的笑容快速溢满他的眼瞳，一丝喜悦从他嘴边滑出。

第二日。玥月在申时,不顾李宽阻拦跳井。结果如第一日,李宽武艺高超将她救起,她在他怀中哭泣,他劝她不要再跳。可玥月痛哭完毕后,她越战越勇,觉得不是不能回去,而是时间出错,不顾李宽的意见,强迫地再次约定跳井时间。

第三日,重复第二日。

第四日,重复第三日。

第五日,情况毫无改变。

第六日,李宽不忍见玥月糟蹋自己,拒绝帮忙。可玥月前几日的恐惧已退却,她不接受他的提议,直冲向古井。

第七日,无法拒绝玥月,李宽开始自备绳索。

第八日,李宽开始贪恋与玥月奇特的相聚。

第九日,跳井失败后,玥月突然想到《天是红河岸》。她兴奋告诉李宽,她想到离开的方法,明日她将离去。李宽心头揪疼,一夜无眠……

第十日……

"真走?"媚娘将玥月来时穿的 T 恤和牛仔裤递给玥月,依依不舍道。

"这里不属于我。"玥月一次次抚摸着掌中的衣物坚定出声。

"天命将你带来,你就属于这里。"往日明月为她带来温暖,现在玥月为她带来快乐……这座宫殿实在太冷,她不想独自一人。

想到古装电视剧中任人打骂和杀戮的宫女,想到被彩霞推下井的明月,玥月不禁全身一怔:"不!一切都是错的。我不是大唐的人,我不属于大唐。我要回去,一定能回去。"她能回去,一定能回到那个可以大声说笑打闹的世界。

看着玥月满脸的抗拒,媚娘心尖生疼。这座看似富丽堂皇的宫殿中,偏偏连存活都要费尽心机,何谈幸福和快乐? 也许,她不能因自私阻拦玥月的归路。

"要幸福,要快乐!"想到多日相处的幕幕,一滴泪从媚娘眼角划过,她上前一步紧紧握着玥月双手。舍不得啊! 此生她是忘不了一个奇特的女子,曾带着她装鬼恐吓高高在上的韦贵妃了。

"媚娘!"一时情动,玥月伸开双臂抱住媚娘,"叱咤九天,你一定会成为历史上唯一叱咤九天的女人。而我的心一定会在这里,陪着你一起等待那一天。因此无论遇上什么事情,你都要牢牢记住那四个字,不要放弃,永远不要放弃!"想到

史书上,武则天显赫却多灾多难的一生,玥月一阵揪心,眼圈被泪浸得通红。

叱咤九天?女子的叱咤九天,不就是为后吗?她真能加深唐太宗对她的龙宠,成为皇后吗?……可唐太宗对她的宠爱向来吝啬,更何况圣上私下说过不会再立后。

"叱咤——"正想询问玥月为何如此说,偏听见玥月的低泣,她不忍地出声安慰,"小月,别哭。想想在你家乡,有你的好友等着你。"她拍着玥月的肩膀安慰,又推开搂着她肩膀的玥月,细心将丝帕递给玥月,"擦擦眼泪,等你换好衣物,我就送你去井边。"

"不!"正在用丝帕拭擦泪水的玥月,猛然抬头,"不要送了,那会让我更加难过。我……我不太喜欢离别。"

"我也不喜欢。"媚娘望着玥月沉默了好一会儿,终于她挤出了一丝微笑,"更衣吧!别误了时辰。"

"切,想得美!我才不要当古人。"玥月吐吐舌,说着媚娘不懂的词语,紧握手中衣裤,转身步入屏风后……古代之行,很快就会成为过去,回去后她还会是那个几乎将父母车祸遗忘,发誓走遍世界每一个角落的玥月。

郁郁葱葱的紫藤在阳光的照耀下越发灿烂,李宽坐在距离紫藤不远的井边,静默看着紫藤上那串串如豆荚的果实,思绪不由一圈圈荡开……

月月!念叨着玥月的名字,李宽温柔的眸色越发柔和。玥月就像缠树的紫藤,看似平凡,花开时却撩人心神。他们相处虽短,但他似乎已被她的满口胡言、怪异举止所吸引……他好像已无法对她放手,甚至有陪她疯一辈子的冲动。

"龙遇水腾,水为花生!"也许她真是他命中注定的花!但真如她所言,今日她会从井中消失吗?

"阿宽!"清脆的声音响起。

李宽微微一怔,拉回思绪,连忙起身理理衣袖:"月月。"看着玥月身上将玥月包裹得密不透风的紫色斗篷,他不禁轻咳两声:"你,你穿着斗篷?"

"因为我怕吓着别人。"玥月调皮地吐吐舌。

"你容貌尚佳。"玥月长得虽不是绝色,但也算秀丽。特别是那双眼睛,有着他从没见过的灵动与无畏。

"嘿嘿,我知道我这副尊容自然无法和后宫佳丽相比,不过你也不用说得如此坦白吧!"玥月眼珠骨碌一转,唇边滑出邪邪的笑容,"我是指,我里面的衣着吓人。"随即,她解开了斗篷,露出里面的粉色无袖T恤和牛仔裤。

看着她裸露在外滑润的藕臂,看着她被怪异布料紧紧包裹的双腿,李宽身子一僵,脑袋一片空白。

"你……你……"伤风败俗。李宽瞪大眼球,指着玥月,却无勇气吐出后半句。

伤风败俗?她就是要这个效果。不过她这身打扮,怎么看也没有杨贵妃所在的盛唐时期,来得开放吧!嘿嘿,这就是两个不同时代人的代沟吧!他们可以去了解和理解历史人物,可历史人物却永远只能活在历史中。

玥月上前来到李宽身边,自豪扬起头:"记住了,这就是我家乡的装扮!"

"你乃胡人?"他惊讶再道,然后又摇摇脑袋,"不,胡人上服,袖子尚长;下裤,亦宽松。可你这身……"只怕妓女也不敢如此装束。

"哈哈,我是什么人,我偏不告诉你。"就算告诉他,按照他的智慧也无法理解。玥月将斗篷挂在李宽手臂上,抬头看看太阳兴奋道,"天时地利人和。这次我通通做足,一定可以成功!"

《天是红河岸》里面不是有言,如果想反穿越,就要穿上来时的衣物,在相同的时间来到同样的泉眼处,还有一名祭司施法。呵呵,这个地方没有祭司,带到唐代的也不是什么泉眼,不过她可以穿上来时的衣物,可以在同一时刻跳下去。

"又跳?"李宽搂着玥月的斗篷,无可奈何地叹气。

"最后一次!这次,你不用管我,我会一跳不返。"玥月自信地走到井边,低头望着深幽的井水。回去后,她一定要赶到川味馆,点上一份又辣又麻的水煮肉片,补偿连日来的跳井之苦!

"你……我若不管,你会溺死。"李宽看看他放在井边的绳索,眉头紧锁。

"呸,呸,狗嘴吐不出象牙!我才不会淹死,我会回去,回到属于我的地方享福!"玥月站在井沿仰头大笑。她不敢想如果这样还是无法回去怎么办,她必须破釜沉舟,祈祷奇迹发生。

"我走了!"玥月向李宽挥挥手,闭上眼屏住呼吸,"咚"地跳了下去。

"扑通!"她听见水花溅起的声音,刺骨的井水很快将她包围。她本能地想要游上去,可想到回去的奇迹,她强迫自己屏住呼吸待在水下。

她相信在生死相交的时候会激发人的潜能得到奇迹；她相信一会儿浮上去的时候会听见小雅在那端呼唤她；她相信这一次一定能够回去……耳边的水花声渐渐消失，她觉得自己正在被一种莫名的力量向下拖，她的耳边开始出现嗡嗡的响声，她的脑海中浮现一片晃眼的白。

是时候游上去了！玥月蹬着双腿想向上游，可这刻她才发现她连蹬腿的力气也没有。她想要求救，可张嘴那刻冰冷的水立刻直灌胸腔。

完了！这一次真要去见爸妈了。呜——早知道她就不跳井，生活在 BT 的古代，怎么也比失去生命来得划算……胸腔一闷，脑袋失去思维能力，毫无气力的她只能任由身体向下沉。

月月？！看着缓缓归于平静的水面，李宽心中有股说不出的酸楚。她真的通过这口井，通向了她所说的家乡吗？李宽低头看着手中的斗篷，心尖抽疼得难受。

他该如此离开把彼此相遇视为怪梦吗？李宽坐在井边，低望着静无波澜的深井。不！他忘不了。她是玥月，敢指着他鼻头大骂的月月！她不是普通女子。手指在斗篷间轻轻摩挲，忽然脑袋仿若被电击了一下。

"咕噜！"井中冒起的一串微弱的水泡，更是让他全身发颤。她是宫女，不是精怪。他怎能相信，她能通过古井，通向她的家乡？不！她在井底，她一定溺在了井底。

他要救她，他一定要再次救她！李宽忙将斗篷扔在一旁，抓起地上的绳索，将绳索一头拴在粗大的树干上，另一头扔入井中，纵身跃入井中。

月月，月月！不要死，不要死！他努力向下游，向下……直到看见面色苍白，点点下沉的玥月。

还好，还好，他没被她那些疯言所骗！怀着满腔庆幸，他抓住玥月冰冷的手，紧紧环住玥月的腰快速游向水面，抓住绳索快速上爬。他不会对她再放手，救起她后，他不会再受她教唆，定要将她与古井隔开！

"月月，月月！"他用紫色斗篷紧紧将她裹住，伸手探向她的鼻尖。还好，她有呼吸。他大笑着，战栗地将她搂在怀中。他不要失去她，就算她有癔病，他也不要失去她！他抚摸她散开的长发，一遍遍地祈祷。

突然躺在他怀中的玥月猛咳了起来。伴随着剧烈的咳嗽声，冰冷的井水缓缓从她唇边溢出，她动了动眼睑，睁开双目。

李宽！他又救了她。只是他的存在，同时也证明她再也回不去了！一股湿气快速染上她的双瞳。

"醒了！你没事，没事。"看着玥月满是雾气的双瞳，心中对她的责备顷刻烟消云散。

"我——回不去了！"心头一揪，鼻头一酸，玥月抱着李宽，枕着他的肩膀，放声大哭。

风吹过，阳光下的紫藤发出"沙沙"的响声，李宽不由将玥月搂得更紧。她真待在他怀中，真好！她没从井中消失，真好！他又可听见她爽朗的笑声，看见她灵动的双眸……真好！

落日时分，无法完全向李宽吐诉伤痛的玥月，紧紧裹着半湿的斗篷，拥着残碎的夕阳，摇摇晃晃地出现在媚娘面前。

"小月！"复杂的泪水快速浸透媚娘的双瞳，媚娘快步上前扶着玥月，同时载着担忧和喜悦出声，"饿了吧！我准备了姜汤和糕点。"

她祈祷玥月能回到属于玥月的地方，可她又自私地希望玥月不能回去，留在这里陪她一辈子……现在她回不去，真的很好。可她如此想，太自私了！看着玥月发青的双唇，她心中布满矛盾。

"我回不去了。"玥月双目呆滞地望着媚娘，欲哭无泪地颤抖出声，随即身子一偏倒在媚娘怀中。

"小月。"媚娘忙扶住晕倒的玥月，手指抚过她冰冷而苍白的面颊，愧疚而快乐笑着，"我会待你好，比亲生姐妹还好！"

那日开始，玥月染上风寒病，高烧不退，昏迷了三天三夜。待她迷迷糊糊醒来，正迎上头发杂乱、一脸憔悴忙着帮她换额头上湿帕的媚娘。

"醒了。"打量挣扎起床的玥月，媚娘忙扔下帕子，迎了过去。

媚娘为了照顾她一直没睡？"嗯。我睡了多久？"感动充溢灵魂，玥月满是歉意地开口。

"三日。我好怕你醒不来。你身子好烫，我只能找御医。"媚娘将玥月扶起，激动的泪"哗啦"滚出。

"你又救了我！"她又再次重生。这一次，她不仅背负着父母死前的期望，更

欠下了媚娘和李宽的恩情！

"别再跳井了。小月，留下，留下我会照顾你。"泪水无法抑制落下，媚娘紧握着玥月的手，"无论发生什么事，我都会不惜一切保护你。"

走？她能走哪儿去？差点死了的她，根本不知道到那个时候她是否会有勇气再尝试。玥月抬起手指，努力抚平媚娘皱成一团的眉心："我走不掉，也不走了。"她的声音很淡，却无法掩饰当中的绝望。

何时起习惯了等待？骄阳洒在他的额头，细细的汗珠快速袭上额心。仰望越发葱绿的紫藤叶，丝丝焦躁升上李宽心头。

那日，玥月趴在他肩上恸哭一场，毫不给他开口的机会，她只是紧裹着斗篷，仿若他不存在似的离开。他想要追上前，但怕她会更加悲伤，他终是止步不前。

第二日，他以为她会遗忘悲伤，再度笑着拖着他跳井。可玥月并未赴约。

第三日，他等她到夜幕降临，她依旧没有出现。

第四日，他欲照以往约定，再度前往古井，却恰逢陛下召见，受命立即前往江南彻查官商勾结贩卖私盐。

皇命不可违！可他如何能放下玥月？想到她绝望的泪，他的心不禁揪疼。在他百般恳求下，陛下格外开恩宽限一日，让他打理私事。

那夜，明知道时辰已晚，他却忍不住走向古井，傻傻坐在那儿，望着漫天星辰待了一夜……他已无时间继续等待。

翌日，他动用宫中人脉，私查宫女名册，可里面并无名为"月月"的宫女，甚至连同音亦无。无奈，他只能在他们初遇的古井边继续等待，希望有足够的运气与她暂别。

难道终是无缘？轻柔的风吹动着他两鬓的发丝，在他俊秀的脸上添上几分哀愁。"叭叭叭"细微的脚步声，从他身后传来。

"月月！"心弦一动，他忙转身呼喊。

声未响，笑先至，李泰一身蜀绣紫袍，文雅立在李宽面前，一句"二哥"喊得慵懒又亲切。

"魏王。"李宽忙起身，向李泰行礼。李泰的笑容虽让他备感亲切，话语常让他感动，但李泰是魏王，一个野心勃勃、心怀天下的魏王。

"二哥，又见外了。"李泰敛住笑意，苦着脸拍拍李宽的肩，言语怒而不威，十足像个撒娇的孩童。

"呵。"李宽直起身子，微微一笑，"此处僻静，又近冷宫，不知魏王何会闲逛至此？"

"听闻二哥又将出京，我想为二哥饯行，怎料四处难寻你这位贵人。无奈下，只能向宫人打听，才知二哥在此处静思。"李泰笑如三月杨柳，柔和而不失风韵。

如此机密的要事，也能让李泰打听出来？李宽深眸中掠过丝惊愕。如此偏僻处，李泰亦能寻到。李泰在宫中人脉的广与深，超乎他的想象。如此看来，他已羽翼丰满，随时准备与承乾一较高下！可李泰，还缺一些人，一些时机。

望着李宽凝重的面色，见示好无效，李泰连忙笑吟吟地转移话题："对了，月月是谁？二哥似乎对她很上心。"

"友人。"不愿多说，李宽敷衍道。

友人？友人会等待多日？李泰继续顺藤摸瓜："想必二哥这位友人很特别。"

想到玥月满口怪异之语，想到玥月的爽朗笑颜，想到玥月晶莹的泪……他浮出一丝甜笑："很特别，很特别。她似乎有癔病，似乎又没。她常跳井，却又怕死。"话语道完，他才惊觉说得太多。

跳井，癔病？李宽交友真特别。李泰维持恭敬的笑容，续道："能成为二哥的友人，必有过人之处。愿何时二哥能引见，让我见见。"

他也想见她。可今日时辰已晚，恐她不会再出现。但明日他便要南下，此去没有数月恐难归来……他怕数日后，她心情转好，出来寻他，他却不在。待他数月后归来时，她已早忘却他的存在。

如何是好？想到玥月，李宽无力叹气，打量眼前含笑的李泰，一个主意袭上心头。

他向来无与李泰交恶的想法。李泰主动向他示好，他何不欣然接受？他可以借玥月做个顺手人情给李泰，让李泰对他宽心；他亦能安心离去，并知晓玥月是否安好……

"近日，我就可替魏王引见。但有一事还需劳烦魏王。我本与友人约在此处相见，可近日她出了些事，未能如约相会。我出宫后，有劳魏王每日申时，设法在此处等她一个时辰，待她出现请转告她我南下的消息，并阻止她跳井……我不在

时，更有劳魏王代我佑她平安。若能让她写封信给我，自是最佳了。"

究竟是谁，能让喜怒难露于面的李宽放心不下？李泰微微一顿，随即朗声笑开："兄弟如手足。二哥之事，自是弟之事。二哥只管安心南下，弟定会在二哥不在时，将二哥的友人照顾稳妥。"

"他日归来，我必设宴重谢！"看着李泰鼻两旁的笑纹，李宽拱手行礼，心中的担忧缓缓放下。

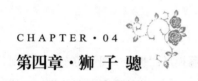

CHAPTER·04

第四章·狮 子 骢

——马骧是历史的相遇，也是历史的开端。

明澈铜镜中映衬着两张不同的脸，一张华丽典雅，一张秀气灵动。就容貌而言，前者唇不点自朱，眼不画自水，眉不描自黛；后者却是肌肤偏黄，眉色淡弱，相差甚远。不过她们亦相同，同有一双水灵灵的眸子，同样散发着桀骜而自信的光彩。

"媚娘，别瞧了，越看我越自惭形秽！"看着镜中脸若银盆的媚娘，玥月忍不住叹气。同是女人，为什么长相的差距就这么遥远呢？

"好，好。我为你梳鬐！"媚娘拿起一旁的雕凤木梳，细细替玥月理清纠结在一起的发丝。

"你是才人，我是宫女，咱们此刻的位子好像错位了！"大病初愈，心情顿好，玥月把玩着桌上的明珠嬉笑道。

"就你？你梳的发鬐能见人？再说，我视你如姐妹，你又何须与我计较？"媚娘的指尖在玥月黝黑的秀发中滑过，"瞧瞧，这又黑又顺的秀发羡煞旁人。"

当然顺，她才做了离子烫不到半年。可惜她不知道离子烫的原理，否则也可以在这里发扬离子烫的传统，在维护唐代女性爱美心理的同时大赚一笔。

不过，她可记得简单的花露水原理。大唐应该还没花露水吧！等她哪天缺钱了，她倒可以试试配制香水，四处贩卖。

"小月，在想什么？"见玥月出神，媚娘忍不住推推她的肩膀。

"啊？！"玥月微微一惊，从造钱美梦中惊醒，心知离子烫和花露水都非媚娘所能理解的，说出来只怕媚娘不信。

不过，看着镜中媚娘那张好奇的面孔，她知道她必须说些什么用以安抚媚娘好奇的心态："我……我在想，来到这里这么久，也只有生病的时候才知道除了我，你身边还有其他宫女。"

媚娘手中的木梳颤了一下，心沉了一下，又快速笑开："韦贵妃和彩霞不是以为明月死了？要恐吓韦贵妃或是彩霞，自然不能让旁人知晓你的存在。要不，还怎么吓她们？"

玥月大病一场，让她不得不召御医，不得不派其他宫女来照顾……原本被明月鬼魂惊吓不轻的韦贵妃和彩霞，只怕已知晓明月未死的消息，也猜到那日她们看见的不是鬼而是人。

"对了，小顺子呢？怎么不见他。"想到那个矮小热情，甜甜叫她"明月姐"，讨人喜欢的小公公，玥月不禁柔和笑开。

"他……他转调其他宫了。"为玥月梳头的木梳顿了顿。韦贵妃报复心强，只恐将小顺子调离，只是她报复的开始。她们装鬼吓得韦贵妃生病，从而成为宫内笑柄，此事韦贵妃不会善罢甘休！

此刻唯有希望在她拉拢德妃的同时，韦贵妃能相信明月失足落井失去记忆之说……在玥月尚未察觉她的心慌前，她又开始为玥月梳头，并娇笑道："今日要出去？"

"嗯。这些天他没见到我，一定会很担心。"想到李宽温温和和、有求必应的样子，玥月捂着嘴偷笑起来。

"他是谁？居然让小月如此上心。"媚娘看着玥月微红的面颊，牙痒痒地逼问。

"他……"宫里事情本来就多杂，在没得到对方同意下，就将对方名字告诉媚娘好像不太妥当。玥月顿了顿："嘿嘿，我得先征得他的同意，才能告诉你他是谁。"

"死丫头！"媚娘顺手敲了下玥月的脑袋，"胳膊肘就会向外拐。"

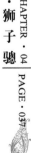

看着镜中玥月双颊升起的红云，媚娘不自觉地再度想起明月。也许她可以将李君羡介绍给玥月，与明月长相一模一样的玥月，一定会像明月那样中意李君羡。

"我……我拐谁了？"想到李宽将她抱在怀中，轻轻拍着她肩膀安慰她的场景，玥月又是一阵心暖，"他给了我很熟悉的感觉，与他相处很自然。他就像是哥哥，又像是认识很久的朋友，还像……"

如果继续发展下去，也许她真的会将他当成男朋友。看着镜中那张清瘦的面孔，她轻轻拍打了几下脸蛋。她会幸福，无论在哪里，她都会按照父母的遗言，快乐而幸福地活着！

凉风拂过，玥月坐在井边借着清凉的井水，打望着媚娘给她梳的双鬟望仙髻……就这样困在唐朝了，想回去又回去不了，这以后的日子该怎么混呢？

"明月！"冰冷的女声在玥月身后响起。以彩霞为首的五个宫女，站在玥月身后冷冰冰地盯着玥月。

彩霞！她来找她闹事。"你是？"玥月挑挑眉，假装失忆。

装鬼吓她，还装傻？她可不是好骗的。"哼！我不管你真失忆，假失忆。这一次，我非把你塞到井底，让你永不翻身。"彩霞细长的眼睛微微眯起，阴冷的眸神如同腊月的凉水，让人通体生寒。

晕！她还当真不离不弃，誓要把投井事业发扬光大。面对眼前这五个宛如罗刹的宫女，玥月慌张转动眼球，寻找逃跑途径。

"几位好姐姐，我不认识你们。"玥月鼓着眼睛假装白痴，一双脚却悄悄离开井边。

"想跑！"不待玥月拔腿，彩霞领着宫女已将她团团围住。

这群人还是杀人专业户不成？不能跑，那她可不可以喊救命呢？不过这里靠近冷宫，就算她喊破嗓子也没人理她吧！

"明月，今日我要再取你的命！"彩霞命两个宫女上前，紧紧抓住玥月挣扎的手，然后"啪"地狠狠给了玥月一巴掌。

那日她明明看见明月坠入井中，不可能生还。可偏偏明月居然没死，还装鬼吓她。

当韦贵妃知晓明月未死后，她立即被韦贵妃用办事不利狠狠鞭打了一顿。韦贵妃还告诉她，今日若再听不到明月的死讯，明日就要她代替明月跳井。

想到残留在身上火辣辣的疼，彩霞就恨，抬起五指在同样的地方，"啪"又给了玥月一巴掌。

火辣辣的疼快速窜满半张脸。好痛！泪花在玥月的眼眶中翻滚。哼，贱人，不要让她有机会活着回去，否则……她会在她脸上还上百根千根指印。

"真是双讨厌的眼睛，让人恨不得将它剜下来！"玥月眼中恣意燃烧的怒火，让彩霞心生怨恨。彩霞愤愤上前举起尖锐的指甲，作势要向玥月的眼瞳戳去。

疯子！还满清十大酷刑了。愤怒将她整个灵魂都烧了起来，她并不正视那企图挖下她眼球的双手，只是死死盯着彩霞："你挖过别人眼球吗？需要我告诉你要怎样才能挖下一副染满鲜血又白又大的眼球吗？你又知不知道当眼球被握在掌心那是什么感觉？"看着彩霞颤抖着向后缩的手，玥月冷笑着，"……我会跟着你的。当你挖下我的眼睛后，无论我在何处我都会跟在你的身边，牢牢看着你。呵呵，半夜做噩梦惊醒的时候也别怕哦，那不过是我带着被你害死的姐妹来找你聊天。"

一阵凉风吹过，火热的太阳被厚厚的白云盖了起来，明亮的天空顿时阴沉不少。"啊——"仿佛有人在她身后拍了她一下似的，彩霞顿时惊跳起来。

"杀了她，把她给我推下去，杀掉她！"她害怕看见对方那双黑白分明犀利的眸子，即使此刻知晓对方是人非鬼。

"喏！"玥月布满恨意的目光，让抓住她的两个宫女，身子不约而同一颤。

为在皇宫更好生存，她们害死过不少人。可是那些死人里，没有一人的目光，存在如此强烈的恨意和求生欲；死前言语咒骂者甚多，可没一人的话，像她这样让人心颤……她们害怕，害怕她的诅咒，还有深深的怨念。

看着那两个迟迟不动手的宫女，彩霞咬牙上前，"啪啪"给了她们一人一耳光："还不动手？不怕贵妃娘娘要你们的狗命？"

韦贵妃！想到这些年从韦贵妃身边消失的宫人们，想到韦贵妃惩罚宫人的手腕。她们抱歉地看了玥月一眼，心里默念着身不由己，使劲把玥月向井边拖。

自己跳井是一回事，被别人推下井又是另一回事！虽然知道被她们这一推，可能出现反穿越，但更大的可能却是死亡。她不想死，更不想死得如此不值。

"放开我！"玥月叫嚷挣扎，纠缠中精致的双鬟望仙髻散开，整齐的襦裙凌乱

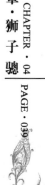

地挂在身上……那模样十足一个骂街的泼妇。见难以挣脱,她张嘴就向其中一个宫女的手臂狠狠咬去。

铁锈味很快地从玥月的牙缝窜向喉咙,猩红的血快速在白色衣袖上浸开,伴随宫女"啊——"的惨叫,对方松开了玥月的手臂。

还有一个!玥月松开嘴,咧着沾满血腥的牙齿,转头望向另一个钳制她的宫女:"放手!"

"啊!"对方一惊,动作快于思维,恐惧地松开钳制玥月的手。

见机不可失,玥月连忙拔腿就跑。怎料,彩霞并未昏头,拦在她面前。"啪!"五根手指印,出现在她另一半脸。

狠!真够狠!玥月愣了一下,不甘示弱举起右手作势要将这一巴掌还回去。

奈何,彩霞抓住她高举的右手,厉声命令惊愕站在一旁的四个宫女:"还不过来抓住她!"

抓?!

宁可夜遇鬼,切莫惹疯子!眼前的明月十足一个癔病重患,她们可不想无故地被她咬上一口……万一这种癔病会传染,变得像她那样,不就完蛋了。

看着玥月恶狼似的表情,嗜血的目光,她们愣在原地,无一人敢上前。

"你们怕她,难道就不怕贵妃娘娘?"看着玥月即将向她下口的利齿,彩霞连忙移到玥月身后,并将玥月的右手反锁在身后。

"喏!""贵妃娘娘"四字,如泰山压顶般向她们袭来。所有宫女连忙上前,憋足一口气咬牙将玥月压在地上。

彩霞将玥月交给其他宫女,挣扎起身大口喘气,努力压制心中不安的狂跳。今日的明月,怎感觉与上次不同?

那时的明月眼中有恨,却没有此刻的明月眼中那种如狼的犀利。若不是亲眼看见这样熟悉的面孔,她甚至怀疑眼前的明月和以前的明月根本不是同一人。

看着玥月布满血丝的眼瞳,听着玥月的威胁和咒骂,彩霞打了个寒颤……难道说这个明月,当真应验了上一次她推明月下井时的诅咒,再世为人回来复仇呢?

凉风拂过,彩霞却忍不住抱着双臂,不可抑制地哆嗦。看着玥月那张挂着血丝的嘴,才很担心推明月下井的时候,玥月会紧咬着她将她拖下地狱。

她慌张掏出丝帕,快速塞入玥月喋喋不休的口中,然后急忙指挥那四个宫女:

"架着她的手和脚，立刻把她扔下去。"

会遭报应的！宫女们不约而同想。可是如果不按照彩霞说的做，她们遭受的会是比报应更惨的酷刑。遭受明月的报应，总比遭受韦贵妃的酷刑好。

她们彼此望了一眼，暗中达成共识，皱着眉头，使出全力锁住玥月的四肢，抬着她快步来到井边。

待她死后，每逢初一、十五，她们都会暗中烧纸给她。只望同样身为宫女的她，能理解她们的身不由己。真要报复找彩霞，找韦贵妃！

侧头看着阴森森的井水，玥月害怕得全身发抖。她很想顶开口中的丝帕，可奈何丝帕塞得太深，她只能支支吾吾摇头反抗。

"明月，不要怪我，要怪就怪你命不好，生为命比蝼蚁更贱的宫女！"彩霞不敢去看玥月的眸子，她用力吸气挥手，"扔下去！"这一次，她会在井上加块石板，要玥月再也不能从地狱中爬出来。

对不起！她们只能祈祷她的来世，就算生在穷人家挨饿受冻，也千万别再踏入这道宫门半步！宫女们习惯性闭上眼，作势要将玥月扔入井中。

"住手！"威严无比的声音破空而来。

惨了！宫女们不约而同地一震，停止下扔的动作，睁开双眼。

"奴婢，见过魏王！"看着浑身怒火冲上前的李泰，彩霞害怕得"咚"地跪了下去。那些抬着玥月的宫女，更是跪也不是站也不是，只能傻傻立在那里发抖。

魏王李泰自幼天性聪慧，长成后"文辞美丽"、"好士、爱文学"，深得当今圣上宠爱。宫中所有人都知道他是除了当今太子外，最有可能继承皇位的人选，也是决不可得罪的王爷。

"把人放下！"李泰怒目挥手，一身紫缎绣龙团领袍衫，随风而动贵气十足。他不敢想象如果玥月被溺死，他该如何向李宽交代？

人道是，魏王最会察言观色，收拢人心。想必无论李泰如何仁德，也不会为了一个小小的宫女，令统管后宫的韦贵妃为难吧！

彩霞不敢抬头，小心翼翼地暗示李泰："可是……奴婢奉旨……"

"莫非，你一个小小的宫女还想让本王将此事拉到父皇面前讨公道？"李泰半眯着眼，声音很低，语气却压得人喘不过气。

"奴婢该死！"难道是武才人找到魏王当靠山？彩霞暗自揣摩，却不敢问出口。

"还不把人放下。滚！"剑眉高挑，眸寒似冰，李泰用力甩了一下衣袖命令。

"是！"宫女们愕然一惊，连忙放下玥月，跟在彩霞身后仓皇逃开。任务失败！此刻只能祈祷韦贵妃心情大好，能饶她们不死。

魏王！刚才她有听见魏王两个字。难道是历史上差点当皇帝，却因为谋反而与皇位失之交臂，傻B到极点的魏王李泰？

刹那间，玥月忘记取出口中丝帕，揉揉手臂忙从地上坐起观看历史名人。

额头很高，眉毛浓黑，眼睛圆亮，鼻子高挺，嘴唇宽厚……长得有些像李宽，但是两人却又相差甚远。

总的来说，还是李宽帅气点！因为李宽不会像他那样，将眉头皱得老高，看上去就好像谁欠他几百万似的。

疯子！瞧瞧她发型散乱，衣冠不整的样子，不是疯子，是什么？不过，这个疯子倒有一双灵动如珠的眸子。

李泰走到玥月身边，伸出手笑了："起来！"眼角微微上扬，笑如春风拂面，声似晚风过林。

真好看！心鼓动着，比第一次与李宽相遇的时候跳得更快，双颊泛显着点点红晕，她将手放入李泰宽厚的掌心中站了起来。

看着玥月眼中的惊赞，李泰心中燃起丝蔑笑……这般俗人，怎会让万事置身事外的李宽挂心呢？

好厚的手，如同他笑容那样温暖。玥月抓着李泰的手，低头傻傻笑着。

这等举止与那些刻意接近他的宫女有何区别？只有李宽那种尚无家室、严守礼教的呆子，才会被她欺骗！他可不吃这套。

不过碍于同李宽的约定，他不得不在这段时间里好好照顾她。李泰伸出另一只空闲的手抬起玥月的下颚，取出还塞在她口中的丝帕，和煦笑开："有劳小娘子放开我的手。"

"我？啊——"天啊，她还要不要活啊！她居然紧紧抓着陌生男人的手忘记放开。玥月连忙松开他的手，后退一步，整张脸瞬间红得像个番茄……哪里有地洞让她钻进去啊！

欲擒故纵，有点意思！李泰继续温和地笑着："小娘子，就是月月？"

"嗯。"新话题化开一场尴尬，玥月依然忍不住又退了半步，才点点头反问，"你就是魏王李泰。"

野史上描述的魏王李泰，应该是个挺着将军肚的肥胖之人，没想到真正的李泰居然浓眉大眼，看上去又高雅又帅气……玥月的眼中忍不住闪着点点金光。

直呼他的名号，却无半点畏惧。此女子要不真患了癔病，要不就是胆色过人。有趣！他似乎，有一点点知道李宽为何会对此女子另眼相待。

"嗯。"李泰轻松应答，想到"月月"两字，他不禁又道，"敢问，姑娘'月月'二字何写？"

李宽离开后，他也想办法查看过宫中名册，只是他遍查名册依旧找不到叫月月的宫女抑或是嫔妃。

"我叫武玥月，姓武力的武，名中第一个玥是一个王一个月亮的月，第二个月则是月亮的月。父母希望我，如玥一样珍贵，如月一样美丽。"玥月扬起头自豪道出，那一刻她的瞳眸闪亮如月华。

玥月眸中的光亮，尤显那头乱发刺眼。李泰笑嘻嘻上前一步，顺手取下固定发型的簪子，柔顺的发丝如流水般滑落在她身后。

这样顺眼多了！看着黑发下布满疑问的星眸，嗅着发丝上的淡香……李泰半眯着眼，仿佛觉得看见了满藤的紫藤花，嗅见了春天的气息。

好暧昧！她的头簪在他手中，他的呼吸缓缓吐在她的发间。"怦怦"她能听见自己激烈的心跳声。

这个男人，举止就不能稍微正常点吗？他难道没学过男女之别吗？他又当她是什么人啊？……这个男人太危险了。

她不禁有点怀念老古董的李宽。李宽虽然有时候太过呆板，但是他对她很温柔，又很包容她的任性。更重要的是，李宽绝对不会像这个男人那样，随意取下她的发簪。

她努力吸两口气，降低快跳的心脏，磨磨牙略显底气不足，转身瞪着对方："对本姑娘的名字有什么疑问吗？"

表情丰富！他见过太多刻意或自然温婉的女子，唯独没见过这种喜怒形于色，对他不卑不亢的女子。他真有些欣赏她了！

李泰把玩着手中的簪，低头凑在玥月耳边低语："玥月！好一个玥月。"只可惜她依旧欺骗了他，宫廷中根本没有一个叫玥月的女子。

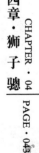

本以为她刻意接触李宽,进而攀龙附凤;可若那是她的目的,她根本没必要在名字上动手脚……想不通,她隐瞒姓名会有何好处?李泰的脑袋一片杂乱。

耳朵好痒!玥月挠挠因李泰的气息变得涨红的耳根,连忙闪到三米之外:"本姑娘行不改……"

不对!她的名字改了。在这个宫中她顶替着明月的名字,可她却四处宣扬着武玥月这三个字。若被有心人听见,还不怀疑她的身份?玥月顿时气得想自己掌嘴。

还好,武玥月这个名字,除了媚娘外,她只告诉了李泰和李宽。由于她和李泰、李宽相遇情况较为奇特,因此就当是她用玥月这个名字欺骗了他们吧!

"不改什么啊?"见玥月突然止声,李泰挥挥衣袖向玥月走去。想不通,就不用想了。反正他有很多时间去查询,查看玥月的真实身份以及她似疯非疯的目的。

"不改……不改……行不改音,坐不改容。"玥月连忙搭腔,生怕对方继续追问,"对了!不知魏王为何会出现在如此偏僻的地方?"

据说历史上李泰是个小气的人,眼前的李泰不会因这句冒上的话,让她求生不得、求死不能吧?

李宽啊,他怎么还不出现啊?如此重要的时刻,他好歹也帮她脱脱险。

同她胡闹,他差点忘记连日等她的目的。"二……咳咳,我一同宗兄弟,让我在这里等小娘子。他想知道小娘子是否安好?"李泰将手中簪子递给玥月,朗朗声音如磬溢出。

"是李宽吗?他人呢?还好吧?"那可是陪她跳井的好人啊!玥月握紧手中簪子,扯住李泰衣袖紧张问。

她眼中的光很亮,就像十五的朗月:"他有事南下了。但他有两事,托我转告小娘子。首先他希望你不要再跳井,其次他希望你能写封信给他。"

"我……我不会跳了。"玥月望着古井叹了口气,然后抬头看着天空,嘴角微微上移露出浅浅的微笑,"而我会写信给他。"

好幸福的笑容!美得让他嫉妒。如果某天他消失了,他身边的女人也会如此关心他吗?

玥月在风中飞舞的长发,恰好飘向他鼻尖,扰得他鼻子痒痒想打喷嚏。他动动手指,想要挥掉那丝丝不安分的发丝,可始终没有抬起手臂。

他只是静静看着玥月凝在嘴角的微笑，与她并肩而站望着天空，柔和吐出："写好，就给我。我会同他一样在这里等你。"

他知道为何李宽会与玥月交好了。玥月身上有种能让人身心放松的气息，这种宛如山上野草的气息，恰好是皇室中没有的……李泰闭上眼，笑了。那刻他仿佛嗅见了，名为自由的香味！

头戴浑脱帽，上着窄袖紧身翻领长袍，下着长裤，足蹬高靿革靴，还有一把缀满宝石的胡刀挂在腰间……媚娘穿着火红胡服在玥月面前转了个圈。

"好看吗？"媚娘笑得很俏皮，火红的色彩刚好能衬出她白皙的肌肤，突出凝在她骨子中的活力和狂傲。

"很适合你！"玥月惊诧地打量着眼前的媚娘。无尽的活力，微微的狂傲，这就是媚娘得宠的原因吧！

此刻的媚娘很符合历史书中的描述了。只是媚娘不知，这个得宠的原因恰恰也是她圣宠不及徐惠的原因。

媚娘是李世民眼中的一朵野花，活力无比，芳香无比……能引起男人想得到和征服的欲望。只是野花再香，也敌不过家花的好。

李世民最爱的还是像长孙皇后那样蕙质兰心的女人。又或许李世民一生爱着的只有长孙皇后，其他嫔妃不过是长孙皇后的替身，抑或是生活的调剂品……忽然玥月很想见到那个集文武于一身的圣君。

"陛下因得一良驹龙颜大悦，钦点部分臣子、嫔妃随驾尚乘局①观马！"媚娘心情大好，抓着玥月的手向门外走。

观马？狮子骢！"等一下，媚娘！那匹马，可叫狮子骢？"玥月的心慌乱跳着。有野史传言，狮子骢事件是武才人失宠的重要原因之一。

"嗯。传闻那匹马是青海骢②的后裔，生得高大威猛，神俊异常……唯独那性子烈了点，至今还没人能驯服它。"想到太宗在后宫众多佳丽中钦点她随驾，媚娘的芳心飞到了云间。

---

① 是专门驯养御马的地方。龙朔二年，改尚乘局为奉驾局。
② 《隋书》：吐谷浑有青海，中有小山。……尝得波斯草马放入海，因生骢驹，日行千里，故世称青海骢。

"媚娘，若要你降伏那匹悍马，你会怎么做？"玥月问得极为小心。

在爱马成痴的太宗带领下，此刻养马的风潮早已席卷大唐。而媚娘出生在将门，从小跟在父亲武士彟身边，捕马、驯马、养马……这些事情常见，骑马、狩猎、马球……这些事情更是常做，而对于烈马她甚至有种莫名的钟情和喜爱。

媚娘黑白分明的眼珠一转，嬉笑吐出："那简单，我只需要三样东西。第一，铁鞭；第二，铁锤；第三，匕首。它不听话，我先用铁鞭抽它；它再不听，我用铁锤打它的头部；它再不老实，我就用匕首宰了它！"

玥月一怔。不是惊于媚娘身上那股强烈的悍气，不是忧于媚娘话语间的狠毒，而是叹于历史背后的悲伤。

望着那张娇若牡丹的笑颜，她不难看出媚娘因圣宠而跳动的芳心。此刻的媚娘虽隐隐含着冲破历史的叛逆，但她依旧是个女子，一颗芳心全落在那个千古圣君身上的女子。

她该告诉媚娘历史吗？还是她该静默站在一旁，看着一切发展？玥月皱着眉头，眸色间满是忧心和矛盾。

"小月，吓着你了？我说着玩的。尚乘局驭夫众多，陛下身边能臣尚多，怎会轮到我一小小才人驯马？"媚娘"扑哧"笑出声来。她性情直爽，在玥月面前更是想到什么说什么。她怎知道这些她觉得很普通的话语，会吓得玥月脸上泛白？

"不是……那个……"媚娘真心待她，她怎能不用真心回报？玥月咬咬下唇，选了个中庸的言语说，"媚娘，如果你想继续受到圣宠，一定要听我的话，把你刚才说的驯马的法子忘掉。要知道，陛下虽不欣赏千依百顺的女人，但男女毕竟有别，他绝对不会喜欢像臣子那样将豪情表露其外的女人，他愿意看到的是女人身上娇艳的女性风情。在陛下面前你不要肆意展现你的野性，你应该多向长孙皇后和徐充容学习！"虽一口气说完所有话，但玥月却莫名觉得心里堵得慌。

"把性子藏到骨子里，那还是我吗？"笑容顷刻消失，媚娘微微抗拒摇头。

徐惠和媚娘同期入宫，论起来父亲的官衔和后台徐惠难及媚娘，但徐惠比媚娘更符合太宗心意。徐才人、徐婕妤、徐充容……一路走来她的圣宠，早已远远超过媚娘。

羡慕吗？是的。嫉妒吗？是的。痛恨吗？有一点。可媚娘明确知道，她是武才人，徐充容能做到的事情，她绝对做不到。因为她们根本不是同一类型的人！

"不……"玥月颤抖后退一步。她和媚娘是同一种人,她们都是宁可逆向环境,却不愿改变自己的人。可是命运偏偏半点不由人!

"真性情和恩宠,孰轻孰重?"低着脑袋,十指在衣袖下纠缠。她不知道用什么话语说服媚娘,就像她无法说服自己,融入大唐接受明月这个身份。

"我知道了。"媚娘皱着眉心,重重点了一下脑袋。德妃说得没错,想长期留在圣上身边,这性子是该收敛一下!只是为何心会揪疼?

看着矛盾挣扎的媚娘,玥月第一次有些后悔将媚娘真性情完全勾引出来。也许,她刚来到唐朝遇见的媚娘,更适合在这复杂的后宫生存吧!

风清云朗,暖日当空。一身绯色朝服的李淳风,负手望着尚乘局人潮攒动的地方,露出似笑非笑的神色。

"李太史!"一道清朗的声音忽然从他身后响起。

李淳风并不回首,只是摸着胡须,高声反问一句:"魏王近日可有见花?"

"见花?"李泰挑挑眉头。夏至园中的花自不比春日那般繁多,但夏日有夏日的花。"不知李太史所指……何花?"李泰站在李淳风身边笑问。

"魏王见陛下身边有何物?"李淳风指着簇拥着太宗的群臣和嫔妃们。

李淳风是个高深莫测的人,他的话自是字字玄机。李泰望着聚集在太宗身边的众人,微笑答道:"贤臣!"

"哈哈哈哈!"李淳风突然出声朗笑,随即向太宗所在方向走去,"我说那儿有紫气。"

"紫气?"李泰紧跟在李淳风身边,心中却更加糊涂,"父皇乃天子,自有紫气相伴。"

"我是指她!"李淳风伸手一指,方向正对着媚娘和玥月。

"武才人?不是帝王,又非男子,她身上怎会有紫气?"李泰微微一震,随即嘻笑出声。

"魏王此言差矣!紫气乃贵气,并非专指帝王之气;更何况,此言所向并非武才人,而是她身后的宫女。"李淳风将目光紧锁在玥月身上。他看不透此女的来历,看不透将来的变数,但他却看见围绕着她那股淡雅的柔紫:"水中含紫,此乃大吉之相。若得此女相助,此生必显贵不已。"

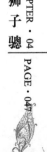

是她？那个让李宽牵心的疯子，那个让他静心的女子。这刻他很庆幸先于所有人听见李淳风的箴言，他隐约地感到一种道不明的缘分……也许她是为他而生，这就是命运的安排。

看着隐在人潮中的那抹倩影，一股柔笑缓缓在李泰唇边升起。随即他收敛心神，转向李淳风压住声音，淡淡道："大人若能守住今日之话，吾必厚报之。"

李淳风若有所思地盯着李泰那双深邃的黑眸，他挥挥衣袖又笑了："有缘的话，我只会讲给有缘人听！"话毕，李淳风心情愉悦地大步向太宗走去。

天象朦胧，卦象不定！他虽看不透对方那身紫气为谁而开，但却能肯定紫气无论为谁而开，受惠的必定是天下。

李淳风难抑好奇之心，再次将目光落在玥月身上。他很期待这股不能自主却左右天下的紫气，究竟会给大唐带来怎样的变数？更期待从她身上寻到关于她的秘密！

凉风拂发，一身黄袍的李世民，沐着暖阳，抚着胡须，满意地打量着拴马桩旁膘肥体健的狮子骢。

"好马！"看着狮子骢在阳光下隐隐泛显火红色泽的毛色，一身霸气的唐太宗不禁理捻着胡须，露出满意的笑容。

被众人盯着的感觉，让野性难驯的狮子骢，摇鬃嘶叫，那声响震天如同狮子吼叫。

好一匹烈马！唐太宗双目炯炯有神地地盯着嘶叫的狮子骢，又满意地看了眼满是斗志、神采飞扬的马吏。

他喜欢良驹，特别喜欢难驯的烈马。看见桀骜不驯的狮子骢，他不禁想到少年时，率领众将士征战天下的壮举，那刻久违的激情顿时充盈心扉。

他上前一步，双眼布满狩猎的光芒："朕来！"这一刻，他仿佛又回到了年少时。

虽说唐太宗戎马一生，驯过、骑过性情暴烈的良驹甚多。可当今的唐太宗毕竟不是以前的唐太宗，一国之君岂能如昔日为将之时？万一这劣畜伤及圣体，岂不因小失大，动摇国体？

左右近臣慌张面面相觑，善于直谏的魏徵摇摇脑袋，皱着眉头激昂望着唐太宗："皇……"

不待他说完，一旁身胖如球的长孙无忌，抢先一步"咚"地跪在唐太宗面前谏阻："陛下，不可！"

那副惊恐的表情只差没在脸上挂两串眼泪，而宽胖的体型不由让人想到欧阳询嘲讽长孙无忌的诗——"缩头连背暖，漫裆畏肚寒。只缘心浑浑，所以面团团。"

"莫非，你是觉得朕老得连头畜生都无力驯服？"唐太宗冷着脸，负气甩了甩衣袖。

长孙无忌一颤，忙将脑袋埋得更低，努力在脑海寻觅说服唐太宗的话语："陛下乃当世第一英豪，在陛下驾驭的六骏十骥①中，有哪一匹骏马逊于眼前这劣畜？只是微臣……"

不待长孙无忌将话说完，唐太宗便十分不耐烦地挥手："无忌说得好！朕戎马天下，眼前的马再烈，也烈不过朕手中的鞭子。奉御将马给朕牵过来！"

"不可！陛下虽身经百战，骑过的千里马不下十骥。但今日陛下非昔日秦王，岂可意气用事危及国家？"魏徵虽身材矮小，相貌平常，但那慷慨激昂的神情让所有人在为之捏了把冷汗的同时，又不得不佩服他从不看唐太宗脸色，数十年如一日直谏的勇气。

"朕……朕今日倒非制服那头烈畜不可！"好一个魏徵，居然从不将他放在眼里！一口怒气涌上，唐太宗任性地向狮子骢走去。

那个小老儿就不会委婉劝上两句吗？那匹狮子骢据闻摔伤了好几个驭手，万一陛下在马背上有个闪失……这大唐天下该如何是好！

无奈之下长孙无忌只得给身后群臣递个眼色。"刷！"在群臣带领下，在场的所有人都向唐太宗跪下，口中齐喊："陛下，三思啊！"

面对群臣强硬的劝谏举动，唐太宗回头一怔，指着所有人声声如冰柱："你们都觉得朕老呢？老得连匹马都驾驭不了？"

众人低下头，就连魏徵也不知在这种情况下，如何回应唐太宗的问话。

"那马臣妾尚能制服，更何况是正值壮年的陛下！"憋不住话的媚娘忍不住嘀咕。

---

① 唐太宗一生爱马，在他人生前期有六骏：飒露紫、特勒骠、拳毛騧、青骓、白蹄乌、什伐赤，后期有十骥：腾霜白、皎雪骢、凝露骢、县光骢、决波騟、飞霞骠、发电赤、流金𬴊、翔麟紫、奔虹赤。

武士彠生前常在她耳边提及唐太宗征战天下的故事，从小唐太宗便是她眼中天下第一大英雄。在她心中唐太宗就算要求征服一头老虎，那也是手到擒来，更何况那只是匹小小的烈马！她不明白，那群顽固老头，为何非要阻拦唐太宗的乐趣？

这句话简直说到他心坎去了！唐太宗心弦一动，连忙寻找声源。看着一身胡服装扮的媚娘，唐太宗的唇角不由滑过丝丝笑意。不愧是他的爱妃，最了解他的心意！

"武才人说得对。"头上八株花钗轻动，一身杏黄色钿钗礼衣的徐惠缓缓抬头，一双似水含情的眸子紧紧望着唐太宗，"陛下乃天可汗，一匹顽驹算什么？只是这狮子骢再好，也无非是吐谷浑进贡的畜生。驯服一头畜生何劳陛下御驾？这传出去岂不让他国笑话？"

徐惠笑得轻柔却又温情无限，字字劝阻却又温和得体，每一个眼神无不让唐太宗想到那个陪伴他大半生的长孙皇后。

若长孙皇后还在，也会如此劝他吧！唐太宗扬起头看着天空上飘浮的丝丝白云，联想到长孙皇后死前的话语："陛下若想我，只需抬头看看天上的云朵，那是我在冲着陛下笑。"

想到常含笑在他身边劝说让他多听群臣劝谏的长孙皇后，那刻他眼前布满徐惠那让人怜惜的浅笑，心中溢满长孙皇后的万千柔情。

唐太宗吐出口长气，轻步上前扶起跪在地上的徐惠："哈哈哈，徐从容说得好！你们都起来吧。"

唐太宗轻快的笑声让所有人都松了口气。待众人起身后，唐太宗把目光转向太子身上："乾儿，由你代朕去驯服它！"

CHAPTER·05
第五章·风 初 起

——我又欠你一命，我能拿什么还？

　　唐太宗是从马背上得的天下，虽文治天下多年，但那颗不安分的心却隐隐期望着有一日能重回马背，更期望着所有皇子能像他一样威武。

　　让他来？承乾两道浓黑的眉毛皱了一下，宁静的桃花眼中激起一丝细波。他岂不知这是次表现的机会。只是自从幼年骑马摔伤了腿后，他便对马产生了畏惧，特别是像狮子骢这样的烈马。

　　光是听见狮子骢的嘶叫他就忍不住发颤，更别提上前驯服它！若是被狮子骢摔跛另一只腿，那该如何是好？

　　将承乾畏惧的表情看在眼底，又看看承乾微跛的脚，唐太宗暗暗叹气。他辛苦从马背上打下的天下，真要交给一个不会骑马的跛子吗？

　　高昌虽灭，唐蕃虽和亲在即，但西突厥、龟兹、高丽……哪个地方能避免武力？承乾虽自幼聪慧，但天下并非是光靠聪慧，光坐在龙椅上就能守住，更何况他的心愿是建立一个旷古的盛世大帝国。失望之情袭上心头，唐太宗不禁当众发出一声失望的叹息。

　　再这样下去，他如何能保住太子之位？"儿臣愿一试！"面对唐太宗的失望，承乾只能咬牙请愿。

　　"你？"唐太宗疑虑看着承乾。他当真不再惧马？

　　"臣妾觉得不可。"韦贵妃头梳宝髻，髻上簪着九株金灿灿的花钗，一身深红团花钿钗礼衣，在阳光下尤显贵气，"陛下乃天下之主，自不需亲驭马驹；殿下乃天下

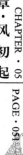

未来之主，又怎能纡尊降贵地降伏一头畜生。"华贵的象牙鸾凤团扇靠在唇边，韦贵妃娇媚笑道。

"也对，身为太子怎能与一头畜生较劲？"话虽如此，但唐太宗的目光仍不免瞟了一下承乾曾受伤的脚。

若承乾驯马不成，又被烈马摔伤另一只脚，那传出去不贻笑天下吗？他自然不能让这样的事情发生。只是谁能替他驯服眼前这头顽骥？

唐太宗若有所思地看着一旁挑衅嘶叫的狮子骢。在他眼中此刻的狮子骢不仅仅是匹凶猛的千里马，仿佛代表着整个天下。谁能制服这匹悍马，谁就能替他掌管天下！

"儿臣，愿一试！"看着唐太宗眼底丝丝的落寞，李泰不禁上前一步主动请缨。

虽有夺嫡之心，但他知道断然不可能再发生一次"玄武门之变"。他要皇位只能从唐太宗那里求，只有唐太宗心甘情愿给，皇位才会属于他。因此他一直将夺嫡的心藏得很小心。就算唐太宗日益偏向他，就算太子一次次骂他狼子野心，他亦微笑摇头静静做好他的魏王。

此刻虽是在唐太宗面前表现自我的极佳时机，可是这种表现摆明是在抢太子风头，很明显告诉众臣自己对太子有取而代之的野心。

在这种时候表现自己，完全是争宠的下下策。但是当他看见唐太宗眼底那份落寞，那份觉得后继无人的伤痛，他就忍不住上前请缨。

泰儿！看着李泰眼中的坚决，看着李泰健壮的身骨，那刻他觉得众多儿女中，只有李泰最有他年轻时候的风采。

若生在普通百姓家，此刻他一定拍着李泰的肩膀道出一个好字。可惜这是帝王家，他是帝王不能亲自驯马，李泰仅是一王爷亦不可抢去太子风头。

就算他心底如何偏向李泰，就算他早有改立太子的想法，但现在的太子是承乾。国家无法再经历一次玄武门事变，他也不想看见新的玄武门事变。

因此若无重大差错，未来的天子只会是承乾。就算他如何喜欢这个四子，作为一朝天子绝对不能让一个王爷的风头，超过当朝太子。唐太宗疑虑地动了动眉梢，他该如何去回绝爱子贴心的请缨？

唐太宗不开口，难以猜透圣意的众臣，只能呆立当场面面相觑。难以言表的尴尬紧紧围绕着稽首行礼的李泰。

"儿臣,也愿一试。"温雅的声音在李泰身后响起,宛如一股清风吹散凝固在空中的尴尬。

"那就是晋王。"趁人不注意,媚娘后退一步在玥月耳边嘀咕。

晋王？！不就是和武则天有一腿的唐高宗！原本神游太虚的玥月,双眼立刻溢满八卦光彩注视着不远处的李治。

李治在李泰身旁立着,清秀的相貌,文雅的举止,全身上下无一不透着文人气息,真切的眸光中亦布满仁孝。

"请,父皇成全。"李治虽不多言,但正是这两句话便将李泰争宠的举止演变为儿子对父亲难得的孝心。

孝顺！若论他众多儿子中谁最孝顺,莫过于在长孙皇后病重之时日夜守护身旁的李治。对了,还有那个他鲜有尽到为父之责,却一心向着他的李宽。

唐太宗满意地看着李治和李泰,捻须大笑出声:"哈哈哈,你们的孝心朕知晓。只是狮子骢不过一畜生,由我朝王爷驯服,难显本朝国威！"

"我倒有个人选。不如让武才人试试！我朝女子善骑者多,女子驯马不正显我朝国威？"韦贵妃伴在唐太宗身边眼中含笑,字字清脆。

不行！玥月来不及出声,一袭草绿高腰宽摆长裙的德妃已上前道:"武才人再善骑,亦不过一介弱女子。自古驯马乃男子事,岂可有违常理？"

韦贵妃所言有理,德妃所言不差,无论采取哪方意见,在此刻未免皆有偏颇之意。平衡后宫最怕的就是"偏颇"二字！唐太宗目光在韦贵妃和德妃间徘徊,一时也不知如何决断。

"不如征求武才人意愿？"理解唐太宗的难处,徐惠在一旁乖巧出声。

"好！"唐太宗再次笑开,目光转向媚娘,"武才人有何打算？"

"我……"越烈的马,她越喜欢！媚娘鼓着灵动的大眼,笑着正想点头。忽然又想到出门前,玥月那些话语,瞬间她不由迟疑了。

德妃说得对,玥月说得对！女子生来就该矜持文静,而不是去抢夺男人的风头。可是她真的很喜欢那匹桀骜不驯的狮子骢,她向往着将它驯服,骑在身下驰风而行……

"之前武才人对陛下说的那些话莫非是诳语？"韦贵妃持扇半掩面而笑,"也对,驯马哪是女儿家所为！"

被韦贵妃话语一激，德妃和玥月的话瞬间被抛在脑后，媚娘挺胸抬头上前几步："请陛下将狮子骢交给我，我定叫它服服帖帖！"

媚娘骑术精湛，堪称后宫之首，只是驯马之事不比骑马。媚娘虽是将门之后，但毕竟是女子。狮子骢生性凶悍，驯马之险岂是一女子能为之？可若一女子便能将狮子骢驯服，这又是何等佳话？

"你能制服狮子骢？"唐太宗将信将疑地问。

"是！不过……"她至少需要铁鞭和铁锤。但此刻她却不敢道出心中所想，因为玥月说过不可在唐太宗面前尽显真性情。

没有那两样东西也试试吧！媚娘摸着腰间的胡刀，鼓起勇气道："不需要工具，我也能驯服它！"

"好勇气！无论能否驯服那头顽畜，朕必皆有重赏。"唐太宗激赏地望着一身火红的媚娘，刹那间媚娘身上那股火热的青春气息烫热了他的心。

"谢陛下！"媚娘冲着唐太宗含笑行礼后，快步走到狮子骢前。她双眼炯炯有神地盯着被驭手拉扯在手中、不安分嘶叫的狮子骢，陡然虚晃身形窜到狮子骢身旁，抓住马鬃纵身跃上马背。

长鬃被揪，狮子骢吃疼，前腿腾空，一声长嘶。驭手一惊，连忙松开缰绳，躲开狮子骢的铁蹄。

手无马鞭，前无缰绳，媚娘只好双手紧抓住马颈上的鬃毛，身子紧贴马背，双脚紧夹马身……人马合一，任由狮子骢摇鬃嘶叫，狂踢乱奔。

媚娘！玥月双眼含泪，万分担心地盯着马场。她想叫媚娘小心，可当下环境却让她无法出声。

都怪她不好，若是顺应历史，此刻媚娘手上应该有铁鞭、铁锤和匕首三样利器才对。

可她偏偏怕媚娘失宠，告诉媚娘要压着本性，成为以陛下为天的女人。这下可好，虽然媚娘的话没让唐太宗不快，可是却为媚娘带来极大风险。

看着狮子骢立踢摇鬃疯狂的模样，她生怕媚娘手上、脚下一个不稳从马背上摔下来，再被踩上一脚。若宠爱不得，反害媚娘丢了性命，她就算死上百次也难以偿还啊！越想越急，毫不懂驯马的玥月，心头一酸，泪水滚了出来。又怕被有心人察觉，她连忙低头，暗暗抹泪。

"没事。"李淳风的话让李泰在关注唐太宗的同时,不由分神注意玥月。看见玥月为媚娘落泪,李泰悄悄后退几步,靠在玥月身边低语:"武才人做得很好。"

"你?!"玥月猛抬头,婆娑的泪眼正撞在李泰似笑非笑的眸子上。那刻心头除了惊讶,还有丝淡然的温暖。

"好!"来不及多思考,李泰已离开回到唐太宗身旁,而唐太宗一句激扬的叫好声,也让她将注意力放回马场。

见施展所有的本领也无力将媚娘摔下马背,无奈下狮子骢抖起四蹄,风驰电掣般沿着马场狂奔起来。

媚娘蹙着柳眉,凭借轻巧的身形,紧抓鬃毛,随风伏在马背上,冷静沉稳任由狮子骢怒奔。

她很累,全身上下都在泛疼。她很想顺一下手或伸展一下手脚。但是她知道不可以,她和狮子骢就像悬崖上一根紧拉的绳,谁先松手谁就会落入万丈深渊。

这是狮子骢和她最后的较劲,无论多累她都必须在马背上坚持,只要等狮子骢跑累了,它自然就会慢下步伐,承认她这个主人。

渐渐她双腿变得麻木,她觉得自己随时会因为无力夹紧马腹被狮子骢从马背摔落,进而被狮子骢踩死。这刻她很害怕,她紧紧握住手中缰绳缓缓抬头,希望被她视为天神的圣上,能看见她求救的目光,能一跃上马将她从马背救下。

可是唐太宗的眼中只有狮子骢。多年来她在唐太宗心中的地位竟比不上一匹马!媚娘顿觉得心头一酸,泪水混着汗水模糊了她的视野。

不知道就这样堕马死掉,圣上会不会永远记住她?绝望刹那充盈她失望的心扉,手中的缰绳也不由放松。

就这样死掉,总比失宠老死冷宫好吧!另一个怪异的想法袭来。她不由放松夹着马腹的双腿。

感到背上的钳制力减轻,狮子骢嘶叫一声,仰头欲人立腾踢。

糟糕!玥月猛觉心中一紧,不由放声大喊:"武才人!"

玥月!她答应过玥月,要在这里永远保护她。若就这样死掉,谁去保护玥月?若这样死掉,她就永远比不上徐惠;若这样死掉,她在圣上心中的地位就永远比不上一匹马……她不甘心,不甘心就这样放弃,不甘心被圣上漠视。

在狮子骢人立那刻,她咬牙再次夹紧马腹,拉紧马缰。她不相信,她连一匹马

都不如！

"好！"见狮子骢拿手的人立都难以奈何媚娘，唐太宗不禁出声喝彩。

唐太宗的一声喝彩宛如蜜糖淌进媚娘心田。泪水没了，双手和双脚又有了力气。她再次全神贯注对付身下的狮子骢。

甩鬃，狂奔，人立……在用尽全力都无法摔下背上媚娘那刻，狮子骢长鸣一声，渐渐放慢了四蹄，算是对背上女主人的承认。

终于驯服它了！媚娘放松缰绳，抬起右手拭擦额头的汗水。一阵风吹过，她深深吸入口空气，那刻除了全身的疼痛，更多的是一种前所未有的骄傲。

媚娘低下头轻轻拍了拍狮子骢的脑袋，已被驯服的狮子骢像是呼应主人似的低低鸣了声。

能被如此通人性的骏马认为主人，受再多的苦都值。心中一暖，媚娘扬起一长串奔放的笑声，那阵阵笑声是那样的自然，她就像冬日暖炉中的火焰，烫热了在场每一个人的心扉。

"好一个巾帼不让须眉。"看着马背上的媚娘，唐太宗不禁想到为大唐天下立下过无数汗马功劳的姐姐。

若姐姐还在，会如何称赞眼前这个驯马女英雄呢？听着媚娘火焰般的笑声，看着媚娘宛如红苹果的脸蛋，唐太宗心中充满着无限激情。

他一定要好好赏赐这个漂亮的武才人！就把这匹狮子骢赐给她。不够！再赐给她一些进贡来的珠宝首饰。好像这位才人向来对这方面的兴趣不大。他该给她些什么？

"陛下，先赏骏马吧！"见唐太宗不吭声，韦贵妃在一旁提醒。

嗯，先看了马，晚上待武才人侍寝再问她也不迟。"把马牵过来。"唐太宗吩咐刚才牵马的驭夫。话刚落他猛然又想到了什么，他再次开口："武才人也累了，就让她坐在马背上吧。"

何等幸运！她本以为会因此失去最得力的倚仗，没想到媚娘真驯服了那头畜生，更博得龙心大悦。看着眼中闪着不悦的韦贵妃，德妃心情大好半掩扇，靠在唐太宗身边称赞媚娘。

何等荣宠啊！她怎能容忍武才人借机蹿上，德妃因此进一步得势。韦贵妃脸上露着笑容，口中附和着德妃，目光看似漫不经心地看了牵马的驭夫一眼。

韦贵妃的目光不禁让牵着狮子骢，直奔唐太宗驾前的驭夫双肩微颤一下。他想到前几日韦贵妃的吩咐，想到彩霞放在他面前的千两黄金，他长长呼出口气，趁众人围着唐太宗称赞媚娘之际，伸出右手很自然地摸了摸狮子骢的鼻子。

狮子骢猛然觉得一股腥辣之气直蹿心肺，让它全身发燥难以平静。"嘶——"它一声嘶叫，发疯向不远处御驾冲去。

媚娘一惊，连忙夹腿拉紧缰绳控制马匹。可此刻的狮子骢仿若感觉不到疼痛般，一股蛮劲直向前冲。

"陛下，小心！"媚娘在马背急呼。

唐太宗身边的武将与禁军立刻簇拥在唐太宗身边，快速而有序地将唐太宗和一干重要文臣拥离狮子骢狂奔范围。

"朕难道没见过怒马狂奔吗？快去护着那些文臣和嫔妃！"看着脱离媚娘掌控的狮子骢，看着四处乱奔的臣子、嫔妃、宫女和太监，唐太宗不由叹气摇头。

"诺！"身材魁梧、浓眉大眼、满脸胡碴的武将领旨后，忙领着一群禁军开始将乱奔的人群引向安全的地方。

"儿臣与李将军同去。"本来此事怎么也轮不到李泰出面，但当看见愣在原地呆望着武才人的玥月，他心中一紧，不由挺身而出。

"儿臣也去。"见李泰出声，看着被狮子骢折腾得好几次险些跌下马的媚娘，李治忍不住借救人为名连忙跟在李泰身后。

见两位王爷主动请命，躲在唐太宗身后的承乾，为维护太子地位也只好咬牙站出请命。见两位王爷和太子都请命救人，围绕在唐太宗身边的大臣们也纷纷请缨。

君臣齐心，这自然是唐太宗最乐意看见的场面。他扬扬手，点点头，由禁军护着，嫔妃围着，站在一旁静静看着狮子骢引发的混乱。

有如此多的能臣出面，混乱的场面应该会很快消失。只是他不知道，亦不愿去想，那匹让他心动的狮子骢会有怎样的结局，而马背上的武才人又会如何渡过这场危难。

媚娘！看着被狮子骢折腾得东摇西晃的媚娘，玥月忘记逃跑，愣在原地十足为对方捏了把冷汗。

她想大喊，叫媚娘小心。可她又怕这声呼唤让马背上的媚娘分神，一个不小

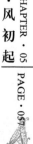

心从马背摔下……她不敢想象马蹄下血腥的场面。

她只能眼睁睁看着媚娘，看着媚娘在马背上受苦，脑海中一遍遍念叨——历史不应该是这样的。

历史中媚娘应该制伏狮子骢，历史中媚娘还有很长的路要走，历史中媚娘会成为中国唯一的女皇……只是此刻她的脑海中，实在想不到如何让媚娘安全地离开那匹疯马。

"小心！"一道清澈的声音与一道浓厚的声音同时响起。

玥月猛然一惊，此刻怒奔的狮子骢近在百步之内。她下意识想要逃开，偏偏衣袖同时被人抓住，让她动弹不得。

要么他松手，要么抓住玥月另一只衣袖的李君羡松手。李泰低头看了看手中白色衣袖，心弦一晃……他不要松手。"李将军，松手！"李泰眉尾一挑，焦急出声。

松手？李君羡看着手中的水袖发愣。他要再次放开明月的手吗？难掩的哀伤从他浓黑的大眼中缓缓溢出。

不能撞上玥月！马背上的媚娘心中一急，不禁抽出腰间胡刀，直向狮子骢颈项招呼去，绯红的马血顷刻喷出几丈之远，狮子骢受疼本应转移方向或减慢速度。

可是它仿佛知道自己生命即将终结似的，立蹄惨烈嘶叫一声，低着头用尽气力地直向前奔，仿佛它知道前面有对媚娘来说很重要的人，因此它要不顾一切冲过去，它要报复那个结束它生命的人。

玥月！看着距马蹄不到三尺的玥月，媚娘心头一阵揪疼，眼泪"刷"地涌了出来。她不忍再看下去，她不愿玥月的鲜血溅在她的衣裙上，她闭上眼将头埋在马颈的鬃毛里，任由那温热的马血与眼泪混在一起……

这是什么状况啊？！双手被钳制着，双脚又像被灌入铅水般沉重。还有那匹近在咫尺的血马……一阵眩晕，紧跟着针刺般的头疼袭来。

真要死在这里？眼瞳急速扩大，体温快速下降。死亡的气息伴随着浓厚的血腥味，几乎让她窒息。

不！脑海又是一阵刺痛，她紧咬下唇强力维护脑海中仅存的一丝清明。

她看看李泰，又看看李君羡，眉心一蹙，下意识向李君羡叫呵："放手！"

李君羡肩头一颤，看着玥月眼中冷漠的神情，只觉心头隐隐一酸。这是他认识的明月吗？他记忆中的她，是何等温婉动人？

该死！没工夫去体会对方怪异的神情。玥月紧咬双齿，下意识选择信任李泰，拼尽全力地将衣袖从李君羡手中扯出，身体也努力向李泰的方向倾斜。

"吱——"尖锐的锦裂声响起，满是铁锈味的马血撞上了玥月的脸颊。

她会死掉吗？心跳得快脱腔而出，在血腥味涌入鼻腔那刻，她闭上眼害怕得全身发抖。但下一刻，一道有力的碰撞，一个温热的怀抱，提示着她，死亡已远去……紧挤的眉心渐渐展开，她缓缓睁开眼。

没感觉到撞击，她只听见狮子骢越来越沉重的呼吸，她只是感到从颈项钻入衣襟越来越凉的马血……一个踉跄，她感到狮子骢再无力强撑，前蹄一软跌倒在地。

媚娘缓缓睁开眼，此刻她的眼前除了血，还是血……身下的狮子骢还没死，它正用一种忿恨却又顺从的目光盯着她。

媚娘紧握着手中的胡刀，缓缓从地上挣扎站起，嗅着身上的血腥，看着狮子骢复杂的目光，一种从未有过的快感从心头直撞脑海。

无论如何，是她驯服了它！她骄傲地昂起头。下一刻，她想到玥月，想到玥月在马前惊慌的模样。

这刻，她恨不得再扑到狮子骢身上补上几刀。若玥月有事，就算这匹畜生再死上几回，也无法平息她心中的怒火。她擘着眉头，努力抑制即将再次涌出的泪，连忙转身寻找玥月。

玥月在魏王怀中，可是她全身满是鲜血……那是马血，还是人血？媚娘很想冲过去，询问玥月是否无恙。

只是她双脚发软难以移动半步。她怕，她怕那身血属于玥月，她怕玥月从此消失在她生命中。

"武才人，可有受伤？"从媚娘杀马那刻开始，唐太宗一整颗心都悬在了嗓子眼。他不得不承认媚娘机智，若是他在无法控制局面的情况下，也会这样做。

媚娘的心性很像他！倘若媚娘是男子，媚娘一定会成为他的左膀右臂，他一定会像重用长孙无忌那样重用媚娘。

可惜她是女子。不过也没关系，一身嫣红的媚娘就像深山崖边的野花，那样的芳香，让人想要征服。

这种染上鲜血，却依然无法遮盖诱人气息的女子，彻底地属于他，这是怎样美

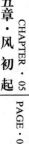

好的事情啊！一种名为青春的情愫,快速溢满唐太宗的胸膛。

他快步走到媚娘身边,此刻的媚娘不再是后宫的普通才人,而是那个在第一次遇见他时,漫然漾波地望着他灿烂笑开,牵动他灵魂、让他破例赐名的女人。

媚娘！他在心里呼唤着,并轻轻握住她染血的双手。

被唐太宗的话牵回心神,感到指尖的温热,她羞涩低头:"谢,陛下关心。"

这份羞涩,这份顺从,撩动了唐太宗心底某部分。他不禁伸出衣袖,低头细细为媚娘拭擦脸上的血迹。那瞬间媚娘在他心中的地位不再是目前受宠的才人,而是像徐惠那样属于他的女人。

"没事吧?"望着不远处安慰武才人的唐太宗,待玥月在他怀中渐渐停止颤抖后,李泰低语询问。

那些都是马血,她没事。李泰救她,媚娘也救了她！李泰救她是为了对李宽的承诺,媚娘救她源自她们的友情……媚娘是为了她,单纯地为了她。

她摇摇头离开李泰怀抱,呆呆望着被唐太宗拥在怀中的媚娘,明澈的泪将她眼瞳映得宛如皓月。

她又欠了媚娘一命,这辈子她该用什么还她？丝丝带着酸楚的感激如蛇般钻入她灵魂深处。

真是个冷静而机智的女子！想着玥月在面对危险,最终用力扯裂衣袖那一刹,李泰望着双眼凝泪的玥月,不禁微微牵动唇角笑了。遂走向一旁握着玥月半截衣袖的李君羡:"李将军,过去吧！"

"嗯。"李君羡一怔,点点头。若有所思地看了玥月一眼,将半截染血的衣袖悄悄藏在掌心,默默跟在李泰身旁。看着李泰和李君羡离开的身影,玥月收敛心神也跟了过去。

将唐太宗毫不掩饰的关爱尽收眼底,韦贵妃心中布满道不出的怒火。这武才人到底是什么变的,一匹疯马都摔不死她？

她费尽心思布置的死局,反倒成了武才人高升的贵局。这下可好又制造了一个徐惠！哼,这次该轮到德妃得意了吧！

心中窝火,但脸上依旧挂满笑容的韦贵妃,不由向同样被冷落在一旁的德妃望去。那刻在德妃的眼中,她没有看见想象中的惊喜,反倒有察觉德妃那份与她相同的妒忌。

想必德妃与她察觉到同样的危险了吧！呵呵，像徐惠这样的人，宫中有一人足矣。反正徐惠也断了生育，陛下宠着她也是因为她身上有长孙皇后的影子，因此她不可能在宫内折腾什么。

反倒是武才人，她就像一只有九条命的猫，又像是潜伏在黑夜中的狼。没人能看透她，也没人能知道这个至今也难完全融入后宫的武才人，究竟会折腾出怎样的未来！

危险，危险！在武才人入宫那刻她就嗅到从未有过的危险，在听说武才人第一天侍寝就令唐太宗破例赐名那刻，她就有除去武才人的想法；再加上，前几日武才人连同明月装鬼吓她，她就知非除去这个祸害不可！

只是，她没想到这个完美的杀局，居然被武才人血腥的一刀给破了，更没想到唐太宗会这么欣赏如此残忍的举止。

事到如今，她还有什么计策可用？她望着德妃，德妃也望着她。这刻她们达成了从未有过的共识，只可惜她们亦同样无计可施。

"请问陛下，狮子骢当如何安置？"在大多数人将目光聚集在唐太宗和媚娘身上的时候，魏徵看了看死不瞑目的狮子骢，摇头转身向唐太宗进言。

"埋了。"想到狮子骢差点害死怀中的美人儿，唐太宗一肚子的怒火。

"不可！"魏徵一惊，连忙从众臣中挤出，涨红着脸与唐太宗争辩，"陛下，狮子骢乃吐谷浑进贡之物，轻慢处之，难平悠悠众国之口。"

那要怎样？难道要他供着一匹死马不成？不就是一匹番邦贡马而已，何来悠悠之口？又不是贞观之初，身为天可汗的他，岂会担心小小的吐谷浑借马生事？

好机会！韦贵妃和德妃相视而笑。

韦贵妃悠闲地握着团扇，挂着雍容的微笑，上前几步停在唐太宗身边，温和出声："陛下，狮子骢乃吐谷浑万中选一的青海驹。此乃马中龙种，吐谷浑圣物。如今它就这样死掉，若轻慢处之，难向对方交代。特别是在这种册封百济王的关键时刻。"

韦贵妃柔和的言语，缓缓平息唐太宗心中的激情。他将目光从媚娘身上移开，转向倒在血泊中的狮子骢。

他面对的不仅仅只是匹马驹，而是如何去均衡大唐与周边众多国家的关系。

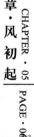

狮子骢可以死，但不可以是这样被杀死。

"陛下，郑国公的话很有道理。姐姐的话也不得不思啊！对方送来的圣物，就这样死掉，我朝难以向吐谷浑交代。"德妃靠过去，在媚娘诧异的眼神中，她用最温柔的声音添上一把激烈的柴火。

是啊，在他心中狮子骢只是匹马。但在吐谷浑心中，那确实是圣物。作为明君此刻若护着、宠着亲手杀死狮子骢的嫔妃，那么吐谷浑会如何看他，那些或归顺或未归顺的番邦会如何看待大唐？

唐太宗依依不舍地放开媚娘的手，转向一旁温柔含笑的徐惠靠去。

那是在宫中处处照顾她的德妃吗？媚娘只觉一阵寒风从背后袭上。她很冷，很想要依在唐太宗暖和的怀抱中。

可是她想要依靠的英雄，却站在另一个女子身边。他就要这样舍弃她吗？她对他的仰慕算什么？她对他的那份爱恋又算什么？……原来他待她的好，依然只停留在君臣之间。

紧紧握住唐太宗残留在她掌心的淡热，媚娘不甘地望着徐惠身边的唐太宗。这真就是她以之为天，要依托一辈子的天下第一英雄吗？

看着媚娘眼底隐隐的泪花，唐太宗在心中暗暗叹气。先委屈媚娘几日，名义上让她闭门思过，待这段风波过去后，他一定会用更多宠爱去弥补媚娘所受的委屈。

"朕……"唐太宗艰难咽下一口唾液，准备彻底放开私心。

"父皇！请容儿臣说。"她不过是为了救人，外加自保而杀掉一头畜生而已。如此美好的女子，父皇不捧在掌心好好怜惜，怎忍将其冠上莫须有的罪名？

如果待在媚娘身边的男子是他，他一定会不顾旁人言语，为她阻拦一切风雨。被媚娘眼底的泪花烫热，李治心中一动，上前半步："父皇，一匹神马，毕竟是一匹马。难道它冠上特别的名衔命就比人命来得高贵？还是郑国公抑或是韦贵妃、德妃觉得它的重要性，远远超过了一条人命？儿臣敢问，倘若今日不幸惨死的非狮子骢，而是武才人抑或是在场任何一人，又当如何？"

"这……"魏徵愣住了。刚才他只想到狮子骢被杀难以向吐谷浑交代，但他没想到人命与马比谁重要，更没想到若不是武才人，今日死于这匹疯马蹄下的可能是那位宫女，甚至可能是他。

"陛下，不如听听武才人何辩？"面对难以化解的尴尬，徐惠以帕遮口，淡雅笑开。

"也好。武才人，朕问你，你为何要拔刀杀狮子骢？"唐太宗满怀期待开口。只要媚娘回答，她是为了救人一命，抑或是她回答为了自救，他就有理由将所有过错归咎在狮子骢身上，再次将那个可人儿拥入怀中。

媚娘感激地看了李治一眼，顺道看了众臣圈外为她担忧的玥月一眼，然后她含着闪亮的目光静静望向唐太宗。

从他的眼中她能看见他的欲望，能看见他想要得到的答案。只是她不愿，至少此刻再不愿做个顺从的女子。

"回陛下，臣妾杀它是因为它不听话。对于不听话的畜生，可用铁鞭抽它，再不听就用铁锤打它的头部，再不老实，就应宰了它！当时，臣妾手中仅有匕首，也只能宰了她。"柔柔却又坚定的话语泄出，那刻她不知道这到底是气话还是她内心的真实想法。

不过既然道出，她就不后悔。若唐太宗真心爱惜他，若唐太宗真心喜欢她刚毅的心性，他就能理解她话中的含意。

这是刚才顺从依靠在他怀中的媚娘吗？这样的驯马方法比裴仁基"一手撮耳，一手抠目"更加残忍。

她若是武将他一定重重赏赐她，不过她是个女人，一个不知道天高地厚的女人。他欣赏聪慧、勇敢、温柔、甜美……的女人，可是他的身边不需要如此残忍的女人。

"呵呵。"唐太宗轻笑了两声，那份刚刚燃起的蜜意，彻底消失。不知天高地厚的女人，是需要给足教训的。

他瞟了媚娘一眼，领着众臣和嫔妃离开了马场。从今天起，这个武才人就会退出他的生命吧！只是为何他会觉得有点惋惜？甚至感叹为何武才人不是男子？

第五章·风初起

CHAPTER · 05

PAGE · 063

CHAPTER · 06

第六章 · 月 初 上

——望着彼此,情早已藏在青丝之下。

夜风抚平初夏燥热,绿湖倒映着寂静的星辰。一身桃红团花纬锦襦裙,素面朝天,梳着慵懒坠马髻的媚娘坐在湖边,呆呆望着平如镜的湖泊。

明眸皓齿,巧笑嫣然,喜嗔于色。一颦一笑,一举一动,胜似天下最娇艳的姚黄的女子,何时露出过如此忧愁的表情?

玥月静静站在媚娘身后,眉心锁了一层又一层,十指绞了一遍又一遍。这样的媚娘是她不愿见到的……可是她能帮媚娘什么?她又能改变什么?

"媚娘,我们回家吧!"她能做到的不过是声呼唤。忧心的神色宛如水中的涟漪,一圈又一圈在灵魂中荡开。

"家?"苦涩的笑在媚娘唇角扯开,"我祖籍并州,出生于长安,生长于利州,何处是我家?"

媚娘的失落透过凉风袭上玥月心头,她不由将双手握得更紧:"很晚了,回去吃饭吧!"

多少天呢?从狮子骢事件开始算起,唐太宗对媚娘不闻不问也有十多天了!这就是君王对桀骜不驯的妃子的惩罚。

不,若是惩罚还好。惩罚有结束的尽头,若是放逐……那只有红颜白头。媚娘虽然特别,但唐太宗身边美人众多,又加上朝政繁忙,要忘记媚娘对唐太宗来说并非难事。只是一心挂在唐太宗身上的媚娘,真能如历史书中那样轻易放弃唐太宗吗?

也许历史在她到来那刻就已经改变。媚娘不再是铁血的武则天，而只是一个以唐太宗为天的小女人。

"纱窗日落渐黄昏，金屋无人见泪痕。寂寞空庭春欲晚，梨花满地不开门。"[①]一种前所未有的心悸，将玥月逼得全身发颤。

她真的想帮她！无论历史如何，无论未来如何，她都想看见那份率真的笑颜重新回到媚娘脸上。

双掌握成拳头攥得紧紧的，玥月看着媚娘落寞的身影深深呼吸："媚娘，你想陛下吗？"

媚娘没有吭声，只是望着湖中倒映的宫灯理了理肩上轻柔的披帛。又过了好一会儿，她终于回头。

"他是我的天。"刹那间，泪水盈满她妩媚的眸眼，"我曾发誓，不嫁则罢，要嫁就嫁给天下第一人。贞观十一年，我如愿进了宫。只可惜他不属于我，一直都不属于我。其实我也知道一切，也不奢望他能属于我。但我没想到他就这样抛弃了我，就这样抛弃了我！小月，我真的连匹马都不如？"

月华将媚娘婆娑的泪眼照亮，晚风将玥月担忧的灵魂包裹。那刻四周静得只听得见夏虫的低吟，还有两颗相依的心跳。

"媚娘……"沙哑出声那刻，心酸的泪婆娑而下。玥月艰难移动脚步，坐在媚娘身旁，捧起媚娘冰凉的手掌紧靠在脸颊上。

没有君王的磅礴心性，没有嫔妃的奸狡心机，没有臣子的忠顺心思，有的只是一个女人对一个男人的失望。

这就是她认识的媚娘！有着骄傲，有着才智，有着桀骜……更多的却是带着淡淡哀伤与妩媚的小女儿性子。

玥月扬着柳叶眉望了媚娘好一会儿："去内文学馆吧！"那古朴的书籍也许能分散媚娘的心力，冲淡媚娘的悲伤……甚至将媚娘从自怨自艾中解脱。

记得第一天进宫，在掖庭宫看见日夜抬头望着甘露殿的白头宫女那刻，她就告诉自己无论怎样，她都不会变得像那群宫女那样阴森可怕。

她不要选择用一辈子的时间去等待一个没有结局的梦；她不要用一辈子的时间期待一场奢侈的爱情；她不要用一辈子的时间去回忆曾经的龙宠……对于此刻

---

① 出自刘方平《春怨》。

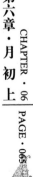

的她而言,冷清的内文学馆,是逃开一切最佳的抉择。

只是——真要在暮气沉沉的内文学馆度过下半辈子吗?媚娘颦着眉望着天上的星辰。

她想到与她泪别的母亲,想到曾与她毗邻而居的徐惠,想到将她带到陛下身边的德妃;想到照顾她到坠井的明月,想到与她共苦的玥月……那刻,她忽然觉得女人就像水中星辰的倒映,再耀眼也只能随波而散,从未有过的无力感快速在她内心深处扩展。

恨不能生为男儿身!媚娘猛捡起一块石子,用力向湖中扔去。

"扑通!"石子落在水中,激开一圈圈深墨色的涟漪,推散湖中美丽的倒映。

看着那圈圈涟漪,媚娘的苦闷的心锁,渐渐解开。这辈子,她要做激起涟漪的石子,决不做水中星辰的倒影!她扬扬娥眉,紧握着玥月的手,重重吐出:"好! 去内文学馆。"

天气一日日燥热,更坏的消息传来,原本在唐太宗身边负责安排帝王宴饮的媚娘,被调到掖庭安排宫中女子蚕丝纺织。

无论是谁安排此次调任,所有宫人都明了一点——傲视群芳的武才人无论如何美丽,都再难见天颜,此生再难重获荣宠。

无聊的宫人们开始放心握着团扇幸灾乐祸地奚落媚娘的点滴。那是种极度的耻辱! 刚开始媚娘总是忍着泪,努力高昂着头从她们中间走过,然后夜夜搂着玥月大哭。

但很快在许多人眼中那个暮气沉沉的内文学馆,深深吸引了媚娘。这里的藏书广阔且丰富,讲课的宦官虽老迈但却有着很高的学问。就连高祖的后妃薛婕妤也常来这里听课,兴致佳的时候薛婕妤甚至会站在台上授课。

翻着泛黄的古书,听着夫子讲述世情,望着薛婕妤安定的笑容。面对燥热的天气,面对失宠的局面,她的心反而静了下来。

每日她都起得很早,早膳后若无事,她便将自己沉浸在书海中。她也再度练字,放开失宠的心态后,她深深陷入书法的世界。她一日日地临摹王羲之的书法,甚至屡次因此忘记吃饭,非要玥月叉腰对她大吼她才不舍停笔;匆匆吃完饭后,她又拖着玥月继续练习书法。

只可惜玥月天分有限，就连最简单的"一"字，她也写得像毛毛虫似的。见练习毫无成效，习惯签字笔的玥月轻易放弃书法修养。

不过玥月很爱看书，虽然许多繁体字她不认识，但她乐意向媚娘请教。为打发无聊时光，玥月选书并不挑剔，无论是《论语》还是野史小说，她都能高兴捧在掌心细读。

当白日燥热消退后，她们又会坐在空旷的湖边望着满天星辰，那时玥月会将许多星座的传说细说给媚娘听；若无星，媚娘则会取出古琴耐心教导玥月拨弦；若玥月觉得古琴无趣，媚娘就会端出棋盘逼着才学会围棋的玥月与她对局……日子平淡而宁静地过着，媚娘常微笑告诉玥月，能这样过一辈子也很好。

只是玥月知道，媚娘宁静的眼瞳后藏着不甘。看着在书籍中性情越来越沉稳的媚娘，她亦知历史依然在前进，"素多智计，兼涉文史"的媚娘会在那只无形的大掌推动下，一点点碾碎灵魂中的儿女情长……她只希望到那时，她们的关系还能如现在这般单纯。

"小月，在想何事？"转动黑亮的眼珠，媚娘俏皮地拿着毛笔在玥月耳边轻挠，"你是在看书，还是在看窗外的云彩，抑或发呆？"

"好痒！"玥月皱皱眉，忙抓住媚娘手中的毛笔，顺手在耳廓上挠了两下，"你太皮了！"玥月撅起小嘴瞪着媚娘，右手更不自觉在指尖转动起毛笔。

"扑哧！"媚娘捂住嘴朗笑开。

"还笑！"将手中的毛笔扔在一旁，玥月一跃扑向媚娘，灵活的十指向媚娘腋下袭去。

"咯咯咯咯……"怕痒的媚娘无法抑制地笑着，口中喘着气求饶，"好玥月，放过我吧！放过我吧！"

"还有下次没？"口中念叨，手指却不停歇。

"没了，没了！"大笑激得媚娘双颊艳若桃李，柔美的声音更透着丝丝亲昵。

"这还差不多！"停下动作四目相触那刻，愉悦中那丝莫名的心跳逼得玥月心慌。她真能和女皇成为挚友？她们真能如此携手一直走下去吗？

"走吧！回去用午膳。"将因疯闹而弄乱的衣衫整理好，又理了理头顶的盘桓髻，媚娘上前一步理了理顺玥月微斜的领口。

"嗯。"将媚娘体贴的举止印在心田。无论日后如何，那也始终是将来。与其

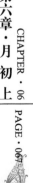

担忧将来,还不如活好现在!

总之,此刻她们很珍惜彼此的友情,这样就足够了!"走吧!"拍拍媚娘娇艳的脸颊,玥月轻松笑着,挽着媚娘的手臂大步向门外走去。

"武才人安好。"在玥月和媚娘迈出门外那刻,一道爽朗的声音忽然顺风传来。

惊愕看着石阶下的李泰和李治,媚娘慌张止住笑声,放开与玥月挽在一起的手臂,尴尬行礼回应。

啊,偶的神啊!这两尊大神跑到这种冷清堪与冷宫媲美的地方干吗?玥月僵住笑容,在媚娘提示下慌张行礼:"奴婢见过魏王、晋王。"

"此处并无旁人,无需多礼。"李治温和笑笑,目光一直停留在媚娘身上。

眼前这个白皙修长、温和内敛的王爷,已不再是她刚进宫时撞见那个躲在角落,为长孙皇后离去多次恸哭的雉奴[1]。

不知日光太烈,还是李治的目光太热,媚娘的心跳止不住加速,她微微颔着眼睑努力用最平常的声音道出:"不知两位王爷亲临内文学馆所为何事?"

"我……你……"最近可好?他很想向媚娘问好,很想给予媚娘更多关怀。可是他知道她是父皇的才人,他不该也不能泄漏太多的情愫。

哪怕是早在他十岁那年,在媚娘将丝帕递给他拭擦泪水那时,在媚娘柔声安抚他的丧母之痛那刻,他已偷偷将她音容印在了灵魂之中……他亦不能向任何人稍稍透露他对媚娘的深厚迷恋。

"我来找薛婕妤[2]。"他吸了口气,好不容易压下对媚娘的关怀,费力移开落在媚娘身上的眸光,"不知薛夫子在否?"后面这句已完全归于平淡,仿佛他从没将目光黏在媚娘身上,仿佛他从没在媚娘面前失态。

紧张的空气松开,她快速的心跳也归于平静。玥月曾说过她和李治可以维持以往的友谊。在狮子骢事件中,她甚至认为李治一直记得他们的友情。

但是,她忘记他已不再是雉奴,而是人人口中宽仁孝友的晋王。听着他淡漠的语气她就知道,那段嬉笑打闹的日子永远停留在她入宫之初。

是她奢求太多,这宫中哪有玥月口中那种单纯的友情?媚娘微微叹了声,随

---

① 唐高宗李治的小名。

② 薛婕妤是隋朝大文豪薛道衡的女儿,家学很好,满腹经文,因此唐高祖死后,唐太宗又把其留下,让她在后宫教育皇族子孙。她曾担任李治的老师。

后牵出礼貌性的笑容，道出柔和却毫无温度的声音："只怕让晋王白走一趟，薛婕好今日未到文学馆。"

"哦。"李治压低声音，斜看着地面。他不敢再看媚娘，他怕眼神会偷偷泄漏他的心事。

四周寂静得只听得见蝉鸣，古怪的气息在寂静的空气中蔓延。玥月看看眼瞳泄着失落的媚娘，又看看低头不语的李治……这就是历史！

玥月抿嘴偷偷笑了。她立刻下定决心，要当那片顺应历史洪流的绿叶！"不知又是什么风将魏王刮到了这里？"玥月扬着头问道。

虽然他已查实，眼前的玥月乃明月，但他依然愿叫她玥月。"玥月，二……楚侯来信了。"瞟眼身旁的李治，李泰立刻改口。

"真的吗？快拿给我瞧瞧。"玥月拖着媚娘的手，快速向李泰冲去。

"喏！"心情在玥月明朗的笑容中变得很安定。在将信放入玥月手中那刻，他不禁自嘲风流倜傥的他居然比不上李宽的一纸文书！

把信攥在掌心，那刻心情全部亮起绿灯。黑白分明的眼珠一转，玥月转身拍拍媚娘的肩膀："媚娘在这儿等我会儿，我找魏王说点事。"

"嗯？"媚娘挑眉狐疑看着玥月。什么时候玥月和魏王的关系要好到需要私下窃语？

"晋王，帮我照顾一下媚娘。"望着李治猛然抬头眼中泄出的惊讶，玥月"扑哧"笑开，不顾李泰眼中的愕然，拖着李泰的衣袖就向一旁密树丛跑去。

这是女人，还是妖怪？虽然见过玥月的奇特，但没想到她放肆到直呼武才人名讳，更没想到她开放到抓着自己的衣袖狂奔。

确定媚娘看不见自己和李泰后，玥月放开李泰衣袖，抱着双臂玩味瞅着处于极度惊讶状态的李泰："我是人，不是妖！"

她刚才不过呼了声媚娘，刚才她不过是拖着李泰逃跑……这些何其平常的举动，怎在对方的眼中就变得充满妖气？切，还想夺嫡了！就凭这点胆识，还想夺得大唐天下，难怪李泰最后会落得流放均州郧乡的下场。

欲成大事者，当泰山压顶而面不改色。可他却偏偏被玥月怪异行为惊得失色发呆！这不是那个处事不惊的魏王该有的举止。

不过，这也不能怪他。就连平日喜怒不形于色的李宽，也能被玥月惊得惊慌

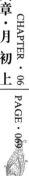

失措，更何况他？玥月绝对是大唐天下最特别、最怪异的"奇"女子！唇角上弯，李泰不自觉牵出轻松的笑痕。

他笑了，真正地笑了！她没看错吧！号称大唐第一笑面虎的魏王李泰居然露出自然的笑容。她还以为李泰喜笑，却不懂笑了。

玥月瞪大眼，伸出手指着李泰唇角的笑痕："你……你……"

"看信。"敛住笑容，李泰刻意放大嗓门吼着。只是再大的声响也掩不住他脸庞淡淡的绯红，抹不去那道自然的笑容。

气温日日攀升，太阳炙热地烧烤着大地。承蒙圣恩的嫔妃早早就躲在屋内引冰解暑，就连最普通的宫人也早早待在屋内大力扇动着团扇消暑。

虽然内文学馆与后妃居所同在太极宫内，但毕竟相距甚远。加上这后宫对德的渴求远大于对才的渴求，大多数宫人宁可将时间花在研习女红上，也不愿到这里来看书写文，更遑论这种热得连薛婕妤也不来借书的日子。

窗外夏蝉啼声震耳，内文学馆内却安静得连翻书声都能听见。"热啊，热啊，为什么到了图书馆还是这样热？"

讲授的宦官早溜到他处偷懒，内文学馆中除了玥月和媚娘再无他人。内文学馆的门窗早已被玥月全部打开，一身杏黄半袖襦裙的媚娘跪坐在矮榻上低头静看着手中的《女诫》，而玥月难忍夏日的酷暑干脆躺在地上。

"热——"玥月望着房梁有气无力呻吟着。照理说，空间越大、通风越好的地方越凉快，她还记得学校图书馆是她和王雅在夏日最喜的避暑圣地。可到了大唐，她咋就压根没感到内文学馆消暑呢？难道就因为少了风扇？

偶的天啊！她的风扇啊，她的空调啊！她好想回到21世纪避暑啊！热啊，她好怀念现代的吊带、凉鞋以及牛仔短裤……

想着想着，玥月不由将领口敞得更开。若不是媚娘坚决制止她早脱掉上衣，她早就露出肩膀和后背将襦裙当成西方的晚礼服穿着。

"小月！"看着将上衣敞开大半的玥月，媚娘不齿地摇头，起身上前为玥月拉好领口，拾起一旁的玉兰长柄团扇为玥月打扇消凉，"别太伤风败俗了！"

伤风败俗！这叫没见识过现代女性风采。玥月邪邪笑着开始再次诱惑："媚娘，我给你讲点新奇的东西。在我们那里，这个季节啊，可养眼了！女子都会穿着没有袖子的衣服，然后穿短裙或短裤露出修长的大腿，脚下则穿露出脚趾的凉鞋……至于男子……"玥月边说边演示，不禁将衣袖高高挽起，脱掉脚下锦鞋和绣袜，更将长裙拉至膝盖。

"你……"媚娘拿着《女诫》掩着羞红的脸颊，努力压下心中的好奇，"得了，在这里连歌舞伎者都不会那样穿。"

"真的！还有，夏天的时候我们会去游泳，那泳衣……"玥月甜笑着比画着，想要诱惑媚娘陪她脱下这身累赘去畅游。

可不待她再言，媚娘便放下手中书，强制性拉下玥月的衣袖和裙摆："你该读读《礼记》静心。快穿上鞋子，这模样哪像女子？"

"媚娘……你又被《女诫》给吞噬了。这样不好，应该多听听我讲故事。"她怎么就教不"坏"媚娘呢？玥月可怜兮兮望着一脸严肃的媚娘，很难想象日后她会拥有后宫三千。

"好啊！那你给我讲讲，那里的女子平日都做些什么？还有刚才你提到的图书馆又是怎样的地方？对了，我记得你说过那里的男人和女人没区别，到底是怎么回事？……"媚娘边将玥月扔在一旁的鞋袜递给玥月，边兴奋笑着，边好奇道出一长串疑问。

看着媚娘眼中亮闪闪的眸色，玥月顿时有种晕菜的感觉。偶的神，为何她都不问问 21 世纪，人们都是如何消暑的呢？还有那时髦的衣着观念？

"你们都在说什么，聊得如此开心？"不待玥月回应媚娘，不速之客李泰领着李治出现在内文学馆内。

"啊！"看着玥月赤裸的小脚，再看看一旁的李泰和李治，媚娘陡然惊呼，起身挡住李泰和李治的视野，"请两位王爷暂且回避。"

"有什么好回避的？"玥月翻着白眼，从媚娘裙后露出脑袋，笑嘻嘻同李治和李泰打招呼，"Hi，晋王你又来找薛婕妤吗？可惜，她不在这儿。"

"小月！"媚娘微曲身子用力敲了一下玥月的脑袋，狠狠剜了玥月一眼。

"不就是没穿鞋吗？有什么大不了……"玥月揉着脑袋委屈嘀咕，然后顺从地藏在媚娘身后穿戴起她最讨厌的鞋袜。可怜的小脚啊，才透了下气又被禁锢了！

"那个，小月只是……"媚娘尴尬面对着李治和李泰，理了半天却始终在脑海中找不到一个合适的借口。

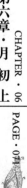

只是有点癔病！这点，他上次就见识过了。看着半隐在媚娘身后那道浅绿身影，李治恍然大悟似的点头。

只是异常离经叛道！虽然玥月许多行为轻佻，但比起多数女子故作清高，他倒是欣赏玥月那份毫不掩藏的轻佻，更何况她是李淳风口中身拥紫气的女子！心中燃起点点笑意，李泰温和点头。

"对了。"李治紧张咳了两声划破宁静，画蛇添足地回答起刚才玥月的问话，"今日我并非来找薛婕好，我……我只是陪四哥到这里找些古籍。"

"哦，找古籍！"蒙谁啊！顶着火辣的太阳，跑到藏书难比弘文馆的内文学馆找古籍。他真以为她是白痴？穿戴好的玥月，从媚娘身后闪出，意味深长地拉起大嗓门笑着。

"你给楚侯的回信，可写好了？"看着玥月洋洋得意的模样，李泰坏心岔开话题，化解李治的尴尬。

"啊？！"她是有写，可是她实在难以在信纸上发挥出小小的毛笔字。只是这话，在这群堪称唐代文学大家的人面前，她能坦白说出这个超级笑话吗？

媚娘是玥月的书法夫子，自是知道玥月难以见人的书法水准。在玥月费力书写回信的好几个夜里，她都不止一次开口询问玥月是否需要帮忙。可是玥月总是告诉她，友人间的书信若是让人代笔，那是不礼貌的。顺道玥月还给她讲了什么叫个人隐私以及专打听名人隐私的八卦周刊。

"多给她一些时间吧。"媚娘抿嘴笑着，算是替玥月回复了李泰的问题。

不就是写封信吗？她来古代前又不是没写过，更何况她的钢笔字又不难看。哎！可惜这里只有毛笔，没有钢笔。若是给她一支钢笔，别说一封信，就算用小楷抄《金刚经》她也能搞定。

对了，钢笔！她虽然技艺尚未高超到在古代制造钢笔，但弄一支类似钢笔的东西来写信总成吧！小时候她尝试过，用牙签蘸墨水写字，她就不能在古代弄一根类似牙签的东西，写封信出来吗？

"对了，大家帮忙做一样东西吧！"玥月高兴地开口，可当她看到正用余光偷看着媚娘的李治时，另一道心思又在她心底衍生开。"这件事让魏王帮忙就可以了。"玥月快步上前，拖着李泰再次跑开。

原谅她的私心，虽然她知道媚娘心中依然只装着唐太宗，虽然她知道此刻的媚娘仅将李治当成朋友或弟弟，但是她比任何人都知按照历史前行，媚娘永远得不到她从小的梦想。为了媚娘的将来，为了让媚娘不至于空白头，她能做到的也仅是让媚娘多与李治接触。

看着抓着自己手腕的白皙手掌，看着那张灿烂的笑颜，回忆着他们数次的见面……一股甜腻的温暖在李泰心中蔓延。这朵花有心于他，否则她不会一次次抓住他的衣袖，不会一次次主动与他独处。

"水中含紫，此乃大吉之相。若得此女相助，此生必显贵不已。"李淳风的话再次在他耳边响起——玥月注定成为他的女人，这是上天安排好的缘分，也是李淳风话中定下的未来。

"慢点。"看着玥月双颊闪亮的汗滴，李泰放慢步伐，笑着反将玥月细腻的纤手握在掌心。

温热从指尖直到心田，怪异的情愫激得心房急跳，她顿时停住步伐呆呆望着对方。

"瞧你，满头大汗。"李泰从袖筒中取出素白丝帕，低头为玥月拭擦额上的汗水。她应该懂的！这份独有的柔情正是在告诉她，他接受她的心意，而从此刻开始她属于他。

轰——她脑袋一片空白，耳边只听得见快逼得她无法呼吸的心跳。

"明月。"洪亮稳重的声音忽然插入。

啊！玥月猛然惊醒，甩开李泰的大掌，避开额头的丝帕。他在干什么？她刚才又是在干什么？

第一次对女人温柔，却被人逮个正着。李泰放下僵在半空的手，生硬地将手帕紧握掌心，尴尬轻咳两声："李将军，近安？"

"尚好。魏王，近安？"李君羡随口回应着，目光却紧瞅着玥月。在马场见到她时，他就觉得她变得生分了，原来是魏王勾引了她。

明月，明月！她是否还记得月夜下，他们相依诉情；她是否还记得清风中，她那些羞涩的笑容；她是否还记得她答应过待她可出宫另配时，她就嫁他为妾……又或真如传言的那样，意外的落水后她忘记了过去的一切？李君羡攥着藏在袖中的半截衣袖，复杂的怒火直冲脑海。

"尚好。"李泰淡笑，神情警觉地打量着李君羡和玥月。

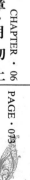

　　媚娘说过，李君羡是明月生命中最重要的朋友。虽然她不能告诉李君羡她不是明月，不能告诉李君羡真正的明月不知去向，但她至少可以用明月的身份继续当他的朋友。

　　"李将军找我？"不去想刚才意外的尴尬，玥月望着李君羡友好笑开。

　　也许是场误会，明月的心里仍有他。"嗯。"凉意缓缓从脚底升起浇熄满身的妒火，李君羡大大咧咧地看着玥月露出皓白的牙齿。

　　"我们一旁去谈。"不敢面对李泰刚才怪异的举止，玥月干脆撇下李泰向李君羡走去。

　　以前是李宽，现在是李君羡！他实在难以看透她心中到底在想什么？"且慢！你不是有事找我帮忙？"语气中有他也未想到的酸楚。

　　"我自己搞定，不麻烦魏王了！下次见。"玥月转身冲李泰做了个鬼脸，同李君羡并肩离去。

　　"好。"李泰含笑点头，对于下次会面心生几分期待。但看见玥月身旁的李君羡，一颗自傲的心又沉了沉。

　　李君羡来找玥月所为何事？玥月和李君羡究竟又存在何种关系？……想到马场上李君羡抓着玥月衣袖，固执着不肯放开的场景，李泰不禁蹙起了眉尖。

　　还有玥月，究竟是怎样的女子？她的笑容纯真，她的声音爽朗，甚至刚才当他握着她手掌那刻，她是那样的羞涩……只是为何有时她表现出来的举止又是那样的怪异与孟浪？

　　她能毫无顾忌拖着李宽一次次陪她进行跳井的游戏；她能懵懂不知与李宽维持着暧昧的友情；她能呆呆傻傻地在第一次见面就握着他的手；她能毫无尊卑与武才人打闹嬉笑；她能离经叛道地在大家面前露出脚趾；她能大大咧咧地与李君羡并肩谈笑……这一刻，他真的不知道她究竟是不染尘土、天真无邪的仙女，还是女娲座下引得商王灭国的九尾妖狐？

　　火辣辣的日光晒得李泰有些头脑泛晕，他揉揉太阳穴向一旁阴凉的屋檐下走去。一时间，他不知道是该相信李淳风的箴言，还是该相信自己的眼睛。他不知道将玥月纳入生命，究竟是场幸运的开始，还是走向纠纷的前奏？

　　至一片无人的树荫下玥月停下脚步，随意用衣袖抹了抹脸上的汗水。"你找我有什么事呢？"不知道明月往日如何称呼李君羡，玥月只好模糊开口。

温柔敦厚、知书达理的明月在他记忆中姿若拂柳，哪怕脸上有污迹，也是不紧不慢取出丝绢轻轻擦拭。何时有过如此粗犷如乡野村妇的举止？李君羡惊讶地看着玥月不知该说什么。

慢一拍察觉李君羡所惊何事，玥月忙理理衣袖，半低脑袋，压低声调道："见笑了。上次落水大病一场后，我不仅忘却了以前许多事情，还常难以自控生出一些怪异举动。我……"

她病了，但是他不会嫌弃她！担忧布在粗狂的脸上画上深深的印记。"明月，你可记得，你对我的许诺？"李君羡鼓足勇气问。

"啊？"明月与李君羡的过去她怎可知道。明知道李君羡会失望，但玥月依然只能摇头，"对不起。"

玥月的话宛如针尖般刺在李君羡心头，他费力咽下一口唾液，艰难抽动唇角安慰玥月："无论如何，我会一直遵守承诺。"

承诺？玥月猛抬头看着李君羡大眼中满满的温和，一串串问号顿时从心海冒出。难道明月和李君羡有一腿？

"我……"这一刻她真的很想告诉他，她不是明月。

"你不必觉得负担。若……若你想知道过往，我随时皆可告诉你。"李君羡扯扯翘胡，又抠抠脑袋，脸上泛显出连浓密胡须都难以掩盖的羞红。

果然……明月和李君羡之间有段尚未结束的故事。只是她毕竟不是明月，也压根没有想过代替明月走完以后的人生。

"我想，还是让我自己慢慢恢复记忆吧！"脚下意识在地上画圈，脑袋望着脚下的青草，玥月喃喃再次道出一个善意的谎言。

"真的？"唇上的两撇胡须快速上扬，灰蒙蒙的双目陡然放出喜悦的光芒，"你真会记起所有过往？又或许你已经想起部分？"

他的语气像除夕夜里的炮仗那样响亮而欢喜，她能想象此刻他脸庞上载着何等的喜悦。只是她不敢去看，更不敢告诉对方，她不是明月，根本不可能知道明月曾经的人生。

"我想……"脑袋乱得"嗡嗡"直响，十指纠结在一起，她真不知道该说些什么。

"明月。"

温热的呼吸吐在她的额头，宽厚的大掌搁在她的肩膀，一切逼得玥月无路可退，她只能抬头收下李君羡眼中的炙热。

那一秒，她很羡慕明月；那一秒，她觉得她就是明月；那一秒，她不忍心伤害这个深情的男人。

"我已经记起与媚娘的一些过去，我想很快就能记起你……"待玥月回神，才发现更大的谎言已脱口而出。

"那一天，很快会到！"玥月的话点燃李君羡心底最大的期盼，他顿时仰天大笑，一味幸福地笑着。

偶的神啊！她都说了些什么糊涂话？玥月懊恼叹气，无力地再次低下脑袋。她不是压根不想顶替明月吗？她不是该想办法疏远李君羡吗？——但是她为什么就不忍看到李君羡的绝望？就能下意识说出那样的胡话？

她对不起明月，也对不起李君羡！她紧紧咬着下唇，踢打着脚下粗厚的树根。她再次觉得很无力，很无力……觉得自己就像树旁的小草，渺小得只能随风而动。

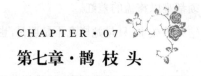

CHAPTER · 07

第七章·鹊 枝 头

——恩宠！爱恋！谁能分清？

八月初至，丹桂挂枝，几场秋雨落下，夏日的燥热快速退去。在秋阳呵护下，内文学馆四周丹桂花早早开了几株，甜甜的香味为内文学馆换上典雅的秋装。只是它就像迟暮的宫人，无论如何装束也难让人多看两眼。

在黑青的屋瓦下，讲授的依然是那老迈的太监，来往听课看书的依然多是那些无望获得圣宠的宫人。

秋雨刚过白昼初临，万缕阳光从乌云身后射出炫丽的金光普照大地，更将桂树枝头残留的雨滴映得像明珠般闪闪发亮。

"媚娘。"看着站在内文学馆桂树下，弯下桂枝轻嗅的徐惠，玥月扯了扯媚娘的衣袖。

徐惠！上着鹅黄窄袖短衫、下著绿色曳地长裙、腰垂红色腰带……她就像花淡性柔只留香的丹桂，那与生俱来的高贵与优雅是她这辈子也无法模仿的。

曾经她是那样羡慕与嫉妒徐惠的美好，又曾是那样争强好胜誓要与她在陛下面前一较高低……可这一刻，她竟毫无忿恨的感觉。

她的心情是如此平和，平和得毫无争风吃醋的念头，平和得甚至有与徐惠交好的冲动。这就是内文学馆的魅力吗？

媚娘洒脱地执扇而笑，主动上前几步，对徐惠道出入宫来第一次问好："徐充容，近安？"

"武才人！"徐惠惊讶回身，一丝喜悦翘上眉心。她松开手中树枝，默默看着媚娘好一会儿，刹那间颦笑开："尚好。武才人，近安？"

"尚好。"秋风缠着丹桂香气拂过，结在彼此心间数年的疙瘩，在彼此一颦一笑间忽然解开，顺风向太极宫外飞去。

"听闻你最近常到内文学馆看书习字？"徐惠执着绣有丹桂的罗帕，眸间尽是温雅之色。

"嗯。"媚娘点点头，看着徐惠苍白的指尖不由关心，"听闻盛夏间你一直病着，现在好些了吗？"

"咳咳，得陛下庇佑，天气转凉后好多了。"罗帕放在唇边轻咳两声，"你日后有何打算？"

媚娘是不同的！从入宫初遇媚娘，她就被媚娘身上张扬的活力和灵动的美丽所吸引。即使她知那份张扬和灵动与这沉寂的宫廷格格不入，知那份张扬和灵动亦会成为伤害自己的利器，但她还是真心的喜欢着和期待着，希望她们能在宫内成为相依相持的友人。可是那时的媚娘高傲而敏感将她划为敌人，丝毫不理睬她友好而亲切的微笑。

"每日读书习字，倒也颇有乐趣。"心跳加快两拍，她努力维持着习惯性的微笑。韦贵妃将她贬至掖庭，唐太宗彻底将她舍弃，就连德妃也对她不闻不问，对于

未来她还有何奢望？

"可否想过回到陛下身边？"以前的媚娘像春日的牡丹，总是那样高高在上而争强好胜，含着斗争的光芒，誓要让所有人黯然失色。而此刻的媚娘是冬日的红梅，虽看似平凡，但当她绽放那刻，必香气四溢，夺人心魂，艳冠群芳。

也许她该帮帮媚娘，变得更加内敛而聪慧的媚娘，不该像那群成日只知算计仇恨的宫人一样老死内廷。

"媚娘，岂敢奢望。"口中虽这样道，但每每想到唐太宗，她心中总会有份酸楚涌上。

那日在马场她明明看见了陛下眼中的欢喜，可她不明白能包容天下的陛下，为何不能包容下她这个直爽的女子？为何当年裴仁基就可以撮耳抠目驯马，而她就不能执鞭挥锤驯马？……也许真如玥月所言，陛下不喜性情刚烈的女子。

在内文学馆的日子里她看了很多书，更在老宦官口中听闻了不少各朝皇家轶事，特别是关于陛下和皇后的故事。她越发明白，性子和圣宠只能选一，只是她不知道该如何取舍。

"掌叙宴寝，理丝枲，以献岁功。依照武才人的才华，不该埋没在掖庭。"徐惠漫不经心从树枝上摘下几团淡黄的丹桂，放在罗帕中间层层包裹好，"掌叙宴寝。那才是距离陛下最近的地方。"徐惠又笑了，笑得云淡风轻。

她知道唐太宗心底留着媚娘驯马的英姿，她也期待着能像长孙皇后那样贤能淑德，将各类聪慧的女子举荐到唐太宗身边。

徐惠的话宛如木棒重重击在媚娘的心鼓上。无论是不甘，还是依恋，她始终不愿如此平静终老。只是已被抛弃的她又该如何回去？……媚娘平静地望着徐惠，心里却早已翻起千层浪涛。

终究是回去的时候了。玥月望着愣在一旁的媚娘，不由扣紧十指。其实她一点都不希望媚娘回到后宫。

只是，如果那样的话，媚娘就不再是媚娘，也就不会成为日后的则天大帝。如同徐惠所说，媚娘的才华不该埋没在掖庭，她是七彩凤凰，应该浴火重生，翱翔九天。

在媚娘犹豫不绝的时候，玥月轻咬下唇上前两步，屈身向徐惠行礼："多谢，徐充容提点。"

徐惠并不立刻答声，只是半敛着眼睑细细将包着丹桂的罗帕放入腰间鸳鸯香囊中。

“你就是明月？很好。”她看了玥月一眼，理着衣袖意味深长地笑着，拖着长长的披帛缓步消失在丹桂丛内。

“暗淡轻黄体性柔，情疏迹远只香留。”那姿那神真的很像典雅怡神的丹桂。玥月看着徐惠淡黄色的背影，不由想到桂花花神的传说。

“小月，真该回去？”媚娘心里虽早下结论，口中却忍不住向玥月咨询。

“嗯。”玥月转身面向媚娘点头。媚娘心已定，要的无非是她口中的支持。既然早晚都要回到后宫那场纷争中去，晚回不如早归好！

“那好。”媚娘弯下徐惠刚才嗅过的丹桂枝闭眼闻着。很甜的香味，让她想到陛下赐名的那晚。只是她不知道，未来她是否还有机会，依在陛下的肩上，笑着对他撒娇。

心底细微抽疼了一下，突然另一个影子从她脑海跃出。那是李治，温柔得让人无法拒绝的李治。若再回去几年，若他们从小相识，她必然不会入宫吧！

可是时间不会回溯，这辈子她注定是唐太宗的媚娘，对于李治的挂心她只能装做不知道，当成难以动心。

“那这样，我去找魏王和李将军帮忙，你去找德妃和晋王帮忙。我就不相信咱们全体出动，还斗不过一个韦贵妃。”丝毫没察觉媚娘的异样，玥月挽起衣袖干劲十足。

“就劳你去说服李将军。而德妃，我于她还有利用价值，我会说服她。”手尖一颤树枝断了，媚娘慌忙睁开眼，“至于晋王……他已帮我太多，不可再给他招麻烦。而魏王你也别靠他太近。宫人皆言他乃笑面虎，我担心他笑在脸上，算计在心。”

“晋王不怕麻烦。”看着媚娘手中那枝纷香的丹桂，玥月咯咯笑出声。只怕此刻晋王在媚娘心中不再是弟弟和朋友那么简单。

“我道是魏王，不是晋王。”瞪着玥月的嬉笑，媚娘心虚地板着脸。

她承认从徐惠口中得到有机会重新回到陛下身边时，她并没有想象中那样欢愉，甚至那刻脑海中闪现出李治文雅又害羞的身影。

她甚至也隐约知道李治待她好，不是简单的因为他们交好多年。只是彼此都明白不可能，又何须捅破那层暧昧的屏障？又何必去想象一些与世不容的东

西？……更何况她已下定决心回去，回到那个嗅到半丝气味都能兴风作浪的后宫，回到那个算是他庶母之一的位子上去。

就算他们间存在的只是丝看不清的暧昧，那也必须断得毫无痕迹，断得干干净净。从这刻起她还是那个柔媚艳丽的武才人，而李治依然是仁孝温柔的晋王。

理好一切，媚娘娇娇媚媚一笑，将手中的丹桂放在鼻端轻嗅："小月，你同魏王走得如此近，难道爱上他了？"

"哪有？"口中虽立刻反驳，可心头却不免一惊，陡然想起他执帕为她拭汗的场景。

"魏王表面温雅和善，实则笑里藏刀，夺嫡之心更是无人不晓。那样狐狸般的人物，岂会真心待人？小月，离他远点，才不会伤及己身。"媚娘握住玥月的手，担忧地将丹桂放入玥月的掌心。

女大当嫁！她不是没考虑过玥月有一天会离开这让人窒息的宫殿，但是她心中值得玥月托付终身的对象绝不是魏王。若是可以她希望玥月真能代替明月，像明月那样爱上李君羡，待出宫之日便嫁给李君羡，从此"执子之手，与子偕老"……

李泰当然不是毫无目的！他是为了得到李宽的支持，才好好待她，处处照顾她。哼，她又不是不知道李泰最后会因为夺嫡被贬，她怎么可能去将未来托付给一个前景凄惨的男人？更何况，至今她还牵挂着回去现代过逍遥日子。

玥月瘪瘪嘴巴，把玩着手中丹桂，笑吟吟向媚娘说道："安啦！你不同李治来往，我自然不同李泰来往。只是，你确定历史会因为你此刻的坚持而改变？"

说实话，看着李治对媚娘那份绝非一朝一夕的迷恋，她觉得未来还是在按照史书发展。秘记、出家、宫辱、杀子……无论她如何不想面对，如何极力改变，一连串磨人而艰辛的未来依然在前面等着媚娘。

"历史，改变？小月，你神神叨叨些什么啊？"媚娘狐疑望着玥月。

长久以来，她一直觉得玥月一直隐瞒着一些很重要的事情。就拿狮子骢事件事后回想，她总觉得玥月在事情发生前仿佛就已知道结局。难道她真是从天上掉下的仙女？而她所描述的世界其实是天宫？

"一些废话而已！"玥月嘻嘻哈哈上前一步，拖着媚娘的衣袖向冷清的内文学馆走去，"你放心，我不找李泰。回去的事，我去找李君羡帮忙总行吧！"说着，玥月顽皮地拿着丹桂在媚娘弹指可破的脸颊上挠痒。

她会保护她的！玥月扬起头，看着在秋风中不断变化样子的云朵，露着牙齿灿烂地笑开。

她会尽力帮助媚娘，帮她得到她想要的一切！就算未来沿着历史轨迹发展，她依然会找出历史的缝隙，尽全力保护媚娘……谁叫媚娘是她的救命恩人，是她在这里唯一的朋友。

阳光透过格窗斑斓有序地落在地上，紫檀翘头案面门靠墙而设，古朴的桌面堆着一层又一层的奏章。

"小月，需按时间和事件将奏章归类，如此才方便陛下批阅。"媚娘头梳宝髻，髻插金步摇，面上白妆，唇点朱红，柔媚对玥月笑道。

"嗯。"玥月点点头，看着媚娘宛若桃李的妆容，不由会心一笑。

丫头，就会取笑她！难以当面发难的媚娘，羞涩低下头，仔细整理桌上的奏章。

希望一切都能顺利。看着那身最能衬出媚娘魅力绣有牡丹的小袖高腰襦裙，玥月有些紧张地暗握双拳。

"哈哈哈哈哈……"伴随着唐太宗的笑声，唐太宗、李泰、李治以及一头梳凤髻，身穿黄色圆领对襟窄袖小衫，高腰石榴长裙的女子愉悦地步入甘露殿。

陛下！还有李治。媚娘心尖一颤，连忙拉着玥月行礼然后向一旁退去。

唐太宗边同身旁的人闲话家常，边站起来在翘头案旁拿起上面几本奏章随意翻阅。"这……谁动了奏章？"唐太宗瞳中的光亮瞬间更盛。

"请陛下降罪。"难道她又错了？浪费了德妃、徐充容和李君羡的助力，辜负了玥月的期待？两道烟眉皱在一起，媚娘拉拉玥月的衣袖一同跪下。

"做得好！分类而置，不错，不错！"唐太宗笑呵呵地挥动着手中的奏章。长久以来，甘露殿的书桌是宫廷最重要的地方，同样也是最疏于管理的地方。每日看见桌上那些乱而无序的奏章，他有种有心无力的感觉。

不是他没想过找近臣整理，只是这些东西涉及太多机密，万一被泄露出去，后果更是不堪设想。他也曾下令身边宫女对其进行整理，只是她们大多只会依照时间排序，有时甚至还排错将急件压后……唯一让他满意的是徐充容，她曾亲自来到这里细心地将奏章归类，甚至在他身边红袖添香伴读书，只是那样的日子没过多久，徐充容便因为操劳过度而病倒。待其病愈后，他自是不忍再让她劳心劳力。

"既然做得好。父皇准备如何行赏？"身着黄色襦裙的女子，上前一步拖着唐太宗的衣袖娇笑着。

"赏，赏！"唐太宗放下手中奏章，看着眼前那道熟悉的红色身影，挑了挑眉梢，"抬起头。告诉朕，你们想得到什么样的赏赐？"

低埋的脑袋缓缓上升，黛眉、水眸、樱唇……渐渐展现在唐太宗的眼中。"媚娘只求能留在陛下身边，为陛下理书研墨。"眸染水雾自娇媚怜人，唇角微翘自含情诱心。

武才人！唐太宗一怔，冰冷的心房被拨动一下。他的唇上下动了动，很想说出许多喜悦的话，可想到驯马场上媚娘那双如虎豹般闪亮的眸子，想到那些铿锵有力含着血腥味的声音，他不由缓缓吐出一口气："那就留下吧。"

虽然他一生都喜欢驯猎野兽，很欣赏才华洋溢而浑身傲骨的能人，可对于女人他依恋的是像长孙皇后那样温柔如水的娇女子。

事情虽然没想象中顺利，可毕竟不必回到冰冷的掖庭。她应该感激不是吗？只是为何胸口很闷，很酸？

"谢，陛下。"媚娘低头谢恩。她不想被人看见，她此刻眼中的湿润。

"哼！让别人在身边做牛做马，这叫赏赐？父皇，何时变得这般吝啬？"黄衣女子撒娇扯动唐太宗的衣袖，嘟着樱红的小嘴不满道。

"那你说，朕该赏她们什么？"唐太宗疼惜地拍拍黄衣女子的肩膀。

"照我说……"黄衣女子黑白分明的瞳子一转，指着低头不语的玥月说，"今日乃中秋，就赏她胡饼①吧！"接着又指着媚娘，"至于武才人……今晚不是要赏月吗？就赏武才人列席参加夜宴？"

"就你鬼主意多，不过许了！"唐太宗笑呵呵地点点黄衣女子鼻尖，溺爱之色更是一览无遗。

"鬼主意不多，怎会得到父皇格外恩宠呢？"黄衣女子挽着唐太宗的手臂咯咯笑着，灵动的眼睛朝着李治和李泰意味深长地眨了眨。

看着黄衣女子纯真的笑颜，李泰和李治不约而同地在唇角挂上与唐太宗相同的笑容，而李治更避开唐太宗朝着黄衣女子竖起大拇指。那一刻，亲切的温馨伴随着黄衣女子的笑容布满大殿的每一个角落。

① 月饼早称胡饼，后在唐玄宗和杨贵妃一次赏月中，由杨贵妃改称月饼。

夜逢中秋，又遇文成公主和亲在即，此次夜宴除了在京皇室成员和后宫部分受宠嫔妃参与外，对外更广邀群臣和外使。

清风朗月，宫灯高挂，作为中秋夜宴主要场所的玄武门更是歌舞升平，笑声不断……直到穿着如火般艳丽的钿钗礼衣的媚娘出现在宴会中。

那一刹，韦贵妃执着金菊象牙团扇搁在胸前，惊叹地望着含笑自若的媚娘。

武才人怎会出现在晚宴？她并未在晚宴名单上写下武才人的名字！是谁暗中操作，再次扶起武才人？

韦贵妃四处观色。当她看见德妃眼中得意之色，看见徐惠唇边鼓励的笑痕，她恍然明白之前她得意得太早。

她不会放过她们！她持扇挡住脸上藏不住的冷凝之色。可一个德妃，一个充容，她们真有能耐躲过她的眼线，将武才人重新安排回到陛下身边？团扇后面的那双眼眸顿时变得深邃起来。

武才人背后一定还有人！那些人的目的又是如何？韦贵妃紧紧盯着欢笑的群臣，那一刻她的心变得很沉。她仿佛在那些笑声后，听见了不详的未来。

嗯，很好！列席那刻，多日未见的流光溢彩在媚娘眼中转动。不是有很多人想要将她埋在掖庭中吗？看见没，她还是回来了，还是回到了绚丽多彩的宫廷内。

媚娘昂头挺胸，含笑应对席间众多嫉妒和忿恨。这一次，她不会再如以往那般天真！媚娘理理牡丹团花裙摆优雅坐下，满是感激地对曾帮过她的所有人，投去谢意的眸神。

可当她与李治那双布满绝望和祝福的眸瞳相对时，她心头"笃"地像被针扎了一下抽疼，大好的喜悦之情也降下大半。

她是那样冷绝地斩断他们的暖昧，可是他却一如既往地帮她！只是今生她除了愧疚，能给他的还是愧疚。

强迫自己将目光从李治身上移开，媚娘继续维持着最完美的笑容，又慵懒捏起一块胡饼，轻轻咬上小半口，扭头看着面色难堪的韦贵妃。

看见没，她依然活得很好！虽没有证据，但是从狮子骢事件前后那段日子所发生的事情分析，她不得不怀疑狮子骢发狂是韦贵妃在马身上动了手脚。而明月那日听闻的阴谋，绝对包括马场杀她！

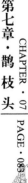

日子还很长，她不仅会逆着韦贵妃意愿一步步向上爬，更会将所有秘密一件件挖出。他日若真证实一切皆韦贵妃所为，她不会放过她。而现在，她要做的就是在韦贵妃面前活得更好！

看着韦贵妃眼中的惊慌和恐惧，媚娘毫不掩饰地笑得更灿烂，一种暖得她灵魂发烫的满足感更是快速充盈全身。

真好！玥月依靠在将她带来大唐的古井边，望着远处灯火通明的玄武门与头顶那轮皓洁的朗月盈盈笑开。此刻的媚娘一定很开心吧！

可她呢？若是在21世纪，此刻王雅一定会拖着她到王家去，同那一大家人热热闹闹吃月饼和红酒，然后与她并肩坐在沙发上看中秋晚会，直到她困到忘记一个人的哀伤直接在沙发上睡着……

那样的日子与现在相比真的很幸福，至少比她现在孤独地望着头顶那轮明月来得幸福。此刻她真的不想去想童年时有父母相伴的中秋，真的不想去想那场夺取父母生命的车祸，真的不想去想有王雅相伴的日子……可是那一幕幕却无法抑制出现在她的脑海中。

如果此刻从这里跳下，她能回去吗？玥月低下头趴在井沿上，沉寂地俯视着井底的明月，不知不觉间更探出了大半个身体。

"玥月！"

肩膀一重，身子一轻，玥月的身子快速从井沿跌入一个厚实的怀抱。

当他看见冷月下那抹孤寂的身影那刻，他的心鼓被重重敲了下。当他看见她载着忧伤向井沿探出半个身子那刻，他心慌得更不知如何是好。

若不是身旁的高阳提醒他，此刻只怕他还在远处呆呆盯着玥月跳下古井吧！感觉到从玥月体内传来的真实体温，紧绷的心弦缓缓舒开。

她要哭了吗？"玥月！"看着玥月那双比圆月还要寂寞的瞳子，他微热的指尖不由抚上她冰冷的双颊。

"我……我没事。"恍然惊醒，玥月咬咬双唇，倔犟地鼓着双瞳，拒绝让眼泪涌出。

温和的手指停在玥月的眼角，厚实的嗓音缓缓溢出："真的？"他真的很想告诉她，她不会孤独，他会陪在她的身边，可是若那样说他还是魏王李泰吗？

"嗯。我不会跳下去。"她挣开李泰的手掌，坚定地点点头，唇角更挂上一抹笑容。她不会寻死，她答应过父母要好好活下去；她不会寻死，她答应过媚娘要好好陪着她；她不会寻死，她答应过李宽不会再跳井……

他知道她不会再跳。可是她是否又知道她此刻的笑比哭还难看；可知道她此刻眼中的孤独灼得人心疼；可知道她此刻口中的倔犟好让人怜惜……李泰上前半步，伸出手指想要抚平玥月脸上的孤单。

"呵呵呵，有趣，特别，果真如此！"一连串玲珑的笑声从李泰身后传来。

他怎会忘记高阳还在！李泰一震，连忙收回手指，后退半步，清清嗓子向玥月介绍："玥月，这是今日帮武才人的高阳公主。"

高阳？《大唐情史》的主角，大唐追求自由恋爱第一人……如此绚丽的笑容想必她正处于热恋中，此时的她必与辩机相遇了吧。但她又可知道在她飞蛾扑火般的爱情前面，等着她的是一个凛冽的悲剧？

"奴婢，见过高阳公主。"玥月僵硬地向高阳行礼，脑袋却乱成一团。

"不必多礼。"高阳笑嘻嘻打量着李泰和玥月，"难怪，难怪！如此清秀佳人，难怪四哥和九弟同时找我帮忙。"

李泰！今日的事是李泰暗中帮忙，因此高阳才会适时出现在媚娘面前。玥月猛抬头直视月光下那道永远含笑的身影。

李宽离开前只不过拜托李泰照顾她，可如今李泰却处处为她着想……这意味着什么？心跳不由动情地加快两拍，她从他的眼瞳中寻到了温暖。

"谢谢。"什么都没有的她，能道出的只有这两个字。

"谢他不如谢我。"高阳上前几步握住玥月的手，借着月光仔细打量着玥月的容颜，"真好。丝毫未染上宫中的阴阳怪气，特别是这双眸瞳，清澈得就像天上的月亮，安宁得就像春日的清风。四哥，这可是你的福分，得好好把握。可别让旁人察觉她的美丽！"高阳笑得很开心，美好的笑容宛如夏花。

"呵呵！"李泰开怀朗笑着。是啊，他的动作必须快点，否则当李宽南下归来之时，他更没把握能从李宽手中得到玥月。

那刻玥月丝毫没注意高阳的话语，她只是呆呆望着高阳爽朗而真实的灿笑。这样的笑容不属于这里，绝对不属于被教条禁锢的世界……高阳，高阳，她是如此毫无保留地绽放着自己的热情，如此天真地希望从皇家的亲情中得到包容，可她

是否知道滋养她的那份爱情，自由而骄傲的爱情，用不了多久就会被她最爱的亲人拦腰斩断？

这一刻，她真的很想告诉她那个不祥的未来。只是她怕，她懦弱得不知道怎样才能让她身边每一个人得到幸福，远离厄运。

媚娘如此，李君羡如此，李泰亦如此，现在又多了个高阳……什么时候她才有力量与命运相抗，什么时候她才有勇气与历史相搏？

"公主，你千万不要把……"她声音小得像虫鸣，可不待她告诉高阳日后千万不要把玉枕送给辩机，高阳和善的声音又再度响起："对了，玥月。四哥有礼物送你。"她牵着玥月的手来到李泰面前，又扯扯李泰衣袖，"四哥，快把东西拿出来。"

哎——她好不容易鼓起勇气违背历史，高阳就不能静心听她说上一句吗？不过……距离出事那年还有很长时间，她还是有机会去改变那段悲剧。只是，她真能改变吗？她不过是被遗忘在历史洪流中的小角色。

"玥月！"见玥月走神，高阳拉动玥月衣袖，又踩了玥月一脚。

"啊！"脚背吃疼，玥月顿时惊醒。

老是爱神游太虚，被人卖了都不知道！李泰眉间染上一层宠溺，不禁牵动脸庞肌肉轻松笑开："高阳，又调皮。"

"四哥，中秋礼。"高阳吐吐舌，丝毫不在意李泰的斥责。

"这个……高阳拖着我逃离宴会。"李泰顿了下，从袖筒中取出用素白手帕叠的包裹，温柔递给玥月，"顺手取来了这个。"

"我？"高阳嘟起艳红的小嘴。明明是李泰私藏的，明明是李泰怂恿她一同逃离宴会，为何在此刻那个主谋又变成她了？

李泰不接言，暗中揪了下高阳的手臂，更带着威胁瞪了她一眼。

"这是——"玥月一层层打开掌心手帕，"月饼！不，胡饼。"被月光温柔包裹的胡饼，就像是一勺甘泉，快速在玥月心中荡开。

"呵呵，四哥果真堪比诸葛亮。"不理会李泰的威胁，高阳继续嬉笑，"猜到玥月此刻必在古井边，更猜到玥月今夜必没吃胡饼。四哥，改明儿，也帮我卜上一卦如何？"

"高阳。"李泰冷着脸将高阳拖至身后，然后挂上让人心动的笑容，"吃吧。我尝过，味道不错。"

在此时,在此刻,高高在上的魏王却牵挂着她这毫无利用价值的小宫女……也许他并非如媚娘所说那样自私,也许他并非史书记载那般冷漠。

只是,他越如此待她,她越愧疚。她根本无法告诉他,他追求的权位到头来只是一场空,最爱他的父皇会亲手下旨将他逐出长安。

她能说出的依然只是声:"谢谢。"

眸含雾气,神含哀伤。她可知道月光下的她,是如何清澈得让人怜惜,无奈得让人心疼?

那双欲言又止的眸瞳中到底藏有怎样沉重的秘密?是什么样的过去让她显得如此独特而孤独?

凝视被月光镀上清凉的银色的倩影,他动了动嗓子,又动了动指尖,最终仅露出一如既往的微笑。

他可以怜惜她,可以帮助她,亦可以宠爱她。但他是魏王,要得到天下的魏王。他的柔情应当广照天下,而不是落在一个小小的宫女身上!

秋风拂地,暖阳普照大地,天气虽未完全凉下,但庭院中的秋菊已缓缓舒展花蕾,摆出一副誓要在秋日较出高低的姿态。

无趣!听着嫔妃间带刺的敬语和家常,被秋阳晒得淡含睡意的媚娘,不禁用海棠蝉翼团扇半掩着脸,眨眨眼睑,打了一个呵欠。

真不敢想象她曾热衷于此类活动。她似乎理解,为何徐惠常是借口身体不适,推掉这类活动。无趣,这样的讥讽真的很无趣。还不如待在内文学馆里,晒晒太阳,翻翻古籍。

"武才人,觉得很无趣?"逮着媚娘小小的不雅,韦贵妃摇曳短柄漆金腰圆形团扇,眼睑半垂,笑里藏刀。

"不。"绣菊丝绢搁在胸前,努力不在意打望她的目光,"这日色缠人,晒得人有些发懒。"

"哦?"韦贵妃扯唇笑笑,向身边绿衣婕妤递上眼色。

那婕妤立刻掩扇如花笑开:"原来如此,我还以为妹妹夜夜服侍陛下太辛苦了。"

"此言差矣。武妹妹服侍陛下是辛苦,不过不是夜夜辛苦,而是日日辛苦。要

说夜夜辛苦,当论韦姐姐和燕姐姐。"另一位穿着绛紫色窄袖襦裙的才人拎着紫色丝帕娇笑遮口。

"哪有?"韦贵妃慵懒笑着,眼珠一转,面露慈色,"不知道有句话做姐姐的当不当讲。武妹妹回到陛下身边有段时间了。但一直未见再有侍寝安排。不知妹妹是否尚有心结,宁充当侍女,而不愿尽才人之责?"那刻,她眼中笑意盖过忧心。

不是她不愿意,而是陛下对驯马之事心有余悸,一直不提及侍寝之事……媚娘握扇的葱指一紧,刺心的伤痛压抑心头,但脸上却笑得更加妩媚:"韦姐姐教训得是。三从四德、七出三不出之礼媚娘日夜莫不敢轻忘。皇后的《女则》媚娘更常伴身侧,只是对其意理解想必不及姐姐来得深。不知何时姐姐能将一生经历撰写成籍,让我们这些晚辈引之为楷模,以修己身?"

身为后宫之首却难以荣登后位;为太宗育有一子却与他人早有一女;提倡他人守节却偏以寡妇之身入宫……她难道就不想荣登后位?就不想象长孙皇后那样写一本让天下女人引之为模的书籍?

可是她守寡、拖女再嫁的一生,难道能传记成书?可恶的媚娘字字看似漫不经心,可偏偏正中她软肋!

韦贵妃脸上的笑容瞬间消失,妍然的白妆变得如鬼般凌厉,黑白分明的瞳子更溢出阴冷之色。

"啪!"短柄漆金腰圆形团扇磕在一旁的顽石上,刹那成两端。扇柄被韦贵妃紧握手中,娇好的扇面宛如枯叶落在地上。

好一个武才人!就连德妃都不敢在她面前提起的事情,她居然敢当着众宫妃面前隐秘提及。她当真以为她是傻子,还认定她好欺负?

这事也敢提?在场的所有宫人,紧张地闭气低头。心中更不约而同地惊叹着媚娘的大胆。

无视一旁德妃递来让她向韦贵妃低头的眼神,媚娘反含笑回望着韦贵妃。眼神再冷也没有太宗抛下她那刻冷,韦贵妃再厉害也没有狮子骢暴烈……众人怕韦贵妃,她不怕。就凭她待在太宗身边端茶研墨的身份,韦贵妃已不敢再轻易动她。

哼,还敢用犀利的瞳眸瞪着她,真以为她不敢动她吗?也不看看,她的身后除了陛下,还有谁为之撑腰?

等着,现在是敏感时期,加上她尚未摸透媚娘身后的势力,因此暂时不会动她！待一切过去，太子之位稳定以后，她不弄得媚娘生不如死，她就不叫韦珪。

媚娘傻了不成？她真以为这些年韦贵妃光靠与陛下的情分就能稳坐四妃之首，就能代替去世的皇后统摄六宫？

后宫和朝廷一样，生存的环境错综复杂，位居高位者又岂是凭一人之力就能站稳脚跟？

若非韦贵妃早年有韦杜旧部撑腰，后又在皇后身子不佳时与太子交好，主动成为太子在后宫的屏障……这些年她怎可能一直权掌后宫？

韦珪，韦珪！她明明比韦贵妃更早嫁给唐太宗；她明明比韦贵妃出身更高贵；她明明比韦贵妃在陛下面前更得宠……可是从唐太宗登基至今她都被韦贵妃牢牢压在其下。

她不甘心，真的很不甘心！绣菊细绢团扇搁在膝上，双眼紧紧盯着扇面金灿的菊花，眸间算计更如同焰火，仿佛要当场将扇面灼燃。

哼！韦贵妃不是将媚娘视为心中刺吗？她就偏要将这根刺深深插入韦贵妃胸口，让她被媚娘气得日夜难眠。

"呵呵。"宛如木板拨琵弦的笑声从德妃蔻唇飘出，德妃揽裙起身弯腰拾起地上孤单的扇面，"姐姐这把扇子是旧了，该换把新的了。听闻武才人擅绘鸾凤，又通书法。姐姐，不如就由她绘制把描有鸾凤，题有诗词的象牙团扇，在重阳之日献上如何？"

自古皇帝称龙，皇后称凰，扇绘鸾凤自是对韦贵妃六宫之首地位的肯定。只是此扇出自媚娘之手，只怕团扇绘制再美，韦贵妃也不愿展于众人面前，让众人称赞媚娘之才。可若不答应或是得之不用，那未免又显得韦贵妃不识大体，心胸狭窄。

好狠毒的一招！宫里三位杨氏不是身份敏感，就是出身卑微；而阴妃更负家仇。长孙皇后死后，这后宫唯一能与她抗衡的就是德妃。

本来，她还想只要德妃知足，她也懒得招惹她。可是这些年德妃，就见不得她好！她培养新人，德妃就举荐媚娘进宫；她称赞徐惠有才，德妃就大赞媚娘美貌；她设计对媚娘杀鸡儆猴，德妃就联合徐惠再荐媚娘……哼，等唐太宗百年归老，太子登基之日，这些与她作对的人，她一个都不会放过。

而现在，一切尚未成熟，她也只能笑脸相迎。面对宫人们那张张畏惧而充满好奇的容颜，韦贵妃只好接过德妃手中扇面，僵硬牵动朱唇笑道："妹妹，何必如此

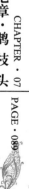

客气。这提议尚佳，就不知武才人意下如何？"

　　至少此刻，德妃是力挺她的。至于以后，她不会再笨到损伤德妃的利益。媚娘起身向韦贵妃行礼，笑吟吟的眼瞳更是布满诚意："我当尽力制好此面团扇，以报韦姐姐长久照顾之情。"

　　秋风吹起她双鬓的秀发，阳光照得一身红衣闪闪发亮，那一刻媚娘美得就像只仰头欲飞的火凤凰。

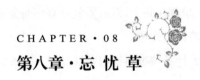

CHAPTER · 08

第八章 · 忘 忧 草

　　　　　　　　　　　　　　　　　　——爱，真能忘忧？

　　半臂褪去，襦裙加厚。秋风从凉爽，开始渗冷。

　　秋夜，媚娘开着窗棂，依在窗边静望着头顶那片清朗的夜空。德妃提醒她，抓不住帝王的宠爱，头脑再聪慧，嘴巴再锐利，到头来依然是竹篮打水。

　　她知道德妃的话向着她，也知道要在韦贵妃面前抬头必须依靠唐太宗。可是唐太宗不再宠幸她，她又有什么办法？

　　"媚娘，秋风寒冷，关窗回屋吧！"玥月拿着件蜀绣花鸟披风搭在媚娘身上。

　　"小月，你看夜空真美。"媚娘指着挂着下弦月和繁星的天空，眼中尽是落寞之色。

　　"嗯。西安的夜空真高，那月亮好像挂在宇宙的尽头。不像我的家乡，那月亮好近，有时就觉得它就藏在楼房背后。"玥月用手支着下颚，傻傻笑着。

　　"西安？宇宙？楼房？"媚娘用一种不可思议的目光打量着玥月。

　　啊？糟糕！她怎能老是将媚娘想成新世纪女性？

玥月抠抠脑袋，蒙混干笑两声："家乡的土话。意思就是说长安的夜空很漂亮。"

"哦。"早已习惯玥月的新奇语句，媚娘随意应了声，目光再度转向窗外，"小月，你说如何才能再次得到龙宠？"

"啊？"玥月一怔，不解地望着媚娘在月光下更显白皙的面颊。

这样不好吗？不仅能待在唐太宗身边，还能听见朝中八卦。媚娘为何偏偏不知足，要再度杀入满是是非的后宫呢？

"小月，你能再帮我一次吗？"媚娘回望着一头乌黑的秀发随意搭在肩后的玥月。在这座孤独的宫殿中，她孤独一人活不下去，只有与玥月彼此相依，她才有勇气面对不可知的未来。

"啊？"玥月张大嘴巴又叹了一声，随即她推推媚娘双肩大笑起来，"可爱的媚娘，你醒醒吧！我虽有时会在翠微宫值夜，但我没权安排睡在陛下身边的女人是谁！媚娘，你就不能安稳过几天日子？还是你深爱着陛下？"

她怎会一而再，再而三遗忘，眼前的姣丽女子不似普通后妃，而是多年后会成为女皇的武则天？

"我……"那刻她忽然觉得不敢面对玥月嘴角那份单纯的笑颜，她默默将脑袋再次偏向远处的翠微宫，"小月，你知道吗？这是天下至高点，在这儿有雄伟的宫殿，华丽的楼阁，精巧的假山，锦绣的花园……还有受万民景仰的陛下。从小父亲总在我耳边提及陛下的英雄事迹，母亲总将我搂在怀里讲述皇宫中华丽的一切……对我来说皇宫就是人间仙境，陛下就是让天下人爱慕的英雄。踏入皇宫之前我一直这样想，遇上你以前我也一直这样想。可是，现在我唯一知道的是我没得选择。后宫，是一座华丽的坟墓，我除了继续斗下去别无选择。"她的声音很轻，轻得飘出去立刻随风散去。

"媚娘——"为什么这里的女人如此无奈？她又想 21 世纪了，她好想把媚娘一块带回 21 世纪。玥月抱着媚娘的肩膀，额头贴在了她冰凉而丰盈的肩头。

"小月，不必悲哀。我虽不知你口中的情爱为何物？但我至少清楚我不讨厌陛下。相反，我一直很仰慕他。能待在天下英豪的身边是我的荣幸。"媚娘拍着玥月的脑袋，对着月牙儿弯起了唇角。

虽然在夜深人静的时候，有时她也会不由自主想到与李治相处的点滴，但她相信那份情谊中彼此依赖的友情占有很大额度。不若唐太宗，在她第一次看见德

妃那刻，她就知道唐太宗会是她的天，一辈子的天！

"媚娘！"

媚娘的哀伤浸透了她的灵魂！那句"别无选择"叩开了她淡薄的心房。斗，媚娘要继续斗，她就只能陪她斗。谁叫她们是朋友，比姐妹还亲的朋友！

玥月猛抬起头，站直身子，十指紧紧扣着媚娘的双肩："媚娘，我帮你！"就算前面是条不归路，就算会因此改变历史，她也帮她。

夜风吹起玥月黝黑的秀发，银白的月光混着微弱的烛光洒在她的身上，那一刻她看上去就像是天际中最耀眼的星辰。

太阳洒在翠绿的湖上，淡金色光点在微风的吹拂下，宛如一幅镀金的山水画卷。种满拂柳的岸边，一前一后地走着一紫一黄的男女。

"你帮帮我！"玥月叫嚷着，小跑追逐着大步向前的李泰。

"我不干预后宫之争。"听到玥月与话语一起飘出的喘气声，李泰不由放缓向前的步伐。

"谁要你干预呢？"见李泰步伐放慢，玥月连忙快跑跟上。

"哼。"李泰冷哼一声，戛然止住脚步，冷着脸转身盯着矮他半个脑袋的玥月。后宫是个战场，单纯的玥月不该卷入。

"哎哟！"刹不住脚步，脆弱的鼻梁笃地撞上李泰胸膛，顿时她捂着鼻子夸张大嚷。

李泰丝毫不理会玥月的叫嚷，依然冷冷盯着玥月。没见过像玥月那样，比主子还要热心后宫之争的宫女。她怎就不明白，在后宫中想要明哲保身，就该向乌龟学习，而非模仿麻雀。

看什么看！她一没抢他妻，二没杀他父，他干吗像个怨妇似的盯着她。玥月嘟着嘴巴，踮起脚尖据理力争："我没叫你干预，我只是叫你帮媚娘。"

上次找李君羡帮忙的时候，李君羡答应得多男人，多爽快。哪里像眼前盯得人发毛的李泰，看那眼神就像个深闺怨妇！

哼，本来她也没想找李泰这只千年老狐狸帮忙。只是李君羡说了，帮助媚娘得宠需要计谋，而内廷的事情他插不上手。

想到李君羡红着脸，口中一直念叨着"抱歉"，像个不谙世事的大男孩的模样，玥月就心痒得想笑。

"武才人的事，就是后宫之事。"看着玥月出神的模样，李泰忍不住伸手亲昵敲了下玥月的脑袋，"丫头，你就不能安分待在翠微宫？"

她以为她那份清闲而丰厚的职务，光靠李君羡的关系就能得到？为了让玥月在翠微宫站住脚跟，他在暗中可没少花心思。他不告诉她，她就不能动脑袋想想吗？

"我很安分啊！"丝毫不理解李泰心思的玥月，咧嘴单纯而美好笑着，"帮帮忙啊！"她自然地拖着李泰衣袖撒娇。

她这是在诱惑他吗？还是她傻到不知道这样的笑容多让人心动？李泰静望着她因长时间奔跑染上红霞的双颊。

"就这样说定了。"他没吭声表示认同吧？玥月偏着脑袋，眨眨眼睛。

丫头，想引得他点头。做梦！手指轻弹了下玥月小巧的鼻头，摇头吐出："不行！"

"为什么？"她将脑袋仰得很高，希望用这好强的举动压制内心莫名的慌张。

固执得真是可爱！"媚娘不是你。"他眨眨眼笑了，低下脑袋在她耳边喃喃。那刻他看见她脸颊的那抹绯色一层层晕开。

"怦怦怦"她觉得心脏仿佛不属于自己，她紧张地伸手向李泰胸前用力一推，却难将他推动分毫。"我……我和她一体。"她仰起脑袋却刚好抵着他的下颚，她看着他褐色的眼眸脸红得像个苹果。

"不行！"他伸出手指在她面颊最红的地方捻了一下，拒绝的声音中透着几分溺爱。

她下意识后退一步，脑海更是轰乱一片："你……你不讲信用。你答应过李宽要好好照顾我！"

李宽？若是为了李宽，他何苦月夜送胡饼？何苦放下《括地志》①的编撰，屡次到宫中与她闲聊？

李泰不由扯出一抹苦笑，在她脑袋上敲了一下："你真以为仅二哥一句话，我

---

① 是中国唐朝时的一部大型地理著作，由唐初魏王李泰主编。全书正文550卷、《括地志》序略5卷。它吸收了《汉书·地理志》和顾野王《舆地志》两书编纂上的特点，创立了一种新的地理书体裁，为后来的《元和郡体志》、《太平寰宇记》开了先河。

就能待你如此？丫头，你这是傻，还是蠢？"

心！扑通扑通慌乱跳动。看着李泰那双在阳光下溢着迷人光泽的瞳子，一个呼之欲出的答案，点燃了她的灵魂。

"那……"她羞赧地望着李泰，红唇微张，却不知道说什么。

那抹朱唇在淡黄的阳光下，闪发着润泽的绯光，就像朵含苞待放的玫瑰，又像是浸在果品上的蜂蜜……太诱人了。他低下头，四片红唇盖在了一起。他觉得她属于他，从这一刻开始永远属于他。

好烫，烫得她喘不过气，让她感到快要窒息！她瞪大眼睛，感觉有种复杂的东西，裹着对方的气息，一点点种入她的灵魂。

等她回过神，她才意识到她正迷醉在李泰爱怜的亲吻中。她怎会如此轻浮？！"你——"她懊恼地推开对方，举起手想要给对方一巴掌。

可一想，要揍李泰，也该在他吻她那刻揍。哪有色心起，心甘情愿沉迷在对方之吻中，一吻醒来却赖账，要教训对方的道理？可……可他也不该不征求她意见就吻她啊？

黛眉蹙在一起，一跺脚，僵在空中的手不知道是该挥下去，还是该收起来。

看着玥月复杂而生动的表情，回味着残留在唇上的甘甜，他的灵魂不禁随着唇角一同飞扬起来。

"疯丫头，我帮武才人，仅为你帮她。"他上前一步，将那发抖的小手握在掌心，缓缓放回嫣红的襦裙边，而双唇则靠在她耳边细语，"只此一次，下不为例"。趁玥月失神，他在她红彤彤的脸颊上落下一吻，然后才放开她的手，爽声笑着转身离开。

这，这算什么？交易。用一个吻换得李泰帮助媚娘？那个李泰，把她当成什么？青楼艳妓？！

"你……你这个疯子，白痴，色狼，垃圾……"玥月猛然一怔，跺脚指着李泰开骂。只是她不知道那片骂声中除了愤怒，更多含着羞涩和甜腻。

"哈哈哈哈哈！"听到由陌生词汇组成的骂声，他能想到她丰富的表情，活力四射的双眸，还有那抹更加绯红的丹唇……很好，很好！他负着手，笑得更轻松，更开心。

甚至在不经意抬头，看着那些青黑色的屋瓦、粗犷的鸱吻那刻，他第一次觉得那不是一口口压得人喘不过气的棺材，而是一只只正欲展翅的大鹏。

暧昧的爱恋，羞涩的矫情，甜蜜的温暖……混着清脆的骂声，雄厚的笑声，裹着秋风缠绕这湖边每一棵柳树，每一朵鲜花。

　　可谁也没注意到，远处低沉的回廊后，藏着一双眼睛，妒忌地瞪着他们，诅咒着那份刚萌芽的情爱。

　　九月九日出游赏景、登高远眺、观赏菊花、遍插茱萸、吃重阳糕、饮菊花酒……艳阳下那一张张笑脸凸现慵懒暇逸，秋风中那一片片金灿的菊花展示着大唐的繁荣昌盛。

　　天下丰收，战事大捷，一切都让唐太宗满心欢喜。可当他接受群臣朝贺举杯那刻，当他登高远眺那刻，当他欣赏绚丽的秋菊那刻……灵魂某个角落似乎是空的，无论有多少欢喜都难以充盈。

　　在李淳风指着天边云彩西边大道吉兆，在李泰惊叹那是母后长眠的昭陵所在，在李治流泪想念长孙皇后时，那一刻他知道心中空荡荡的部分为谁而留。无垢①！后宫佳丽在他心中不过是过眼烟云，唯有长孙氏——她是他的皇后，她是他的妻子，她是他的无垢。

　　幼年相遇、年少书信、新婚伴读、起义献计、政变相随、后宫劝谏……他曾想他们会如影相随一辈子，可是她却早早先他而去。

　　无垢，无垢！多少次午夜梦回时他感到心空，多少次庆功喜宴中他觉得疲惫，多少次朝政定夺后他感到孤独……在她走后，他更加勤于政务，更加喜好女色，在旁人看来他已懂得如何当一个好皇帝。

　　可只有他自己知道，他的心已被长孙皇后带走了大半，再好的政绩，再美的女人，都无法填补长孙皇后离开的伤痛。他能做到的只有不提不想，再找更多有着长孙皇后影子的美女伴在他身边。

　　自眺望昭陵的高台层观被拆，她再也没见过唐太宗流露出这种撕心的伤痛。难道，她如此深情陪伴在他身边这么多年，依然抵不过死去的皇后？

　　韦贵妃暗中咬唇，执起手中团扇想要遮掩眼中的异样。可猛一看，才记起手中鸾凤的象牙团扇是武才人一早送来的"礼物"。

----

　　①　长孙氏的闺名，正史上没有明确的记载。而据《观世音经信笺注》中所载，长孙氏小字"观音婢"。而此处为写作方便，引用野史"长孙无垢"这一称谓。

该死的武才人！本来今日当着众人面，想法子教训她。可她倒好，借口身体不适，送来团扇后就躲了起来。

哼，她在耍什么花样？想到今日武才人那身粉色桃花襦裙，心中莫名的不安更加迅猛蔓延开来。

不！她怎能为了一小小才人乱了心神。眼下最重要的是断了唐太宗对皇后突来的思念，继续将宴会进行下去。

韦贵妃暗暗吐出口长气，将团扇藏在身后，微微垂着眉，靠在唐太宗身边柔呼："陛下。"

韦贵妃的呼唤，将他拉回现实。可是那声呼唤掐不断他对她的想念。他抬头望着天上随风变幻的云朵深深吸气。

他想她，想他的无垢！压抑已久的思念像潮水冲击着他的心房。他心不在焉地说了几句冠冕堂皇的话语，将整个秋宴交给太子，独自一人向后苑曾建有可眺望昭陵的高台层观的地方走去。

记得武德九年秋，那年的菊花开得也像今年这般盛，那年他刚登基正准备一展抱负，可却遇突厥兵逼长安。

那时没人有心情赏菊，就连身经百战的他也担心长安被破。唯有长孙皇后一如既往准备着赏菊宴，甚至在长安最乱的时刻还领着宫人到曲江秋游。

在那些深夜难眠的夜里，她总是亲手煮上杯菊花茶，握着他的手告诉他一切很快都会过去，大唐会在他的带领下迎来前所未有的太平盛世。

"渭桥之盟"实现了她的第一个箴言，此后有无数个箴言在她安定的笑容中变为现实，而那个太平盛世的箴言也实现了。

可他的无垢，却无法兑现那个伴他笑看盛世天下的诺言……无垢！无垢！他多希望此刻她能伴在他身边，多希望能看见她那柔美的笑容，听见她婉约的声音。

忽然，一股宛如清泉的尺八①声顺着秋风飘来，明亮的尺八声似云似水，仿佛一个卓越温柔的女人冲着他甜笑，一次又一次呼唤着："世民，世民……"

无垢！长孙皇后生前最爱尺八，每当他遭遇大事心烦意乱的时候，长孙皇后总会为他煮上一壶上好的清茶，握着尺八温柔坐在他身边，吹奏着这首让人静心的乐曲。

----

① 吹奏乐器，又称洞箫。

多少年了，长孙皇后走后他就再也没听见过这首曲子……唐太宗闭眼，用力吸取着空气中的菊香，聆听着在风中渐渐消失尺八声。果然是幻觉！是他太想念长孙皇后，因此才出现了幻听。

"上苑桃花朝日明，兰闺艳妾动春情。井上新桃偷面色，檐边嫩柳学身轻。……"尺八声消失不久，明媚动听的歌声替代尺八声在空中荡开。

无垢！那是长孙皇后写下的《春游曲》，她曾站在桃树下羞涩地唱给他听。无垢，无垢，是她来了吗？是她在天上看见了他的思念，特地显灵与他相会吗？

双目驾然睁开，两片翘胡微颤了一下。无垢，等我！唐太宗紧握着双拳，顺着歌声快步穿越阻拦他的树丛。

粉裙如花，白面似雪。还记得他们第一次见面，她穿着粉色襦裙踮着脚跟去够枝头的桃花，那一刻她笑得是比春阳更加炫丽，那一刻他分不清她是人，是仙。

而此刻地点虽变，但黑发如黛，裙身如桃，站在菊花丛中唱歌的她，声音还是像他们初遇时那样清脆悦耳，身影还是宛若少女般妖媚动人。

"无垢！"埋在心里好些年的呼唤，混着无法抑制的激动颤抖从嗓间进出。

"啊！"歌声断了，菊花丛中的少女惊颤了一下，她立刻转身将脑袋埋得很低，惊恐向唐太宗跪下，"陛下，恕罪！"

不是无垢！苦涩的失落直冲嗓子眼。天下早已再无无垢，他还期盼着怎样的神迹呢？只是为何这个女子，偏偏穿着粉色襦裙，梳着双髻，在这里吹奏皇后最爱的尺八，唱着皇后常念叨的诗词？

一切是巧合，还是刻意的算计？"抬起头来。告诉朕，你要朕宽恕你何罪？"唐太宗急躁走到女子面前，压低声音严厉询问。

"我……我不该在这里唱《春游曲》，更不该让陛下以为皇后显灵。"她缓缓抬起头，眉如烟似黛，含泪的眼瞳温柔似水。

无垢！不，媚娘！他一直以为徐充容最像长孙皇后，可这刻他觉得眼前的媚娘，才真正极像少年时的长孙皇后。

"你……你知道皇后的名讳？"宫人皆知皇后姓长孙，但知道她闺名叫无垢的人极少。武才人不过入宫短短几年，怎会知道皇后的闺名？难道真是皇后显灵？那一刻，他看着媚娘的眸光满是理不清、道不明的情愫。

"昨晚臣妾做了一个梦，梦里的女子身着桃色襦裙，踮着脚去够桃树上的桃

花。可她身子不够高怎么也够不到树上的桃花，这时出现了一个俊朗的男子，他笑着摘下美丽的桃花，温柔将桃花插入女子发髻。那男子，唤那女子为无垢。"媚娘挂着淡淡的笑容，睁大眼瞳小心捕捉着唐太宗眸色的变化。

随着温柔的话语，唐太宗眸光中严肃渐渐散去，染上浓浓柔情。这，这明明是他和皇后第一次见面的场景。这样的场景他没告诉过任何人，就连与他最亲近的韦氏和燕氏都不知道。

看来晋王和魏王的计策，果然完美无缺。只是为何想到唐太宗眼中的柔情，她就忍不住想到前几日李治一脸矛盾，将写有长孙皇后和唐太宗早年情事的手札交给她的场景？

不，她不能想他。她是唐太宗的才人，这辈子都是他的女人。她压住从灵魂缝隙中溢出的酸涩，继续冲着唐太宗柔柔笑着。

李治在手札中写着"长孙皇后很温柔，她浑身溢着比水更美的柔"。她要继续笑，继续模仿着长孙皇后，因为只有成为皇后的影子，她才能借机再次进入唐太宗的生命。

无垢，无垢！难道真是她在天上看见他的寂寞，才特地托梦显灵？他清晰的思路被媚娘如水的声，震得一片混沌。

"她……她说什么？"他听见好多年没有加快的心跳声，他的脑海中满是长孙皇后的音容。

"她说她是皇后。她命我此时此刻，穿着粉色襦裙，梳着双髻，吹奏尺八，吟唱《春游曲》……她还说陛下会明白她的心意。"媚娘仰着脑袋，睁着水灵灵的双眼，轻颦着眉尖，声线中充盈着与唐太宗同样的哀伤。

"无垢！"这一刻他分不清眼前的女子，是媚娘还是无垢。他情不自禁地伸出手，拉起跪在地上的媚娘，紧紧将她揽在怀中，"你会是朕的忘忧草，皇后为朕送来的忘忧草！"

只要是无垢送来的，他都会好好珍惜。哪怕她不是无垢，哪怕她身上只有点点无垢的影子。

"陛下！"一滴晶莹的泪从眼角滑过，她紧依在唐太宗的怀里，静望着他满眼的哀愁。

她明明是第一次在她仰望的英雄身上看见浸入灵魂的哀愁，可为何她偏偏觉得这样的哀愁很熟悉,仿佛一直跟在她身上未曾离去?

那是李治!穿越唐太宗琥珀色的眼瞳,她看见了道熟悉而孤独的身影。那是一直望着她,无怨无悔帮着她的李治……心疼,满心的怜惜和酸楚。

她伸出手指,细细而温柔地在唐太宗紧蹙的眉间来回抚摸着。只是她不知道,她是不想看见天下第一英雄为情而痛,还是不愿看见那个流着唐太宗血脉的男子伤心。

风起了,在那片金黄色的菊花丛中划过浅浅的波浪。她紧紧靠在唐太宗胸膛,听着他沉稳有力的心跳。

她不知道,她会不会成为唐太宗生命中的忘忧草。她更不知道,她的忘忧草到底在何方?

菊花凋谢,落叶铺地。艳阳虽在,但风中的寒意,已让人感到隆冬将临。午后无风,玥月坐在湖边,想着李泰留下的吻,望着湖中片片金鳞发呆。

"哟,那不是明月吗?"藏在古树后酥胸半露,依靠在承乾怀中的彩霞,指指湖边的玥月,阴毒的计谋袭上心头。

"明月?"承乾好奇从树后探头,毫无兴趣地笑,"杨柳般的货色,哪能和彩霞比?"他的双手袭上彩霞酥胸,推倒彩霞,意图在遍地落叶中来一场别样的欢好。

"殿下,你太猴急了。"彩霞半推半就地媚笑,口中不忘继续念叨,"彩霞哪有殿下说的那般好,明月又哪有殿下说的那般糟?殿下可知,前几日我还瞧见魏王和明月私会……"

"魏王?"脑中跃出老抢他风头的李泰,承乾顷刻合上半敞的衣襟,将半裸的彩霞搂在怀中,依靠古树调戏,"一本正经的魏王,也会淫乱宫闱?"

"那可不是……那日,我远远瞧见魏王搂着明月,就在这湖边猴急地吻了又吻,那动作,那亲昵的劲头……就像十五六岁的少年郎。还有明月那狐媚坏子,哪有点女子的娇羞,她居然……"她依在承乾怀中,如葱的指尖,在承乾胸前挑逗画圈。

明月装鬼吓她,韦贵妃因此罚她;她奉命再杀明月,却被李泰救下,后归去又被重罚……明月给她带来的每样痛苦,她可牢记在心。

韦贵妃既然道不可明着动明月!那么她就来阴的。凭着承乾对李泰变态的

仇恨，凭着她挑逗的话语，她就不信承乾不会像恶狼般扑向明月。

"当真？"承乾舔着下唇，再望玥月倒觉得她别有风韵。他向来喜好彩霞这种丰韵之姿或是称心那种妩媚之态，像玥月那种杨柳之姿若放在平日他看都懒得看一眼。

可她是李泰的女人。李泰不是想夺走属于他的皇位吗？他就先夺走属于李泰的女人，给李泰几分颜色瞧瞧。

"宝贝，我给你演一场好戏。"承乾在彩霞脸上掐了一下，酥胸摸了一把。

"嗯。彩霞在此处静待殿下归来。"彩霞喘气，眸色间尽是勾魂的酥媚。她会借承乾之手，好好"招待"明月，让明月求生不得、求死不能！

承乾低头勾着彩霞颈项，双唇从彩霞的酥胸一路袭上她的红唇，过了许久他才不舍地离开彩霞丰润的红唇，整整衣衫向玥月走去。

"谁？"听见身后的脚步声，玥月惊觉地跃身而起。

俊朗的面孔与李泰有五分相似，但那比李泰更加白皙瘦弱的面孔隐隐透着几分惊心的残冷，特别是那双布满兽欲的桃花眼更让人浑身发颤。

她见过他！马场上见过，在甘露殿值班的时候也见过他。承乾！那个顶着太子头衔肆意妄为、贪淫好色，外加心理变态的跛子承乾。

宫中传闻，承乾自幼聪明伶俐，积极上进，能识大体，曾经很长一段时间很得唐太宗和朝廷大臣的好评。

只是自从承乾坠马变成跛子后，在他高贵的身影上染上了层若隐若现的阴冷，自长孙皇后去世后这份阴冷开始暴露于人前。自幼养尊处优的他，开始喜好声色，染上怪癖，迷恋放荡而变态的游戏……

这些关于太子不堪的事迹，早已是后宫不是秘密的秘密。可是面对依然身为储君的承乾，在没摸清唐太宗心思前，在没找到承乾这条毒蛇七寸前，没人敢向上禀奏唐太宗。

"奴婢，见过殿下。"她将脑袋低着向承乾行礼，心中暗暗祈祷承乾快点离去。

"起来。"承乾上前抓住玥月白皙的双手，将她扶起。

"殿下，请自重。"玥月一震，慌张将双手抽出，"咚"地向承乾跪下。她不敢招惹他，无论是现代电视剧中的承乾，还是她在后宫听见的八卦，都提醒着她——承乾是个疯子，变态的疯子。

"我哪有不自重。美人，快请起。"承乾笑嘻嘻上前，弯下腰搂着玥月脖子，冲着她耳边呼气。

"啊——"玥月慌乱推开承乾，坐在地上一步步后退。

"装什么装！有胆与魏王野外苟合。在我面前就装得像小兔！"承乾不快拂袖，望着双目布满惊恐的玥月，浮起一抹放荡的笑容，"还是，你喜欢小兔和野狼的游戏？"

"不，殿下！请你自重，否则……否则……"她叫嚷着，却实在不知该用何事威胁承乾。

"否则，我就上禀父皇！"正气凛然的声音从玥月身后传来，一身紫袍的李泰大步走向玥月，且微笑着向惊恐的玥月伸出大掌。

想到那日的吻，今日的相助，心"扑通扑通"急速跳动，羞涩的红云笼罩脸颊。李泰！她将手安心放在李泰掌心，温暖瞬间替她驱走所有惊恐。望着他的笑，她也笑了。瞬间，她仿佛看见梦寐以求的白马王子！

只是一旁的承乾，不给她继续幻想的机会。"我道是谁。原来是'谦谦君子'的魏王。"看着玥月凝望李泰的神情，承乾阴阳怪气抽笑，"你倒是告诉父皇啊！我也好让父皇听听你们之间的苟且之事！"

"你胡说！"承乾的话像炸雷将玥月从幻想中惊醒。她愤怒将手从李泰手中抽回，转身气极叉腰，指着承乾鼻梁大骂，"你这个见女人就想扑的色狼，连登徒子与你相比都差了一个档次。还同魏王比较！脸皮简直厚得堪比炮台，虚伪堪比牛皮……世上只有四个字形容你最合适——恬不知耻！"有李泰给她撑腰，她才不怕！目光瞟向憨笑的李泰，她不禁骂得更加起劲。

"哈哈哈！"承乾不怒反笑，"原来不是只兔子，而是只野猫！够味道。四弟，你没事就闪到一边去，别在这扰我雅兴。"

"你……"玥月憋不住又欲大骂，却被李泰拉到身后。面对承乾毫不遮掩的欲望，李泰依旧含笑，言语间沉稳而无怒气："若殿下真有雅兴，不如去找父皇下下棋。调戏宫女，若也算雅兴，恐易落人话柄。"

"四弟与宫女厮混，就不怕落人话柄？"承乾挑挑眉，想到近日朝中各事，多落于李泰下风，不由出言讥讽，"还是道，魏王严以律人，宽以待己？"

"殿下此言差矣！我常宽以待人，严以律己。否则今日之事，人证物证俱在……

我何不上禀父皇，也好损人利己。"李泰意味深长看了玥月一眼，恭敬地向承乾鞠躬，"你是我同母皇兄，我自不愿见你颜面受损。"

"哈哈哈！好一只虚伪的笑面虎。也不知，前几日谁在这里干了见不得光的事！"彩霞的话虽有夸大之词，但他亦不相信男女独会湖边不是私会，而是严守礼教，畅谈四书五经。

如此虚伪的皇子，居然被唐太宗宣称为皇族教育典范。他那高高在上的父皇，可算是老眼昏花，被李泰虚伪的皮囊给蒙蔽！

"是吗？我怎不知？殿下可别冤枉我。重阳后，我可是第一次进宫。……无意踱步至此，便瞧见殿下不守宫规。"李泰一本正经皱起眉头，故意转身询问玥月，"小娘子，你我可相识？"

玥月偷偷向李泰眨眨眼，故作文雅、低含下颌："奴婢久闻魏王大名，却难相识。"眸光瞟向面色一阵红、一阵白，怒火中烧的承乾，玥月灵机一现，挤出两滴眼泪，"咚"的一声向李泰跪下，口中百般委屈，"奴婢不知何时得罪了殿下，他，他居然，居然……魏王，你要替我做主，向陛下奏明此事；否则，奴婢有何颜面见家中老母……"

"小娘子，快快请起。"李泰一边扶起衣袖掩面的玥月，一边笑吟吟地质问承乾："殿下，可需去见父皇？让父皇来为殿下申冤？"

"哼！"承乾冷哼一声。他们私下来往之事，他毫无证据。反倒是，他调戏宫女明月，证据确凿。如今，他算是越来越不讨唐太宗欢喜，若今日之事在此刻捅到唐太宗面前，一顿重罚怕是难免。

可他又不甘心，眼睁睁见李泰如此嚣张！还有那个宫女，居然敢对他出言不逊，还与李泰合演一出冤枉的戏码。

哼，等着！他岂会让他们好过？李泰的女人，只要她顶着如此头衔，就算她仅有杨柳之姿，他也对她感兴趣。承乾淫秽地望着低头抽泣的玥月。

他们很快会再见！他会找机会光明正大地向唐太宗要她，然后在东宫中好好折磨她……他会教她如何服侍男人，会让她顺从到亲吻他的脚尖。

他伸出右手用尖锐的指甲狠狠划过自己苍白的嘴唇："小野猫，我们很快就会再见。"而后，他转向李泰猖狂大笑："李泰，你的女人，我要了！哈哈哈哈哈！"李承乾伸出舌头缓缓舔过浸血的唇边，拂袖转身大步消失在落叶飞舞的秋色中。

"你，还好吧？"确定承乾已离去，李泰打量着低着头双肩发颤的玥月，担忧地问。

"我……"玥月一把抓住李泰结实的手臂仰起头，瞅着李泰的眼瞳中满是血丝，"我不好，一点都不好！我被他，气得快爆炸了。"

"你没哭？"刚才他明明见她委屈到哭泣，可此刻为何瞧不见半滴泪珠？

"有啊！我努力挤出了两滴泪。"玥月耸耸肩，反问李泰，"倒是你，我可是你的女人耶。你都不为我出头，反而在那里维护太子？你就那么怕，去向陛下告状？"

"啊？"她道她是他的女人。她还将他暗中带箭的话语，当成是维护承乾？……李泰顿感哭笑不得。

天啊，她都说了什么啊？她可以将李宽无意落在她额头的吻，当成国外礼节。为何就不能将李泰的吻，当成一时冲动？哪有一个吻，就说自己是对方的女人的。

看着李泰目瞪口呆的模样，玥月恨不得咬自己舌根。她羞红着脸意图辩解，可望着李泰那副苦瓜脸，她竟化身野蛮女友："啊，什么？你都光明正大在这里亲了我耶，想撇得一干二净？当我的男人，可是你的福气。"

呼！她又说了什么啊！话语说完，她才缓过神。懊恼跺脚，仅能尴尬笑笑，僵硬转移话题："刚才，我的演技还好吧？"神仙啊，赶快让李泰忘记她刚才的疯言疯语吧！

"你……"李泰哭笑不得，伸手摸摸她的额头，"你没事吧？"世间哪有女子，公然叫嚣名响天下的魏王是自己的男人？她这是放浪，还是奇特？

看着玥月羞红的双颊，他心里升起点点甜蜜。也许，就如李淳风所言，她命带贵气，生性奇特。

"我没病！"玥月娇羞拍开他的大掌，紧咬下唇瞪着他含笑的眸瞳，听着自己急促的心跳。

她想，她真的喜欢上李泰了。反正她也回不去，李泰也对她有那么一点意思，找个古代男朋友，像小说中那般谈一场跨越千年的恋爱，不犯法吧！

不过，若真如历史描述那般，李治为太子，李泰被贬……那该怎么办？呃……望着李泰似笑非笑的唇，她用力摇摇脑袋。管他呢，她已为媚娘改变了历史，难道就不能为李泰再改变一次？

"我们来谈恋爱吧！"她拖着李泰的衣袖，笑得就像春日的紫藤花。嘿嘿，可

怜的古人啊！好好对待她吧！只要他真心待她，她就会像帮助媚娘那般，为他扭转悲惨的命运。

谈恋爱？她又在说什么疯语？他不懂。但看见她的笑，一颗早因宫斗禁锢的心，竟出现罕见的鼓动；从玥月身上传来的丝丝甜暖，更缓缓将他包裹。

也许，他不该继续等待时机。他应当快点找个机会，向唐太宗讨要她！李泰望着她纯净的容颜，眼中滑过一丝单纯的幸福。有她相伴，此生必定有趣！

只是，若他向唐太宗开口要她，群臣会怎样看？不好声色犬马的魏王，居然会向唐太宗讨要一个宫女？还有承乾，他又会如何诋毁他？……刚露出的笑容快速染上清愁。

大业未成，时机未到！李泰强将目光从玥月身上移开，仰望空中浮云低低叹息。

暖阳高照，早晨入宫给唐太宗请安的高阳，午会无趣便拖着媚娘和玥月到湖边散步。望着湖面金闪闪的阳光，看着在水中戏耍的鱼群，高阳心情颇好道："中秋列席晚宴，此后又重回掌叙宴寝，奉旨随侍君侧，现在更成为父皇身边第一红人。媚娘你可知道，你的传奇不知羡煞了多少宫人。"

"全靠公主提点。"春风得意，那张娇艳的容颜越发靓丽，浅浅的笑容在阳光中映衬得更加柔美。

"真像，这笑容真像母后。"凭借着脑海中点点记忆，高阳满载想念地凝望着媚娘。能将性格直爽，神似长孙皇后的媚娘留在唐太宗身边，她也算为父皇做了件大善事吧！

又是这样的目光！唐太宗也总是用这样的目光盯着她。她知道，他们皆是透过她看着另一个女人，那个已逝去却永远让世人记住的女人。

皇后，皇后！埋在昭陵的长孙皇后，可知道她是多么地嫉妒和羡慕她？她不仅仅在丈夫的灵魂深处种下了无法磨灭的爱情，亦在儿女身上埋下了无法忘怀的亲情；更在大唐所有人的心中植入了一份伟大的温情。

而她呢？剩下的大半个人生中，她真要如现在这样，假扮皇后的影子活下去吗？不，她不要。她是媚娘，那个任性得就像雄鹰，娇艳得就像牡丹的媚娘啊！可，谁记得她原来的模样呢？

玥月会记得,因为她是她最好的友人。然后……还有谁会记得?对了,李治!他会永远记住真正的媚娘,因为他……那个原因她不敢去面对。

他们会记得她,至少现在会记得。可百年以后呢?……她真的好想象长孙皇后那样,永远被人记得。可是,谁会在乎一个影子?谁又会记录一个小小的才人?

媚娘,她可不可以不要如此悲伤?玥月望着媚娘眼中无法抑制的伤痛。她越来越不知道,设计将媚娘送到唐太宗身边究竟是对是错。

此刻看来,她好像改变了历史。在众人的帮忙下媚娘再次得宠,按照这样的轨迹发展,媚娘会像徐惠那样安静地待在唐太宗身边,在华丽的大唐盛世中平静度过此生。

可这样真好吗?从媚娘再次得宠后,她几乎看不见媚娘真实的笑容,反而她看见媚娘颦眉的次数越来越多了。

平安而平淡,荣贵而艰难。未来的路,她到底该如何选择?玥月看着媚娘紧锁的眉头,不由长长叹气。

"众多喜事摆在面前,颦什么眉头啊!"从思念中回神的高阳,拉拉玥月的衣袖盈盈笑问,"小月,你和四哥如何?"若将顽皮开朗的玥月送到李泰身边,她那外热内冷的四哥,小心翼翼的人生,必会充满欢声笑语。

啊!担忧被高阳的话语猛然惊了回去。李泰!那日,被李泰从承乾手中救下,她就公开向李泰表白。可是……他没有回她。不过,他也没否认,算是答应与她谈恋爱吧!只是,好些日子过去,他都没来找她。这又算什么?

"我……我……"玥月的脸染上层绯色,在阳光下娇艳得像明艳的紫藤花。

玥月和魏王!不,明月属于李君羡,玥月理当属于李君羡。

媚娘忙抢过玥月的话:"小月,哪能高攀魏王?"为防止高阳继续纠缠,媚娘笑笑不作声色转移话题,"对了,公主。上次你提及曾在狩猎途中结识守护野兔的高僧。那事可有后续?你依旧在听高僧讲经?"

辩机!她和辩机的事情哪敢说出来。高阳脸颊染上点点粉色,她僵硬牵出丝笑容,转身扯扯玥月衣袖:"听经多枯燥,哪有小月讲故事有趣?对了,小月你上次提及的'蓝颜知己'到底是什么意思?"

"哦。那个蓝颜知己……"还好,还好。话题没有继续放在她身上。玥月定下心神,调皮咧嘴笑着,"男人不是常说,除了娶进门的女人外,生命中还需要一个红

颜知己嘛。这个蓝颜知己，就是女人生命中的'红颜知己'了。当女人有心事的时候，她会去找他；当女人遇上困难的时候，她也会去找他；当女人想要哭泣的时候，她还是会去找他……他们维持着一种道不出的暧昧，但这份暧昧永远不会明朗，一旦明朗就不叫蓝（男）颜知己，而会变成——相公。NO，是夫君才对。"

蓝颜知己！这个词语不约而同在武则天和高阳心中荡开。

辩机，还算是她的蓝颜知己吗？"若他们在一起，又不能结成夫妻呢？"高阳问得很小心。

她是在说辩机和她吗？原来他们果真成为了一对。只是高阳难道不知道皇室中不允许这样的爱情？

玥月咽下一口唾液，装成什么也不知道地开口："那就叫情人。他们在一起叫偷情。这样的男女通常被称为狗男女或者奸夫淫妇。"她希望这样尖锐的词语能点醒高阳，可恋爱中的女人真能点醒吗？只怕她明知道前面是团火也要扑上去。

"嗯。"揪心的痛苦布满她身体每一个角落。辩机和她就注定要被世人唾骂吗？为何他们不可以像玥月所讲的故事那样，抛开一切世俗幸福地在一起呢？

"蓝颜知己就甘心不求回报守护那女子吗？"媚娘想到了李治，想到他眼中的纵容和绝望。

"不甘心，求回报，还叫蓝颜知己吗？其实，无论是蓝颜知己，还是红颜知己，美就美在那份暧昧。珍贵就珍贵在一方可以为另一方无条件地付出。"玥月看着在秋风中飘舞的落叶，如水般笑了。

这一刻，她想到了传说中深情的辩机；想到了远望着媚娘绝望的李治；想到了守护着明月的李君羡；想到了在皇宫外却不忘让李泰照顾她的李宽……这个秋天结束得太早，而冬天那条路会过得很慢，很慢。她忽然好怀念李泰宽厚的大掌，好期望李泰能将她带出这座让人窒息的宫殿！

一片厚重乌云飘过，盖住红火的太阳，一阵刺骨的寒风刮起，仿佛预示这个冬日的第一场雪即将到来。

CHAPTER · 09

第九章·同心劫

——恋你，可无法认命。

铺天盖地的雪花簌簌下了三日，青黑的屋瓦盖上一层厚实的银装。鎏金大炭盘中燃着上等炭火，融融的暖意在甘露殿内蔓延，只可惜整个太极宫的阴潮，再暖的炭火也难以完全阻隔屋外的冰天雪地。

"咳咳咳咳——"唐太宗一手拿着奏章，一手捂着胸口急剧咳了起来，咳声停止后又是一阵急促的喘气声。

天气潮冷，唐太宗的气疾①又犯了。媚娘蛾眉轻蹙快速端上杯暖茶递给唐太宗："陛下。"而后转身吩咐正在拨弄鎏金大炭盘的玥月，"明月，将炭火拨弄旺点。"

"诺。"玥月点头拨弄了几下炭火，屋里的温度又上升了几分。

明月？啜了口手中茶，缓过气的唐太宗反常地抬头望着细心拨弄炭火的玥月。那个白衫红裙的少女，就是承乾与媚娘口中的明月？

平日只觉此女做事细心利索，此刻细看那一头黑亮的头发还算能看，那漫不经心的丹凤眼倒有几分味道……只是身子略微单薄了些。不过没关系，聪慧就好！太子身边，需要一个识大体又聪明能干的贴身侍女。

"朕想静静。明月你去将手炉取来，其他人退下吧！"唐太宗半眯着眼，拨弄着翘胡，不容拒绝地开口。

"诺。"众人恭敬回应着，默默退出大殿。唯有媚娘在路过玥月身边时，忧心忡忡地看了全身僵硬的玥月一眼。难道玥月在她没注意时，闯下弥天大祸？

①　呼吸系统、循环系统、淋巴系统紊乱引起的疾病，肝、脾病变引起的不适有时也归入气疾类。

为何独独留下她？尚未细想，承乾淫秽的眸瞳陡然出现在她脑海，那段快被遗忘的不快带走身上所有温度。

难道承乾真向唐太宗开口了？与媚娘四目相交那刻，她的心猛抽疼一下。不管，见招拆招！说不定，不是承乾开口，而是多日未见的李泰，偷偷向唐太宗开口了。

沉吸口气，硬拖着冰冷的身体，玥月刻意压抑着满心担忧，微笑取来鎏金双蛾纹银手炉，压低头恭敬递给唐太宗："陛下。"

"嗯。"接过玥月手中手炉，浓浓的暖意快速从手中蔓延到心坎，不急于开口的唐太宗不禁闭上眼享受着舒适的温暖。

见唐太宗不急于开口，玥月轻轻退到一旁，皱着眉心，找回该有的体温，祈祷着唐太宗在温暖的温度下顺利进入睡眠状态。

可惜事与愿违，唐太宗吐气睁开犀利的双目，侧头盯着一旁的玥月："明月，你觉得殿下如何？"

果然！玥月宛如被人当头一棒。唐太宗是个聪慧的人，她不相信唐太宗对太子的恶行毫无听闻。此刻她若违背良心道太子好处自是不当。但若满口太子不好，甚至揭露太子种种恶行，只怕会惹唐太宗不快。

毕竟太子的癖好多在于女人，而女人恰好在古代是最不值钱的物品。错，还有男人！若史书记载无错，那个美艳的称心应该在太子身边。只是此刻无论这件事是否真实，她都不敢贸然开口。

其一，她不知唐太宗是否早已听闻此事；其二，她不敢赌当她道出此事后唐太宗会如何对待她。

不愿被唐太宗看见此刻眼中的害怕，她将脑袋埋得更低，诺诺道："奴婢不敢妄然评论殿下。"

"那朕呢？"唐太宗饶有兴致地起身，紧盯着全身微颤的玥月。

"我……奴婢……"玥月全身抖得很厉害，她丝毫猜不透君王的心思。

"抬起你的头，据实回答！"浑然而成的王者之气，掺入浑厚的嗓音中，有种让人无法拒绝的魔力。

玥月无可奈何地抬起脑袋，望着唐太宗如雄鹰般的眼瞳，不禁溢出："威严。"

"哦？朕让你害怕？"看着玥月眼中宛如受惊兔子般的眸色，唐太宗的眉梢和翘胡均不由微微上扬。

"不！"这如炬的目光看得人真是全身发毛！玥月想要低头避开唐太宗的双目，但又想到唐太宗之前的命令，她不得不直视着唐太宗的眼睛，幻想着眼前站着的是她高中时代变态而严厉的班主任。

"陛下的威严并非凶狠，而是可服人。特别是带有慈祥的威严，那可服天下万民……"她回忆着往日的历史课本，眼中的战栗渐渐换成满满的崇拜，"就凭这份让人尊敬的威严，陛下定能被后世所歌颂，并能自此流芳千秋万代。"

唐太宗，在唐朝建立中能出生入死，运筹帷幄。即位后，又能统一中国，抗击外来侵略，同时执行夷汉一家的政策。在位期间更是国泰民安，社会安定，经济发展繁荣，军事力量强大。

不仅如此，他还擅长书法，飞草也非常著名，开创了行书写碑。他还擅长诗歌，编写了著名的秦王破阵乐。可以说他不但是伟大的军事家，还是卓越的政治家、著名的理论家、书法家和诗人——他不愧被后人称为"千古一帝"。

那一刻她完全忘记，唐太宗只是叫她抬起头，而非叫她直视他的眼瞳。她仅站在一种后世子孙的角度，瞻仰和崇拜着这位无法不让人着迷，集文武于一身的千古英雄。

"哈哈哈哈！"好听的话总是受用，特别是从他登基至今，尚无人如此评价他。而这个女子，有点意思。

从长孙皇后仙逝后，除了魏徵那匹夫敢直视他的双目与他说话，就只剩下眼前这个叫明月的小宫女。最奇特的是，刚开始她明明畏惧他，可后来她却能激动地赞美他；而且那双眸子清澈得不带一丝杂质，仿佛在向他述说，她每一个字比天上的雪花还要清明。

这种看似胆小，却毫无畏惧的女子放在太子身边，应该是太子之福吧！"好一个聪慧的女子。明日就转调东宫，到殿下身边伺候！若伺候得好，飞黄腾达指日可待。"手炉捧在十指间，更深的暖意却在心中荡漾。希望将这样的女子赐给承乾后，承乾真能做到收敛身心、安心学问。

"不！"玥月一时情急，"哐当"跪下，半个身子伏贴在地上，言语间更是充满恐惧的颤音，"陛下，请不要赶明月走。明月愿服侍陛下一辈子。若陛下觉得明月服侍不当，可将明月调到宫中任何一角落，但请不要将明月调到殿下身边。明月手

拙，伺候不了殿下。"

被承乾调戏的噩梦搅乱她的思绪，慌乱的情愫在心中扭成一团乱麻。她不想死，更不想成为承乾那个变态狂的女人！他不会放过她，他会整死她。不，他会让她生不如死！

"你讨厌乾儿？不过……乾儿不是说，你是他的女人吗？"那日承乾与他私下谈话，承乾不仅多次称赞明月的聪慧得体，更饱含暗示说明月已是他的人，而明月也愿意到他身边侍奉。

"不，不是那样！"眼泪无法抑制地簌簌落下，她不知该如何辩解，只能抬起头傻傻恳求唐太宗，"陛下，我不是殿下的女人。以前不是，现在不是，以后也不会是！求，陛下不要将我调任东宫，求陛下放我一条生路……"

她神情卑微得像只摇尾乞怜的流浪狗，眼泪没有丝毫停歇，她放弃所有自尊一遍遍向唐太宗磕着响头。

洁白的额头迅速变红，殷红的鲜血快速溢出，顺着额头流向眉心，流过鼻梁，滑过鲜艳的双唇，混着泪水，一滴滴落在地上。

她就这般不愿吗？她是他所派往东宫的宫女，纵然承乾真如宫中流传那般，看在他的分上承乾再大胆也不敢伤害明月分毫。

更何况，她是带着皇命前往东宫的女人，表面上她虽依然只是一个小小宫女，但若表现得好，成为承乾侍妾将指日可待。

这种飞上枝头当凤凰的机会，为何她磕得满头是血嚷着叫他放她生路？唐太宗低着头若有所思地看着地上宛如蜡梅的血花，他叹口气："为何如此绝烈？还是你早有心上人？"

李泰！她想告诉唐太宗，她中意李泰，而李泰亦有心于她。可是，这些话能说吗？李泰至今未见她，她怎知李泰心中有何打算？

压住眼中那一抹抽疼，她抬起头直望着唐太宗眼中那份慈悲，坚定吐出："没有。但求陛下成全。"唐太宗是明君，她还有机会不是吗？

她的坚决让他想到当年平阳公主跪求高祖皇帝让她带兵的场面，当时他那个不输男子的姐姐眼中饱含的也是这样的坚决。

这般执著而特别的女子，若在承乾身边辅佐，对承乾日后登基必有所助力吧！只是……罢了，这辈子他拿这种刚烈而坚定的女子最没办法！

"起来吧！此事年后再议。"唐太宗有些无奈地扬手叹气。

不是此事作罢，而是年后再议。唐太宗依然没放弃将她赐给那个变态的承乾吗？果然，女人在这天下间，只是工具而已！

呵呵，不过庆幸的是这番磕出血的恳求，总算替她赢得些时间。只要有时间，就有机会，就有希望改变，不是吗？

"谢，陛下。"玥月摇摇晃晃地从地上爬起，沉重的眩晕让她脚下飘浮，身子不由得跟着眼前晃动的唐太宗而摇摆着。

"下去吧！"看着她那张白红相间宛若鬼脸谱的面孔，丝丝怜惜不由透过心缝渗了出来。这倔犟的模样，还真像年轻时候的平阳公主。

不能晕！至少不能昏倒在唐太宗面前。玥月用力咬了一下下唇，浓浓的血腥味载着疼痛在齿间瞬间溢开，脑袋瞬间清明不少。

"诺！"玥月不忘向唐太宗行礼，然后像木偶似的僵硬地退出甘露殿。那一刻，她的脑海一片空白，眼前除了血，还是血……直到身后的媚娘担忧地唤起："月月！"

她才陡然惊醒，倒在了媚娘怀中，而后贫血加高烧足足折腾了半个月。生病的日子中，李君羡悄悄溜到玥月屋中看望了她好几次，甚至李治和高阳也悄悄来看望她。可她等待的人，一直未出现。

李泰！她不止一次念叨他的名字，不止一次希望他能来看望她。可是，她面对的却是一次次失望，继而变成一种绝望。

可，偏在她渐渐适应这份绝望时，高阳带来罕见的灵芝。"这是四哥命我带来的。他让我转告你，定要好好休养。"高阳在玥月耳边暧昧道。

"李泰？"看着高阳手中巴掌大的灵芝，她的胸口升起一丝甜，一丝酸。真是他带来的吗？既然他有心于她，为何不来看望她？

"小月，你就别怨恨四哥了。恰逢多事之秋，你血流满面从甘露殿出来的模样又何人不晓？此刻，若四哥贸然出现，不正落他人话柄？"高阳抓着玥月手安慰，"你当真想让殿下和魏王同争一个宫女的话柄，传遍宫中吗？小月，你得多为四哥考虑才是。时机成熟时，他必定接你出宫。"李泰心含天下，要做他的女人，自当心胸广阔，多方容忍和理解。

"我……"她太小气了吗？她应当大度理解李泰，并温顺等待他心中的时机

吗？不，那不是她，不是我行我素的玥月。

"我理解，我理解。可我想见他，我要见他！"她无法忍受长时间的分离，无法忍受委曲求全。她紧握着高阳的手，泪流满面，"高阳，帮我，帮我安排与他相见。我求你，让我见见他。"

只要一眼就好，只要得到他的一句话，她就有勇气继续在冰冷的皇宫奋斗，就能直面唐太宗意图将她赐给承乾的事。

"我……"高阳想要拒绝，可看着玥月的泪，她心软，"好。我帮你！"

深蓝的天幕上挂着轮冷清的圆月，皑皑白雪铺满大地，灌满寒意的冬风刮得脸颊生疼。玥月趴在将她带到大唐的井沿边，一头黝黑的长发随意披散在身后，双眼紧盯着倒映在井中的明月。

"月儿。"望着玥月一头黝黑的长发，李泰站在井边低声呼唤。在高阳的掩护下，今日他终得借《括地志》之名留宿宫中，终得见让他魂牵梦萦的人。

眼瞳瞬间溢满泪花，她激动回头凝望着他。他没变，多日不见却一点没变！"泰！"她急呼一声扑入他怀中。

"你瘦了。"看着玥月额上触目惊心的疤痕，他胸口仿若被刀划过般刺疼。

玥月紧紧环着他的腰际，努力吸取他身上的温暖。她想告诉他，在被唐太宗逼入东宫时，她才知晓他在她心中的分量何等重！她想，她对他不仅仅是喜欢，更是爱恋。可是这些话，她说不出口。

过了半晌，李泰望着头顶的圆月，终觉有点累："月儿，我借《括地志》之名留宿宫中，你不会仅想让我陪你在这里吹寒风，看月亮吧！"他喜欢她的笑，她的自信，她的狂妄……他不喜欢如此安静的玥月，那会让他染上悲伤。

"我……"好冷，冷得她脑袋一片空白，只要就这样待在李泰怀中一辈子。玥月将耳朵紧贴在李泰胸膛。

冷风将玥月的长发吹起，柔滑的发梢轻轻从李泰脸颊滑过，宛如朝露的发香挑逗着李泰的灵魂。

她在诱惑他？可时间不对，地点也不对！欲望在李泰眼中高燃，有力的十指穿过她如丝的秀发，他缓缓抬起她的下颚。

妖精！她的双眸总含着一层雾让人看不透，她的双唇总爱半张着欲述又止，还有她不爱高束偏爱随意披在肩后的长发……这种既像白兔,又像山中野狐的女子,怎能让人不爱?他低下头覆上她的红唇。

李泰!他为何如此霸道而温柔?他就像最老到的猎人,连逃开的机会都不给她!双手圈上他的颈项,她闭上眼放任自己迷陷在他无限的柔情中。

他挣扎着在彼此室息前离开她红润的双唇,可手指却依然不舍地在她微微红肿的唇瓣摩挲:"妖精,我命中的妖精!"

这份混着纯真、毫不造作的热情,只怕在这宫内找不出第二人吧!若不是她的身份早在宫中存有备案,他当真怀疑她是由狐精或兔精幻化而成。

"那就让我当你一个人的妖精。"她忽然笑开,笑得甜美而妩媚。

这才是玥月,大胆而明艳!他愉悦笑着,在她额头落下一吻:"呵呵。真懂得讨人欢心,你说我该赏你什么?"刻意避开关于承乾的话题,他希望他们相见只有风月,而无政事!

赏?他以为他是皇帝?他连见她一面都要如此偷偷摸摸,他还能赏她什么?"那就如实回答我一个问题吧!"她紧握着他的五指,傻傻道出天下女子苦苦追寻的疑问,"你爱我吗?"

"我……"他迷恋她,但他不知那是否是爱。

"不!"轻易许诺爱语的男人不可靠,不说爱的男人却令人揪心。她怎会像大多数女子一样,去追寻这种白痴问题?玥月自嘲苦笑,却不甘心地问出另一个问题,"也许该换个问题。在我病重时,你为何不来看望我?高阳告诉过我原因,但我想听你亲口说。"

"我……我不能。"他可以欺骗她,但他不想。道出真实话语那刻,心又揪疼得厉害。对于玥月,他也许陷得太深。

"在自己的女人被逼入另一个男人怀中时,你却说不能!李泰,我是你的女人吗?"她知道高阳口中的大道理。但是她只是一个希望自己所爱的人,能保护自己,能为自己出头的自私的小女人!

"是。"他坚定点头。他从不隐藏将她纳入怀中的打算,只是时机未到。

"那你可知,你的女人,要成为东宫太子的女人了!"年后再议!唐太宗的话语让她怕得要死,他就丝毫不担心吗?她紧蹙眉心,怀疑地望着他平静的眼眸。

"你不会。"李泰摇摇头,手指温柔滑过她冰冷的面颊。

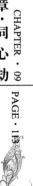

好狂妄的口气！"我不会？皇命难违！你一个小小魏王就能阻止？还是你当真以为，我会为你守节自杀？"玥月咬牙切齿地追问。

他在她心中就如此绝情吗？他有他的打算。李泰安抚拍动玥月激动颤抖的后背，钟磬般的声响溢出："我已在东宫安排稳妥，殿下不能轻易动你。加上，你是奉皇命调任的宫人；若你不从，殿下自不会动你。"

不能，不会？他就那么肯定？还是她在他心中，不过是普通的宠物？利益冲突时，他已毫不犹豫地舍弃她。

"哼，若我坚决不去呢？若我要你带我出宫呢？"她望着他冷笑，忐忑等待她不敢奢求的回答。

"我……"他挣扎着，一遍遍命令自己不可答应玥月的恳求，可看着她惊恐的眼瞳，想到那日承乾淫秽的眼眸……他不由自主地点头，"好。"

"真的？"绝望中劈开幸福的亮光，她脸上满载难以置信的笑靥。他说好，他心中有她！

他后悔了。作为魏王，他不能在如此敏感时，上禀唐太宗讨要她。就算他肯开口，面对两个儿子同时出口讨要一个宫女，唐太宗必定心生狐疑，不仅不会答应他的恳求，更会疏远玥月。

可他已答应她，他还能怎样？看着她欣喜的笑容，手指从她素净的面颊抚过："如你所愿。我会让父皇答应我纳为妾。若父皇不肯，就暂时委屈你。我先收你为通房，待风头一过，我便纳你为妾。"

就算再难过唐太宗那关，为了让玥月安心，为了继续拥有那份笑颜，他也认了。看着那张目瞪口呆的面孔，他调皮地弹了弹她被冻得红彤彤的鼻头。所有心绪被儿女情长占据。

通房？他纳她为妾，她尚且无法接受，更何况是通房？她错了。不该忘记他是古代王爷，也不该忘记她是新时代女性。苦酸的味道直冲鼻头，她绝望地推开李泰，捂着鼻头和嘴巴，踉跄后退。

李泰，李泰！他们为何偏偏要遇见？在遇见后，她为何偏偏就无法控制自己？她不仅忘记眼前的人会在皇位斗争中失败，会被唐太宗远远流放，更忘记宫女和王爷难相配的事实。眼泪在心中翻滚，但她忍着压着，拒绝让它出现在李泰面前。

她在担心什么？"月儿。即使是妾，我也会依妻子之礼待你。待你进入王府，我愿为你筑楼，疼惜你一辈子。"看着玥月眼中刻意的疏远，李泰急忙上前一步。

他会好好照顾她一辈子。不仅因为李淳风的箴言，更因为她是第一个让他开怀大笑的女子，第一个让他倾心不已的女子。

用妻子之礼待她有何用？妾，光是这名号就让她永远无法与他并肩。更何况她生性淡泊，她能拿什么去和李泰众多的姬妾斗？她不是媚娘，她不能静心望着她的男人左拥右抱。

双唇微微上翘，有种道不尽的凄凉："我不要成为你的妾，更不要成为你的通房！"现在斩断情丝，她做得到吗？她真要在宫女这个身份上认命吗？

不要成为他的妾？她不要进入东宫，她说她是他的女人，她要他带她出宫……却拒绝成为他的妾！她到底在想什么？她难道非要逼疯他？还是以为他可以为她只要美人，不要江山？

她错了！她错在贪心。他不是项羽，她亦不是虞姬。他可为她打破不爱美色的形象，可为她提早向承乾宣战，但他不可将心全部落在她身上，时刻纵容她的任性！

莫名的怒火灼得全身发颤，他上前一步擒住她冰冷的手腕。"不为妾，又要离开太极宫！你到底在想什么？我告诉你，我的怜爱，不等于纵容。"他一改温和形象，怒目咆哮，"你可知，不让你在东宫受苦，我需花费多大心思？你可知，若纳你为妾，我需要付出多大代价？……月儿，切莫任性！"

她没见过如狼的李泰，这样的他让她战栗。"我……我……我没有。我只是不要成为你的妾。我接受不了，我接受不了……"她接受不了与旁人分享他，"带我出宫，不要纳我为妾，不要收我当通房好吗？"她惊恐摇头，战栗嘶叫。

她宁可维持现在的暧昧，宁可一辈子也听不见他道他爱她，她也不要像古代女人般欣然接受与他人分享他的宠爱。

她无法接受什么？她为何道得不明不白？火热的双眸危险半眯："不要随意忤逆我！不要随意左右我的想法。安静待在我身边，提出恰当的恳求，我许诺你毕生荣华富贵依旧享之不尽。"将玥月的十指扣在掌心，他期待她重新为他绽放笑靥。

手腕好疼！不过心更疼。心在寒风中撕碎成一片片，心痛掐着她的脖子让她

无法思考,亦无法呼吸。她不属于这里,她的的确确无法适应这里。

"李泰,你太不了解我!若真心待我,何须荣华富贵。一颗心足矣!"她瞪着他双眼散发着冷冽的寒光。他从没真心去了解她。这个心中满是权欲的男人,不值得她爱!

"哈哈哈哈哈!"玥月甩开李泰的大掌,仰天发出比哭还难听的笑声。愿得一人心,白首不相离!小说中的情节根本不可能发生在她和李泰身上。

她一步步地后退。她太孤独,太寂寞,因此贪图了他身上的丝丝温存,而忘记她与他根本不是同一时代的人。

若是回去,若是回去一切都会不同吧!若是回去,她一定可以忘记这个自私的男人!她带着逃避,紧盯着月光下安静的古井,此刻反射着点点月光的古井就像是魔鬼手中的蜜糖,那敞开的井口仿若魔鬼诱惑的微笑。

跳下去!要么回去,要么死亡。那样她的心就不会像现在这样疼吧!她绝望地盯着李泰更大声地笑着,遂不顾一切向古井奔去。

她要跳井!刺心的疼,瞬间敲破他高傲的心。"不!"他大步一跃,抓住玥月的手腕,将她拖离井边,"你永远是我的,永远属于我。"用力将她禁锢在怀中,霸道地袭上玥月的红唇。

同样的错误,她不会犯第二次!"放开我!"她狠狠咬上他欲撬开她贝齿的舌尖,浓浓的血腥味快速在她口中溢开。

那一刻,她在他眼中看见了伤痛;那一刻,她听见了自己灵魂裂成两半的声音——心酸,浸得她灵魂枯萎的心酸布满身上每一个细胞。

眼泪!她能感到那无法抑制的液体,从心房蹿上眼眶。她不要哭,至少不要在他面前流泪。

"啪!"她像一只受伤的野狼瞪着他,冰冷的巴掌毫不留情挥上他的脸颊:"李泰,你无法给我真心,就不要碰我!"一字一句染着血腥和决裂从她齿间挤出,她仰着脑袋维持着高傲的自尊,牵扯出满是讥讽的笑容,然后推开他转身迈着艰难的步伐,一步步消失在夜幕中。

月儿!他想要追上去。可脸上的疼痛提醒着他,不知天高地厚的女人,用一巴掌狠狠羞辱了他。

他用力呼吸着冰冷的空气,吞咽着口中血腥的唾液。他是魏王,高傲的魏王,他不会为一个女子而让步。即使她是箴言中的贵人,他也不会原谅她对他的大不敬。现在不会,日后亦不会!

她的心被伤得很痛,那份痛撕心裂肺超出想象。玥月跟跄地在小路上走着。

她想要回家,可是在父母死后她哪又有家;她想回21世纪,可是那口古井此刻被李泰占着;她想要去找媚娘,可是此刻媚娘正在甘露殿陪着唐太宗⋯⋯无论怎么想,她都是无路可走啊!

双脚一软,她跪坐在地上。在今夜之前,她以为她找到了那个可以爱恋一生的男人;在今夜之前,她以为她找到了留在这里的另一个生存意义;在今夜之前,她以为她已不再是孤独一人⋯⋯可她错了,这里毕竟不属于她。

就算她拼命想要融入这个时代,可是她的思维,她的灵魂,压根就与这里每个人不同。老天,为什么将她带到这里,又抛弃她?

她呆呆望着高悬在空中的朗月,整个身体在夜风中不住发抖。意义! 她苟且偷生于这个世界,到底有什么意义?

她想哭,好想找个地方哭。可她却可悲得连一个放声哭泣的地方都没有。难道她想要在这里宁静而幸福地活下去,也有错吗?她张大嘴巴,想叫却发现嗓间回荡的满是李泰。

爱情的背后是绝望,不爱的背后是遗忘。她要忘记这个男人,要彻底将他赶出她的生命!宁静而幸福,这样的生活她不会再伸手向任何人索取。她会靠自己,靠自己得到梦寐以求的宁静、幸福、自由!⋯⋯只是心为何还要这样痛,还要痛得她无力呼吸?

"月⋯⋯月月!"饱含担忧的声音顺风而来。

"李宽!"

他一身紫衣站在夜风中,几缕发丝落在幞头之外散在两鬓,一双亮澈足以洞察一切的眸子偏在月光下染上层近乎痴迷的担忧。

他虽身在宫外,可无一刻不担心在宫内的玥月。对于玥月的来信,他更是贴身放着,只要有空就取出来看。

无论再累,只要看见信中那些不知用何物写成的文字,所有流逝的精力总会在顷刻间恢复如常。

不到一年时间，不仅查清江南私盐案，还勘察规划稳妥文成公主入藏路线。如此的功绩，如此的速度，就连唐太宗也满意微笑着称赞他的功绩。

可谁知道，如此的速度只为快点见到那个跳井的奇女子，如此完美的功绩也仅为向陛下取得一个能让他们破例结合的恩典，而他日夜兼程回朝更只是为了早日看见那张超脱世俗的笑颜……

但此刻，他看见了什么？一张肝肠寸断的泪容。那样的眼泪，那样的伤心，比他离开那次更让人担心不已。

"月月——"为什么离开时他看见的是她的泪颜，回来时她依然在哭？他走到她面前，小心翼翼地向她伸出大掌。

他瘦了！但身上那份沉稳的气息更厚了。而那声呼唤，更是将她带回她刚到大唐的那段时间。

他总是像个大哥哥似的守护在她身边，总能宽厚地包容她的任性，总会微笑着陪伴她一切疯狂……李宽是可以接近的，李宽是可以信任的，李宽是可以依靠的。

她放开紧束着膝盖的双手，仰着脑袋梨花带泪望着他。那一刻她在他比月光还要忧郁的眼瞳中依稀看见总把她放在膝盖上给她讲述童话的爸爸，看见总怕她孤独、时刻伴在她身边的王雅，看见怕她受伤、为她杀马的媚娘，看见包容她任性、为她而帮媚娘的李泰……

心口一疼，她不禁抓着李宽的手站起来，扑入李宽怀抱中："阿宽——我讨厌李泰，讨厌他，好……好讨厌他。"这一刻她泪如洪水，这一刻她分不清眼前人。她只想哭，哭掉所有悲伤，然后彻底忘记李泰。

他一愣，原本迷离的眸神更加暗淡。李泰吗？从玥月在信中第一次提及李泰开始，信中关于李泰的字迹就如蚂蚁般一次次在他心头撕咬，他就有一种多情的李泰终究会攻陷孤独的玥月的不祥预感。

只是他没想到，这一天来得如此之快。墨黑的眉头纠结在一起，心痛与心慌就如一条巨蟒紧紧将他困束。他已如此焦急地赶回，可似乎一切都来得太晚。

这就是命中注定吗？但李淳风明明说过——"龙遇水腾，水为花生"。他和李泰有着同样的卦数，不正意味着他们有相等的机会吗？

低暗的眸子瞬间迸出旭日般的光芒。随后他笑了，笑得仿若早晨第一缕晨曦。"月月！"他低低呼唤着，温暖的大掌轻轻停在她如墨的秀发上。

月月，忘记李泰吧！李泰只会让她心痛；但他不同，他可以给她温暖，她想要的那份温暖。

但如果她无法忘记李泰呢？如果她一直这样哭泣呢？他就真眼睁睁看着她心碎，看着她伤心？

不，他会守护她一辈子。只要她开心，他就会很满足。他轻轻抬头望着宛若银盘的圆月暗暗发誓，又低下头悄悄捻起她的一缕长发，爱怜地放在唇边偷偷吻了一下。

他会小心翼翼地将她捧在掌心爱护，他会用微笑和温柔包容她的一切，他更会将爱一点点植入她的心中。若她依然无法接受，他就站在距离她最近的位置，用爱守护她一辈子！

他深深摄入她发间的馨香，缓缓闭上满是宠溺的眼眸，嘴角的笑容扬得更加幸福……几日快马加鞭的辛劳，刹那间变得微不足道。

她坚信，她和李泰的感情只是树上的晨露；她坚信，无论何时她一直将心守护得很好；她坚信，离开李泰后她可以很快忘记李泰霸道的温柔……可是当她觉得自己已放下一切，可以如往昔绚烂大笑的时候，她才发现她的笑容是那样苍白。

李泰，李泰，那两个字仿佛烙入了灵魂。不过，她不会将这个秘密告诉任何人。因为她知道，她心中的坚持，那份与大唐天下格格不入的观念，每分每秒都提醒着她——她和李泰连人生最基本的信念都不一样，他们根本不可能在一起。

寒风吹动地上的残叶簌簌作响，玥月抬头望着阴沉得仿佛随时会掉下来的天幕，又转身望着那口宛如地狱幽境的古井。也许，当她再度穿越古井离开那刻，又或是当一切在井中终止那刻，她的心就不会再疼了吧！

她望着井中那张熟悉而陌生的容颜缓缓呼出口长气，深深的吐气在井口凝成一团忧郁的白雾，瞬间又在她孤寂的笑容下消失在风中。

"月月！"声音很沉，沉得就像是今日的天空。

李宽约她到此处说有急事商议，此刻呼唤她的除了李宽还有谁？"阿宽。"她压下心中波涛，努力让自己笑得很平和。

可当她转身，看见那张让她痛心不已的容颜时，好不容易挂上的伪装顷刻掉落。"是你？"心房在狂乱跳动，嗓间有着无法抑制的颤动。她承认在李泰面前她无法将自己伪装得很完美，但她至少可以让战栗的声音听起来就像今日的冬风。

他本想过再也不见。可是那抹与整个大唐都难以相融的笑靥，偏偏如同一道迷魂咒时刻在他脑海中挥之不去。

他又想，只要玥月软下身段，只要玥月对那日一巴掌道歉，他就原谅她。可是，任他找借口日日在皇宫中转悠，却寻不见玥月的身影，更别提她向他道歉。

十二日了！一种怪异的情愫，越发在他心中沉淀。任凭他用任何方式去封杀那份感情，可它总会在不经意间瞬间充盈他的魂魄。

他究竟该如何？在他举棋不定的时候，李宽出现了。李宽载着他从未见过的忧郁告诉他，玥月约他在他们第一次相遇的古井边相见。

她终于肯低头了！难以言表的喜悦像劈开乌云的阳光般充溢他的灵魂。他毫不犹豫放下《括地志》的编撰，一刻不停赶往古井。

一路上他都在规划着他们彼此美好的未来；一路上他都在想如何向唐太宗开口求得玥月；一路上他都在想该给玥月怎样盛大的婚礼……可当他真正面对玥月那刻，他又听到了什么？

阿宽？她与李宽何时有了如此亲昵的称呼？

是你？他们之间的关系何时变得比冰雪还要冷？

跳跃的心情瞬间被满是酸涩的怒火烧尽。他立在原地忍着将她搂入怀中的冲动，像她般残冷笑开："几日不见就勾搭上楚侯了？"

其实他想说：小月，相信我会待你如妻。但话一出口，却不自觉化为支支利箭。

他看上去憔悴了。这是为了她吗？此刻她很想告诉他，她很想他。她很想扑入他的怀中紧紧抱住他，告诉他她不是他想象中那般不堪。可是她不会说，只因她有着不一般的自尊，只因为她不是大唐女子。

"是又如何？"她咯咯笑着，挑逗的眸光深藏着被李泰的话语撕成一片片的灵魂。

她心里还是有李宽。那他算什么？李宽不在时的替代品？哼，这样的女子还值得他视为珍宝般疼惜？心中咒骂着，脚偏不听使唤，一步步向她靠近。为何他的心仍如往昔般激烈跳动,依旧想要拥她入怀?

不!他狠狠咬牙,努力说服自己。一切都是错觉,他不过是要靠近她,以报那夜耳光之仇。他停在距她一步之遥的位子,目光冷冽瞪着她,厚重的大掌颤抖着举起举起,准备狠捆上她一巴掌。

"打啊!"心中越疼,脸上笑得越发灿烂。

这一巴掌能捆开她所有的痛苦,这一巴掌能挥去她所有的妄想,这一巴掌能打断所有的孽缘……打啊!挥下后,他们都能解脱。

她在荡笑,可他在她眼底看见了心碎。李泰的手在风中颤抖得更加厉害,刻意隐藏的怜爱难以自控地溜出冰冷的眸瞳。

"笃",一点冰凉落在他的指尖,又是一阵浸心的寒滑过面颊。又下雪了!他们不约而同抬起脑袋,仰望着翩翩飘落的雪花,所有爱恨纠缠停驻在了白雪中。

如果能停在这一秒该多好!玥月伸出手想要接住更多仿若精灵的雪花,但那些美丽至极的雪花落入她掌心不到半秒便化为水珠。

很多事情是无法改变,就像再美的雪花终究会化为水,就像她和李泰的感情终究会成为平行线。晚断,不如早断好!那样,他依旧是高高在上的魏王!而她,依然是为承乾之事苦思的宫女。

玥月努力拉拢衣领遮盖裸露在寒风中的肌肤,她咬咬下唇低着头平静如水吐出:"魏王你是人中龙凤,何必理会我这种卑微的宫女?"

他曾许诺陪她看一场雪。但他无论如何也没想到,他们会在如此剑拔弩张的情况下看雪。

"月儿。我该拿你怎么办?"李泰长叹一口气,将高举的手掌背在身后。除了那夜不欢而散,他们相处的日子是那般开心。

他妥协了。可他却偏看不见她想要的。就算看见又如何?他是魏王,高高在上的魏王。他可以给予她很多东西,但偏无法给她想要的一对一的爱情。

往日是她看不清,抑或是不愿看清。不过,当一切必须面对的时候,她不会再退缩。冰冷的空气从鼻头,到嗓间,再到肺部。那份冻心的寒将她的梦完全冷醒,她抬起头眸若冷泉,坚决道:"我不过是小小的宫女,魏王可是高高在上的王爷。你我相交甚浅,奴婢何德何能敢劳魏王挂心?"

相交甚浅？！刚才的妥协算什么？多月付出的心思又算什么？这世上，尚无一人能够将他的自尊践踏在脚下。

就算眼前这女子让他牵肠挂肚，就算眼前这女子是箴言中的福星……他也无法容忍她的猖狂与任性。

相交甚浅？他们又何必相交？最好当成素无相交！"武玥月，从今以后你我再无相交！"他倔犟回应着她的淡漠，用力挥袖，饱含满腔怒火地大步走出玥月的视野。

他放手，这样她就能放手吧！"哈哈哈哈哈！"狂风卷着铺天盖地的大雪，掴得她面颊生疼，温热的泪混着疯狂的笑声簌簌落下。

结束了吗？一切都结束了吗？只是为何她觉得，在她砍断与李泰的孽缘那刻，心中最重要的一部分东西也随之断掉了呢？

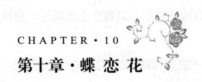

CHAPTER · 10

第十章 · 蝶 恋 花

————无法承认的不是命，而是情。

韦贵妃说得没错，没事到靠近冷宫的地方转悠必有所获！那倔犟的眼神，勾魂的笑颜……那日他怎就没发现她的魅力？魏王的女人，果然别有味道！承乾躲在树丛后，像老练的猎人静望着李泰和玥月的争吵，黝黑的眼中更射出猥亵的淫光。

他会好好疼她，会让她在他怀中忘记眼泪，知道什么才是快乐。当一切结束后，他还可以将她搂在怀中间她，他和李泰谁更强！

痛快，光想想都很痛快！承乾贪婪地舔着干涩的下唇，想象着将自家兄弟的情人压在身下那刻旖旎的风光。待他确定李泰离开后，更像黄鼠狼看见鸡似的，迫不及待向痛苦哭泣的玥月走去。

李泰，并不温柔。但他只会对她露出开怀的笑声。

李泰，并不会说甜言蜜语。但他会细心替她安排好一切。

李泰，并未说过爱她。但他却一次次包容她的任性。

……

他们相识不长，相恋更是短暂，但是相处的点点滴滴，却让她无法拒绝，紧紧将她包裹。她真的不想割舍这份感情，但是骨子中的倔犟却叫她不得不清醒地拒绝没有结果的诱惑。

眼泪一滴滴从指缝滴下，混着大片雪花消融在冰冷的泥土中。为什么？为什么不让她生在大唐，又或是让李泰生在现代？若是在相同的文化背景下长大，他们就不会为了彼此都认为正确的事情争吵不休，就不会觉得对方过激的行为不可理喻。

李泰，他可知这一刻她多么希望自己真的是明月。如果她是从小生长在大唐的明月，她一定会满心欢喜地成为他的妾室。

可惜她是玥月，一抹跨越千年飘荡在大唐孤寂的灵魂。她有着与这个朝代相悖的人生观念，在感性方面她可以不顾一切与他在一起，可是理性偏让她割舍她无法接受的婚姻观。

李泰，李泰。若是现在他回头，她必然会不顾一切冲入他怀抱！继续他们暧昧不明的恋情。

不过她知道，他浑身的高傲是不会让他为她而低头。他会选择决裂的遗忘，然后离她越来越远。

"咔嚓！"踩碎枯枝的声音在她身后响起。"咚咚咚……"她听见死灰复燃的激烈心跳。他真的为她再度让步？

感性刹那压过理性，她猛然抬头："泰！"

"美人，又见面了。魏王不要你，我来疼你！"承乾摩擦着干涩的双手，眸间满是狩猎的亮光。

"殿下，请自重。"玥月一震，忘记哭泣，快速向承乾跪下。他怎么又来了？这次没有李泰相助，她能单独对抗他吗？

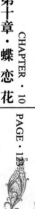

"狐媚坏子还装纯情。"承乾蹲下身子，向后揪着玥月的发髻，硬生生抬起她低垂的面颊，"月儿，魏王这般叫你。果真长得温华如月，可骨子里偏流淌着狐媚……不过，我喜欢。"

他记得当日，她同魏王如何撒谎羞辱他。今日，他会加倍偿还。待她成为他的女人后，他就不信难纳她入东宫！就不信，没机会向李泰炫耀。

温湿的双唇凑在玥月的耳边发出尖锐的笑声，坚硬的指甲从玥月的耳垂一路刮到下颚："叫声乾哥哥听听。若叫得动听，重重有赏。"急促的白气在玥月的左鬓凝聚着淫秽的气息，低靡的声音暧昧得让人全身发颤。

"殿下。"玥月恐惧地后退，可那头黑发偏被承乾紧拽在手中。

她该怎么办？如果疯狂反抗，难保他不会心生杀念。如果遂了承乾的念头，她还不如在此刻杀了他，然后跳井。

"叫我乾哥哥。"沾染桃花的双瞳有着毫不掩盖的荒淫，满是欲望的舌尖挑逗地舔上玥月的耳垂。

"啊——"好恶心！玥月一声尖叫，扭头冲承乾狠狠甩出一巴掌。"啪！"五根猩红的手指印瞬间浮现在他苍白的面孔上。

疼，火辣辣的疼。不过他喜欢，这一巴掌正好完全撩起他腹下最浓厚的欲望。他要她，要在此时此地用最粗暴的方式占有她。

那场景光是想想就让他全身因欲望而颤抖不已。"哈哈哈哈！"承乾扯下玥月头上的发簪，更加用力拽着玥月披散而下的长发。

有味道，有味道！这果真是——妻不如妾，妾不如妓，妓不如偷。"小妖精！"李泰曾这样称呼她！站在自家兄弟的角度，称呼自家兄弟的女人，果然更让人兴奋啊！

承乾将玥月推靠在冰冷的井口，双眼更是因为邪肆的欲望泛显着妖异的猩红："再打啊！打出血来，那才更有味道。"

"变态！"玥月抡起右膝盖用力向承乾胯下袭去，怎料承乾早有准备，有力的大掌抓住她突袭的右腿。

"叫吧！尽情叫，尽情反抗啊！那样才够血腥，那样才够残忍，才够刺激！"承乾跨坐在玥月大腿上，令玥月一双反抗的美腿完全动弹不得。

"吱——"承乾手中用力，粗暴扯开她御寒的外衣，粉色的诃子①顿时跃现眼前。"好美!"他贪婪地低下头吻向她雪白的颈项。

恶心得让她想吐!"咚!"在他吻上她之前,玥月冲着他浪笑的面孔用上吃奶的气力挥上一拳。

"变态,放开我!"双手用力想要将对方推开,玥月口中惊恐地嘶叫。

"哼!"承乾抓住玥月挣扎的双手,反手对玥月掴出两巴掌,快速撕下她雪白的衣袖将她的双手缚在她的身后。

"打啊!继续打啊!"他揪住她的长发,嗜血地盯着她快速红肿的双颊,声音忽然又变得温柔起来,"欲迎还拒的游戏不是这样玩。你瞧瞧,你就是不听话,叫你不要玩得太疯,你偏不听。这下可好,粉嫩的小脸染了血。"

承乾轻柔捧着玥月的面庞,惋惜地看着缓缓从玥月嘴角溢出的鲜血。"不过有血才够味道。哈哈哈哈!"猛然,他伸出舌尖舔干凝在唇角的血腥,紧紧将被打得头脑发晕的玥月搂在怀中,"我疼你,你喜欢怎么玩,我就陪你怎么玩!"

半眯的双眸蹦出血腥的残冷,承乾粗暴地翻转过她的身子,膝盖跪在她的小腿上,手臂更是蛮横地将她的背压低。

"魏王有没有陪你这样玩?"双唇贴在玥月耳边,邪恶的手掌搁在鲜红的裙腰上。她在害怕,他身下的女人正害怕得发抖!

"哈哈哈哈!"他的手掌紧紧拽着裙腰做出向下撕扯的姿态。继续发抖,继续害怕,然后向他屈服吧!他喜欢这种将猎物完全掌握在手心的感觉,那会让他有种高高在上、俯视一切的成就感。

脑袋中嗡嗡的响声渐渐变弱,承乾此刻变态的意图,让她害怕得全身发抖。她该怎么办?继续反抗?不,那只会加深他的欲望。难道就这样被他强暴?不,她不要让人生画下任何污点。

老天,她到底该如何?李泰,她到底该怎么办?呜……她不要想那个狠心的男人,若不是他坚决离开,她也不会落到跛子承的手中。

倘若今日她当真被承乾给糟蹋了,日后她第一个不放过的就是承乾,第二个不放过的就是李泰。爱恨在心中交织着,命运的无力感让她放弃所有挣扎。

"为何不动?反抗啊,怎么像条死鱼似的不动了?"承乾一手用力拽着玥月的

---

① 女性内衣命名始自汉朝。汉朝:抱腹和心衣;两晋南北朝:纳(音两 liǎng)裆;唐朝:内中或诃(音呵 hē)子;宋朝:抹胸、抹肚;元朝:合欢襟;明朝:主腰、襕裙;清朝:肚兜。

头发，一手高抬着玥月下颚。死鱼似的宫女他玩多了。

他玩的就是她的妖媚，要的就是她拼命的反抗。那样他才能感到她的不同，那样他才能嗅见血腥。舌头在她红肿的面颊舔过，淫邪的笑容在他唇边绽放。

不，不可以这样放弃！她还有希望，只要能恢复自由，她还有希望从他邪恶的大网中逃开。

冰凉的雪花落在承乾舔过的地方，就像是旋舞的精灵为她拂去魔鬼的肮脏。她始终是独自一人！

虽然一到大唐就认识了媚娘，后来又结识了李宽、李泰、李君羡，但他们与她都不同，出身不同、教育不同、习惯不同……许多许多不同早注定在灵魂深处，她始终是孤独一人。

她没有可以依靠的，她也不需要依靠任何人！心中坚定地想着，可眼泪不经意滑过眼角。她可以做到，可以靠一己之力摆脱承乾。

玥月闭上眼，任凭雪花打落在火辣辣的脸颊上。再睁眼那刻，她灵透的双眼中已满载看不见灵魂的妖媚。

"乾哥哥，你把我绑得如此紧，我怎么动啊？"她声音很嗲，就像是块刚从蜂窝中取出的蜜糖，"人家泰哥哥，从来都不会把我绑这么紧的。我手脚都不能动，哪还有乐趣可言？"她靠在他的耳边轻轻呼气。电影里勾引男人的狐狸精，就是这样的语气，这样的眼神吧！

"小妖精，果然媚到骨子里。"手指淫邪地从玥月的锁骨滑向胸部。

玥月一颤，不自觉地躲开承乾的咸猪手，下一秒她却不幸在承乾眼中看见了邪恣。他怀疑她！

在此道念头闪现脑海的同时，她撒娇地嘟起艳红的双唇，脑袋顺势靠在承乾胸前："乾哥哥，好不公平。你双手可以随时挑逗我，可我却被你绑着，就算想要伺候你也有心无力。"

"若我给你自由，你要如何服侍我？"他紧紧盯着她粉嫩的词子，手指停在她润泽的唇上。

他不是以为她是李泰的女人吗？他心里想的不是要占有自己兄弟的女人吗？她就顺着他的意思说下去："就像服侍魏王那样。"她仰着脑袋，丝毫不遮盖眼中的勾引。

"哪样？"想到马上就可以占有李泰的女人，他的呼吸再次沉重起来。

"试试就知道了。"她扑哧笑开，唇角染着纯纯的笑颜。

一会儿妖媚，一会儿单纯。这眼神，这声音，可与他宫中绝色的称心比上一比。唯一不足的是，她始终没有称心长得美丽。不过，这有什么关系？她是李泰的女人，而称心却不是。

"好。"他笑着快速站起，解开将她捆绑的绸缎。

自由了！可还不能逃。此刻脚下的酸麻让她难以随意移动，她还得继续拖延时间恢复体力。

"乾哥哥，好狠的心，把人家的小手都勒红了。"她摇晃着从地上爬起，双眼含水地展示着有着紫色勒痕的手腕。

"乾哥哥给你吹吹。"承乾捧着她冰凉的小手，放在唇边轻轻呼气。

"嗯，好多了。"脚上的酥麻感消失了。她望着他，抽出放在他掌心的手，缓缓搁在他双肩上，"让我来服侍你，乾哥哥。"她依旧娇媚笑着，并刻意向他靠近一步，趁他毫无防备下用尽全力向他胯下踢去。

"呜——"承乾警觉向后闪开，却始终来不及完全躲开玥月全力一击。

送上嘴巴的肉，有那么容易吃到吗？"蠢货！"玥月撤回放在他双肩的手，快速转身准备逃跑。

可一只大掌擒住她冰凉的手腕。好痛！他抓的地方刚好是她刚才被捆绑的地方。玥月挑了下眉头，吃疼回头。

"逃？！就算死，你也逃不出我的手掌心。"紧蹙的眉心显示出刚才一踢的威力，可紧抓着玥月手腕的大掌以及承乾地狱恶魔般的眼神，又显示出他本性的极度残忍。

完蛋！只有面对死亡时萌生的害怕，快速窜遍全身每一个细胞。在承乾阴冷的注视下，她连最后反抗的气力也失去了。

"殿下，请自重。"仿若盛夏炸雷的声音响起的同时，一身戎装的李君羡大步冲到玥月身边。

"呵呵。李将军，别来无恙。"承乾紧紧钳住玥月手腕的淤青处，望着李君羡轻松嬉笑着。他调戏宫女又非宫中稀罕事物，就算李君羡撞见也不会真与他较劲。

"殿下，请自重。"李君羡低头再次出声。承乾调戏其他宫人他可以充耳不闻，

可是眼前那个衣衫不整的女子是明月——他心仪的女子。

李君羡向来恪守本分,对于宫内不关己身的杂事则是视而不见。可为何今日李君羡不识好歹,反复提醒他自重?

"李将军,对她我势在必得。"承乾敛住笑容,更加用力掐住玥月手腕,阴冷地吐出言语。他就不信李君羡真有胆忤逆他的意思。

"明……"李君羡艰难吞咽下一口唾液。常言道,君上臣下。眼前的男人是未来的天子,他真要违背承乾的意思?

看着李君羡眼中泛现的顺从,看着李君羡慢慢低垂的脑袋,承乾大胆地揽上玥月的腰际仰天大笑。他是未来的天子,谁敢逆他?

堂堂的左武卫将军,就这般懦弱吗?还是他已知道她并非明月,因此不愿意出手帮她?不,她还有希望,只要她相信李君羡对明月的情意,她就还有希望。

"君羡,我是明月,明月啊!救我,救我!"眼泪像断线的珠链,滴滴眼泪宛如珍珠无法抑制地落下。

明月!他愿许下三世的明月。"殿下!"李君羡一惊,一把袭上承乾的肩膀,"放过她。"大掌不自觉地用力,钳得承乾的肩胛骨咯咯作响。

刺心的疼让承乾不禁放松钳制玥月的大掌。"李君羡,你敢犯上作乱?"他咧齿对李君羡咆哮。

好机会!玥月趁机抽回被承乾禁锢的手腕,快速躲到李君羡身后,皱眉揉搓着可怜的手腕。

"殿下,恕罪!得罪之处,全是末将一人所为,请不要为难一个小女子。"李君羡松开搁在承乾肩膀的大掌,小心翼翼地将玥月护在身后。

晕!明明就是承乾变态,凭什么要让李君羡低头向太子认错?哼!古人不是早有言——天子犯法与庶民同罪吗?她不揭发承乾恶行就算他走运,凭什么叫她向承乾低头?

玥月从李君羡身后探出脑袋,恶狠狠反驳承乾:"承乾,到底是谁在犯乱?你身为太子,你强占宫女,你就不怕我们告到陛下那儿去?"李泰曾这般威胁承乾,可现在她没有李泰撑腰,只能独自一人奋战。

陛下!他那高高在上威严无比的父皇?虽然他调戏宫女之事陛下早有所耳闻,但耳闻是一回事,被揭发又是另一回事,特别是——强暴宫女这项罪行,更是可大可小。

若被有心人士利用，那还不等于在他如同树枝枯叶的储位上，再添上一阵狂风？哼，为了太子这个头衔，这次他就看在李君羡的面子上放过她。

"就像我上次所言。小妖精，我不会轻易放手。冬日很快会过去，明年春日，我在东宫等你。哈哈哈哈哈——"承乾邪妄大笑，而后拂袖大步消失在鹅毛大雪中。

"你——"承乾的话语逼得玥月心里发慌，她紧张地抓着李君羡结实的手臂，被气得全身发颤，却不知道该吼出些什么。

确定承乾离开后，李君羡连忙转身，握着玥月冰冷的小手，声音颤抖道："还好，还好，还好今日巧遇武才人，她又道你近日心情不佳，让我到这井边寻你。否则……明月，明月，我从未像今日这般庆幸，我能守在你身边。"

是啊！还好这个时候还有他，还好在她最危险的时候有人能帮她。只是，她偏偏不是明月，就算明月已消失，她也无法取代明月。

"君羡，谢谢。"如冬日暖阳的热度不断从李君羡的大掌传入心田，玥月抬起脑袋感激笑着。

"能在你最需要帮助的时候在你身边，我很高兴，也很庆幸。"她好冷。就算他温暖的大掌，都难以温暖她宛如冰块的小手。看着落在她散乱的长发上久久难以融化的雪花，李君羡怜惜地将她搂入怀中，希望能用他的体温包裹她的冰冷："明月，如今武才人已大受龙宠，荣升婕妤指日可待。你是否，该遵守诺言，安心成为我的妾？让我护你一辈子。"

为什么，为什么不是他？为何在她最需要帮助的时候，出现在她面前的不是李泰？如果是他，她愿意在此刻让步；如果是他，她愿意安心待在他怀中；如果是他，她会紧紧反抱着他……可惜他们之间最缺乏的就是如果。

"君羡，对不起！这辈子我不会成为任何人的妾。"她不知道此刻呼唤的是李君羡，还是想要呼唤李泰。她只知道此刻她真的好累，好累……只想要找个温暖的地方安心睡觉。

当然，一觉睡醒发现这一切都不过是一场梦，那样最好，真的最好……眼前一黑，脚下一软，她柔柔倒在李君羡怀中。

"明月。"他紧紧搂着玥月，轻轻拭干她泪痕未干的脸颊又淌过的泪水。

不为妾吗？可是她失忆前明明说过，待武才人倍受龙宠之日，她就恳求武才

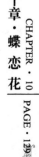

人放她出宫,安心成为他的妾室。这刻她为何反悔?为何执著告诉他,不愿为妾。

明月!为何她变得越来越陌生?为何每当看见她执著的眸色时,他会觉得认不清她究竟是谁?

明月——他究竟要等到何时她才会记起他对她的承诺?

……

不过没关系,就算她忘却了他,他也会好好保护她,让她再也不会受到任何人欺负。待她苏醒后,他也会找机会再谈,他会让她答应成为他的宠妾,也会让他们再回月下抒情的日子。

柔柔为她挥去盖住她青丝的白雪,幸福地摸摸翘胡,小心将她打横抱起,他笑着低头看着她精致的容颜,一步一步消失在茫茫大雪中。

贞观十五年正月十八日,连下多日的大雪突停,万丈阳光破空而出,照耀着整个银装素裹的盛世长安。

一大早唐太宗率领文武大臣,亲自将一身华贵嫁衣的文成公主送至城外。身着青绿嫁衣,头戴镶珠钿钗,在冬日下的文成公主显得特别美丽。

而那望不见尽头的仪仗车驾,数不尽的彩旗部乐……更昭示着这是大唐建国以来最盛大华丽的婚嫁。

"盛大得凄凉。"玥月躲在高高的玄武门楼不起眼的一角,偷偷地看着玄武门外依依不舍的送亲队伍。

那日陡然惊醒时,她已躺在床上。浑浑噩噩的高烧,又折腾了十余日。病榻上,李宽和李君羡悄悄溜到她屋中多次看望,而唐太宗似乎也听见什么风声,破例恩赐御医来为明月治病。

承乾更刻意送来好些补品。在有人刻意渲染下,明月是太子的女人的传闻,成为每个宫人口中的饭后闲侃。

年后真会被调到东宫吗?日日夜夜她不断思量着这个问题,承乾更如一条丑陋的藤蔓紧紧纠缠着她的灵魂。

好几个夜里,她都在承乾的淫笑中惊醒,然后害怕地蜷成一团在被褥中无声地哭泣。看着唐太宗身边李泰的身影,玥月不由咬紧牙关紧攥十指。

李泰,李泰!与上次一样,他依旧未来看望她。不,比上次更糟。上次有高阳带话送灵芝。这次，高阳看望她时，唯恐提及李泰。

她总算看清了李泰的自私和狠心。高高在上的魏王怎会为了她一个小小的宫女而与太子公然为敌？更何况最后见面那次他眼中载满了轻蔑，他一定认为是她故意勾引太子吧；他一定觉得她是个随便而轻贱的女人；他一定庆幸着还好没纳她为妾……某日当她如往常那样痴望带她来到这里的古井，当她凝视着那汪深不见底的井水时，她笑了，笑得有几分绝望，却又有更多的明晰，然后她止住眼泪再也不哭泣。

不怕，只要还活着就有希望！年幼时遭遇父母双亡，她尚且独自一人扛过来，更何况是成人以后。她会继续好好地活着，努力按照自己意愿活着。以前如此，现在更该如此！

承乾！虽然她现在还没想出逃离他魔爪的好办法，不过她绝对不会让承乾的奸计得逞。她还不想死了，更不想生不如死！看着站立在唐太宗身边的承乾，玥月的眼神变得尖锐起来。

"锣鼓震天，彩旗飘飘，一切怎会凄凉？"李宽站在她身旁，淡定笑着。

她想要哭泣，他借给他怀抱；她想要饮茶，他就取来最好的泉水；她想看文成公主出嫁他就和李君羡私下安排她登上玄武门楼……她想要的一切，他都愿为她取来，可是为何他再也寻不见与她初见时的笑容？

月月，他究竟该如何做才能让她再笑？李宽痴痴望着她尚未痊愈的额头，心中像悬吊着块大石头。

"锣鼓震天又如何？她去的是个她从未待过的地方，她嫁的是个从不了解的人。此去吐蕃相距千山万水，纵使她再想念故土，也是再也回不来。此刻她的心一定很冷，很痛。男人啊，为什么就不能为女人想想？"玥月紧紧抱着双肩，口中的话语如寒风般冷冽。

文成公主入藏！这是历史中何等重大的史事。从她进入大唐的第一天，她就盼着这一天的到来，盼着见识这场古今中外罕见的婚嫁。

可是，当一切成为现实，当所有人为此次和亲欢喜不已的时候，为何她偏高兴不起来？看着文成公主旁说笑的李泰，她的心依然隐隐泛疼。看着所有人的满心欢喜时，她看见的只有虚伪。——她的世界怎么了？为何她感觉不到阳光的温暖？玥月闭上眼，她理不清心中那团乱麻。

他认识的她不是这样！"不！她的心很温暖。你看见她眼泪下的笑容没？虽然不舍故里，但在远方的那边等着她的是爱她的丈夫和国民。她为松赞干布带去的不仅仅是一个妻子，而是两国世代的友好。她会被千秋万世所传诵的！月月，为何你看不见她心中那份喜悦呢？"李宽望着向唐太宗盈盈跪拜的文成公主，口中振振有词。

他以为她会笑嘻嘻地拖着他的衣袖，惊叹这场盛世空前的婚嫁。可是她变了！当她从昏迷中苏醒那刻，他在她眼中就再也没寻到初见时的温暖。

"看不见，看不见……心动了，人变了。不知这辈子，我还能看见喜悦吗？"睁开眼，看着在文成公主身边惺惺作态的承乾，玥月不禁收紧十指。她真的能在年前，想出逃离承乾的办法吗？

顺着玥月的目光，李宽危险地蹙起眉心。她心中的魔，就是他！承乾，别人畏他是太子，但他不怕他。任何伤害小月的人，他都会让其付出代价！

"月月。"李宽站在玥月身边，不禁伸手包裹住她紧张的五指，"让我保护你。"他侧头望着她，眼中写满了真情。

李宽？玥月呆滞望着眼前人。他对她有情？不是哥哥对妹妹的友情，而是男女之间的爱情？看着那张与李泰相似的面孔，她迷惑了，犹豫了。

"月月。我求房相收你为义女，求父皇为你我指婚，嫁我为妻。这样我就可以好好保护你，这样殿下就不可再欺负你。"这是他和李君羡想了许久才想到的万全之策。

她不愿成为他人的妾室，而在这些关心她的男人中又唯有他没有娶妻。这正是上苍给予他最好的机会，他比任何人都有资格名正言顺地拥有她。李宽动情地将她搂在胸前，低头轻嗅着她发间的花香。

始终是有人愿意用真心相换。李宽！那个她在这里遇见的第一个人，才是她的命中注定吧！玥月顺势将脑袋埋在李宽的怀中。李宽言出必行，如果答应他，他自会为她办妥一切。而她就再也不需要为承乾的事情而劳心。

可为何偏在这个节骨眼李泰愤怒的面孔跳出她脑海，那句"荡妇"更在她耳边回荡不止？她的人无法随着李宽而动，她的心无法依附李宽而存在。鼻头一酸，一滴泪闪现在眼角。

她推开李宽，静默望着那汪触人心弦的眼睛。她注定辜负他！"对不起！婚姻不是物品，不能用来交换。"她倔犟地在他面前撑起一抹笑容，"你是我心目中的哥哥，当妹妹的不能用哥哥的婚姻来换取自己的自由。阿宽，你放心，我不会轻易被殿下击倒，我的事我会想办法解决。"

哥哥？他不要她将他当成哥哥，他只想成为她的夫君。"月月，我……"这时候他该如何开口，告诉她一切不是牺牲，而是因为爱——他对她一见钟情。

虽然不知道他是何时喜欢上她，但是她能读懂他眼中的深情。只是她无法回报他的爱恋，她只能装傻："阿宽，我想看看长安，你有没有办法带我出宫？"这样劲爆的恳求，足以让他忘却告白吧！

"月月……"看着她那双无垢的眼瞳，他不知道该如何避开玥月的话题，继续向她道出他心中的爱意。

算了，下次吧！下次有机会再告诉她，他想真心喜欢她，因此才想尽办法要用八抬大轿将她娶回家。

"上元节①我带你出宫看花灯。"她想做的事情，他一定为她做到。他笑望着玥月，缓缓许诺道。也许那晚他可以提着花灯告诉玥月，她在他心中的地位不是妹妹，婚姻对于他们不是物品。

"好啊！就这样说定了。"玥月避开他炙热的眼瞳，将目光投向盛大的送亲队伍。只是她的目光忍不住瞟向唐太宗身旁的李泰，心里依旧忍不住想——那日她求的只是自由，为何他偏要想到纳她为妾？

若没有那日的争吵，她就不会再遇承乾，也不会再次欠李君羡人情，更不会尴尬面对李宽告白。

为何同是李氏宗亲，李泰的性子就不能稍微像李宽一点点。若李泰稍微待她温柔一点，稍微善解人意一点，她的处境必定不会如此艰难，她的心必定不会如此揪疼。

---

① 农历正月十五，是我国民间传统的元宵节，又叫灯节，旧称上元节。

CHAPTER · 11

第十一章·舍心链

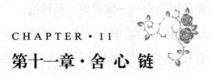

——不是不爱，只是给不了爱。

除夕刚过，纷飞的大雪又继续包裹长安，直到上元节午后风雪才渐渐停息。

"又到灯节了。"李泰握着书卷依靠在窗边，看着悬在屋檐下的各式彩灯，眉心不经意地收在一起。

"楚侯带着明月出宫啦？"过了好一会儿，他才缓缓转身，笑眯眯望着跪在地上的侍从。

"是。"侍从低着头恭敬应声。

"很好。"握着书卷的手下意识收紧，满是笑意的眼中闪过一丝嫉妒。她就如此依赖李宽，而不愿意相信他吗？

"走吧，去东市逛逛。"李泰放下手中书卷，眼角微微上翘，嘴角弯成一道好看的弧。不吭声不代表他不知道最近发生的一切，是时候再给他的小月儿一次机会，再纵容自己一次。

"诺。"侍从立刻起身，快速跟在李泰身边。

"魏王，安好。"当李泰正要跨出房门那刻，身着裘衣的张亮①似笑非笑，站在房门前朗声道。

滴水成冰的天气，又逢上元佳节，作为开国功臣的张亮怎会突临王府？心中如此疑虑，但他依旧含笑，上前相迎："郑国公，安好。"张亮是他亦师亦友的幕僚，又是他叔字辈的国家栋梁，对于张亮他向来礼待。

---

① 唐凌烟阁二十四功臣之一。

"听闻魏王身子不适？可这天寒地冻的魏王不安心养病，这是要去往何处？"张亮眼中闪着精光，明知故问。

不适，那是向陛下告假的借口。"我……小侄，小侄身子骨尚佳。"愣了愣，李泰据实道。

"既然无恙，为何向陛下告假？作为魏王更应言行谨慎，可别像殿下那样为一宫女失德。"张亮看着一脸尴尬的李泰冷哼。李泰是要取得皇位的人，心里放着的只应该是天下。

"她不是一般的宫女，她是月儿，是李太史口中的福星。"袖下的拳头不禁紧缩了一下，望着张亮的笑容笑得更加柔和。

正因为李淳风道明月是福星，因此他才放任李泰与之结交，可如今看来她为李泰带来的不是运气，反倒是一场接一场的麻烦。若其中一件处理不好，为李泰带来的将是直接与东宫对立，甚至会惹得唐太宗生厌。

"我倒觉得她是个祸星。魏王为她做的事情还少吗？可得到了什么？"张亮皱起眉心不悦道。

"她拉拢了楚侯。"李泰无力反驳。她是不是李淳风口中的福星不重要，重要的是她是他的月儿，与所有女人不同、让他舍不下的女子。

"楚侯？楚侯对魏王可有许诺？魏王不会不知楚侯对明月姑娘万般上心吧？"糊涂！要得到天下的王者，怎能纠缠于儿女私情？

作为魏王，李泰应该做的不该是为明月伤情，反倒应该想办法撮合明月和李宽，由此拉拢李宽为之效力。

"郑国公！"他想说无论是明月还是玥月，那都是属于他的月儿。可是这些连他至今都不敢面对的东西，他如何道给他人听？衣袖内的十指不由紧扣，脸上的笑容更是苍白无力。

今日他非得点醒李泰！不顾李泰难色，张亮上前一步逼近李泰，继续告诫："传闻明月姑娘不但与楚侯走得颇近，就连李将军和她也有道不明的关系，而今还多了一个殿下。魏王，你说明月姑娘算不算妹喜、妲己之流？"

"住口！""咚"一声，李泰一拳击在门框上。他也曾用这样的理由说服自己，可是心底的另一角偏偏一次次为明月道不平。

张亮一愣，怅然再道："魏王，老臣是为你好。为了大业，明月可送不可留！"

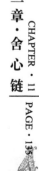

"你……"李泰将双手置于身后，仿佛刚才的失态从未发生，对担忧的张亮露出淡淡一笑，"郑国公请放心。我的事，我自会处理妥当。"

"魏王明白就好。"这才是他辅佐的魏王。张亮满意回之一笑，"进宫伴驾之事……"

按照以往，此刻的他应该点头入宫。可一想到李宽伴在他的月儿身边，他心中的火顷刻焚尽所有理智："既然向父皇告了假，本王亦无回去之理。郑国公的话本王已牢记在心，不过难得一个上元佳节，本王还是觉得出去走走也是好事。"

"魏王，还是要出去。"张亮惊讶瞪大眼。眸色杂乱，这哪里是他认识的魏王！

难以理清错综复杂的心绪，更难向张亮解释连自己也不知道的决定。李泰逃避逐客："郑国公，不是要进宫吗？再晚只怕父皇等急了。"

"哎——魏王，要成大业就要舍弃一切。"张亮语重心长地望着李泰，见他眼中口中无丝毫表示，他无奈地叹气拂袖，"我……我走了。"

望着张亮失望离去的背影，看着屋顶那片皑皑白雪，李泰对着天空那轮即将落山的太阳，呼出团团白气。月儿，他该拿她怎么办？月儿，他又该拿自己怎么办？

大片白雪将长安妆点得宛如裹着白貂的娇妇，明亮的花灯就像是妆点美妇的宝石。虽然天气很冷，但西市却依旧熙熙攘攘，来往的人群被冻得红彤彤的脸上无不挂上灿笑。

一身白狐裘袄，头梳三丫髻的玥月，兴致勃勃穿越在人群中，指点着繁华的摊点。好热闹，长安城比她想象的还要热闹许多。

"阿宽，哪有卖汤圆的？"玥月手拿花灯，扯扯李宽的衣袖兴奋问。元宵，元宵，没有汤圆哪能叫元宵？唐代小吃太少，想到那糯米皮、芝麻花生馅的汤圆，她就想流口水。

"汤圆？那是什么东西？"李宽不解地看着玥月。他走南闯北也算见识颇广，可为何一直待在宫内的玥月，却总能说出一些他闻所未闻的东西？

难道唐代还不流行汤圆？"唔，你不觉得我们该吃点什么应节吗？"玥月裹裹裘衣，冲李宽眨眨眼。

"原来,你想吃焦(饣追)①。"看着挂在玥月脸上许久不见的笑颜,他就觉得费尽心思带玥月出宫值得。

想到在玄武门当值的李君羡羡慕地看着他们离去的模样,他不禁更加开心。若今晚他能让玥月点头同意嫁他为妻,那一定会羡煞李君羡。

"焦(饣追)?"那是什么东西?不管它是什么东西,反正能吃,她就入乡随俗。玥月扯扯李宽衣袖,"咱们,买焦(饣追)去!"

"嗯。"他顺着她,宠溺看了眼被她拖着的衣袖,领着她向卖焦(饣追)长队走去。

该死!她居然没有他想象中的愁容反而笑得像三月里的鲜花。看看她的手!扯着李宽的衣袖,这哪里是女子该有的举止?她就如此离不开男人吗?站在暗处的李泰,想上前却又高傲地迈不出一步。

排了好久才轮到他们,李宽体贴地将炸好的焦(饣追)递给玥月后,又转向老板细心吩咐他再包上一份,准备让玥月带回宫。

面对李宽的体贴的举止,身形宽胖炸焦(饣追)的老板娘,不由揪了一把瘦弱老板:"老头子,你看小郎君②对小娘子多好。可你呢?这么多年就没见你温柔过!"

"温柔又不能当饭吃!没见排长队吗?快卖炸焦(饣追)。"瞥了眼玥月未嫁之身的三丫髻和裳衣,老板立刻猜想这是对趁节私会的贵族男女。想到这两人无法公开的身份,老板不由叹气摇头。

"你就会欺负我,这焦(饣追)不卖也罢!"老板娘放下手中工具,双手在厨裙上一抹,眼眶里的泪说着就要挤出来。

老板来不及放下手中工具,上前安慰:"老夫老妻的,你跟我怄什么?别人不能天天在一起,当然亲热点。不过再亲热也没我们亲热。嘿嘿,我们可以日日夜夜黏在一起,要多亲密有多亲密。"

"一大把年纪也不害臊!"老板娘跺跺脚,油腻的大脸露出红红浮云,"我还没给小郎君找钱③。你快炸焦(饣追)去。"

老板娘娇涩的话语,引来食客们的朗朗笑声。而玥月在接过老板手中的焦

---

① 唐代时,人们在晚上观灯之时,喜食一种粉果和焦(饣追),焦(饣追)是一种油炸的带馅圆面点。
② 年长者也会叫少年人为"郎"或"郎君",称呼熟悉的男子多以其姓加上行第或最后再加以"郎"呼之。
③ 武德四年(621年)七月,"废五铢钱,行开元通宝钱,径八分,重二铢四絫,积十文重一两,一千文重六斤四两"。

（馄）时，更冲着老板娘坏坏眨眨眼："老板娘，不用羡慕。那是我大哥，自然疼我。"

什么，兄妹？她不白吃醋一场？老板娘不由一怔，而玥月咯咯笑着，拖着惊讶的李宽消失在人群中。

好不容易找到不拥挤的路边停下，玥月开心拿出之前买的焦（馄）津津有味吃起来。味道很不错，有点像现代的炸麻圆。

"月。"看着狼吞虎咽的玥月，李宽拿出素白丝帕递给玥月，"吃慢点。"

"噢。"抬头那刻，正对上李宽柔似水的眸瞳。她猛然记起，不久前的夏日，李泰拿着同样的素白丝帕，低头为她拭汗。

她没想到高傲如李泰，居然会细心地发现她汗流满面。更没想到要强的他，居然会有如此温柔的一面。瞬间，她为他而心动。她知道他们彼此，不可能再是单纯的朋友。只是，那时她忘记他是高高在上的魏王，忘记他们不会有未来。

虽然明白，虽然已分开，但想到他，心依然疼得就像被刀剜了个口子。她低着头接过李宽手中的丝帕。当丝帕放在唇边那刻，鼻头一酸，想哭的冲动淹没了她，她只能将脑袋埋得更低。

这样欢愉的时刻，她不应该想起李泰。只是有些事情刻意遗忘的时候，却早已烙在灵魂之中。

"月。"即使她不抬头，他也能感到她身上的悲痛。李宽鼓起勇气上前一步，"月，我不是你的哥哥，我也不想当你的哥哥。"

"嗯？"玥月笃然抬头，不解地看着眼前的李宽。李宽身上那份稳重的男子气概，激得她心跳不由迅速加快。

"月，长期以来帮你不是觉得你可怜，更不是将你当成妹妹。我……我想娶你，那是真心娶你。不因其他，只是想彼此真心相伴一辈子。"李宽的眸色变得很深，十指紧紧握在一起却依然无法抑制发颤的双肩。她是他心中的紫藤花，他准备了许多美丽的言词，只是道出来的全是朴实的话。

李宽！握着丝绢的手抖了一下，她望着他真诚的双瞳，心尖愕然惊了一下。

她不禁想到，紫藤花遍开，她与李宽第一次相遇的场面，也想到他纵容她任性跳井的场面……他是第一个让她心动的男人，只是他们的缘分浅得像烟花。

"月，我无法承诺太多，但我会珍惜你一辈子，他们无法给我的我都愿意倾之生命给你。"李宽拿出怀中晶莹剔透的翡翠手镯，紧张地望着玥月脸上细微的表情变化。

"你是楚侯,娶我不符合规矩。陛下,是不会答应的。"玥月叹气摇头。没人对她说过这样的话,不动心是假,只是在爱情上她已被李泰伤得心碎。她已认定,男人一辈子只会向权势低头,而永远不会向女人低头。

"倘若不行,我愿放下一切带你离去。"荣华富贵是过眼云烟,他一直看得很淡。玥月想过的事情,他不是没有想过。他早想好,若是所有人都反对,他就带着玥月私奔,去大漠也罢,去南方也罢……只要有玥月在身边,他都不会觉得苦与可惜。

他要带她离开,他要给她自由,还要给她一辈子眷恋!而这一切是她长久以来最想要的,但李泰却永远给不了的。

泪水充盈着眼眶,眼前的李宽变得有些模糊,但他的声音却在她耳边响亮而动听。如果当初不是她跳井生病,她就不会错过李宽,那么她就不会遇上李泰,那么之前对李泰付出的所有感情,都应该属于李宽……他才是她遇上的第一个男人啊。

"好。"闭眼泪珠落下那刻,她轻轻点了点头。她累了,真的好累,她需要找一个坚实的肩膀依靠,而李宽就是此生她可以依靠的肩膀。

"月——"他笑了,笑得就像得到糖果的孩子。他激动地握住玥月的左手,生怕她反悔似的将玉镯套在她冰洁的手腕上。

南诏有个传说,当男子将玉镯戴上女子手腕的时候,就代表男子定下了女子三生三世,也代表他已娶她为妻……李宽开心地将玥月拥在怀中,那一刻世上除了玥月再无事物能勾起他的兴趣,也没有任何事物能令他如此愉悦。他发誓,他会珍惜她一辈子,比任何人都珍惜她!

"不可以!"站在暗处的李泰大步冲出来,怨恨地将两人分开。

来西市的目的明确,是为和玥月见上一面。可当他看见与玥月有说有笑的李宽那刻,怒火点燃了妒忌,也焚烧了勇气。

他能做到的只是跟随,看着他们亲密的举止,听着他们嬉笑的言语。他恨不得玥月身边的男子是他,可是他又无勇气上前。

在第一次争吵那刻,他和玥月已经隔开了很大一条鸿沟。李君羡和李宽是沟与沟的距离,姬妾名分更是沟内无底的深渊。他没勇气跨过去,而玥月更不愿跨

过来。

这些日子，他愿意承认他想她，他担心她，可是他却没有勇气去见她。虽然听闻玥月在第一场冬雪中差点失身那刻，他握着手中的剑恨不得带兵冲入东宫杀死太子。

可那只是想想而已。他恨自己懦弱，也恨自己当日不该因怒火扔下玥月，可除了将恨埋在心底，能做到的不过是狂饮一壶烈酒大醉一场。

他不能去探望玥月，那会让有心人营造他急于夺储位的流言。现在他还不能与太子反目，他只能苦望着玥月在宫内独自挣扎。他也更加明白太子介入后，他和玥月之间的距离不仅仅是条鸿沟而已，那是一片海。他看不到尽头的海！

他想到宫里的杨氏[①]，也许只有当他斗垮承乾，登上帝位那刻，他才能从承乾手中抢回玥月。只是他无法想象到时候，固执而自傲的玥月，会像温柔的杨氏那样回到他身边吗？

月儿！很多时候他想放下一切，去宫里与唐太宗说个明白！只是他的身份是苦恋中的男子的同时，更是高高在上、距离储位只差一小步的魏王。

张亮在等着他，他培植的势力在望着他，朝中不少大臣恨着他……江山与美人，他只能弃美人而夺江山。

月儿！看得越明白，他就越没勇气面对玥月。不过他又放不下她，他想与她见面。就算只能嫉妒地跟在李宽身后，他也想见玥月。

今夜，他原本已想好，就这样默默看着玥月的笑。本来在听闻李君羡有意纳她为妾，李宽想要娶她为妻的传闻后，他下定决心按照她的意愿促成其中一件婚事。

这样他就不必担心她的安全，不用担心她的幸福。他相信那两个男人都是真心对待她，无论跟谁在一起也比跟着心绪复杂的太子好得多。

只是他千算万算，忘记计算他的妒忌之心。在听闻玥月和李宽出宫那刻，他就心有不甘。在看见玥月对李宽轻松的笑颜那刻，他恨不得从李宽手中抢过玥月。当玥月同意嫁给李宽那刻，他压根忘记之前的计划。

强行将李宽和玥月分开那刻，他才发现玥月在他心里的分量早已超越他的想象。"跟我走。"深邃而复杂的目光从愕然的李宽脸上扫过，不待李宽回神他已紧

① 曾是李元吉之妻，李元吉死后李世民将其纳入宫。

握着玥月的手腕跑向街的另一端。他不能将玥月让给任何人！那是他在奔跑中唯一的念头。

李泰，他，他在这里？今夜他一直跟着他们？此刻他强行从李宽手中抢走了她。这一切代表什么？他在乎她。他愿意为了她像李宽那样放弃一切？

不，不会。若真能放弃一切，那就不是魏王李泰！她了解他，就像他明晓她的心那般。她绝不会天真地认为，他对她的情比皇位还来得重！

只是既然他什么也无法给她，他为何还像一个撞见妻子偷情的丈夫那般，脸上和身上染满了无尽的怒火与妒忌？在无数彩灯中，她痴望着他像被雕塑家用刻刀精心雕琢的面容。

这会是他最后一次拽着她的手吧！当他从感性的妒火清醒过来的时候，他依旧会毫不犹豫放开她的手。就如同前几日她生病，他毫不犹豫选择不见她一样。

理性而高傲的他一直明白自己要得到的是什么，可以舍弃的是什么。而他们彼此萌芽不久的感情，就是他舍弃的废子。

此刻的她，就像街上无数的宫灯，在点亮自己的同时，也彻底融入无尽的黑夜。她只能任由他拽着跑，只能幻想他们可以一路跑到天荒地老。

"脱下来！"最终他们在灯火的尽头停下，李泰像个孩子似的抓着玥月的手，强行取下玥月手中的玉镯。

他还没来得及送任何东西给玥月的时候，李宽怎么能将手镯套上了玥月白皙的手腕？那玩意绿得就像是洁净的湖泊，亮得就像是天上的星星，套在她的手上好看得让人觉得碍眼！

"取不下来，砸了！"看着玥月被他拉扯得泛红的手腕，他忿忿出声，转身就开始寻找地上的石块。

"没用的。这是注定！"她摇头。她最初遇上的是李宽，亲吻她额头的是李宽，伤心搂她入怀的是李宽……一切似乎都预兆着李宽才是她命定的缘分。

而她和李泰爱情来得激烈，爱得让她忘记现实。他们彼此携手走过的路，彼此两次的争吵，也都预示着他们彼此终是无缘。

"没有注定！"浓烈的爱恋充盈着他的眸瞳，揪心的疼让他紧紧搂住玥月，狠狠吻上她的唇，"不要嫁给他！不要离开我！二哥能帮你，我亦能帮你。"感性遮盖了他充满野心的灵魂，此刻他只是一个男人，一个不愿自己女人离开的男人。

"你要怎么帮？舍弃一切,带我离开？泰,你能给我的他能给我,你不能给我的他也能给我!你说,我该如何选择?"他霸道的爱,点燃她对他好不容易舍下的情。只是,她明白那段情,终究是孽情!眼泪在心底流淌着,她固执地抬头望着他。

"不——我可以给,可以给。"李泰的声音很大,语气却说得很轻。他很想给她一切,他很想为她再度让步。只是,太多的东西发生在他们相遇之前,太多的欲望拦在他和她之间。

"哈哈。"他知道的,却不愿承认。玥月笑得心碎,宛如琉璃的眸子望着他矛盾的眼瞳,"你真可以给我纯粹的爱?你当真爱我?"她一直说过,她要的只是一颗真心。

风卷着细细的雪花从天空落下,冰凉的雪花落在他的脸上,熄灭了他滚烫的激情。

爱吗?他不愿让别的男人拥有她,这是爱吗?他不想她离开他,这是爱吗?他想要给她他拥有的一切,这是爱吗?……只是,仔细一想,他什么也给不了她。

他不能娶她,只能纳她为妾;他愿给她富贵,却无法为她放弃江山;他可以宠她,却无法为她得罪太子……这样的他,真的爱她吗?他全身在颤抖,搂着玥月的手臂也不由得松开。

注定如此!在他欢喜许诺陪她看今冬第一场雪不久,他们第一次争吵。当天空落下一场冬雪时,他们偏偏别离。而此刻当他无法给她爱情时,天空又再次飘雪。冰冷的一切都提醒着他们,危险的孽缘不该延续。

李泰仰头任由雪花砸在脸上刮得脸生疼。终是无缘啊!他将悲伤而不甘的目光藏在夜幕中,不敢再去想玥月口中的爱情。

不是不爱,只是他给不了爱!玥月紧咬着双唇,倔犟地不让猩红的眼瞳流下泪水。"你走!"心疼得像被用针刺了又刺,流淌在身上的血凝结成冰。她动不了,身体动不了,脑袋动不了。他就如此,将她狠心伤了又伤吗?他就不知道说一句谎言吗?但如果他对她撒谎,他还是李泰吗?

玥月的话语,刺痛他的心,他忍不住低头望着那张向来倔犟的面容。他抬起大掌,想要抹掉她眼中的痛楚。只是他有何资格如此?他叹气将手又放下。

"月儿,抱歉。"心中依然有些不甘,但他却无奈地握拳叹气。他找不到他们感情的凝聚点,也找不到感情的出口。为了彼此,他只能放手。日后他还是一心夺储的魏王,玥月还是笑颜如晨曦的宫女。不,或者很快就该叫二嫂了。

放任越下越密集的雪花钻入颈项,细细将玥月那张倔犟的容颜记忆在心,认真将玥月那份矛盾的表情烙入灵魂。他的情来得太晚,却去得太早!"永别。"他努力挤出第一次遇见她时的笑颜,僵硬转身消失在风雪中。

李泰!她想叫,却没有勇气,也没有气力。灵魂瞬间抽掉,只留下躯体绝望盯着李泰消失的方向,心间默默念叨着——永别。

待李泰彻底消失,一直躲在一旁的李宽,迈着沉重的步伐走到玥月面前。他体贴地将在寒风中浑身颤抖的玥月拥入怀中,温柔拍拍她的后背:"哭吧!"

眼泪疯狂泄下,不一会儿便浸湿李宽的衣衫。"对不起,对不起,对不起……"她一个劲在李宽怀中说着。连她也不知道,她想要表示对不起李宽什么。

"我明白。"她不愿看透自己的心,他却看得通透。她心中是忘不了李泰,就算刚才李泰只是一时冲动从他手中抢走她,她也永远忘不了李泰对她有情,而她更是对李泰有爱。

至于他们的情缘,早在他离宫南下那刻注定有缘无分。"玉镯,不要还我了。留着,当我南下带回的礼物。"他轻声靠在她耳边说着,双手细心拉紧玥月的裹衣。

她不愿亏欠他的情,可他更不愿见她背负对他的愧疚,郁郁寡欢一生。她说不出心底的话,就让他替她说出。

"阿宽——"梨花带泪地抬头,李宽眼中的深情刺得她灵魂发疼。她何德何能让这样一个俊秀的男子,愿意为她一退再退?她不值得,不值得啊!

不想让她担心。心虽疼着,但他却露出与以往相同的笑容,贴心右移一小步,挡去从北面刮来的风雪,拿着丝绢柔柔地为她拭泪:"月。我亦然不会放弃。我会守在你身边,等待你真心嫁我那日。"最后那句他笑得有点苦,两抹罕见的红云更袭上面颊。

他不像李泰那样强势,自幼尴尬的出身注定让他无法像狮子般掠夺。不过,他有的是耐心。一年不行,他等十年;十年不行,他等一世……就算这世等不到,他还有下辈子,下下辈子。

看着安然戴在玥月手腕温润的玉镯,小小的幸福袭上心头。李泰始终没能取下玉镯,不是吗?这不意味着一切早已注定,他才是与玥月约定三生的男子。他捧着玥月的手,只有他自己知晓的喜悦将他灵魂灌得满满的。

上元节的风雪下到下半夜便止住了，此后天气好转一连放晴十余日。红火的太阳虽然不烈，但柔软的温度却快速将冰雪融化。

从西市归来的玥月心情也宛如上元节后的天气，阴郁的表情一扫而空，与往日相同的笑颜又挂在脸上。

"小月。"看着玥月手中小指粗细的木棍下显现箭头似的怪东西，媚娘瞪着玥月担忧地开口。自从上元节后，李宽按照玥月的图纸弄来这个蘸墨可以写字的怪东西后，玥月似乎压根忘记陛下即将调她到东宫的意图，反而日日沉浸在这个古怪玩意中，只要不到甘露殿当值，她就握着它低头写东西。

"小月。你考虑好跟谁？李将军不错，他待你一片真情。楚侯也不错，他很疼惜你。我知道，你不甘心为人妾。可真心难得。跟了谁，也比跟太子强吧！这后宫，不是人待的地方。"媚娘绕着她四周转圈，急促的脚步透露她万般的焦急。

上元节后，唐太宗总是在她身边有意无意提及玥月和太子。那语气分明是迫不及待将玥月调至东宫。好多次她都是装聋卖傻糊弄过去，只是最近唐太宗明显对她这样的态度不满。

玥月不吭声，依然低头用手中的东西在纸上快速写着小而秀丽的字迹，过了一会儿当她写完她想写的东西，她放下去笑吟吟望着媚娘："媚娘，我说过这是钢笔。"

"管你那是什么东西，反正我不会用。"李宽送来的第一天，她就教媚娘使用钢笔，可惜媚娘有着模仿王羲之书法的才能，却没有使用钢笔的天赋。

"你想好没？东宫那边你准备如何？你有没考虑楚侯和李将军？这是李氏天下，不是你家乡。男子天下，自古一夫多妻妾，婚嫁等级制度严谨。小月，来到这儿就该适应这儿的风俗。"媚娘夺过玥月手中钢笔扔在一旁，两道蛾眉蹙成一团，"跟了他们任一人，你都会幸福，比我幸福。"

玥月将这几日写的东西整理成两份，露齿笑望媚娘："媚娘，不用翻来覆去说这几句吧！不知道的，还以为你是来说亲的媒婆了。"低头无语片刻，她起身望着窗外依旧萧条的景物，"媚娘，你知道的，李君羡一直爱的不是我，而是真正的明月。至于阿宽……上元节他向我求婚，许诺给我想要的一切……但……总之，目前我不会嫁给他们任何一人，无论为妾，还是为妻。"

"你就甘愿如此认命？"媚娘焦急地拉扯玥月衣袖，直面她淡然落寞的身形。

"当然不会。"仿若刚才的落寞只是一场烟，玥月摇头"扑哧"娇笑开，"媚娘，你不觉得未来太子主社稷，绝非万民之福吗？"

"妇人不闻政事。但我知任由殿下任性，绝非你之福。"长孙皇后曾道："牝鸡司晨，惟家之索，妾以妇人，岂敢豫闻政事。"从她开始后宫嫔妃向来谨慎言行，就连心怀天下的徐惠，也不敢直言政事，只敢处处模仿长孙皇后痕迹。

"呵呵。这样就好。"玥月将整理好的两份东西，放入分别写着李宽和李君羡名字的信封中蜡封，然后笑嘻嘻递给媚娘，"媚娘，帮我把这两封信交给李宽和李君羡。一定要亲自交到他们手中。"

玥月的笑容让她不禁一怔，关上窗，鼓大眼将她拉至房屋角落，用宛如蚊虫的声音问："你想干吗？"

"你不觉得有人在储位上坐得太久了吗？"玥月不似媚娘那样担忧，她脸上的笑意浓得就像春日的桃花。

既然必须留在这里，既然无法得到想要的依靠，既然唐太宗一再纵容太子恶习……那就由她来担当推动历史的那只手。

"玥月，你想谋害殿下？不行。"媚娘低头看着手中书信，封住信口的红蜡顿然宛若鲜血那样刺目。她仿佛看见血呢，那不是太子，而是玥月的血。她不能让玥月送死："玥月，其实……"她想要极力劝说玥月。

却不料玥月早已看透她的心思："媚娘，别担心。我不会谋害殿下。我只是让他们帮我调查一件事，然后把事实泄露出去，告诉天下人事实的真相。"她握着媚娘颤抖的双手，脸上的笑容温柔而让人安心。

唐太宗不愿承认，知情大臣不愿公开，李泰不敢公开……没人愿意踏出这一步，就让她强迫所有人面对事实。

她要斗天！后宫的女子被称为天下最毒辣又最高贵的女子。她们敢做的仅仅只是在这方生存的小空间斗来斗去，耗尽全身解数在陛下面前争来争去……但她们的手向来不敢明目张胆地伸出宫闱之外。

可眼前这个不属于这里，将阴谋也能说得光明正大，笑得轻松自然的女子，却大胆告诉她——女子并不需要依靠男子生存，女子的双手可伸出帷幕。

玥月，果然是特别的女子！她羡慕她的胆大。"我帮你。"媚娘紧握着手中书

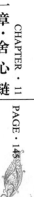

信回之一笑。

笑容下，她全身不由轻微颤抖，但那不是害怕和紧张的颤抖，而是已从灵魂最深处挤出连她也道不清的兴奋。

"我会成功。"玥月握着媚娘缓缓回暖的嫩手，笑得很灿烂而自信。不必嫁人，她依然不用踏入血腥的东宫。因为知晓历史的她，知道一个绝大多数人还不知晓的秘密，一个足以让承乾疯狂，让大唐多数人感到惊讶而失望的秘密。

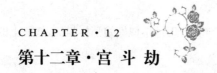

CHAPTER · 12

第十二章 · 宫斗劫

——不想利用任何人，只是天命逼人。

积雪融化，杨柳抽芽，一眼望去嫩黄如花的翠叶煞是可爱。李泰看了手中的密信，眉头锁了又锁，看着窗外那片被暖风撩起的柳枝，他终是忍不住吐出口长气。

太子生活糜烂，偏宠男童称心。这件事在宫内宫外传得风风火火，乍一看让人猜不透流言出处，可是细细品味不难发现消息源出自三处——后宫，大臣，民间。

如此快速流传，更不难看出被人操作的痕迹。即使这份密信不传来，他也知道放出流言的人，必然在以上三处有较佳人缘，并且和太子有无法和解的过节。

如此着急让太子犯错，拉太子下台，唯有玥月！玥月，相处近一年，他不得不承认她与深在闺中的女子不同，她聪慧而明爽，只是她太着急而缺乏磨砺。

更傻的是李宽和李君羡，他们皆为男儿，又是朝廷重臣。多少年风云变幻方能应对自如，为何偏在这个事情上犯傻？玥月是女儿家看得不远，他们在她身边就不能多帮衬点，为她思虑远点吗？都什么时候了，还跟着她闹着犯傻？

男宠称心！不重不轻的消息。李泰的眉心纠结成一团，衣袖下的手瑟瑟发抖。可引起朝廷内外对太子的非议，引起陛下的注意，引出未来天子的不洁……最终目的是让太子忙着正自身，陛下忘记调玥月进东宫。

对的。表面看上去一切都是对的，陛下必然不容未来天子私生活如此糜烂，自然会处罚太子甚至废黜太子。

只是，他们当真以为陛下对男宠称心一点都不知情，以为整个朝廷对男宠称心一点不知情？

一直窥视储君之位的他，能假装不知道。难道陛下就不能装，臣子们就不能装？陛下的心谁能看透？

陛下不提，自然没人去讨这个没趣。就算有人去捅这个娄子，陛下面子挂不住——必暗杀称心，重罚太子。

至于废黜太子，那依然是个未知数。但非议天子家事，那可是杀头大罪！

玥月啊，玥月！聪明如斯，何必去捅这个不是秘密的秘密，还非要传得天下人皆知？李泰忍不住将密信握在掌心揉成一团。

脑海不由浮现上元节离别夜。他曾有机会不让她陷入这般尴尬田地，只是他负了她，也剪断了她可能得到的幸福。他对不起她！欠债还钱理所当然。

"秘密将所有关于太子不利的消息传出去，把责任全部推到称心身上。一定要注意把消息小心递给郑国公，再给李太史捎上一份。不，李太史那处，我亲自去。"他未深想，抹开深蹙的眉心，向跪在地上的黑衣密探道。

"诺。"站在书房正中的黑衣人，眉梢不解动了动，口中依然坚定应声。

螳螂捕蝉，黄雀在后，这个时候加入战局容易惹火上身。让人觉得一切流言皆出自魏王之口，反而对魏王夺储不利。他想出声提醒，可转念一想，多年来魏王定下的计划，何时出过差错？魏王心深如海，哪是他这个下人能看透的？

"慢！"气愤的声音带着急喘进出。

"郑国公！"李泰一震。又是那个老匹夫！瞬间忘了本该有的笑意和礼节。

"魏王，不可为了一个祸国妖孽，鲁莽行事啊！"张亮大步进屋，语重心长地劝解。

玥月又无倾国之貌，他又未为她放弃宏图大业，何来祸国？张亮乃两朝功臣，何需拿一个柔弱女子撒气？

"郑国公，可别想岔了。我不过是在原本有的火上添上一把柴火。火是大了

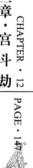

点，当够暖不是吗？"李泰勾唇露出一抹令人和颜悦色的柔笑。

"就怕惹火焚身啊！"张亮摇头。称心的事情本来就是鸡肋，若真能当成柴火烧掉，太子能过得如此逍遥？

可陛下老了，老到已不愿冒任何风险。太子在陛下心中虽是扶不起的阿斗，但是当年忙着南征北战未能照料好太子的愧疚以及玄武门之变在陛下心中留下的伤痕……让陛下对太子一忍再忍。

毕竟在政务上，太子依旧是个聪明人不是吗？更何况，就算太子能力欠佳，他身边还有出色的辅佐之才。就算他和一帮老臣，恨不得明日就废太子立魏王，但时机未到不是吗？除了私生活不检，他们尚未找出必须废太子的证据。

"你认为我会让这把火焚烧自己？"太子不该招惹玥月！柔笑的眼中闪过一丝让人难以察觉尖锐的恨。

报复太子，保护玥月……也许是直面太子原因之一。但是玥月不是最重要的原因，就如同他可以保护玥月，但绝不会为了玥月放弃权欲。

他没有为了一个女子而犯糊涂。只是知情的旁观者被一个女子蒙了眼！他比承乾出色，他比承乾更讨陛下欢喜，这是早被公认的事实……但谁想过他看似占尽优势，为何多年来太子大错小错不断，陛下却从未正面提及废储？

反倒仔细一点尚可发现，随着陛下身体每况愈下，对太子党的启用却每况愈上。可见虽然承乾私生活上有万般不是，但鉴于玄武门之变，若非万不得已，陛下并不想废太子另立。

不过陛下势力再大，大不过朝中众臣、天下黎民。既然安分几十年尚无法得到陛下垂青，他就必须用苍生之力逼陛下选择。

而承乾偏爱娈童，便是最好的导火索。这一次，他不仅仅要让太子受到天下人唾弃，更要让太子仇恨生他养他的陛下……唯有恨，才能乱；唯有乱，才有天命，而他才能顺应天命取得太子之位。

"此真乃魏王所思？"张亮炯炯有神的双瞳凝望着李泰染着淡笑的眸子，仿佛那刻他知晓李泰心中所有计谋。

"本王不打无用之战。"李泰抚弄衣袖站直身形，眼中的笑意宛如清潭中倒映的晨曦。

"魏王！"激动的泪瞬间充盈双眼，张亮"扑通"直直跪下行大礼。那刻映着绚丽的太阳,李泰衣裳上的代表诸侯的黼,仿若变成天子专用的龙衮[1]。

三日后,太子与称心苟且之事,被孩童当成儿歌在长安城内唱响。第五日,恰逢灾星[2]过天,李淳风秘会陛下,朝中内外不禁将称心和灾星联系在一起。十日内,魏徵多次上疏陛下,要求铲除妖孽。皇家的丑闻无法抗拒地成为长安城内公开的秘密。

右庶子[3]张玄素劝解承乾无效,不得不直接上疏陛下。其上疏中提及太子游猎无度、斗鸡走狗和在宫中模仿突厥列阵格斗等失德之事。同时他又深知圣意,对于太子外出嫖娼宿妓、私置男宠、怂恿下人外出偷抢等恶行,却一字不提。

看罢这份上疏,唐太宗只知太子之事拖无再拖,将手中上疏用力扔在桌上,龙颜大怒将承乾召至宫中,劈头盖脸就是一顿臭骂。

父子之情浓厚,唐太宗措辞虽严,但无严惩之意。无非是命他闭门思过,痛改前非。当然免不了一个重要隐喻——除称心。

为保太子之位,承乾不得不忍一时之气,点头诺诺称道。在张玄素被提升为银青光禄大夫兼太子左庶子时,他不得不一面忍着将张玄素五马分尸的怒火,一面载着看似悔恨的泪花向张玄素认错。

面对承乾对自己的低头和悔意,张玄素自是感动,连忙下跪将过错归咎到自己身上,恳求唐太宗不要过于严惩太子。

看着承乾的眼泪,唐太宗不由想到早逝的长孙皇后,对儿子的宠溺之情不免浮上心头,随口又骂了几句,便命令承乾回东宫反思。

一回东宫,肌肤皓白如雪,目似满月,姿如琼玉的称心,着一袭白衣,宛如行云流水般迎上前:"殿下。"声朗如磬,调柔似柳。

"宝贝。"承乾搂着柔若无骨的称心,贴腮偎面,瞬间忘了对唐太宗的许诺,忘记太子应尽的职责。

---

① 礼有以文为贵者:天子龙衮,诸侯黼,大夫黻,士玄衣纁裳;天子之冕,朱绿藻十有二旒,诸侯九,上大夫七,下大夫五,士三。此以文为贵也。(出自《礼记》)
② 又名扫把星,彗星的一种俗称。
③ 庶子:官名。太子官属。汉以后为太子侍从官之一种,南北朝时称中庶子,唐以后于太子官署中设左右春坊,以左右庶子分隶之,以比侍中、中书令。自此相沿,至清代犹用以备翰林官之迁转。清末始废。

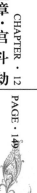

"殿下。"又是一声轻呼,可眼中却挂上了两行晶莹的泪水。

"心肝,怎么哭呢?"他的声音很柔,生怕吓坏了怀中的可人儿。

"称心怕是无法继续伺候殿下了。"带泪的面容,仿若雨后梨花煞是惊艳妖娆,"不过称心有个不情之请。"称心从衣袖中取出镶满宝石的匕首递给承乾,"这是殿下与称心相遇时殿下所赐。称心记得殿下说过,称心是莲,殿下是泥。莲连着泥,注定分不开。能与殿下相聚,称心此生早无遗憾。事到如今称心谁也不怨,只求殿下用这把匕首成全称心最后心愿——不要让他人肮脏的手玷污了称心皓洁之躯。"

称心依靠在承乾怀中,汪汪泪水浸湿了承乾的衣裳,也浸湿了承乾的心。他一生荒淫,好尽世间完美奇特之物,收集美人异宝无数。可无论美人再美,异宝再稀罕,只要得到后,无一件能留住他的目光十日以上。

但当称心出现的时候一切破例了。他不但生得美,不但舞姿好,更重要的是唯有他懂得他的心。

称心是他的解语花,虽然东宫佳丽众多,称心也非他玩过的唯一娈童。但就如称心话中所言——莲连着泥,注定分不开。

称心是他的宝贝,是他灵魂的一半。半日不见称心,他便寝食难安,更何况让他亲手杀死称心。

"混蛋。"他抢过称心手中匕首,忿恨摔向墙角,冲着称心又吻又咬,"你是莲,我是泥,我怎会去除自己的另一半灵魂?更何况,他日登基我还要立你为妃,光耀你的族人。"

"殿下。"称心泪中含笑,红着眼像小白兔似的凝视着承乾。承乾是他命中的奇迹,他唯一的浮木,他能做的仅仅是顺从承乾,抓牢承乾。

称心的笑让他看痴了,他不禁握着称心温若软玉的手:"为了他日为帝,只能委屈你了……"他靠在称心耳边,小声道出让称心在人前假装死亡,实则藏入东宫密室的计划。

残留的泪因称心的咯咯甜笑,顺着他浓密的睫毛簌簌落下,他紧紧靠在承乾胸前娇艳如黄昏海棠。

将称心藏入密室,承乾开始按照唐太宗的要求修身养性。不到半月余,成功让张玄素等太子师刮目相看。

只是一切皆是表面现象,某日下学后张玄素离开东宫,才突然想起钱袋落在了东宫,匆忙折返正撞见承乾搂着称心卿卿我我。面对承乾的欺骗,盛怒之下张玄素破口大骂,威胁太子立刻除去妖孽称心,否则明日将再次上疏陛下。

新仇旧恨顿时累积在一起,承乾怒火中烧,忍不住当众叫嚣定会让张玄素那个老匹夫不得好死。

面对丝毫听不进他谏言的承乾,眼见暮色越浓宫门将闭,张玄素不得不捶胸顿足,又急又怕地匆匆离开皇宫,满心忧愁返回城南家中。

就在他思量着如何劝解太子回归正道,如何才能不负陛下所托之时……忽然几道黑影一把将张玄素拽入黑胡同,瞬间就是一阵拳打脚踢。

幸亏恰逢有人路过看见此景,连忙联络住在附近的百姓前来救援。面对蜂拥而至的众多百姓,恶徒们吓得连忙扔下奄奄一息的张玄素,从胡同另一端翻墙逃走。

待张玄素醒来,耳边回响的第一句,就是太子所言——定会让张玄素那个老匹夫不得好死。

载着满身伤痛,回想着成为太子师后所经历的悲惨遭遇。他知道任凭自己如何忠心耿耿善待承乾,在承乾心中他已是根刺。承乾会杀他!就算上次殴打,不是承乾所为;但当他登基称帝后,必然会杀他!

张玄素忍着全身疼痛,暗下决心:他不想死,就必须反击。

在唐太宗带着太医破例来探望他时,多番思量下张玄素满脸难色,泪流满面私下死谏。口中不提这次被殴,也不提太子失德,单拿江山社稷做文章,将进入东宫后经历的有失道德的事情上禀陛下,更添油加醋地将称心妖魔化。

看着跪在地上磕头、只剩半条命的张玄素,想到承乾不杀称心,反为了称心差点将太子师殴打致死,唐太宗刹那间被气得全身哆嗦,面孔发青,他知道这一次再不亲手除去称心,再不给承乾一个严重的警告,自己归天之日便是大唐消亡之时。他略有所思地扶起张玄素,满脸愁云答应一日内,必定会给张玄素一个交代。

回到宫中,唐太宗立刻秘召李君羡,命李君羡立刻带百名禁卫军精英,直入东宫当着太子面,乱棍打死称心,处死纵容太子的一干人等。

当夜,李君羡便领着英武的禁卫军直闯东宫。不知大祸临头的承乾,正卧在软榻上一边欣赏着胡舞,一边搂着称心缠绵。

第十二章·宫斗劫 CHAPTER·12 PAGE·157

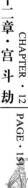

"大胆狂徒夜闯东宫，意欲何为！"承乾丝毫没想到唐太宗会在此刻发难，他端起太子架势一手搂着称心，一手指着李君羡呵斥。

"殿下，得罪了！"李君羡向承乾恭敬行礼后，拔剑指着承乾身边的称心命令身后禁卫军，"把他给我拿下。"

"殿下，救我。"面对蜂拥而至的禁卫军，称心来不及整理凌乱的衣裳，惊恐得像兔子似的搂着承乾的腰，流着眼泪紧紧靠着承乾的胸膛。

"李将军，你携私器擅闯东宫已是死罪，你还胆大妄为在我东宫拿人更是罪上加罪，还不退下！"承乾竖着眉，那双桃花眼威严载满皇家贵气。

"奉陛下秘旨，清殿下身边秽物，以明殿下之心。殿下得罪了！"一个严厉的眼神，站在承乾身边的禁卫军立刻上前将承乾和称心分开。

"奉陛下旨意，妖孽称心习妖术，迷惑太子心神，罪无可赦。行乱棍之法！"李君羡挥剑道。

面对修罗般的李君羡，称心双腿发软，泪水模糊了双瞳，在被握棍的禁卫军推倒在地那刻，他惊恐得全身僵硬，只能厉声嘶喊："殿下，救我——！"

怎奈，一直保他周全的承乾，被禁卫军禁锢在一旁动弹不得。"啪啪啪！"随着棍棍落下，艳红的鲜血快速染红了称心柔顺的白裙。

"殿下，救我！"越来越弱的喊叫，宛如匕首般，一刀刀凌迟着承乾的心。

"放开他！"他的宝贝，他的宝贝！面对那张临死依旧仰望着他的扭曲的泪容，承乾疯狂叫嚷，努力挣脱禁卫军的钳制，"我用殿下的身份命令你们，放开我。"宛如孤狼般的眼瞳，忿恨盯着禁锢他的兵士，恨不得立刻将所有拆散他和称心的人五马分尸。

承乾的目光让架着他的禁卫军战栗，但皇命大如天，他们如同雕塑般用力钳制着承乾，不让他有丝毫的机会挣脱禁锢。

"李君羡！你这个竖子小儿，我命令你立刻放了称心，否则今日称心所受我定会让你百倍相还。"屈辱和无奈撕咬着承乾，命令不成，他转而威胁站在称心身边面无表情、监督行刑的李君羡。

"我来！"李君羡瞪了承乾一眼，承乾企图强暴明月的画面瞬间蹦出脑海。隐藏在心海的怒火如雨后春笋般快速滋生，称心哭泣的容颜瞬间化为承乾的面孔，他快速接过属下递来的木棍，一下比一下狠地向称心身上招呼去，直到称心再也哭不出声，倒在血泊中。

"称心。"看着那双失去光泽的眼瞳，承乾疯狂用牙齿撕咬着身旁的禁卫军，用尽全身气力冲破禁锢，奔向躺在血泊中的称心，泪流满面地将身躯渐渐冷却的称心抱起，指天又哭又笑，诅咒着在场每一个人，"我看着，称心记着，我也睁眼看着。今日我位居人下，无法阻拦悲剧。他日我一朝得势，必定将称心今日所受之苦千倍还之！哈哈哈哈哈哈……"承乾的笑声如同鬼魅在夜空中缭绕飞旋，听得在场所有人无不惊了身冷汗，半天难以回神。

有道是皇命难为，更何况今夜的皇命针对的是一人之下万人之上的东宫太子。看着太子比野狼还要阴毒的目光，他们不敢想他日太子为帝，他们将面对怎样悲惨的下场。

"奉陛下旨意，除妖孽称心后，再除东宫杂碎！"看着握剑颤抖、一脸愁容的禁卫军们，李君羡握着手中银光晃晃的剑，一剑砍断一旁燃烧的蜡烛，再次厉声命令。

"诺！"李君羡沉稳的声响，击醒陷入难测未来的禁卫军。"刷刷"手中长剑，整齐有力被抽了出来，银光混着热血，不到一盏茶的工夫，便将承乾私下苦心招募的宫奴斩了大半。

听着东宫中撕心裂肺的哭吼声，看着仿若见猫的老鼠胡乱逃窜的宫人，李君羡退至紧闭的东宫大门前，一双如鹰的眸瞳紧锁着搂着称心一动不动的承乾。

称心是妖物，却是迷住太子身心的妖物。闯入东宫那刻，他便知晓杀称心如灭太子。唯一的区别是称心能杀，太子不能杀。太子只要活着，就不会放弃为称心报仇。太子心胸狭隘，他不敢想象若太子知道，一切布局皆源于明月之手，太子将如何对待明月……

一声长叹，李君羡右手更紧地握住手中的剑，左手下意识地抓紧衣袖中玥月的半截断袖。明月！爱至深却难相守的明月，他不能再让她受到丝毫伤害。他不会让太子知道阴谋之源。太子要恨，就恨他吧！哪怕有朝一日真让他五马分尸，只要明月能一生平安，他余愿足矣！

一串串宛如翩舞蝴蝶的紫藤花，在酱黑色的花架上安静绽放着柔媚的笑脸。暖风吹过，她晃动肢体仿若挂在阳光下的紫色铃铛，一遍又一遍地在向天空的云朵诉说着紫藤花下的故事。

"呼——"从太极宫值班归来的玥月，看着风中飘摇的紫藤花，止住步伐出神幽叹。紫藤花又开了，她在大唐居然已待满一年。

一年前，她在花下遇见了媚娘，她曾天真地认为在这里找到未来的女皇当靠山，她可以无忧无虑。其实，历史不过展现的是阳光下的历史，现实中的媚娘并不如历史中那般事事明算心中。

然后是李宽，那个看似迂腐却温柔如水的男人。她曾以为她与他会在她回到现代前，在大唐碰撞出一段短暂的暧昧。可是她没能回去，而浅浅的暧昧也因为他的离去而消失。

再后来是李泰。他的邪，他的狂，他满满的自信……在他们第一次在紫藤花下他取下她发簪那刻，似乎已注定她对他的迷恋。不过迷恋是短暂的，时代的不同、身份的不同，似乎注定他们的恋情就像他们初遇时那般狼狈。

"呵。"闭眼呼吸着空气中若有若无的花香，不禁想到崔护的《题都城南庄》。

一年前初遇李宽时，她是何等的狂妄。可现在？心老得太快，情老得太快。有时她觉得，她已经不是那个时时盘算着如何反穿越的武玥月，而是为了生存不得不一次次斗法的武明月。

"人面不知何处去，桃花依旧笑春风。"她苦笑两声抱着双臂颤抖睁开了眼。一抹紫影如梦如幻般出现在她眼中。

"月儿。"李泰站在她十步外轻呼。过去的几个月内，宫内宫外的局势瞬息万变，经过玥月的闹腾，他的野心在这场储位之争中再无遮掩。太子尚未被重罚的时候，他全身心设法斗垮太子。终于太子败了！败在他对称心真动了情。那刻仿若看见了自己，想到让自己一次次打破原则的玥月。

当张亮问他："若有朝一日，陛下让魏王除明月，魏王当如何？"

他眼前出现了一片血红，承乾私藏称心的身影刹那间变成他私藏玥月的身影。那刻他全身发颤，盯着张亮无法回答。

不可为啊！承乾为皇位努力了数十年，却败在一个男子手中。而他为了皇位比承乾多出了何止十倍的努力。

以史为鉴，他不可成为另一个承乾。那晚他画了十余张玥月的画像，一口气又全部将它们烧毁。

张亮说得对，明月并非是李淳风口中的福星，而是妖孽！他是魏王，除了太子之外最有希望成为大唐未来天子的魏王。他不可为了一个女人，坏了千秋大业。

第二日开始，他全身心投入拉拢太子旧部的计划中。繁忙渐渐冲淡了玥月的身影，好多个午夜梦回时他甚至已记不清玥月的音容。

不久《括地志》书成，张亮特地前来道贺，再次问及："若有朝一日，陛下让魏王除明月，魏王当如何？"

他想也不想，枉然微笑，紧握夜光杯："杀。"

张亮立刻跪下向他道贺，他将杯中西域葡萄酒一饮而尽，为再怎么想也记不清玥月的容貌朗朗大笑。他终于成为张亮心中的明主，不是吗？

隔日，他带着撰写完工的《括地志》，进宫面圣。捧着颇具实用价值又可安邦定国的《括地志》，唐太宗龙颜大悦，不仅让几位宰辅大臣们传阅后，交由秘阁珍藏，还降旨赏赐李泰锦缎万匹，也降旨对萧德言等编撰人员论功行赏。

在太子行为不端、魏王泰的礼贤下士两个完全相反的参照下，心烦意乱的唐太宗捧着《括地志》，不由对相貌、言行皆有他当年影子的李泰越发欣赏。

废承乾，立李泰！这种想法第一次挂在心头认真掂量。又过了几日，唐太宗亲到李泰延康坊住宅，赦免长安死罪，还免去了坊人一年的地租，又赏赐府僚布帛多少不等。离开的时候，唐太宗甚至亲昵拍着李泰的肩膀，笑着让他多到宫内走动。

敏感时期，特别的荣宠让李泰身价倍长，加上《括地志》的功劳，李泰一代贤王的名声不胫而走。

万千荣宠于一身，连储君之位也近在咫尺。顺利而完美的一切，让他日日心情大快。只是不知为何，繁忙之余，他总觉得众人身后理当站着一个女子；晚宴歌舞升平之时，他总觉得身边应该依偎着一道如水身影；就连梦中，他也常被一串朗朗笑声惊得一身冷汗。

他不知道自己失去了什么，但在进宫面圣，无意看见紫藤花那刻，他不由改变步伐走向紫藤花深处。

当那道陌生而熟悉的身影，跃现眼前那刻……他曾以为再见已不相识的身影，宛如巨涛将他吞噬。

当她苦笑低哑吐出"人面不知何处去，桃花依旧笑春风"那刻，人人称赞的成熟稳重的魏王，竟然像个疯子般差点忘却一切，冲上去将她拥入怀中。

她是妖孽，的确是可怕的妖孽。可他偏偏忍不住被媚惑，每分别一次，那种疯

狂的贪恋，就增加一分。他甚至可以想象，不久的将来他也会像承乾那样，为了一个人而不顾一切。

"奴婢，见过魏王。"她低头不敢望他，压低身躯行着最卑微的宫礼，提醒两人的差距。

他上前想要扶起她，可是嗅见她身上淡雅的清香那刻，他笃然止住身形。他不敢靠近她，他怕她身上那股"妖媚"的气息，吞噬他好不容易静下来的心。

江山美人！历史上得江山得美人的范例甚多，却鲜见得美人得江山！他，李泰不会当一辈子魏王，便注定心中疯狂的情愫不能继续滋生，他们的相遇只能化成一段幻境记在梦中。

"起来吧。"他收回想要扶起她，搂住她的双手，攥成拳负在身后。柔和而缥缈的声音，显示着他高贵的身份。

"谢，魏王。"简单的几个字回答得陌生而揪心。他们终究归于平行线了吗？她以为此刻她会痛得忍不住泪花，可是起身那刻她却发现眼眶干涩得无一丝眼泪。

最熟悉的陌生人不过如此！他有他的路要走，她有她的命要活。时代不同，身份不同，注定不相容。

望着地上残落的紫藤花瓣，瞬间她如参禅般看透了一切，轻松而柔和的淡笑浮现在唇上。记得李泰曾说过，他最喜欢她的笑，那么的张扬而不做作。可惜此刻他看不见，因为他是王爷，她是宫女，她遇见他必须低头。

"奴婢，先行告退。"以前她习惯性地用现代人的观点去看古代的世界，因此她桀骜不驯猖狂地将所有人放在一条直线上。

可是她错了！古代就是古代，无法改变世界，就必须适应世界。就算李泰不是王爷，他们尚不可能按照现代的规则在一起，更何况他是王爷而她不过是一个比蚂蚁还要卑微的宫女。

她半低着脑袋，轻松迈开步伐与他擦肩而过。无法改变世界，她只能认命。不想死，她就只能用明月的身份活着，像蚂蚁般卑微挣扎。李泰，只能是存在于玥月心中的一场幻梦。而梦醒后，李泰依然是野心大于天的魏王，而她不过是通晓历史却无法改变历史的宫女。

快步走到宫殿拐弯处，她望着天上云朵笑开。她笑得很美，就像随风飘动的紫藤花。这一次，她想她真的可以放下了。可不知是否因为阳光颇烈，一串她以为忘却的泪水，偏在此刻滴落。

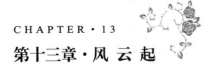

CHAPTER · 13

第十三章·风云起

> ——风云不是落幕，而是伊始。

夜夜含苞，朝朝新放。串串花朵层层叠叠，如群蝶飞舞，又似天幕晚霞。微风拂过，醇香怡人，宛若朝露。

李泰一身绫罗紫色袍衫，负手立于紫藤花架下，仰望着一串串婀娜含苞的花簇，眼角微微上勾溢出一丝亮彩。

紫藤映月！今日玥月站在紫藤花下淡雅的身影顿然跃现紫藤花丛。她的一颦一笑，占据着他的心魂。忘不掉，在近乎忘却的刹那，他才惊觉一切早已烙入身心。

玥月！他缓缓抬手，掐下一朵花放在鼻尖轻嗅。如果她不要那么固执，有朝一日他待她必定会如陛下对待长孙皇后那般……她会成为李淳风箴言中的天女福星，也会是他今生最宠爱的妃子。

可惜，她的固执日益凸显她对他重要性的同时，也让他为了江山不得不将她埋在心底。心疼吗？会的。就如此刻想到她想要把她掐死，又想紧紧将她搂住。后悔吗？无悔。从他认为唯有他成为皇帝，才能继续开拓父皇伟业那日开始，江山早成为命中之重。

为了它，别说是一个玥月，就算是十个他也能放手。拳头忍不住握紧，酸痛的滋味直蹿胸膛，又激起一阵寒颤，十指再度松开……残败的花从指尖缓缓滑落。

别了。看着地上失去生命的残花，他勾唇轻笑。抬头看见明朗的圆月时，他

又忍不住想到八月十五那夜，第一次从宴会偷溜的往事。

"月儿！"遗忘的字眼从嗓子泄出瞬间，轻柔得让鼻尖泛酸。

忽然，花丛中亮起一道银光，犀利的光亮伴着浓浓的杀意直指胸膛。

终于来了！李泰瞅着在月光下闪闪发亮的利剑，清亮的眼眸中竟划过一丝笑意。身形毫不停歇，后退半步，又向左闪躲半寸。

"抓刺客！"洪亮嗓音划破夜空的同时，锋利的剑锋刺入李泰的胸膛，绽开贵如牡丹的血色。

顷刻，空无一人的后苑，宛如潮水般涌来众多训练有素的侍卫，护卫李泰的同时剑锋齐齐指向刺客。不到半炷香的时间，几十把剑同时向刺客胸膛招呼去，刺客难以置信地盯着人群中的李泰，双目突出倒在血泊中。

"哼。"李泰咬牙冷哼一声，转向身边亲信低语命令，"召王妃，宣太医。"随后，他又留恋地望了眼月下紫藤，猛嗅一口浅浅清香，倒在对方身上，安心闭上眼。

"陛下，魏王被刺！"冒死觐见唐太宗的内侍监①，在唐太宗面前"咚"跪下行礼，老泪纵横。

"情况如何？"唐太宗顾不得着衣，皱眉焦急询问。

"生死未卜。"内侍监低垂着脑袋，战栗回复。

"咯咚！"正为唐太宗着衣的玥月，双肩一僵，脑袋轰隆乱成一团。怎么会？白天还见他精神抖擞，可晚上怎么会变成生死未卜？

玥月脑海中不自觉跃现出李泰满身染血、奄奄一息的模样。李泰，李泰！她在心中焦急呼唤，双齿害怕得直哆嗦。

怎么会？难道历史真改变了？李泰是会死，可是不是现在啊！他还没斗垮太子，还没和李治争夺皇位，他怎么可能死掉？玥月呼吸紊乱，手指冰凉得不知道如何为唐太宗着衣。

"你……"在唐太宗瞪着玥月的同时，站在一旁的媚娘，暗中掐了玥月一把。

玥月一惊，抬头呆望着唐太宗，面颊的温度降至零度。幸得唐朝流行的白妆，在凸显肌肤雪白的同时，成功地为她遮盖脸上的苍白。她快速收敛慌乱的呼吸低下脑袋，悄悄与身边宫女换了位置，移向唐太宗身后。

① 从三品，监掌内侍奉，宣制令。

"快。"唐太宗狐疑地盯了玥月一眼,转向跪在地上的内侍监,询问李泰遇刺的具体情况。

接到唐太宗命令后,参与着衣的宫女们屏住呼吸,心有灵犀地揽过玥月的工作,迅速为唐太宗穿戴完毕。

"起驾!"听闻刺客一剑正中李泰胸膛,唐太宗焦急挥动衣袖,大步迈出甘露殿。

与众多宫人行礼送走唐太宗后,玥月起身那刻竟双脚颤抖瘫坐在地上,大滴的眼泪"哗啦"湿了面颊。

媚娘见状,惊了一跳,连忙趁旁人不注意按低玥月的脑袋。轻咳两声,谎称身体不适让玥月服侍她回寝宫休息。

由于管事的官吏皆同唐太宗离去,媚娘这举止虽于理不合,但没人敢上前阻拦。趁宫人向她行礼,媚娘依着失态的玥月,领着一帮宫人返回寝宫。

"小月。"待回到寝宫,驱散身边宫人,媚娘焦急地搂着浑身冰凉的玥月呼唤。

"媚娘,他会死吗?"败落的残妆,点上湿漉漉的泪眼,让人看着揪心。

"我……"她能说什么?媚娘紧紧握着玥月的手。她以为李泰对于玥月不过是黄粱一梦,直到今夜她才知晓,李泰在玥月心中早已重于泰山。

也许这个时候她应该给玥月一耳光,提醒她要清醒一点。一个是可能成为天子的王爷,一个是后宫卑微的宫女,他们是不可能有未来。

但瞅着玥月如同鬼魅的面容,她哪忍心继续打击她?媚娘双手紧紧握着玥月颤抖的双手,殷红的唇微微张开。

"不行,我不能在这里乱猜。"玥月双手抱头,下唇被她咬出泛血的牙印。

见玥月起身,媚娘惊恐上前一步拦住她的去路:"你疯了不成。甘露殿你尚且无法踏出,你怎么去魏王府邸?小月,你清醒点。他在空中飞,你在地上爬,你们压根不般配!忘了他,无论他是生,是死,你都必须忘记他。"

"我……"心明明装满冰冷的绝望,但脑海中故意忘却的身影,偏越来越清晰。

"月儿,月儿!"她仿若能听见他在她耳边,一声声无奈的呼唤。"媚娘。"两行泪在下颚汇集,无声落下,"如果他生,我会忘却他。如果他死,就算我能回去,他依旧是我命中死死的结。媚娘,我常常想,如果当日我没有掉入古井,这一辈子也许会活得很无趣,但是人生必定不会如此痛苦和艰难。可我又会想,如果没掉入

古井，我如何能遇见你，遇见李宽，遇见李君羡……还有他。想到他，我就疼得想哭，到最后甚至连哭的力气都没有。可是，真要忘记他，我却惊觉连活下去的气力也没有。"盈盈泪花，如星辰般在她瞳中闪烁。

"玥月。"媚娘上前小心翼翼搂着玥月，在李治容貌浮现的同时，泪水"哗啦"滚落，"我懂，我懂。但一切皆是命。你，我这辈子的命就是如此，只能如此！"

"我认命，我早认命。我放弃回家，我放弃李泰，可是老天爷却依旧觉得我失去的还不够多。我绝望得想忘记他的时候，老天偏让我们再次相遇。我决定将他藏在心底偷偷爱的时候，老天偏偏让他生命垂危。老天，它让我到这里来的目的究竟是什么？它到底要让我失去多少东西，才肯放过我？"玥月仰望着屋顶，嘶声呐喊。

"当你觉得一切都不再重要的时候，你什么都不会失去了。"媚娘靠在玥月的肩上，杏眼蒙眬，像是在说服玥月，又像是在说服自己。

"我明白，可是好难，好难。"玥月吸气极力压制泪水的滑落，脑海中浮现着教科书上的历史，"我知道历史若没因我而改变，这次他不会有事。可是想到不远的将来，他会失势，他会死掉，我的心就痛得无法呼吸。媚娘，我想也许有一天你能做到你话中的事，可我想我这辈子都无法做到。就像我无法真正忘却李泰，无法假装明月，无法接受李宽。命！这就是我的命。我情太重，性太直，压根不懂放下。"

玥月推开媚娘，掏出丝绢抹去脸上厚厚的妆容："我认命，我不再抗拒。我承认我爱他，无法在一起，偷偷在远处关心他，难道也不行？！我不要将自己封闭在宫内，我要去找李宽，我要求他探听李泰的消息。"话毕，玥月含泪，含笑，向门外走去。

"等等。要打听消息也得明日啊！"媚娘担忧玥月昏了头连忙提醒。

"不用。李宽比我自己，还了解我。此刻他一定在我们初遇的井边等我，他会像上次帮我斗太子那样，尽心帮我探听关于李泰的现状。"她知道这是在利用李宽。可是偌大的皇宫偏偏除了李宽，她不知道还可以依赖谁。

李君羡？的确，那也是可以依赖的对象。可李君羡对她的好，不是对她，而是对明月。她可以自私依赖和伤害对她好的人，但是她不可以欺骗对她好的人。这就是她最根本的原则。

"小月。"媚娘立在屋中，望着一脸坚决的玥月，仅能递上宫灯叹气，"我在这里等你。"

也许,她该斥责玥月,毕竟她这般举止早超越礼教。但想想她凭什么去斥责玥月?她明知在辈分她是李治的姨娘,明知李治心仪于她,她却不知按照礼教忠烈回绝,反倒一次次暧昧与他相会,一次次利用他的情,在唐太宗面前邀宠。比起玥月,她应该算是更加卑鄙吧!

媚娘依靠着门扉,看着一点点将烛火吞噬的月色,抑制的泪水又涌了出来。她变了,从玥月到来那日开始,在经历狮子骢事件后,《女则》距离她日益遥远。

未来她又会如何?她想若唐太宗活得够长,李泰能成为太子。终究有一天,她会放下李治,变成后宫众多妃嫔该有的模样。想到这里她忍不住抗拒地一颤,面色苍白,双手紧抓着门槛。不要,她不要变成韦妃那样!

看着黑暗中一点橘色的亮光,坐在井沿的李宽,起身挂起浅浅的笑:"月。"

柔柔的呼唤,那应当是深夜里等丈夫归来,妻子应该有的声音。偏偏他这个顶天立地的大男人,在面对玥月时除了柔情,还是柔情。就算明知性情固执的玥月难以忘情,他偏就甘愿如此守着她,等着她。

"阿宽,我就知道你在这里。"她紧握着手中宫灯,抑制自己寻求温暖依靠的冲动。

"我知道你忘不了他。"他多希望她不来,那样他至少可以欺骗自己,她真正淡忘了李泰。

玥月一怔,愧疚告诉自己不可以继续利用李宽的温柔。她低耷着脑袋,盯着宫灯中摇曳的烛火,想着如何向李宽问好,出口时偏溜出另一句话:"你该随陛下一同去看望魏王。"

"我怕你忧心,因此推托肚子不适,晚点去。"他知她,就是因为太知她,所以不忍见她落泪。

"你就不怕惹陛下生气,取消你暂住宫中的恩赐。"玥月绕开话题,努力驱赶脑海中李泰染血的身影。

"他不会。"只因唐太宗是他的父皇,只因唐太宗觉得此生亏欠了他。倒是玥月那双仿若兔子猩红的双瞳,微颤的身躯让他怜惜。他上前一步,盯着她眼中藏不住的担心,更加温柔笑道,"别怕。他不会有事。他是魏王,他的心还挂着江山。

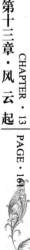

相信我,势力如日中天的他,除非刻意被刺,否则没人能伤他。"

"你是说……"玥月张大嘴巴,凝结在瞳中的泪被惊吓回去。今晚的刺杀是李泰的阴谋?他故意伤害自己,然后……太可怕了。为了巩固地位,他居然故意伤害自己,倘若出现意外,那可就连命都没了。江山,对于他就真比命还重要吗?

"月,这才是魏王的真面目。你要知道,他离江山越近,就离你越远。"盯着玥月手腕上的玉镯,李宽眉心深蹙纠结。

上元节若不是李泰的出现,此刻玥月应该早成了他的妻。可李泰若是不出现,玥月也就不会出手对付太子,李泰也不会如此轻易得势。难道,上元节夜李泰的出现,也是他早布下的局?真的是那样,他就太可怕了……

"呵。离他远点好。"这样未来他的失势,他的流放,他的死亡……她就不必挂心。历史想要怎么玩,就愉快地玩去!嗅着夜风中弥漫的紫藤花香气,她挂上一丝笑,"谢谢你,阿宽。我想今夜我可以安心大睡一觉,然后继续混迹我渺小的宫女。"

"你,你真不考虑和我离开?"望着玉镯在烛火下散发的柔柔光芒,李宽忍不住再度载着渺小希望询问。

"考虑。但不是现在。"也许当历史改变,媚娘在后宫站稳脚跟,李泰成为太子,她适龄被放出宫……她能潇洒地学会放下,同李宽邀游天下。

"我等你。"李宽上前半步,蹲下身子平视着玥月的水眸,许下永远不变的誓言。然后他不给她机会拒绝,含笑转身大步融入夜色。

他无法阻止玥月爱上李泰,但他可以阻止玥月继续被李泰伤害。若被他知晓李泰从头到尾都是刻意利用玥月,那么他发誓——李泰此生甭想得到储君之位。温柔的眼瞳掠过一缕阴冷,载着满满的紫藤花香的夜风,仿佛色彩斑斓的毒蛇纠缠着宫中每一个人。

魏王泰被刺重伤,陛下怜惜,特命其搬至武德殿静养。与此同时,太子承乾抱恙,借口拒上朝。

两件事连在一起,难免不让人想起第三件事——魏王遇刺。太子心胸狭隘,难免不会因为妒忌魏王受宠,而派遣刺客向魏王痛下毒手。

短短一个月,唐太宗开始毫无顾忌地重用魏王党羽,趁太子拒上朝刻意压制太子党羽。一时，唐太宗将废太子、转立魏王的消息不胫而走，不少太子旧部开始倒戈投靠魏王。

不过，众臣中亦有例外。

如：长孙无忌。他人问他看好谁，他只是笑称：太子承乾、魏王泰、晋王治皆为长孙皇后所生，对于外甥他自是一视同仁。

又如：对李泰加开花销不满的谏议大夫褚遂良，他特意上疏进谏："圣人尊嫡卑庶，谓之储君，故用物不会，与王共之，庶子不得为比，所以塞嫌萌，杜祸源。先王法制，本诸人情，知有国家者必有嫡庶，庶子虽爱，不得过嫡子。如当亲者疏，当尊者卑，则私恩害公，惑志乱国。今魏王禀料过东宫，议者以为非是。昔汉窦太后爱梁王刘武，封四十余城。王筑苑三百里，治宫室，为复道，费财巨万，出警人跸，一不得意，遂发病死。宣帝亦骄淮阳王，几至于败，辅以退让之臣，乃克免。今魏王新出阁，且当示以节俭，自可在后月加岁增。又宜择师傅，教以谦俭，勉以文学，就成德器，此所谓圣人之教，不肃而成也。"

还有对李泰入住武德殿异常不满的魏徵，毫不顾忌唐太宗颜面，直言："魏王李泰作为陛下的爱子，欲安全之，则不当使居嫌疑之地。今武德殿在东宫之西，昔海陵王居住过大地方，议论的人都以为不可。虽时与事异，人之多言，尚或可畏。又王之心亦弗遑舍，愿罢之，成王以宠为惧之美。"

面对大臣的谏言，唐太宗不禁思虑是否让李泰搬回延康坊住宅，但一看见李泰苍白的病容，慈父之心又不由泛滥。压着朝中非议之声，只道魏王痊愈后再议。

唐太宗的偏爱，更加让承乾疯狂。他不禁称病拒出东宫，还公然将称心尸首埋于东宫后苑，命人雕塑人像日夜焚香悼念。

"殿下，门外有一宫女求见。"宫人望着一身白衣的太子，胆战心惊地禀报。

"不见！"承乾抚摸着称心的白玉雕像，一行泪又掉了下来。在长孙皇后死后，世间唯一懂他的人走了，他的太子之位又岌岌可危，他活着又有什么意思。

"可是，她，她是韦贵妃身边的人。她说，一定要见殿下。"收了对方钱财，他不得不冒死上禀。

"韦贵妃？"长孙皇后死后，唯有韦妃待他最好。众人落井下石之际，她倒还惦记他。凭着往日的恩情，他倒没有推托不见的借口，"叫她过来。"抹掉眼角的泪，他挥挥素袖。

"奴婢，拜见殿下。"彩霞低着脑袋，特地柔顺行大礼。

"起来吧！有什么事？"他不仅在韦贵妃身边常见彩霞身影，喜欢妾不如偷的承乾，在韦贵妃的默许下，私下与彩霞在宫中有多次偷欢。

看着柔顺跪在他面前的彩霞，若是平日他不免会调戏一番。可想到称心的死，想到自己暗淡的未来，什么心情也没了，只想着快点将眼前人打发走。

"今日天色好，韦贵妃特命奴婢来请殿下前往一叙。"彩霞缓缓抬头，一双媚眼挑逗着承乾。

"没心情。"承乾望着低沉的天色冷哼。这也叫好天气，莫非韦贵妃患了癔病？

"奴婢斗胆替韦贵妃传话。"彩霞不再跪下，摇曳起身向承乾贴靠去，"莫非殿下忘却称心之死、失宠之辱？"

"我待称心如妻。杀妻之仇不共戴天！"承乾紧攥双拳，握得十指咯咯作响。

"娘娘也是如此着想，因此才大胆请殿下前往一叙。"彩霞贴在承乾耳边呼气。

承乾被挑逗得心如猫抓，他忍不住在彩霞臀上掐上一把："你这个妖精。"随后，命宫人为他更衣，踏出东宫。

"殿下，近日安好。"韦贵妃挑指理理两鬓金菊花钿，着一身大红金线苏绣襦裙，优雅席地端坐。

"到了这田地，还能安好？"承乾讥讽冷笑，懒得与韦妃绕弯子。

韦贵妃肩头一震，笑容宛如春水化开："殿下喝茶。"丹蔻指一挥，两杯幽香的清茶被捧上来。

看着杯中碧绿如茵的茶水，韦贵妃十指轻扣茶杯，放在鼻前幽幽嗅一口茶香，氤氲香气涣散不凝，一丝一息，满载江南灵秀风味。韦贵妃含笑细啜一口，甘醇的茶香瞬间在口齿间蔓延开："不愧为长兴顾渚山的紫笋茶，汤色清澈明亮。味道淡雅灵秀。饮之微苦而不涩，微甜而不腻，喉韵回甘，齿颊留香。"

废话真多！承乾没耐心如韦贵妃那样品茶，待茶水温热他端起杯子，仰头一饮将茶水而尽："好是好。可惜毕竟是一杯茶。"他也没心情与她绕弯子。

"殿下这般饮法只怕尝不出茶中滋味。"韦贵妃缓缓摇头蹙眉，"其实，茶道如人道，唯有慢慢赏之，方可见其中滋味。殿下，就是太性急，未见其中真滋味，便一口饮尽。"

"韦贵妃教训得是。只是茶已饮尽,我想回头细品其滋味已晚。"盯着杯中残留的茶渣,承乾顿时有些后悔近日的冲动。

细想起来,从有人刻意拿称心之事抹黑他开始,他就陷入了对方的局。不过当初这个局并非死局,唐太宗曾可以放开生门。但他居然一时被贪恋懵了脑袋,居然不知暂时将称心送走。

而后,张玄素大骂称心,其实他还是有机会。只要他许诺立刻送走称心,老实的张玄素不至于狂怒,他也不至于被人诬陷,让他人以为是他派人殴打张玄素。

再后来,他还是有机会。只要他向唐太宗说明情况,送走称心,谎称已杀称心。唐太宗念在父子情依然会留有情面,只怪盛怒之下的他,抱着破罐子破摔的想法,丝毫不理会张玄素被殴。

结果,他害得称心被乱棍打死。面对情人的死亡,他被愤怒逼向了悬崖边。杀李泰,建坟,塑像,不肯上朝……是他被人利用,自己关上了生门,反为李泰让出了储位。

他错了!可现在才想起来又有何用?从师傅到属官早已对他绝望叛离。就算他依旧与汉王李元昌、洋州刺史赵节、驸马都尉杜荷……结成一派,可大势已去。

"不迟。殿下喜欢,另饮一杯即可。"韦贵妃微微挑眉,制茶的宫人又为承乾奉上一杯热茶。

"多谢。"承乾接过茶杯,按照韦贵妃之前的饮茶方式,仔细品味杯中滋味。半晌抬头,笑语,"的确甘醇怡人。"

"殿下喜欢就好。"韦贵妃放下手中茶杯,屏退身边宫人,又言,"此茶乃前兵部尚书侯君集所赠。"

"侯君集?"侯君集虽因贪赃枉法被贬,但毕竟他是开国元勋,叱咤疆场半生,声望名位在朝中一直颇高。此刻,承乾失势,他需要的正是侯君集这般老将为他重振声威。

"侯老将军托我向殿下询问些事。"韦贵妃取出一方丝绢,轻拭唇边茶迹,徐徐而言,"刘邦、项羽,何乃英雄?"

"刘邦。"承乾颦眉微顿一下,双手安于膝上笑语。江山和美人,自然是江山重。

"刘邦、韩信,孰重孰轻?"丝绢收入袖内,含烟眉勾着凤眼笑若牡丹。

"刘邦因韩信得天下,后因失韩信而韦后专权,自是韩信重。"承乾揣摩侯君集

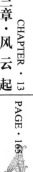

心思,恭谦作答。

"呵呵。"承乾果然只是一时被声色蒙了眼,骨子里还是自幼聪明伶俐的太子。下颚微低,黑亮的瞳子转动,韦贵妃掩唇低笑,"那么,殿下可知流言为何流传得如此快?"她帮承乾成事,承乾也得替她思量。

"内忧外患啊!"承乾长长叹气。内有李泰咄咄逼人,外有李君羡步步构陷。缺乏忧患的他能不败吗?

"那殿下又可知,后宫有人在殿下身后推了一掌?"韦贵妃玩弄着腕间白玉镶金玉镯,如梦似烟般轻启朱唇淡语。

"后宫?"承乾一震,竖直腰杆。

"长安城传开之前,有人瞅见武才人那儿的宫人聚众私语,很快流言遍布后宫,传出宫外。"韦贵妃抓了几粒金盘中的瓜子儿拉开话题。

"武才人?"记忆中他并未与武才人交恶,她为何害他?

"一个小小才人岂敢为难殿下?只恐她身后的人……"韦贵妃嗑着瓜子儿,盯着冷汗簌簌的承乾抿嘴笑开。

"多谢贵妃。"只怕她身后的人像韦贵妃一样,想争后宫第一,刻意向魏王泰示好!德妃、武才人,他记下了!

依承乾小肚鸡肠的性格,他日得势能放过德妃和武才人吗?呵,德妃啊,可不能怪她心狠,谁叫她偏要扶持武才人这个祸水?

韦贵妃维持盈盈淡笑:"差点忘了,侯老将军见殿下郁郁寡欢,特托我送信勉励殿下。"她从袖袋中取出一封蜡迹封口的书信递给承乾。她要承乾得势,她要成为太后,她要芸芸后宫第一把交椅。

"多谢,韦贵妃。"承乾聚精会神盯着手中书信,颤抖拆开封迹。"好,好……"看着信中内容,精光一点点再度在他眼中汇集,"妙哉!"承乾拍腿站立,大步来到烛火前将此信焚尽,继而转向韦贵妃,"一切,果真如贵妃所言皆可重来。"

"见殿下能重拾信心,我替长孙姐姐高兴啊!"韦贵妃揽袖起身,望着随风飘落宫殿角落的纸灰,露出七分笑意,"不知殿下有无兴趣继续听我唠叨?"

内廷看似女人的天下,实与外廷毫无区分。她若能选择,必会挑选如日中天的魏王。只是,高傲的魏王一直不将她放在眼中。因此她只能继续将身价赌在太子身上。她同侯君集一样深信,承乾能将太子之位维持至今,并非因他是唐太宗第一个儿子那么简单。

太子有着足以与魏王抗衡的聪慧，只是那份聪慧不小心遗失在称心身上。如今称心死了，比魏王多一份仇恨的承乾，必能豁出一切维持储君之位。

她赌的就是太子身上那份狠绝！将落在地上的纸灰踩在脚底，韦贵妃笑意混着野心，毫不遮掩在眼中流转。

"洗耳恭听。"韦贵妃不爱唠叨，只言有用之事。

"有人道上元节时，宫女明月违规出宫私会魏王泰。节后，又有人见明月宫内私会李君羡。你说，这个狐媚坏子到底是魏王的人，还是与李君羡藕断丝连？"其实她的消息中还有一人——李宽。不过以防万一，她不能将全部赌注压在太子身上，与所有人树敌不是吗？

"的确是狐媚坏子。"想到玥月那抹媚笑，他心如猫抓。

"殿下可知武才人和晋王治的关系吗？听闻，他们交情匪浅。武才人能再次获宠与晋王治和魏王泰密不可分。"这些消息若还不能让承乾成功布局，那么她只能割舍承乾这堵靠山了。韦贵妃含笑望着窗外阴晦的天空，松开掌心，瓜子粒粒落回金盘，发出清脆的铿锵声。

贞观十六年初夏，《秘记》一书如春后竹笋般，快速在陇西民间转抄流传。又恰逢太白星①昼显天际，唐太宗忧之，连忙在两仪殿召太史令李淳风议之。李淳风望天掐指算了许久，行礼摇头复命："太白星昼现，主杀伐之灾。"

近臣一片哗然议论纷纷，承乾更惊叹冒出："《秘记》。"瞬间堂下鸦雀无声。

唐太宗眉心蹙动，立刻想到李建成死前那句"弑兄者，必天罚！"难道箴言真要成真？看着殿下低头不语的众臣，唐太宗轻咳两声，挥挥衣袖，用一贯沉稳的声调下令择日祭天，以平民间恐慌。

待众人退下后，他呼一口长气，忙命近侍找来《秘记》。那夜，他手捧《秘记》，眼盯书中"唐三世之后，则女主武王代有天下"，回想当日玄武门之变，彻夜未眠。

第二日，心神不定的唐太宗在早朝后，又密召李淳风至后宫。询问杀伐之灾

---

① 即金星。太阳系中接近太阳的第二颗行星，也是各大行星中离地球最近的一个。我国古代把金星叫做太白星，早晨出现在东方时叫启明，晚上出现在西方时叫长庚。

是否会在"唐三世之后，则女主武王代有天下"上应验。

李淳风只道是近日星象紊乱，难以按常理推算。唐太宗无奈，只能挥手命其退下。而后又心烦意乱地踱步到甘露殿外，仰望着庄严的鸱吻，思量着不祥的箴言。

"弑兄者，必天罚！""唐三世之后，则女主武王代有天下。"就像警钟似的震得他全身犯疼。

那个女主武王是谁？大唐的基业，应当千秋万世流传。怎能毁在女主武王的手中？他紧蹙眉头，思绪紊乱而饱含杀气。

"父皇。"承乾见唐太宗孤身一人立于松树下，忙上前行礼。

"乾儿！"看看承乾微跛的脚，拍拍他肩膀，"随我走走吧！"承乾最近收敛了许多，不仅捣毁称心的雕像，挖出称心的尸首焚烧，更负荆向唐太宗下跪忏悔。

"诺。"承乾小心翼翼跟在唐太宗身边。苦肉计让唐太宗原谅了他，却依旧不能让唐太宗如往日那般亲密待他。

面对太子之位朝夕不保的事实，他知不可坐以待毙。又知，不可再鲁莽。李泰会用计，他也会！

李君羡害死称心，他要李君羡偿命；李泰借称心害他，他要借明月报复；武才人嚼他舌根难为他，他要让她彻底失宠……一箭三雕的计谋，就不信无法由此让他再获唐太宗信赖。

垂柳依依，繁花似锦，水映碧空，俨然一幅春末夏初风景图。

"武才人，近安？"漫步湖边的李治，见媚娘身影，不免加快步伐笑容相迎。

"安好。"媚娘嫣然一笑，眉宇间泄着欣喜，"晋王，近安？"近日杂事繁多，他们已多日不见，未想今日相见，亲切之余，竟忽生几分惊喜。

面对李治眸中浓厚的思念，媚娘心中一惊，忙低头掩饰心中慌乱。李治对她的厚意，她知晓；为避嫌应立刻离开，她亦知晓。可她的双腿偏生根似的，仅能望着他袍下的靴子，努力平复杂乱的思绪。

"安好。"李治望着那份朝思暮想的如花容颜，原本如磬的嗓音竟有些嘶哑。她是父皇的女人，这辈子他们注定无缘。可他偏忍不住想她、念她。好些无人的夜里，他甚至天马行空胡想：若有朝一日他能称帝，他是否就可推翻礼教，得到媚娘呢？

依稀听着李治口中长叹，她忍不住抿唇，划破彼此的寂静："今日晋王，怎有如此雅兴在宫内游乐？"她不能给他希望，只因她是他名义上的庶母。

"我入宫是来探望四哥伤势是否痊愈。可没聊上几句，四哥突然有事，就将我扔在湖边了。"李治耸耸肩膀，尽量让厚重的爱慕变更为儿时的友谊。

"咯咯。"媚娘掩嘴笑开，"没想到，仁孝的晋王也会被兄弟抛弃。"

"呵。"面对轻松的氛围，李治笑呵呵反问，"不知武才人，为何又会有如此雅兴独自一人湖边漫步？"

"本有小月陪我。可一个武德殿的宫人忽然出现，冲着小月嘀咕了两句。她便向我告假，慌张随那宫人走了。"媚娘无奈摇头苦笑。想到玥月快步离去的模样，她不由猜想究竟是何等的大事，让玥月离开得如此慌张？

不对！她愕然抬头，迎上李治恍然大悟的模样，彼此异口同声道："魏王泰，小月！"

依李泰和明月此刻的身份，他们绝不可能私下约见彼此。一定是承乾设计两人相遇，然后企图重现称心事件。

不过承乾算错了。李泰不是承乾，明月亦不是称心。他们的情爱没有承乾和称心那般激烈，亦没有承乾和称心那般离经叛道。

但一切真如众人所料吗？倘若李泰对明月的情只为一时新鲜，为何有人冒明月名义相约，他立刻抛下他离开？

还有，承乾失势一事，众人皆知是李泰布局，丝毫不知是明月发起，这又是为何？细想一下，并非明月做事小心未留把柄，而是李泰刻意拦在她身前，嚣张的势态显然是维护明月。

哎！只怕李泰对明月情根深种啊！但李泰却不知，明月亦不知。"他们在何处？你可知否？"李治上前一步神色慌张。明月与媚娘亲如姐妹，李泰是他尊敬的四哥，他不能让承乾毁了他们。

"小月没告诉我。"媚娘摇头。别人不知玥月对李泰的情，但她知。那份深藏心底的情，一旦激发只怕会狂如海啸。她不能让他人伤害玥月，更不能让人利用玥月。

"对了。他们一定在那儿，一定在那儿！"井边！明月消失的地方；她与玥月

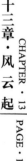

相识的地方；玥月与李泰相遇的地方；玥月差点被承乾玷污的地方……媚娘紧蹙眉心，顾不上礼仪，一把抓起李治的手腕，提起裙摆向冷宫边的古井冲去。

"父皇。"望着李治和媚娘离去的身影，承乾打望着冷着脸的唐太宗，小心翼翼替李治和媚娘辩解，"九弟和武才人，是儿时累下的情谊。"

"哼。《礼记·曲礼》所记：男女不杂坐，不同椸枷，不同巾栉，不亲授，叔嫂不通问，诸母不漱裳。这些书武才人算白读了！"唐太宗横眉竖眼，拂袖走出凉亭。

"他们，他们只是担心四弟。"承乾弯腰跟上，面目憨厚辩解。

"担心什么？这后宫还有吃人猛兽不成？"唐太宗眉梢上扬，脑海猛显现"女主武王代有天下"八个大字，"你可知那个明月姓什么？"

"好像，好像，好像与武才人同宗。"呵呵，一本《秘记》，一句"唐三世之后，则女主武王代有天下"，恰巧能将三人捆束成一团，此不是天助他也，是什么？承乾心中暗笑，口头却皱眉诺诺回答。

"这后宫没有洪水猛兽，只怕出了妲己！"商纣王因九尾狐妲己毁殷商，今有一个武才人，又有一个武宫女，而此二人皆同他喜爱的皇子关系匪浅……"唐三世之后，则女主武王代有天下"，难道箴言指向的并非是女主武王称帝，而是女主媚惑君王？

武才人和玥月昔日的聪慧，刹那在他脑海中化为妖媚。唐太宗轻握拳头，眼角一沉："走！"

"诺。"承乾低头应声，单薄的嘴角划出一道阴冷的弧。李泰，鹿死谁手刚开局！

CHAPTER · 14

第十四章·情 根 种

——前生 500 次的回眸才换得今生的一次擦肩而过。

紫藤花凋谢，缠绕树枝的藤蔓，却越发青翠，而树旁古井也因久未人至布满青苔。

如果在李泰出现后依旧坚持跳井，她此刻是否已穿越回去，幸福地看电视和发呆？如果她安于命运，从未考虑反穿越，她是否能代替明月平淡过一生？……如果此刻她跳下去，等待她的是死亡，还是回家的路？

"滴答！"她低头望着清幽的井水，一滴泪落在静若镜面的井水中，刹那划开一圈圈忧伤的涟漪。

月儿！李泰立于百步处望着玥月。初遇时她一身狼狈，但那双眸子却偏如泉水般清澈，又如孤狼般刚毅。那一刻，他为她的桀骜不驯所吸引。后又因李淳风的箴言特意与之亲近，她身上那份洒脱宛如烟火映亮了他的眼。

他愿意为她退让一步，让她成为他生命中仅轻于江山的女子。但她不要，亦是容不得他的退让。

正如玥月所说，她要的是一份唯一而纯粹的爱。又如张亮所言，为君者心恺仅江山。他们的距离只有一步之遥，偏谁也无法向前。

"月儿！"他本想在心中念叨，却不小心溢出声。

"泰！"玥月惊然抬头，泪眼蒙蒙地盯着李泰，朱唇微启，颤抖许久，终吐出关切之言，"你可好？伤还疼吗？"

虽然李宽告诉她，李泰被刺不过是李泰自己布下的局。可那即使是个局，伤

的是李泰！若不见他，她可以欺骗自己毫不在意。若他不邀约她，她可以告诉自己与他毫不相干。

可那些均是假设，见到他，看着他依旧带着几分病态的模样，她的心就像被刀剜了："你瘦了。"明明告诉自己不要哭，可眼泪却不听话地滴落。

告诫自己要远离她，但看着她不可抑止的泪，挂在脸上的伪装刹那剥落。李泰大步上前："不哭。"他取出袖中丝帕，捧着她的脸蛋为她拭泪。

曾经他也拿过这样的丝帕为她拭汗，此刻他又拿着同样的丝帕为她拭泪。不是约定再无相交吗？为何偏要如此纠缠？

"泰！"她望着他眼中的温柔，泪水落得更加凶猛。

"傻瓜，不哭。"面对她的泪，他手忙脚乱。他不想见她落泪，可他却老惹她落泪，"跟我走吧！我纳你为妾。"

让他再固执一次吧！他相信自己不会成为承乾，玥月亦不是称心。他有能力像唐太宗那般保护自己想要的女人。

妾？"泰，你不懂。"玥月用力摇头，打落李泰任性的大掌。他们之间看似只有一步，但这一步却又是永远无法跨越的鸿沟。

他是王爷，她是宫女；他是古人，她是现代人；他要江山，她要自由……那种为爱而舍弃一切，不过是小说中的故事。

"我懂，我懂。我懂你心有我，你忘不掉我。月儿，不要再抗拒。妾与妻，不过一个称号而已。你何不想想你身虽为妾，我待你却如妻？"世间只有一个玥月，让他在她面前低头他认了。只要她与江山不相冲突，她要什么他都给。

"泰。"她信他，可她不信天下。她不敢望向他执著的眸瞳，只能闭眼抽泣，"你能一辈子只要我一个女人吗？你能为了我顶撞陛下吗？倘若有朝一日，我与你的妻誓不两立，你能选择我吗？……"

"我想——"他想有朝一日他可以坐拥天下，他不必再去在乎那些千丝万缕的关系。

"泰，在其位谋其政。现实不是你想与不想的问题，而是你能或不能的问题。你不能为我让步，因为你不能没有权势。如果，我在你心中位置当真很重，当日我被太子欺负，你就不会视而不见，躲在后面当缩头乌龟。"她不敢睁眼，怕在他眼中看见绝望，"泰，你扪心自问，倘若有朝一日我成为第二个称心，你会不会毫不犹豫杀掉我？"泪止住了，心也越发清明。他们之间的矛盾，不再是妻与妾的身份。也不再是他是否爱她的疑惑。

"我……"李泰一颤，不由后退半步，语气早无之前的坚定。

"我知道结果的。"玥月牵唇苦笑，泪水顺着下颚滴落，"我更明白，我不过是你权欲背后的一道风景。李泰，你我都明白。我于你没有你想象中重要，你于我也是如此。为何会思念，为何会痛苦，不过是因为得不到！我不怪你，真的不怪你。"

在李泰用自己身体为饵，诱承乾行刺他时，她就懂所有的东西对于他，皆没有江山重要。今日，他可以为了江山用命为赌注；他日，他亦可以为了江山舍弃她。

皇宫是一个只可以有权，不能有爱的地方。她没有雄厚的家世，爱他也没到娥皇女英共侍一夫的地步。而他没有当初唐太宗那般的势力，爱她也没到霸王别姬的地步。

与其为改变历史而算计，与其刚刚拥有便被抛弃，与其在未来独自落泪……不如尚未拥有就放手，这样至少他会觉得他是爱她，只怪彼此生不逢时，生不对门。

"月儿。"她比他冷静。就算他心仪于她，可这辈子除了钱和权，他什么也不能给她。可笑的是，他珍惜她，因为她与其他向往权欲的女子不同。他无法拥有她，亦因她视权欲为粪土，而他无法保护清心寡欲的她。

"睁开眼，再看我一次吧！"他紧握手中丝帕，为她擦去残留在眼角的泪。这一次，他会将她的音容烙入灵魂，然后再无相交，迈上一条没有她的路。

点点脑袋，玥月紧咬双唇，颤抖地睁开眼瞳。刹那间，李泰眸中宛如朝阳的爱恋，刺痛了她含泪的眼，以为哭尽的泪再度涌出。

"泰！"她不禁伸开双臂扑入他的怀中，额头磨蹭着他的胸膛。让她记住他的一切，让她再任性一次。然后，她会做一个随波逐流的宫女，冷眼面对大唐的起起伏伏，等待被放出宫的那日。

李泰！她缓缓抬起头，凝望着他眉间的傲气，伸手抚平他眉心的八字。他永远也不会知道为了他，她曾经想要放弃一切，成为真正的古代女子。

"月儿。"他激动抓住她温暖的小手，低头噙住她冰凉的双唇。

"泰。"长吻落幕，她唠叨着他的名字，依在他怀中轻喘，"如果有一天，我能成为你生命中的第一，请回头找我。我会在原地等你！"她知道这是奢求，她知道他永远放不下皇位，但是她依旧忍不住开口，忍不住给自己一个继续在唐代生存的

借口。

"月儿——"他们之间,不缺乏机缘,偏缺乏许多倘若。他终其一生,放不开皇位,玥月心中的有朝一日,永远也不会实现。但他能圆她另一个心愿。他日称帝,他会给她,还有她最好的姐妹自由!

"嘘——"她踮起脚,按住他欲开启的嘴。她不想在此刻,听见他的拒绝!

"哼!"在玥月伸手搂抱李泰腰际那刻,陡然从大树后传来重重的冷哼声。

"父,父皇。"面对从树后走出的唐太宗和承乾,李泰顿然一惊,慌乱放开搁在玥月脸上的手指,并大大地后退一步。

如此隐蔽的地方,怎会被唐太宗发现?李泰目光迎向唐太宗身后眼中含笑的承乾,顿然明白一切皆是承乾的计谋。

玥月的眼泪让他慌了神,他应该早知道,依玥月的性子,不会主动约他相见。该死!在见到玥月那刻,他就该先问明白。

"奴婢,奴婢参见……不对,叩见陛下。"玥月双膝跪下,余光瞟向承乾,心中警铃大作。

"树后的人,也出来吧!"唐太宗阴冷地盯着玥月。

"如果有一天,我能成为你生命中的第一,请回头找我。我会在原地等你!""唐三世之后,则女主武王代有天下。"女人重于江山,那就是第二个殷纣王,不也正应验"女主武王代有天下"的预言?

好一个明月,昔日觉得她聪慧伶俐,倒未察觉其狐媚性子;更未想到,她竟勾引未来天子,还企图将其迷得神魂颠倒。

"父皇。""陛下。"李治和媚娘低垂着脑袋,磨磨蹭蹭地从另一棵大树后走出。赶至此处时,他们见李泰和玥月互述情怀不忍打扰,只好藏于树后观其形而为之,怎奈唐太宗和承乾会尾随其后。

"好一个武才人,好一个宫女武明月!"唐太宗拂袖大怒。

"陛下,恕罪。"媚娘一愕,双脚一软,屏息跪下。虽不知唐太宗为何迁怒于她,但当龙颜大怒时认错总是没错的。

玥月将身子压得更低,双眼紧盯着地上的野草并未应声。龙颜大怒仅因为她和李泰搂在一块吗?倘若真是如此,他为何不责备李泰?

"宫女明月,你勾引皇子,秽乱宫廷该当何罪?还有你——武才人,纵容宫女秽乱后宫,又该当何罪?"唐太宗不待两人吭声,已转向承乾:"乾儿!命人将武才人和宫女明月,带回后宫严加看管。没有我的命令,谁也不许探视。"

他不相信,女主武王会是一个女子!但小心驶得万年船,为保大唐基业不会坏在女祸上,他不得不小心。

"父皇。"李治焦急出声,意图为两人辩解。可溜到喉头的话语,偏在唐太宗冷目下溜回腹中。

"父皇,不过是一个宫女而已。"李泰故作毫不在意的模样,殊不知眸中的清愁泄露了他的心事。

风流韵事不断的唐太宗,能接纳寡妇成为自己的妃、能将自己弟媳接入宫中为妃的唐太宗,怎会介意自己的儿子对宫女产生感情?依常理推断,他应当道——要父皇将此女送入府内吗?

不对,不对!心中警钟打响。唐太宗能对称心之事睁一只眼闭一只眼,为何此刻偏为难玥月甚至牵连武才人?所谓勾引皇子的背后,定有重要的缘由。

李泰望着唐太宗盛怒的面容,看看唐太宗身后顺从的承乾。心中惊觉此事非同小可,偏又理不清其中缘由。

"看来你伤势已痊愈。"唐太宗盯着李泰手中浸满眼泪的丝帕,冷哼一声双手负于身后,"搬回延康坊吧!"

男人多情可以,但不能因情误事。且不提明月是否是箴言中"女主武王",光凭明月告诉李泰"她在原地等他",李泰从眼中无意闪过的一丝心动,他就不能让明月留在李泰身边。

"是。"李泰不舍地偷望玥月一眼,幽幽吐出一口长气,低垂脑袋行礼。

"还有你,雉奴。"唐太宗转向李治,低缓的声调不容拒绝,"你已逾弱冠,后宫还是少来为佳。"

"父皇……"李治仍欲再言,但迎上唐太宗犀利的眼眸,他畏惧地低头,"是。"

"二十弱冠,三十而立。何事当为,何事不当为,是该多想想了。"唐太宗打量众人一番,长叹一声甩甩衣袖,大步离去。

见唐太宗远去,承乾转向李泰,唇角似笑非笑道:"四弟,多有得罪了。"

"不过是一宫人罢了。"李泰丝毫不看玥月,挑挑眉梢言语带笑。

"四弟,真是无情啊!"神情言语间难知底细,承乾只能赔上笑脸,转向徐徐起

身的媚娘和玥月："两位小娘子，该走了。"

"劳太子费心。"媚娘撑着发麻的双膝，勉强挂上一丝笑，冲承乾福身。而玥月则低垂着脑袋，蹙着眉心，若有所思地跟在媚娘身后。

见媚娘的身影渐远，李治跺脚欲追。拔腿跑上几步，忽又想：追上去有何用？又停下脚步，扯袍转身，面载几分急躁迎向李泰："四哥，你当真如此无情？"

李泰不语，只是望着玥月的身影，幽幽吐出一口长气："出宫吧！"无情也好，多情也罢！事已至此，当务之急是找出缘由设法化解，而不是留在宫内意气用事。

　

艳阳透过窗棂洒落在屋内的青石板上，而几缕依依垂柳随风搁置窗棂。李泰席地而坐，身体优雅斜倚在桌沿，一手横搁在桌面，一手缓慢翻阅着桌上的《括地志》。而一旁张亮执袖而立，盯着李泰不断摇头，长吁短叹。

终究张亮忍不住，跺脚出声："魏王，你好歹也说句话啊？"

"说什么？"李泰抬头一笑。唐太宗命他在王府安心养病，不必早朝已有七日，而他至今仍想不通唐太宗此举的目的，他能说什么？

再言玥月。据线报唐太宗借武才人管教宫人不当为由，将其囚于内廷亦有七日。期间德妃趁唐太宗高兴时，在枕边为武才人求情，反惹唐太宗大怒，拂袖而去。此等举动，当真只是因为他对玥月有情？

再看外廷。唐太宗虽已祭天，可太白星依旧昼现，朝内议论声响不减反增。而唐太宗召见李淳风次数更是倍增。其矛头无非指向《秘记》中的女主武王究竟是谁？

难道，这三件事密不可分？"女主武王"难道就是武氏女，主天下？翻书的手停顿在空中，随后他又自嘲一笑。

自古男为天，女为地。岂有牝鸡司晨的道理？李泰合上《括地志》，起身推开"福寿延年"的雕花木窗，望着依依杨柳，闭眼悠长吸气。他该如何助自己，助玥月脱离困境？

"四哥，四哥！"李治焦急的身影，伴随着他急促的喘气声出现。

"雉奴！"李泰睁眼回头。

"小人拦不住晋王。"管家羞愧冲李泰行礼。

"没事，下去吧！"望着衣冠不整的李治，李泰惊叹摇头。

待管家退下，李治顾不得整理衣衫，急忙开口："四哥，四哥，出大事了，出大事了！"话语道了一半，他才惊觉屋内还有张亮，因此长叹一声谨慎地断了下文。

张亮看着一脸慌乱，想说又不敢说的李治，识相地冲李泰和李治拱手行礼："两位王爷，老臣还有些事要办，先行告辞！"

"去吧。"李治生怕张亮不走似的，急忙应声。而李泰则轻点一下头，关上刚才打开的木窗。

见张亮走远，李治连忙大步上前关上房门，又四处打量搜寻一番，见确无旁人，才凑到李泰耳边低语："四哥，这次媚娘和明月恐有性命之忧啊！"

"此话怎讲？"李泰眉心的八字轻蹙一下，急忙追问。

"《秘记》！"李治低闷短叹。

"不可能！她们是女人。"史记为乱后宫的女子很多，狂妄干政的女子也不少，但千年历史却从未出现女子称帝。

"但父皇不如此想！根据内廷消息，父皇有意秘密处决媚娘和明月。"两个毫无外戚支撑的女子，能在后宫生存已是难事，怎可能干政称帝？他一直觉得唐太宗一生英明神武，可在这事上倒像个老糊涂！李治想到被囚在后宫生死未卜的媚娘，顿觉心中有团烈火在灼烧。

"哎——父皇怎如此糊涂。他不知，月儿绝不会是箴言中的女主武王啊！"李泰露齿笑开，笑中有几分无奈，又有几分宽心。

李淳风曾言玥月——水中含紫，此乃大吉之相。若得此女相助，此生必显贵不已。光凭这句箴言，玥月绝不可能成为《秘记》的女主武王。

"四哥，何出此言？"李治疑惑地瞪着李泰。一生神武的唐太宗尚且无法确定的事，李泰为何说得如此绝对？

"那是因为……"话道出一半，李泰陡然想起那句箴言，是秘密中的秘密，怎能轻易告诉旁人。笑容一转，挂上几分亲切，"你想，自盘古开天地，可有女帝一言？"

"闻所未闻。"李治摇头，满脸的愁容稍稍变浅，"可如何改变父皇的观念呢？毕竟殿下要她们死。"

"哦？何以见得。"一道闪电忽闪过脑海，仿若一下劈开了李泰脑中的隐晦。还差一点点，他就能抓住事情的中心。

"父皇压根不可能漫步到如此偏远的古井处，分明是有人指引他去的。而就目前父皇对殿下的不信任状,父皇也不可能轻易随殿下去古井。唯一可能出现的情况是,父皇尾随我和武才人到了井边。如此简单的道理,四哥不会没猜到吧?"李治有些不耐烦地开口。如此简单的道理李泰明知,为何偏要让他再言一遍?!若不是他不方便出面救媚娘,他才懒得和李泰嗑牙。

"若要置武才人和明月于死地的方法尚多,殿下又何需挑选如此复杂而容易出错的计谋?若言此计,专针对你我。你认为,这条计谋对你我有任何影响吗?"李泰轻笑,眸中的流光宛如旭日初升。

后宫杀一人,在食物中下毒、让其违反宫规、甚至突然失踪……方法简单而有效,又何需动用权势,四处宣扬《秘记》?他就不怕被查获,反而弄巧成拙?除非……承乾想要对付的对象另有他人,而此人权势尚高,难以动摇。而武才人和玥月,不过是承乾的计中计罢了。

"也许,他知晓明月是称心事件的源头呢?"李治眼中飘过一丝不悦。明明是明月惹出的祸端,为何偏要牵扯媚娘?倘若,李泰只救明月不救媚娘,他此生绝对不会轻易放过李泰。

"此事牵扯重大,九弟可别诳言!要知,她不过是小宫女而已。"李泰眼中掠过一丝不安,随后哈哈大笑开来。

李治,以往他算是小看他了!人道是,晋王老实憨厚,他看李治却是大智若愚。他费尽心思遮掩称心事件的源头,反倒早被李治识破,看来李治在宫内眼线繁多。

哼!李治倘若一直憨厚老实,一生安于晋王之位,他又何需在宫中布下如此多的眼线?只恐此人一直在扮猪吃老虎!李泰低头理袍,以掩盖心中不安。

事已至此又何需再掩盖,李泰扮乌龟,他就只能扮演敲开龟壳的榔头:"小宫女能请出魏王出手助武才人?小宫女能让楚侯牵肠挂肚?小宫女能让李将军挺身而出?这个小宫女地位可真够'小'!"

"九弟何需话中带刺?别忘了,这个小宫女,可是对你的武才人善待有加。而她们一直也是捆在一根线上的蚂蚱。"李泰拂袖冷笑。

"四哥,我……请谅解我救人心切。"提及媚娘,胸口那股火焰顿时降下去。李泰在朝中经营多年,要解媚娘生死困局,还是得靠他!李治无力地耷拉着脑袋,向李泰认错。

好一个李治，能屈能伸啊！他有预感迟早他会废承乾，亦有预感将来他与李治会成为生死大敌。

李泰心中虽如此着想，脸上仍挂着和善的笑容："九弟莫怪为兄语句过急，我也是担忧九弟心急乱了方寸。"

"还是四哥考虑周到。可四哥，如殿下之计并非为针对武才人和明月以及你我，那是针对谁？"李治放下身段，蹙着眉心继续发问。

"此人，必与箴言以及武才人和明月有所关联。九弟是聪明人，还不明白吗？"李泰淡然笑开。

李治那几句针对玥月的话语，已让他看准承乾的最终目标，也看破承乾的所有计谋。他忽对当日杀称心有些悔意！他们动手过早。应当借称心之手，让承乾病入膏肓才是。

"是他。可殿下为何定要置他于死地？难道只为一个称心？"单凭承乾对称心的情，还没到令承乾花费如此重的心思布局的地步。

先是《秘记》，再是武才人和武明月，这可招招皆为险招，步步皆为死局。单凭承乾的权势，恐怕难以为之。

"这是殿下在报复，亦显示自己洗心革面，更是向某人示好。四哥，将来你可得小心。"为媚娘高悬的心搁浅，忧心政局的心却高悬，"四哥，此局可有解？"

玄武门守将、左武卫将军、武连郡公、武安人，单凭李君羡的四个"武"字，只恐更接近箴言的女主武王。

"无解。"李泰长叹一声。此局生门只有一个，他们只能选舍武才人和玥月保李君羡，又或舍李君羡保武才人和玥月。

承乾要杀李君羡而向他人示好，与承乾对立的他本应阻拦。可若这代价是玥月和武才人，不值得！更何况，李君羡军权在握，谁又能证明其无谋反之心？

李治与李泰对视一眼，李治难以放心地又问："四哥，殿下将矛头指向那人之时，你当何为？"

"所谓忠臣，当阻陛下错杀无辜。"承乾必是恐他拉拢李君羡，而设计救李君羡。顺而一报他助杀称心之仇，才刻意将玥月和武才人引向箴言……呵，他好不容易将承乾扳倒，承乾却顷刻间逼得他向其主动伸出援手，多精妙的一箭三雕的死局！不愧是稳坐太子之位二十余年的承乾！以往他也算是看轻了他。

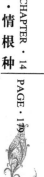

"尚好。"只要不危及他的利益,只要不危及媚娘的性命,他向来都是大唐最无害的皇子。李治望着透过窗棂落在青石地上的阳光,徐徐呼出一口长气。媚娘,很快他就会救她出来!

艳阳高照,气温节节攀升。短短几日,宫内的各色短襦已被罗衫取代。

"哎——"媚娘推开木窗,望着屋外葱绿的树木幽幽长叹,"好闷。"

"只怕天要变了。"望着屋外的艳阳,玥月挥动着手中的团扇,黝黑的眉头攒成一团。从媚娘狮子骢事件失宠,到八月十五重回殿前,再到重阳节得宠,最终到因《秘记》被囚……接下来史书上是怎么写?

媚娘不会再得到唐太宗的宠爱,李治则因成为太子而与媚娘纠缠不清。而李泰确实斗垮了承乾,却又被李治渔翁得利。至于高阳,她与辩机的情事将在几年后被发觉,然后天人两相隔……这一切,都还不是最糟糕的。最糟糕的是李君羡,《秘记》一出李君羡必定会被牵连。

而关于他最终的命运,她看过的书中没写。倒是那部非常台版、描写李君羡和媚娘是一对的电视剧中,写了李君羡自杀了。但那压根不是历史……玥月紧握着团扇,全身发颤,闭眼深呼吸。如果历史真又回到原点,未来的风雨她能经受住吗?

"太阳红得像团火球,也不知这雨什么时候能落下。"媚娘笑着理了理盘绕在双臂的牡丹披帛,转身打量一脸愁容的玥月,"小月,不过是囚禁罢了。又不是上断头台,不要老蹙着眉头。"

"媚娘,你不懂。"《秘记》不过是所有事情的开端而已,只怕苦日子还在后面。玥月又是一阵长叹。

"有什么不懂。"媚娘转身凑到玥月耳边低语,"你以为我不知道陛下勃然大怒,并非因为你和魏王有私情?不就是一本《秘记》吗?天下间武姓也算大姓,单是朝中重臣,武姓就有好几人。难道都拖出去砍了?更何况,我们可是弱质女流,哪有女子为帝的道理?"

媚娘捂袖咯咯笑着。唐太宗对她们真有杀心,就不会关她们近一个月,更不会只将她们禁步在寝宫。

再加上李治不可能对她不闻不问,李泰也不可能不管玥月。还有李宽和李君羡在一旁助力,他们压根不可能眼睁睁望着玥月被关在这里一辈子。她仔细盘算过,大不了再次失宠,而活着出去的几率很高。

玥月不是说过,活着就有希望吗?只是为何玥月,从被关那刻开始便满腹心事,屡次看似要对她道一些东西,却又一声长叹止住。媚娘看着愁容满面的玥月,跟着耸肩长叹一声。这哪是她所认识的古灵精怪的武玥月?

"你不是我,你不知道那么多事。"瞧瞧,这哪有一代女皇的风范?女子不可为帝?那几十年后,她干吗当皇帝?……这叫什么,这叫时势逼人!

想她一个简单快乐,直来直去的现代女人,到了这里才不到两年,就无可奈何地变成一个成天算来算去、提心吊胆的卑微宫女。真应了那句:不是你改变世界,就是世界改变你!

"小月,话不能如此言。你不就比我多懂一些稀奇古怪的东西吗?要知道,这里不是你的故乡。论在后宫如何生存,我好歹比你见识多。"媚娘撅嘴嗔怒。她自幼个性倔犟,最难忍受旁人将她当成什么都不知晓的孩童。

"媚娘,我不想和你争。有些事情以前没有,不代表将来没有。将来你就会知道,女帝不是什么稀罕事。"玥月撅撅嘴,四处打量一番,凑在媚娘耳边低语。该死的老天为什么偏让她穿到这里,让她认识那群历史中心的人物。玥月又是一声长叹:"哎——媚娘我好累,心老得好快!我真的好怕一直待在这里,好怕面对未来!"

"小月,你知道什么?你到底来自何处?"媚娘一把抓住玥月握扇的右手,眸中布满惊愕的异彩。

她该告诉媚娘实情吗?不,她不能说。因为,她不敢面对可能出现的蝴蝶效应。但她怎能冷眼面对身边人未来的灾劫呢?

不!"媚娘,我只问你一句。你真爱陛下吗?"玥月反握着媚娘的皓腕,亮如皓月的眸瞳紧瞅着媚娘洁净的龙瞳。

"我……"什么叫爱?没人告诉过她,她不懂。媚娘扑眨着浓密的睫毛反问,"小月,你爱魏王吗?"

爱吗?这个问题逃无可逃。玥月嘴角放松笑开:"我不爱魏王,我爱李泰。因为爱他,所以我永远,永远,无法和他在一起。"酸楚涌上鼻头,闪着幸福流光的氤氲布满眼眶。

"那我想，我不爱陛下。但我尊重他，仰慕他。"媚娘略思一会儿，耸耸肩膀，勉强笑道。

她好羡慕玥月，虽然那段情注定没有结果，但她至少懂得什么是爱，至少她的爱毫无杂质。

"那么，不要去想结局，去寻找你想要的吧！"如果历史真无法改变，她期望媚娘能抛开礼教，顺理成章地接受李治。

可如果李治当了太子，李泰又怎么办？此刻，她多么希望她就是属于这里的明月，而不是知晓历史的玥月。她呆望着媚娘，眸神中溢满悲伤。

她曾以为陛下的宠爱就是她所要。可再次得宠后，她反倒失去了少年时的兴奋和渴望。而此时失宠，她亦没有想象中绝望。"我要什么？"媚娘偏着脑袋想不出结果。

"慢慢想，有一天你会知道。那天来临的时候，我希望你能抛开一切，勇敢而坚强地活下去。"玥月笑了，眼眶中的泪，从眼角滚落。

她希望媚娘能坚强，可她呢？历史的巨轮开始飞速旋转，短短几年内，李君羡会死，辩机会死，唐太宗会死，媚娘会出家，承乾和李泰都会成为失败者……如此多的悲剧，她真能撑住吗？

不，还没有经历，她已经有种快要被逼疯的感觉。她想要改变，真的好想改变所有的悲剧，但是她不是英雄。她只是一个老是犯错，老是需要别人帮助的卑微的普通人。

她不是没有尝试改变历史，可事实证明，历史转了一圈又回到原地。而她还是渺小得随意让人揉捏的宫女。

"小月你怎么哭了，你到底知道什么？"媚娘焦急地抓着玥月的双臂。

"我好累，好想回家，好想一切都没发生过。"玥月将脑袋搁在媚娘的肩上，泪水大滴大滴浸湿了媚娘的罗衫，"媚娘，你说人若能化为小鸟，那该多好。"

太白星昼现与《秘记》箴言如雨后春笋般在唐太宗心中滋生，好些夜里唐太宗都于梦中被手握利剑、自称女主武王的男子惊醒。

天气的炎热加上气疾的发作，让他变得焦躁多疑，恨不得将全天下武姓人都杀光。但冷静下来细想，他越发觉得女主武王不可能是武才人和明月。

毕竟无论是他的梦境、史书记载还是坊间传说，这世间绝无女子为帝的先例。可女主武王若不是她们之中一人，又会是谁？满心疑惑的唐太宗，只能杜绝任何人的求情，继续将她们囚禁在寝宫之中。

另一方面，续正月唐太宗下诏，把判定死罪的犯人徙至西州。鉴于坊间有人为避免赋役，自坏肢体，唐太宗与众臣商议，七月下诏，规定今后自伤身体的人，要依法加罪，仍要服役。

此令一出，坊间自残身体案件顷刻减少。而上苍也仿佛是在为凡间此举欢喜般，在近一月未逢甘露的长安城内，落下飘泼大雨。雨后，闷热顿消，唐太宗一欢喜，便在承天门楼欢宴群臣。

席间彼此畅饮，觥筹交错。甚至有些武将面赤耳热，开始猜拳行令，抢臂拇战。一阵热闹后，韦贵妃忽言：“今日酒宴如此热闹，陛下是否当让群臣想一个别致的酒令以助酒兴？”

龙心大悦自然言好，席间众臣五花八门的提议瞬间响起，哈哈笑声越发热闹。最终，唐太宗选中侯君集的提议，当众宣布：“凡与宴者，不分官爵高低，年龄大小，各报乳名，以助酒兴！”

那刻，李泰、李治、李宽、高阳公主暗中相视一眼，自知李君羡大限将至。只可惜，为了武才人和玥月，也为保李氏江山的万无一失，此刻他们言，亦不可言。

“狗蛋”、“铁锤”、“木头”……乳名本以贱取之，一声声乳名报下来，逗得众人捧腹大笑。

轮到李君羡，他顿了一下，动动满脸的络腮胡子，红着脸扭捏道：“末将儿时体弱，乳名也不雅，被唤——五娘。”

哈哈哈哈哈！想到如此神武的壮汉，居然有女子似的乳名。满堂望着李君羡一片哄堂大笑。

尉迟敬德顿时拍手高喊：“同朝为官多年，今日才知李将军原是个小娘子。”

长孙无忌接口又言：“五娘乃军中花木兰。哈哈哈！”

承乾直接端着杯酒，含着三分醉意，走到李君羡面前，端详着李君羡魁梧身材，笑道：“窈窕淑女，君子好逑。我敬，我朝巾帼英雄，五娘一杯。”

同僚之间的玩笑，何伤大雅？李君羡虽觉有些尴尬，却不得不接下承乾的敬酒。顺道在心中盘算，近日气氛如此热闹，是否该趁机提及明月一事。

"也不看看，世间有如此强壮和英武的小娘子吗？哈哈哈哈哈！"唐太宗被逗弄得龙心大悦，笑得胡须乱颤。

但笑止，转念一想。李君羡是一员猛将，战功显赫，有勇有谋，深得群臣拥戴。在朝中他是武将，又为左武卫将军、武连县公，守玄武门。现在乳名又叫五娘，谐音武娘。五个武在李君羡身上得到验证，而那"娘"字，又不正应了女主吗？

此刻回想，李君羡单骑闯阵、马场救人、严训禁军、与群臣交好……一件件文武兼备的事迹，又恰是夺位的必备条件。

"女主武王代有天下"这句箴言，压根就是为李君羡准备。唐太宗猛灌一大杯烈酒，激出一身冷汗。

宴会结束后，心神不定的唐太宗借难得欢悦一堂为由，特赐在席的各亲王和公主在宫内夜宿。当众人散去后，他密召李泰甘露殿相见。

"泰儿！"唐太宗望着李泰英武的身姿，不禁想到年少被封秦王的自己。那时，他是何等意气风发，何等自信洋溢。

《秘记》中的箴言，若放在十年前，他定是仰头狂笑："一派胡言！"可他现在43岁，老了。他没有虎牢之战的坚持，渭水单骑退突厥的勇气，破格用魏徵的胆识……他想的只是如何避免玄武门之变重演，如何将李氏江山千秋万世传承下去。

他不敢去赌李君羡站在权势上的忠心，不敢去赌未来天子是否拥有他这般魄力，甚至不敢去否认《秘记》的真实度。他能做到的只能是阻断可能出现——女主武王代有天下。

"父皇。"望着唐太宗两鬓的华发，李泰顿觉宛如神祇般气吞天下的"天可汗"真的老了。想到当年父皇笑退突厥英姿飒爽的模样，心中一叹，不免心疼眼前日益衰老的父亲。

"我老了。有些事情，不得不相信，也不得不担心。"唐太宗长叹一声，揉揉鼻梁又言，"《秘记》你看过吗？"

"我……"李泰犹豫低头，揣摩唐太宗心中所想。

"好了。父子二人何需如此生疏？泰儿要知李氏江山，决不可旁落他人手中。"唐太宗慎重摇头。

"是。"李泰毫不犹豫鞠躬应声。"女主武王代有天下"，恐怕唐太宗对此箴言的在意度远超乎所有人的猜想。

唐太宗顿了顿，又言："若有朝一日，旁人欲夺我李氏江山，你当如何？"

"儿拼尽一身热血，也当护之。"李泰抬头直面唐太宗，铿锵有力回应。又不免暗自揣测唐太宗此番召见，此番言语到底为何。

不见太子，反见魏王……可见他在唐太宗心中地位依旧高于太子，这应当是喜。而唐太宗对心事的直言不讳，更证明唐太宗已打算另立他为太子，这是大大的喜事。

可这喜中也有忧。唐太宗过于在意箴言，预示不祥已愕然降临在唐太宗心中的"女主武王"身上。

而唐太宗拐弯抹角的话语，更透着浓浓的借刀杀人之意。李泰猛觉身后一阵凉意飘过，肩背不由挺得更直。若唐太宗要借他手除掉李君羡，他当如何为之？

"不愧是朕的儿子。"橘黄的烛火下，唐太宗满意地品味着李泰浑身的浩然正气，淡笑从眼角的细纹中泻出，"呵呵，今夜你我不谈政事，只言家话。泰儿，你觉得武明月、武才人、李君羡三人，谁乃女主武王？"

"这……"唐太宗心中早已有答案，何需问他？"儿愚昧，此乃上通天意之事，唯真命天子知。"李泰屏住呼吸道。

"呵呵，这么说吾儿非真命天子？"唐太宗凝神打量李泰，嘴角的笑意更是意味深长，"你就不担心朕，错杀无辜，有愧上苍？"

不！恐惧宛如惊雷般闪过李泰眼瞳。玥月不能死！"李君羡。"李泰昂头脱口而出。

"当真？"唐太宗拨弄着大拇指上的玉扳指，半眯着眼悠闲笑道。

唐太宗逼他肯定女主武王为李君羡，到底何意？李泰来不及深思，为保玥月平安，他只得硬着头皮对应："自古女内男外，何来女帝？更何况李将军官居要职，手握重兵……"李泰的话宛如利剑，直入唐太宗心坎。

"依泰儿所言，此人不得不防……为绝后患，应除之？"唐太宗话语缓慢，姿态慵懒，偏字字无不借李泰之言，透露杀戮之意。

"不。"李君羡对大唐的忠心，谁人不晓？而承乾诚心悔过的时间，又与《秘记》广泛流传的时间甚为接近。

当年汉高祖可借斩白蛇，自称赤帝子起义。承乾又怎不能，借《秘记》除李君羡，而东山再起？唐太宗被《秘记》蒙了眼，他可不能遂了承乾的心愿。

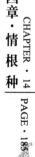

"不？"唐太宗半眯的眸子，陡然大亮。

见此状，李泰暗恼自己的鲁莽。眼珠一转，连忙挺直腰，抬起脑袋解释："父皇乃千古明君，赏罚分明。而李君羡战功赫赫，为人谨慎，贸然除之恐难平众人之口。当然，明处难除，亦可暗中诛之。但，李君羡武艺高强，若失手，恐玷污父皇一世英名。儿认为，此人可调、可贬，不可杀。"

李君羡乃开国功臣，贸然杀之容易落下兔死狗烹的千古话柄，此计是下策的下策。

调职？李君羡为左武卫将军，将其从玄武门调离？他又能将李君羡安置何处？驻守边关？不，远离京城更容易让其手握兵权势力壮大。

贬官？他的确可找借口，将李君羡贬官赐予闲职调离京城，待众人将其淡忘之时，再寻其过失，公然处决……此为上策。

可李君羡为人谨慎，淡泊富贵名利，素有军中圣人之称。他又哪有借口，将其玄武门的军职贬去？

看着眼前的李泰，唐太宗心生一计："我累了。维护李氏江山的重责交由吾儿，按照你想的做吧！三日内，我等着吾儿的好消息。"

此刻他应斩钉截铁回答"喏"，可他脑海中偏浮现玥月绝望的模样。贬李君羡简单，杀李君羡也简单，但若玥月知道一切由他谋划，恐怕她会恨他一辈子。

他不想让她恨！心头一酸，"喏"字出口那刻，竟变成犹豫不绝的"我……"

待他顷刻回神之时，唐太宗已挥手叹气："你先出去吧！将乾儿唤进来。"这个平日里表现得最像他的儿子，在大事面前优柔寡断……他如何能安心将天下交托给他？

机会稍纵即逝！此刻他才知晓唐太宗此番召见用意何在，唐太宗是要试探他的胆识和果断。

可惜，刚才的一瞬间，他忘却他是魏王，而非花前月下的李泰。哎——真遂了承乾东山再起的心愿。玥月啊，玥月，她果然不是他的福星，而是张亮口中的红颜祸水！

"喏。"李泰十指暗暗紧攥，不甘心地低头行礼退下。一路发誓此番营救出玥月后，必定恩情两清，日后再不可因红颜误事。

"四哥，父皇怎会召太子觐见？"殿外守候的高阳，见李泰出殿忙迎上询问。

"商议女主武王的事情。"李泰努力露出抹毫不在意的微笑。

"父皇没和你商议吗？"李治揪住李泰笑容中细微的牵强，焦急地上前追问。

"商议未果。"李泰脸上的笑容更深。

"难道父皇想同杀三人？"一股冰凉从李治头顶灌下。

"不会吧！四哥，你快讲讲，进殿后父皇到底和你讲了些什么？"高阳焦急地拽着李泰的衣袖。

她虽与玥月和媚娘相交时间甚短，但玥月新奇的思想、武才人直爽的性情，深深烙印在她心头。她甚至觉得与她那些心存目的、空有血缘的姐妹相比，真心待人的玥月和媚娘更像是她的姐妹。

"别急。"李泰压住心中莫名的慌乱，不紧不慢地道出殿中所有遭遇。

"糊涂啊！"李泰话语刚落，李治猛跺脚，毫不顾忌地指着李泰讥讽，"真是圣人魏王，左思右想皆是如何揣摩圣意。明月算是瞎了眼，爱上你这种利益熏心的人。不就是一个左武卫将军吗？父皇要你贬他，你就贬啊！要你杀他，你就杀啊！父皇估计怕在他千古一帝的名声上落下污迹，你不过一个魏王，难道也怕吗？不过，你如此做也理所当然！你可是名声正旺的魏王，怎会挂念被关的宫女和才人……不过，你这算不算是聪明反被聪明误，反被殿下夺了彩头？"

承乾狗肝鸡肠，又恰逢唐太宗迷信《秘记》。若他知晓称心之事是由玥月和武才人设计，他不进言让唐太宗同时除去李君羡、武才人和武明月以绝后患才怪……李治望着灯火通明的宫殿，思量着如何冲进去阻拦可能出现的悲剧。

"九弟，别急得乱了分寸。四哥若真放着她们二人不理会，也不会给了殿下机会。"高阳拦住急得跳脚的李治，转向李泰叹气，"不过，四哥你的仁德反倒误了自己，也误了她们。你确定父皇未将你和明月之事放在心上？也确定父皇相信九弟和武才人之间的清白？万一，父皇欲借殿下之手，除去此二人，你说殿下应不应？"

"魏王，魏王，好一个魏王！不行，我要见父皇，我不能让他枉杀无辜。"李治皱眉，瞬间脑海中唯有媚娘。

李泰心中一懔，顷刻摇头又笑了："不会。若他应了，只凸显他的残冷，父皇是不会将江山交给一个残冷的人。"他应该期望承乾愚蠢地建议唐太宗杀玥月和武才人，这样他的太子之位更宛如囊中之物。可是，想到玥月倒在血泊中，他就浑身

生寒，"殿下是聪明人，他要借机维持太子之位，就会懂得'仁义'。"

"即便如此，四哥你真能容得下假仁义的太子？真能眼睁睁看着他东山再起？"高阳黝黑的眼珠在眼眶中灵动转动。

"好姐姐，你有什么好主意，快说说。"见高阳胸有成竹地反问，李治喜上心头。

"别忘了，谁是父皇最任性、最宝贝的女儿？谁出面为父皇解惑，才最不损李氏皇族的颜面？"高阳执袖掩唇咯咯笑开，"四哥、九弟，你们稍等。看我如何闯殿而不惹父皇生气。"高阳眨眨眼，理理衣裙，昂首走向大殿。

"父皇，父皇。"高阳不顾殿前侍卫和宫人阻拦，大步推门踏入殿内。

唐太宗正欲发火，抬头一看却发现来者是自己最偏爱的高阳，不由无奈长叹一声："高阳，你不命人通报，直闯殿内，这不是胡闹吗？"语气虽重，责备之意却轻。

见状，承乾连忙向高阳示好："父皇，高阳年幼不懂事，你就别责备她了。"高阳是唐太宗的宝贝，谁不宠着让着几分。

"我才没胡闹。我是专程来给父皇解惑的。"高阳笑嘻嘻地冲到唐太宗面前，伸出白皙如玉的双手，细心为唐太宗揉捏双肩。

"又有什么鬼主意啊？"唐太宗悠闲闭上眼，任高阳为他按摩。

"我那都是好主意，才不是什么鬼主意。"高阳低头附在唐太宗耳边低语，"事关重大，还劳父皇命众人退下，包括大哥。"

"高阳！"唐太宗抬头正欲斥责高阳的任性妄为，却忽从其黑白分明的眸中瞅见他从未见过的刚毅，"你今日不道出正理来，我可不轻饶你闯殿之罪！"他转身亲昵地点了高阳鼻头，咳嗽两声命令众人都退下。

若不是高阳搅局，此刻唐太宗必定对他重新审视，他东山再起也指日可待。现在倒好，他和李泰谁也没因为李君羡之事大大得利。"唶。"承乾暗骂高阳多管闲事，低头与众人退下。

"鬼灵精怪的高阳公主，现在没人了。"唐太宗望着高阳灿烂无瑕的笑脸，苦闷的心结不由稍稍松解。

"父皇，我想请命为你解忧，为保李氏千秋基业处置一个人。"高阳收敛笑容，满面真诚向唐太宗行宫礼。

"高阳。"唐太宗伸手扶高阳起身。

"父皇不答应，我不起。"高阳泪眼婆娑望着唐太宗，"几日不见，父皇多生华发，我心疼。区区一个臣子，何劳父皇费心，何劳哥们费心。贬功臣的话柄不可落在父兄的手中，而我是嫁出去的女子，是房夫人，由我出面再恰当不过……求父皇成全。"说完，高阳就是深深一拜。

"高阳——"唐太宗颤抖扶起高阳，将她拉至身边坐下，"这些事，你别管。父皇自会盘算。"皇家权高，儿女大了心思也多了。他们不是想着他的皇位，就想着如何从他身上得到更多利益。唯有这个女儿，从小最知他心思，也最让他感觉到百姓家的父女情深。

"果真是嫁出去的女儿，泼出去的水。父皇真将高阳当外人呢？"睫毛扑眨，眼泪一串串跌落，看得唐太宗揪心。

"高阳永远是我的宝贝女儿。"唐太宗拍着高阳的肩膀，轻声细语安慰。

"那就将这件事交给我好不好？嗯，李君羡刚道自己小名五娘，就贬他的职容易引起朝臣非议。这样，三个月内，高阳必给父皇最满意的结果。"高阳撒娇地拉着唐太宗的手，"我也是想维护李氏江山，也是怕父皇错杀无辜。父皇，你就如此不相信女儿吗？"高阳嘟着嘴，大眼望着犹豫不决的唐太宗。

抵不过高阳的撒娇，仔细盘算处理李君羡之事，还真没人比高阳更合适："好吧。"唐太宗拍拍高阳手背，幽幽长叹，"辛苦你了。"

"尽孝道是儿女的本分。"高阳摇头，抚平唐太宗额心的八字，"再说，事成后我又不是不向父皇讨赏！"

"哦？我就说你这个长不大的小东西，怎会忽然关心起为父……原来是为了赏赐啊！"唐太宗呵呵笑开，"说说这次准备要什么啊？是玉观音，还是象牙塔……"

"呵呵，这些我才不稀罕。我就要一道免死金牌！"高阳挽着唐太宗手臂，努力将话语说得更轻松。

"你要那没用的东西干吗？我如此宠你，哪舍得要了你脑袋？"唐太宗玩笑道。

"父皇是舍不得，以后换了别人，就难说。我如此调皮捣蛋，也只有父皇能容忍。如果有一日父皇不在，我总要有护身法宝吧？"高阳吐吐舌头，继续撒娇，"父皇就答应我吧！"

"好，好。朕许了。"唐太宗拍拍高阳的脑勺，宠溺地笑着，"你啊，日后收敛点，

少了点事，就谁也不怕了。”

高阳不过一公主，日后谁为帝都不应为难她。不过，高阳自幼是个惹祸坏子。对于他百年之后的事情，他是得多为高阳安排和考虑。

“谢谢父皇！”高阳喜悦地破涕而笑。她向来不担心自己，她只是担心辩机。辩机是高僧，不当受到她这个魔女牵连。若有朝一日，真如她噩梦中所显，这块金牌就是她送给辩机最后的礼物。

CHAPTER · 15

第十五章 · 空 离 别

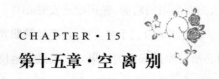

——我只是默默望着你离开，祈祷你幸福。

贞观十六年九月，群臣与唐太宗商议政事，唐太宗问：“当今国家何事最急？”谏议大夫褚遂良言定立太子最急。

为了解除天下疑惑，亦为安定朝臣之心，在长孙无忌建议下，唐太宗遂任命魏徵为太子太师，辅佐承乾，以示天下无废立之心。

同月，高阳找李宽，仿照玥月怪异的书写方式，模仿玥月笔迹给李君羡写了封书信。

“李将军。”高阳着一身绣有百鸟嫣红的襦裙，含笑向依靠在梧桐树旁的李君羡走来。

“高阳公主！”正在思量如何解玥月被囚之困的李君羡，微微一怔，上前一步欲拱手行礼。

“将军无须多礼。”脚下枯叶的破碎声，扰得高阳心中有些慌张。望着眼前人薄唇紧抿，坚毅的脸上洒满落寞，她突然有些不忍陷害他。

可想到被禁足的玥月和媚娘,想到唐太宗许诺的免死金牌,她淡笑着取出一封书信:"我受人所托将此信交给李将军。"

"明月。"看着信上玥月口中所谓的"钢笔"写下的字迹,李君羡胸口猛跳一下,一把抓过书信,拆开细看。

高阳双拳紧握袖中,屏气凝神关注着李君羡细微的神情变动。

"这,真是明月所写?"李君羡急得双颊泛红,满脸胡碴发颤。陛下乃当世明主,真能因满是胡话的《秘记》,就要了两个小女子的性命?

他难道发现信是假的?高阳顿时被惊出一身冷汗。但凝神细想,这封信是由李宽提供样本,李宽按照玥月笔迹仿写而成。她仔细对照过,这封信的笔迹,与玥月的笔迹有九成以上的相似,与玥月鲜有书信往来的李君羡,应当不会发现其中异样。

高阳眼中一亮,抬头又言:"除了明月谁还会用这样的笔?李将军,父皇要杀明月,我拦不住。能做到的,也只是将明月的信送出来,让你和她见上一面。"

"此刻?可……今日我当值。"李君羡叹气犹豫道。

"片刻离职,你不言我不语,谁会发现?"高阳继续鼓动李君羡离开玄武门。

"我不能……"李君羡望着湛蓝的天空浅浅低语。他总觉得此事有些蹊跷,却又品不出哪里不对劲。

不愧为左武卫将军,为人小心谨慎,恪忠职守……不过,此刻她没心情欣赏他的优点,她要的就是逼他擅离职守。

"将军,明月可在古井边苦等。这也许就是你们最后一面了。"她在赌,赌李君羡对明月的情深,还是身为左武卫将军的职重。

"明月。"李君羡望着被自己紧攥掌心的书信,心弦一绷,大步冲向内廷。

情痴!望着李君羡离去的背影,高阳幽幽长叹,不忍心地合上双眼……一滴泪映着落日从眼角滑落。

李君羡、武则天、唐太宗……玥月所知道的历史,像一场恐怖电影,让她辗转反侧,一宿浅眠。天微亮,不堪噩梦侵扰的玥月便起身,为媚娘张罗洗漱。

"右眼怎么老跳?"玥月推开窗户,用力揉揉右眼睑,莫名的心慌扰得她烦乱。忽然,一股冷冽的北风袭来,她忍不住紧抱双臂,望着满地枯叶,沉沉叹息一声。

"小月，怎么了？"媚娘打着呵欠，从雕花紫檀木屏风后走出。

"没事。"玥月耸耸肩，转身关心媚娘，"天冷多穿点衣服，别感冒了。"

"应当是别受寒，才对吧？"媚娘立在玥月身旁，望着面前的枯叶如花柔笑，"枯叶似蝶，风动蝶舞。真美！不过，为何觉得一觉醒来院里少了些什么？"

"少了……那些'看门狗'不在了。"玥月快步推开房门，在小院中转了一大圈，顿感囚鸟出笼的快乐。

"终于自由了。"媚娘兴奋得冲了出去，快乐地在枯叶中奔跑，叶碎的声音在她脚下谱出一曲轻快的秋乐。

过了好一会儿，她累了，放缓脚步，凑在玥月身旁，欢喜耳语："果然是陛下明鉴，知道《秘记》不过是骗人的把戏！"

"不是的。"笑容在玥月面颊凝固，她紧抓着媚娘双臂，全身发颤，"李君羡，李君羡……历史一直没变。"

"小月，你又知道什么？李将军，他怎么了？"媚娘被玥月突变的神情惊得一怔，慌张取出丝绢为玥月拭泪。

"免军职，转华州刺史。"她知道当李君羡因为"女主武王"被贬的时候她会很伤心，但她没想到当历史真正发生那刻，她竟心如刀绞。

泪瞬间流满双颊，她恐惧地搂着媚娘……想到那个满脸胡碴，虎背熊腰，笑起来却满是孩子气的李君羡，在不久的将来会被唐太宗处死，她心痛得泣不成声。

"真的？"为玥月拭泪的手一僵，她疑惑地瞪着玥月。

被关的日子，宫人除了送三餐半个字也不会多讲，而看守他们的侍卫嘴紧得更像是被针缝住，她们完全与外界隔离开了。李君羡免军职，转华州刺史——此事若是真，玥月又如何得知？若是假，她为何哭得如此伤心？还是玥月真如她猜想般拥有先知的异能？

"我……"玥月望着媚娘半晌才吐出一字，她犹豫着是否该将自己真实来历道出。

"宫女明月！"不待玥月拿定主意，双鬓苍白的内侍省宦官手捧调令，领着一群宫人进入小院。

玥月心头"咯噔"一跳，放开媚娘，蹙着眉低头行礼。宦官瞅了眼玥月脸上的泪，打开手中调令，用尖哑的声音，开始宣读着下调玥月至掖庭宫尚衣局浣衣。

"喏。"玥月接过调令,含泪苦笑。从甘露殿到掖庭宫相隔的何止是几道宫墙,她和李泰的距离何止是一步之遥而已。不相见,不能恋!一切都是天意。

可她真要眼睁睁看着所有天意发生吗?她真要当个历史旁观者,倒数着李君羡被杀的日子?计算着李泰被贬的时间?还有高阳和辩机的悲剧?……她紧咬下唇,有一种拿把菜刀杀出宫闱的冲动。

奇怪?这宫女没正式接到调令前,哭得稀里哗啦。而她接到调令后,反倒止住泪,一脸平静。宣读调令的宦官将调令递给玥月,又好奇多瞧了玥月一眼,想要问上两句,却又不敢多留,只能怀着满腔疑问领着一群宫人转身离去。

玥月虽为宫女,可从到后宫便多受人照顾。无论是在她身边侍奉,还是在甘露殿当值,皆是职位颇高且清闲。那一双玉手养得白净如葱,哪里受得住浣衣之苦?

"小月,浣衣之人多为年老或罪妇,那儿不是人待的地方。"见所有宫人离去后,媚娘焦急上前,握着玥月的手低语,"我去找晋王和德妃,你去找魏王和楚侯。对了,还有高阳公主。我们想办法,别调去尚衣局受苦。"

受苦?如果受苦就能改变未来,她愿意为所有人承担一切悲剧。玥月摇头放开媚娘的手,取出丝帕擦干脸上眼泪:"能让陛下放下杀我们的念头,他们已经做出最大的努力了。这时候,谁理我们,反是害我们。"

她不甘心就这样认命。她不能眼睁睁看着李君羡被杀、李泰夺储不成被贬均州。她要尝试改变未来,改变历史!哪怕她的努力,只是螳臂挡车。

"可是……"宫内常言:白发宫人泪,最难有二苦。一苦洗马子①,终身难闻香。二苦浣衣奴,玉手成枯枝。她怎能看着情同姐妹的玥月,去受那等苦楚。

"没有可是。远离李泰,远离权势,才是我和他唯一的出路。我无法再眼睁睁地看着我认识的人中间出现第二个李君羡。"玥月望着头顶的枯枝思量了一会儿,"媚娘,我要写封信给李君羡,我要告诉他我不是明月。你帮我想办法,在他离京之前交给他好吗?"

"你疯了。"媚娘瞪大眼,"你能对他说什么,难道告诉他,明月落井死了?"

"不。她没死,只是去了属于我的地方。"她还没勇气宣告她来自千年之后。但她至少可以将穿越改为一个灵魂交换的异志小说。

---

① 汉朝称"虎子",唐代称"兽子"或"马子",再往后俗称"马桶"和"尿盆"。

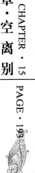

第十五章·空离别

CHAPTER · 15

PAGE · 193

更重要的是,她要用这件事给予李君羡好好活下去的希望和信心,进一步提醒他要谨慎处事等待明月回来,避免按照历史被扣上图谋不轨的罪名处死。

"他不会相信的。"媚娘摇头。灵魂交换不过是骗三岁小孩的故事罢了,李君羡堂堂一个将军怎会相信?他只会以为,那是心上人抛弃他的把戏。

"不,他一定会信。"李君羡必须相信,然后修身养性一段时间,静静等待李泰成为太子,成为皇帝,再重新启用他。

望着玥月坚定的目光,媚娘略想片刻:"我信你。"无论何时,玥月都伴在她身边,她相信玥月,不再因为她长得和明月一模一样,而因玥月是她的生死姐妹。

"不过玩火很危险,你知道吗?"玥月此刻告诉李君羡事实,不是女儿家不想再欺骗一个真心的情郎那么简单。她隐约觉得,这关系的不是家事,而是政事。

女子干政。无论通过怎样的手法,怎样的算计,若被唐太宗知晓,这无疑又是在玩火自焚。媚娘的心提到嗓子眼,不安,宛如此刻天上厚重的乌云般笼罩她的心房。

天空低沉灰黑得像染上锅灰满是皱纹的白发宫女,阴冷的寒风干燥得让人全身泛疼。玥月蹲在地上,努力压制着让人反胃呕吐的味道,哆嗦着用紫红的双手舀取着一勺勺刺骨的井水,刷洗着一个个造型华丽的马子。

冻得受不了的时候,她忍不住停下舀水的动作,仰望着天上南飞的候鸟,幻想自己能长出一双翅膀,像它们一样自由翱翔。

"坐在这里等我来伺候你么?""啪!"监工的老宫女,举起手中藤条用力向玥月背上招呼去。

"啊——"玥月惊呼一声,冻得僵硬的双手一抖,手中的木勺"咚"地落入金光闪闪的马子中。

"死蹄子,砸坏黄金翡翠马子,你有十条命也不够赔!"她提起巫婆般的嗓音咆哮着,高举手中的藤条作势又要向玥月招呼而去。

忽然一道有力的臂膀钳住老宫女宛如枯枝的手腕。"你居然打她。"低沉的声音宛如地府的鬼泣,李宽一改文雅的形象,阴冷瞪着瑟瑟发抖的老宫女。

"原来,黄金翡翠马子能够用木勺砸碎啊!"高阳领着媚娘紧随李宽步伐,来到老宫女面前。"你!"高阳眼中含怒笑着,"把地上的黄金翡翠马子和木勺捡起来,到一旁砸给本公主看!砸不坏,就别吃饭,别睡觉!"

"公主,我……奴婢……"她双腿发抖,苍老的脸颊抽动,满脸的皱纹因为沉重的粉妆越显滑稽。

"来人,连盆带人给我拖下去。"高阳敛住笑意,公主的架势因愤怒高燃,浑身的高贵耀眼得让人不敢直视。

"喏。"她身旁的侍卫,迅速上前架走高呼"公主恕罪"的老宫女。而后,她心疼地望着玥月,咬唇叹气,呼退身旁宫人,执袖掩鼻将玥月带至幽静无人处。

"小月,你不是被调去浣衣,怎会,怎又会去洗马子?"媚娘大步走向玥月,心疼地想要搂着她单薄的躯体。

"别,别过来,脏!"长时间熏香,身上就有香薰的味道。而长时间与臭味为伍,身上的屎尿味自然难闻。在最狼狈的时候,她真的不想面对这群熟人。看着衣着光鲜的媚娘,她自卑得连连后退,恨不得挖个洞将自己埋起来。

"月。"李宽阔步上前,想要告诉她无论她变成什么样,她依旧是他喜欢的玥月。可当他看见她眸中惊恐的自卑,他停住向前的步伐。他怎忍心逼她?

"我,我,我没事,很好,很好。"她仓促笑着,慌忙整理着散乱的头发,又快速将塞满脏秽的指甲背在身后。好丢脸,但很庆幸李泰没来:"对了,媚娘,信交给李君羡了吗?"她展开笑颜,却不知那份笑容失了纯真,多了倦怠。

"我将信托给了楚侯。"玥月此刻的模样让她心酸、心疼。泪水在眼眶中转动,她又怕怜悯的泪触动了玥月高傲的自尊,只能默默低下脑袋,努力不去想玥月辛劳刷马子的模样。

"给了。"看着玥月满是红丝的双眼,他很想告诉她:别做了,跟他走,一切有他担着,"他让我带话给你:他一直帮的是明月,很庆幸他的调职救了你。"

李泰为了玥月暂时放过承乾,高阳为了玥月陷害李君羡,而他除了仿写玥月的笔迹,什么也没能为她做。看着衣衫褴褛的玥月,他攥紧了拳。作为男人连自己心爱的女子都不能保护,他算什么男人?

"谢谢。"她原以为当李君羡知道她不是明月时,会恨她一辈子。但没想到,他竟因为她那张与明月一模一样的容貌,而包容她往日所有欺骗。如此伟岸的男子,如此深情的男子,如何让她不动容?玥月咬唇吐气,脑海中忽然跃出想见李君羡的念头。

"月。"她的心他就是懂，哪怕她动一下眉头，他就知道她想要什么，"今日他离职，我带你去见他。"其他事帮不了她，但至少此事他能助她。李宽上前一步，抓住玥月戴玉镯的手。真好，他送她的玉镯她一直戴着！消失已久的笑容，溢出唇边。

"我……"她想去，她知道李君羡想见她。而她也想以玥月的身份、明月的容颜见李君羡最后一面。可是，此刻的她连掖庭宫都出不了，又怎能去玄武门？

"我帮你。"高阳忍住玥月身上的异味，屏住呼吸上前，露出令人信任和安心的笑。陷害李君羡并非她本意，让玥月落到如此田地也非她愿意。她想要帮他们，至少那可以减轻她心中的罪恶。

"虽然，我无法像他们那样帮你，但我支持你。"媚娘握着玥月另一只手苦笑着。

虽然不再有人监视她，限制她行动，可唐太宗不再理会她，德妃也对她视而不见……这一次，唐太宗因李治而对她心生间隙，她自知再无翻身机会。本来她对此事很伤心，但见玥月现状，她才知晓与玥月相比她幸运太多。

"谢谢。"双唇张合的同时，滚烫的泪淌下。她依然很幸运，因为她并不孤独。就算如此落魄，那群朋友依然没舍弃她。只是，他们如此帮她，她又能如何回报？

"午时，李将军就要出宫，现在距离午时只有半个时辰了。事不宜迟，高阳先把你带出掖庭宫，我将你带至玄武门。"李宽有些不舍地放开玥月冰凉的手，有条不紊地安排着如何安全将玥月带至玄武门。

"嗯。"玥月破涕笑开。李宽总是如此让人安心，可惜这一世她注定误了他，只因她心中有了李泰，那个只可相望的男人。

在高阳和媚娘的掩护下，李宽和玥月顺利在出玄武门必经之路的草丛中蹲藏起来。看着玥月因慌张躲藏，沾上发丝的枯叶，李宽忍不住呵呵笑开，温暖的手指穿越在玥月杂乱的发间，为她拈下一片片枯叶。

暧昧的氤氲在鼻息间冉冉上升，随着心跳加快，滚烫的红云出现在玥月苍白的面孔上。"头发好脏，别弄了。"她不知出身高贵的李宽，如何能与此刻肮脏得连自己都讨厌的她，相处得如此自然。但她知此刻的气氛，暧昧得让她害怕。

忽然，李宽的指尖不小心划过她冰冷的耳垂。"啊——"她像被惊吓的小猫，"嗖"地弹跳起来。

"我……我不是故意的。"李宽尴尬苦笑，载着被伤得支离破碎、落寞的灵魂，跟着站了起来。

"没……"她想回答没关系，可抬头那刻猛瞅见一道熟悉的身影。她忙闪身躲在李宽身后，"我害怕。"

他一身华丽高贵的官服，她一身破旧肮脏的襦裙。如此的落魄，她真的好怕见到李泰。可偏在最狼狈的时候，她抬头看见了他，而他貌似回头也看见了她。从未有过的自卑像饕餮一般吞噬她的灵魂，眼泪大滴大滴落下，她害怕地蹲下紧抱双膝瑟瑟发抖，祈祷李泰压根没有看见狼狈不堪的她。

李泰与李宽对视一眼，然后像什么事都没发生，同随行官员离去。"他走了。"李宽转身，蹲在玥月身旁，拍着她的肩膀安慰。

"他没看见我吧？"她含泪的神情脆弱得像池中的水泡。

李泰知道玥月性情刚烈，她的自尊容不下她用如此狼狈的形象，面对心爱之人。视而不见！便是李泰心疼玥月，表达深情的方式。

李宽望着李泰消失的方向叹气。李泰和玥月对彼此的情，恐怕深到连他们也看不清的地步。面对这样的李泰，他还有机会吗？

"月。"李宽取出素白的丝帕递给玥月，"擦擦泪，李将军快来了。"

"我能见他？"李君羡怎么可能独自从这里出玄武门？她以为她只能躲在这里偷偷望他一眼。

"有人会安排。"他能知晓玥月的心思，李泰岂会不懂？李泰虽无法像他这般待在玥月身边，但他相信李泰的大步离去，其一是不希望玥月更伤心，其二是去安排让李君羡独自安全与玥月见上一面。

"李泰吗？"原来他看见了她……玥月接过李宽手中的丝帕，心中五味俱全，"他也是用这样的手帕。"

"月……"他能说什么？低头看着玥月手腕的玉镯，他凝望着她通红的双目，"我不会让你永远待在掖庭宫受苦。"他不想在政事上与李泰搅和在一起，但是关于玥月的事，他愿意向李泰妥协。

他对她的情，她不是不懂。但她无法接受，也只能视而不见。"阿宽，你不必对我这么好。我报答不了！"她不敢面对李宽的浓情，只能低头拭擦眼泪整理容颜。

"我只是想对你好，如此而已。"他不想让他的情，成为她的负担，亦只能无奈耸肩笑着站起身，提醒她等的人正向他们走来，"李将军来了。"

"哦。"她点头，有些尴尬地从他身边站起，望着立在草丛边对她咧齿笑着的男人道，"你还好吗？"

"很好。"神色中的倦怠，泄露着他朗笑背后的疲惫。原以为的情人，其实是陌生人，如此的事实让他有点难习惯，他挠挠脑袋有些生硬地说："我只想问你一句。信中内容是真的？她真的活着？"

她能说什么？信半真半假，明月生死她压根不知道？不能，面对仕途失意的李君羡，她吐不出真话。"是真的。"她笑了，瞳中洋溢着让人安心的流光。

那瞬间，绵绵细雨划破低沉的天空，沿着李君羡铁灰色的头盔亮晶晶地滑下："我安心了。保重！"

李君羡深吸一口气，努力将玥月的模样记入脑海，昂首挺胸地阔步转身离去。他坚信，下次再见的时候，出现在他面前的不会再是信中的玥月，而是他至爱的明月。

她嗓音嘶哑得就像冬日寒风，停歇的泪水再度溢满双颊："保重！"望着李君羡在雨中消失的身影，她浑身抽疼得就像此刻阴冷的天空。

李君羡被贬，稍宽了唐太宗猜忌之心。但李淳风那句"天意难断"依旧让他夜夜难眠。为平心中烦乱，他不得不召火山令袁天罡入宫，与李淳风共卜大唐未来。而李泰和李宽则暗中牵线，借袁天罡入宫无人服侍等为由，将玥月调至袁天罡身边。

"丫头，你到底是从哪冒出来的？"袁天罡摸着长长胡须，望着默站一旁的玥月。与大唐的未来相比，他反倒对占不出过去的玥月更感兴趣。更何况正如李淳风所言——"水中含紫，此乃大吉之相。若得此女相助，此生必显贵不已。"大唐的命运正与这个小宫女的未来息息相关。

"回山火令，我是从娘胎中生出来的。"玥月半垂着脑袋，看似卑微作答。她才不会傻到告诉他，她来自千年之后。

"丫头，你怎么看大唐未来？"袁天罡不舍追问。

"国运昌盛，万万年。"玥月暗暗翻白眼。天天这样问，他也不累吗？望望窗外那抹冬日中罕见的阳光，玥月连忙冲着袁天罡行礼，"火山令，快晌午了，我去催催午膳。"

"我不饿。"袁天罡连忙阻拦，可玥月已快步溜出了房门。

"呼——"玥月伸开双臂，仰天深呼吸。终于逃出来了，她真怕在袁天罡的疲劳攻势下，一个不小心道出历史，祸乱天下。唉——能逃一时算一时吧！玥月伸了个懒腰，大步向御膳房走去。

"徐充容，朝这边来了。"

远瞅见徐惠信步走来，玥月忙像其他宫人般低头行礼，静待徐惠离去。没想到徐惠一眼便在众多宫人中，瞅见了玥月。"明月，抬起你的头。"她的身上依然缠绕着淡淡桂花香，柔雅的声音还是那样亲切。

"是。"没想到徐惠会认出她，更没想到徐惠会叫住她。玥月惊愕中跳动眉梢，来不及多想只能顺从地抬头。

"好一个娇兰女子。"徐惠含笑望着玥月淡雅的白面妆容，转身挥袖吩咐其他宫人，"都退下吧！"

"喏。"不一会儿，偌大的花园只剩下徐惠和玥月。

"近日常听见你的名字，早就想见你一面。却苦无机会！今日倒好，在这儿巧遇。"寒风将徐惠的双颊冻得越发红润，裹着上等白皮裘的她，看上去就像尊精致的瓷娃娃。

"明月何德何能，有劳徐充容上心。"在掖庭宫走了一圈，她不得不承认自己的渺小，也不得不真正认清现状——她不再是自由快乐的新新人类，而是阴潮皇宫中最卑微的宫女。

"明月，你很聪明。陛下不时唠叨，你在甘露殿当值时何等称他心意；也曾提及当日不愿服侍殿下的刚烈举止。还有魏王……"说到李泰时，徐惠忙抿嘴止住话题，转而又言，"明月，出人头地是好事，能服侍王爷也是喜事。只是，你不觉得你的举止有些过了吗？皇后的《女则》、班昭的《女诫》，还有《礼记》平日里当多读读才是。"

李泰就像她身上的暗疮，不揭还罢，一掀开又疼得钻心，痛得刺骨。就连徐惠后面的话，她也没能听进去多少。只是挂着顺从的皮囊回答："徐充容教训得是。"

"不是教训，只是怜惜。你我同为女子，我也是想为你的将来打算。"她一直羡慕媚娘身边能有明月这样亲如姐妹的宫女，不经意间这份羡慕渐渐便化为关心。看着对方一脸冷淡，她不禁叹气："你能从掖庭宫调出，便证明陛下对你那些胡话，

并非完全放在心上。你要好好修养妇德,让陛下看见女儿家该有的柔顺才是。"

"是。"徐惠隐晦的话语像蔷薇的利刺,扎得她浑身发麻泛疼。要她接受三从四德,不如拿根白绫勒死她痛快点!

"明月,我也是一番好心,你何必拿一身刺相对?你可知晓,就是你这身刺,让陛下万般不快!"面对她左耳进右耳出的架势,徐惠不禁染上层薄怒。

"我……"胸口堵着口不快想要争辩,可想到自己宫女的身份,她又咬唇不甘心低下头。

"《女诫》道:妇德,不必明才绝异也。"徐惠以为玥月终将她的话语铭记在心,于是又继续说,"男子当为执金吾,女子当为牡丹娇。好好女子家,何必偏选蔷薇一身是刺?"

她一身刺碍着谁呢?难道人人都该像她这样心怀大志却偏装风淡云轻,明明心挂唐太宗偏要推选更多的女子在唐太宗身边服侍?……这样为人,她不累吗?

"女子家,难道就活该天生任人宰割!"胸口一股气冒上,她不禁抬头逼问徐惠。当缓过神,她才猛从徐惠惊愕的眸色中察觉失态。

她还是无法将自己当做古人呵!苦笑一下,举止有些慌乱地向徐惠行礼:"奴婢有事在身,先行告退。"

"明月……"徐惠想叫住她,却又不知该对她再说什么,举起的玉指唯有缓缓放下。载着羡慕和无奈看着玥月快速离去的身影,望着碧蓝的天空呼出团白气。

她是该前往御膳房,可是脚下的步伐,却不听话地走向靠冷宫的古井。她坐在井口,双脚垂吊在井中,仰头望着天空飘动的白云。脑海一片模糊,什么也不想,什么也不想去想……

"小心。"健壮有力的双臂陡然环住她的腰,熟悉而急促的声音在她耳边响起。

是幻觉吗?李泰怎会出现在这里。心尖抽疼一下,她低头看着腰间宽厚的手掌,肩膀发颤。

"你也知道害怕吗?"若她此刻回头,便能看见李泰眉头紧锁的八字,眼中唯恐失去她的恐惧。

"我只是想静一下。"她只是想找个地方将自己藏起来,仰望自由。

"静?就一定要到这可怕的井边?一定要双脚伸入井中?"为什么每次在这

里遇见她,她都在望井?那双黑白分明的眸中,更饱含跳下去的欲望。难道生就如此痛苦?唯有死,她才觉得能够解脱吗?

他不由得将她拦腰抱起,远远离开让他恐惧的井口。他告诫过自己不可以再靠近玥月,也做好生死不相往来的准备。可那不代表他可以忘记她,也不代表他不再迷恋她。

他想他是真正爱她,但那份爱有多浓不一定要让她知道。事到如今,他想要的不过是不时能远望她一眼,能与她呼吸同样的空气。

"我……"她想要辩解,当迎上李泰紧张得发颤的眸神时,她脑袋一片空白,手指动了动抚上他额头的八字,"你关心我。"鼻头开始泛酸,眼泪又在眶中打滚。

"我……" 他是关心她,可他说不出口。想到李君羡离宫那日衣衫褴褛的玥月,他不由得松开环抱她的双手,"珍惜生命。"唐太宗不允许他们在一起,他也不能放任自己沉浸在儿女私情中。

感觉着他残留在她身上的温暖,她努力忍住泪水点头:"嗯。"不相见,不能恋!对他们而言是最好的结局。他不必担心江山和她的重量,她也不必挂心古代和现代的矛盾……更不用在意历史的悲剧。

他不想在血腥的皇位争斗时挂心她,亦不想再见她在掖庭宫受苦时狼狈的模样。目前他只能用离别保全她平凡而安定的生活。

"保重。"话语很淡,心却很重。他望着她露出一个笑,就像远行的丈夫,嘱咐在家的妻子要好好照顾自己。

"你也是。好好照顾自己,不要老抱着你高傲的自尊。要记住在那个位置上的是你的亲生父亲,要记住与你争夺那个位置的是你亲生兄弟……凡事不要太过强势。"玥月抿抿双唇,忍不住向他暗示历史,眸中仅是妻子才有的挂念。

"好。"他不说再见,因为他害怕离别。他亦不敢继续望向她深情浓浓的眼眸,只因他怕再看一眼便再也不舍放下。他仅能闭眼握着拳头转身,一步又一步努力拉远他们的距离。

再见!希望历史真能改变,而他能如愿以偿。泪水决堤般疯涌,她紧搂双臂,心中满是矛盾的挣扎。

不是不爱,只是不能继续拥有!可她真的好不甘心,她真的不想放下。"李泰!"终究她忍不住大声呼喊,双脚不听话地向他冲去。

"我不管了，我什么都不要了。"她从后背紧环着他的腰，泪水滚落在他的衣衫上，"我要你，我只要你！我不要去想所谓的三妻四妾，不要去恶心那些可怕的三从四德，更不要去猜狗屁的大唐历史……不要离开好不好？我不求自己的地位能高出你贪恋的皇位，也不求与你在一起，我只求你心中有我。只求再相遇那刻，你不要像陌生人那样叫我。哪怕相遇时，不敢多言，你只要给我一个温暖的微笑就好。让我知道，你心中有我，这便够了！"

"月儿！"她这样主动搂着他，说着从未说过的情话，如何能叫他实现对张亮的许诺，放弃对她的迷恋，心中只容江山？

"李泰，我不要听那些狗屁不通的礼教，更不要听你那些可怕的帝王权术。我只是个女人，我只要我的男人。我不会干扰魏王光辉的前程，也不会再像以前招惹 N 多祸事。我只求，你我单独相处时，你放下魏王的架势，只当我一个人的李泰。"她明知这样的关系没有将来，她明知李泰是杯残酷的毒药，可是她偏像瘾君子般放不下李泰这朵罂粟。

争宠，邀宠……这些实例他见过太多。可从没有过女子不要身份只要他的情，也从没有过女子不要富贵只要他的心。"月儿。"她是特别的，可他能在心中为她留下她想要的位置吗？

老天，就让她最后任性一次吧！"只要我们不再私下见面，只要我恪守宫女本分，陛下是不会再为难你的。"她不敢去看他犹豫的面孔，只能将冰凉的脸蛋贴在他背上。

"月儿，你这是何苦？"那颗玲珑的心，那份纯粹的情，让他如何能放下？他转身，捧着她的面颊痴望半晌，然后搂着她，将她的脑袋靠在胸口，"暂时就这样吧！"

李泰望着蓝天上混群飞舞的乌鸦，幽幽呼气。他不会如玥月所言那样，让她永远在暗处待一辈子。二十年、十年……也许更短的时间内，他会握着玥月的手，让她并肩站在他的身旁。那时，他就能光明正大给予玥月所有女人梦想的一切。

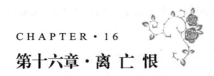

CHAPTER · 16

第十六章·离亡恨

——大悲无泪，大悟无言，大笑无声。

贞观十六年冬，来得异常早。几场鹅毛大雪，便将长安涂上厚厚白妆。玥月在袁天罡身边伺候，日子虽比在甘露殿当值时自由，但生活用具之类皆不如甘露殿。

"明月，没见魏王来了吗？还不接下魏王的斗篷。"袁天罡笑呵呵地迎着李泰，吩咐站在炭盆边打盹的玥月。

"喏！"她揉揉饱含睡意的眼睛，僵硬向门口的李泰走去。天冷她脑袋就犯迷糊，恨不能燃上红彤彤的炭火，时刻猫在被褥中冬眠。

李泰拍拍残留在肩上的雪花，不假他人之手，脱下斗篷递给玥月。玥月接过冰凉的斗篷抿嘴浅笑，他眼中柔和的眸光她知那是在关心她。

想到此处，她抱着斗篷，傻傻笑得更开，直到一阵寒风卷着雪花袭来。"阿嚏！"她哆嗦着打了个喷嚏。

"魏王莫怪，这奴婢，一冷就犯浑。"袁天罡不知玥月和李泰的关系，急忙上前一步为玥月解困，生怕李泰用服侍不周的借口怪罪玥月。

"天冷就多加几件衣裳。还是说，宫里派给火山令这边的月钱太少？瞧着屋子炭火不旺，怪冷清的。"看着玥月通红的鼻头、紫红的双手，他心头怪不是滋味。

屋子坐南朝北干燥隔风，屋内又炭火兴旺。只怕除了脑袋被冻僵的玥月，没人觉得冷清。"不，不，陛下对下臣关照有加，宫人又岂敢怠慢？"袁天罡陪笑道。

"见服侍你的宫女，冷得四肢僵硬，小王真担心她如何能将火山令服侍好！这

样,小王命人给火山令这边,多送点炭火,可好?"无法明着照顾玥月,只能托借口照顾袁天罡。还好,袁天罡精通易数,在宫内地位特殊,多照顾他几分也是无可非议的事。

"有劳殿下。"袁天罡顿觉受宠若惊。

李泰瞟了眼玥月被冻得紫红的双手,冲着袁天罡笑着又问:"不知宫人是否已给火山令送来手炉?"

"尚未。"他修道之人,身子骨健壮,冬天不需要那些累赘。

"这么冷的天气,没有手炉怎行?回头我选几个上品,命人送来。"李泰宛如知心好友般,向袁天罡关心笑道。

"不,不用……"早闻魏王礼贤下士,可关心到这种无微不至的地步,倒让人倍感怪异。难道说,魏王有事求他?

"火山令,不必客气。"李泰不容袁天罡拒绝,转身对拨弄炭火的玥月道,"天怪冷的。你去取几样茶果,暖一壶好酒,小王早闻火山令棋艺精湛,今日非得好好讨教。"

"魏王过谦了。我这就去取棋。"这么冷的天,还进宫找他下棋,这个魏王也真够怪异!袁天罡心中嘀咕,大步踏进里屋。

见袁天罡离去,玥月冲李泰撅撅嘴,心里满是幸福,"扑哧"掩唇笑了。她可以预见,明日她冰凉的手中将多一个造型精美的鎏金手炉。而那就是李泰对她的心,对她特有的情……

天气越来越寒,今冬的雪像下不透似的,在地上积了一尺深的雪毯。一早醒来,推开窗户见雪已止,湛蓝的天空有放晴的征兆,玥月捧着李泰送来的雕刻花草鎏金手炉,心情更好上几分。

见同住的宫女催促,玥月忙将小巧的手炉收入袖袋,随大家快步离开掖庭宫居所,向袁天罡居住的庭院走去。

"玥月。"刚出掖庭宫,她便看见披着银装的古树下,立着面不施粉、一身素白窄袖襦裙的媚娘。

"媚娘。"玥月疾步上前,握住媚娘冷得泛青的手,关心急问,"天这么冷,你怎么不多穿一件衣服出来?"

"哈哈哈……衣服。"媚娘甩开玥月的手，突然仰天大笑。随之冷面直望玥月，"啪"冷不防抽了玥月一巴掌，"这是替明月打的！"

"媚娘！"好痛！五根手指印随着火辣的疼痛浮现面颊，满眼的迷惑。

媚娘并不解释，反而瞪大杏瞳，"啪"反手又给了玥月一耳光："这一巴掌，是替李君羡打的。"

"耶，媚娘，我做错了什么，你就这样甩我两耳光。脸都肿了，疼！"玥月捧着火辣辣的脸颊，鼻头泛酸，满腹委屈。

"这一巴掌，是我为自己打的。"媚娘高举着手掌，愣了半晌却甩不下去，一跺脚眼泪"哗啦"地滚下来，"玥月，我恨你，我恨你！"

"媚娘。"要哭也是被抽耳光的她哭啊！她又没打媚娘，媚娘哭什么？真是莫名其妙。玥月上前一步，想要拍拍媚娘肩膀安慰她，却被媚娘扭身甩开。

"滚！"媚娘气得全身发抖，取出袖中丝绢，用力撕成两半，嘶声大喊，"你我关系如同此帕！你不是明月，不是我的手帕之交。"

"媚娘！判人死刑，也该有个缘由吧？我天天待在火山令旁伺候，哪里招惹你了？"她从没见过媚娘如此大的火气，那高燃的怒火仿佛能将天地吞噬。

"哈哈哈哈哈哈！你没招惹我，你从没招惹我！武玥月，我真后悔那日救了你。祸害，你真是个祸害！"她指着玥月鼻梁叫嚣着，抽泣着，"如果，如果不是你那封信，他就不会死，就不会死！"

"信？死？"玥月顿时目瞪口呆，惊心的血丝一点点袭上瞳子，"李君羡死了？因为我？"

"与妖人通，意图谋反，斩！"媚娘紧环着双臂，梨花带泪的眸子在晨曦中绽放着哀伤的流光，"明月曾说过，李将军素来不问鬼神。就连陛下发噩梦、请门神的事，他亦是朝中少数反对派。你说，他怎么会，与布衣道，信相交？还修炼法术，意图通天？"

"因为他想见明月？想要带回明月？"玥月双唇哆嗦，泪水无声滚落。历史始终没有改变。她以为告诉李君羡事实，就能激发他好好生存，以为就能帮助他逃过历史之轮。可，她偏成了历史的刽子手。

"武玥月，你是刽子手。若你不去对付太子，李将军不会被太子恶之；若你不强求与世不同的爱，不会让陛下想到女主武王；若不为想帮你，我不会失宠；若不

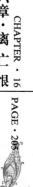

是你多事写信给李将军,他不会因谋反诛之……你那些狗屁的认命不认输,狗屁的男女平等。若你从未出现就好了,就好了!"媚娘摇头哭喊着,冲到玥月面前,举起巴掌全身发抖。

"我恨你!"若玥月是刽子手,她就是帮凶。她有什么资格打她?"别让我再见到你!"高举的巴掌紧握成拳重重放下,媚娘拂袖转身快速跑开。

她害了李君羡。她错了吗?历史根本不可能因为她这个平凡的现代人而改变!玥月捂着面孔,蹲坐在雪地上,晶莹的泪水伴着晨曦从指缝溢出。

"明月!"袁天罡举书用力拍了下呆立窗边玥月的额头。

"啊?"满脑袋尽是媚娘泪眼、李君羡鲜血的玥月,陡然一惊回神。

"关窗需要半个时辰吗?"袁天罡叹气,"你今日当值迟到不言,脸还被人打了,这会儿又对着寒风发呆……究竟发生什么事了?"

"没事。"玥月扯唇苦笑,殊不知眼泪又开始在眼眶中打转。

"倔犟!"袁天罡无奈叹气。这丫头,什么都可爱,就是脾气倔犟得像头牛,"院中来了贵客,去取些茶果,送去。"看着玥月眼中即将掉落的泪,他不敢再问只能转移话题。

"嗯。"她用力吸气忍住眼泪,咬唇退下准备茶果。

准备好茶果,送入院中时,她才突然发现——所谓的贵客正是李泰和承乾。要送去吗?可她双颊高肿,如何敢见李泰?玥月端着茶果,躲在木质雕花屏风后犹豫不前。

"为兄,在此先向四弟道喜了。"承乾侧瞅了眼屏风。玥月顿惊一跳,以为藏身之处被承乾发现。

可没想到,承乾环视了圈屋内,目光最终依旧落在李泰身上:"四弟剿灭李君羡这个大逆不道的叛党有功,相信不日父皇必有重赏。"

"我只是按圣命行事。"李泰面含笑客气应声,心中却滋生厚重的不安。

前些日子,接到"李君羡与妖人通,意图谋反,诛之"的圣谕,作为臣子的他不得不按旨意,去华州诛杀李君羡。但这事他没敢告诉玥月,他怕她伤心,亦怕她无法理解何谓圣命难拒。

想到李君羡死前,大笑望天,高吼:"明月,我来也。"他心中就发毛。此刻承乾刻意在玥月侍奉的院落提及李君羡,他更不由紧张。他真的很怕,玥月知道他杀了李君羡,转而恨他。

"确为圣命,不过听闻阻止女主武王祸乱天下的主意,源于四弟处。"承乾眼角稍稍眯起,下巴微仰,"先贬之,后杀之,这计真是妙哉啊!"

"我……"那明明是唐太宗心中所想,只是借他口道出而已。可此刻,他能如何辩解?似乎,也没必要向承乾辩解。

李泰望着屋内的炭盆浅浅叹息。脑袋中思量着,辱杀李君羡为称心报仇,如此好的机会承乾为何不争取?反要将诛杀叛逆如此大功捧到他面前?……向唐太宗展现在魏徵教导下,他不再小肚鸡肠,是承乾此举的缘由。

但仅此缘由就舍弃复仇的机会,不像是承乾所为。他葫芦里到底还卖着什么药?李泰忽觉承乾儒雅的笑意竟有些凛洌。

"此次诛杀叛逆,四弟功劳当记第一。高阳主动请缨,骗李君羡入局当居第二。只是父皇不知道,还当为楚侯记上一功。若非楚侯模仿明月笔迹,想必李君羡难轻易入局。你们三人的聪慧和果断,为兄真是自叹不如啊!"承乾拱手继续笑道。

"你,胡说什么!"李泰心头一慌,愕然惊觉承乾这番话不是对他说,而像是刻意漏给旁人知晓。至于那旁人,难道是……

"哐当"脑海中一阵刺疼,惊得玥月脚下踉跄,脑袋晕眩,双手一个不稳,装满精致茶果的瓷盘落在地上摔得粉碎。"咚!"身子一个不稳,她推倒了屏风跌倒。

"月儿!"李泰心乱如麻,不自觉叫出玥月名讳。

"是真的吗?"她仰着丹凤眼,神色呆滞瞪着李泰。原来她所熟悉的每一个人,都加入了诛杀李君羡的计谋。

他想要否认,但事实如此。而他从不欺骗她!"嗯。"李泰点头,并不为自己争辩。

"哈哈哈哈……"她挣扎着从地上爬起,仰头苦笑。她最信赖的两人,一人借她之名欺骗李君羡,一人干脆举着屠刀杀了李君羡……杀戮就是他们对她的爱吗?

"我恨你,我恨你们!"玥月撕扯着头发,泪流满面仰天咆哮,"啊——"好疼,头疼得不想去思考,疼得要想终止生命。

她恨他们，她恨自己……真像媚娘所言，她是祸害，她不该到大唐。瞬间，她猛觉李君羡和明月的灵魂，团团将她困住。他们浑身是血，斥责她，辱骂她……

"啊——"她咬牙瞪了眼李泰，又是一声大叫，疯狂挥舞双臂冲了出去。

月儿！他想要冲出去告诉她，不要恨他。可当他侧头看见承乾眼中得意的笑意时，伸出的右腿又缩了回来。他不能自乱阵脚，更不能让人觉得玥月是第二个称心。

"殿下，这些事何需讲给女人听？"他稳住眼中慌乱，转身作势毫不在意地轻笑。

"她好像被逼疯了。你不追出去瞧瞧？"承乾望着一地的茶点，整了整衣袖。既然李泰借称心让他被别人蔑视，那么他不借明月让李泰跌倒，岂不是对不起死去的称心？

的确，玥月看上去快要崩溃。他应当追出去，将她搂在怀中好好安慰。可他不能！承乾将李君羡的死透露给玥月，就是要让玥月恨他，就是要他乱方寸。

此刻，他表现得越在乎玥月，就让承乾越开心，也就越令玥月和他陷入危险。"对一个宫女，有这必要吗？"他玩世不恭地笑着。

"那可是你的女人。你就忍心，眼睁睁瞧着她疯掉？又或是死？"承乾难以置信地望着李泰眼中毫不在乎，心中猜想他话中的真实性。

"女人如衣服。宫里宫外，那等货色的女子多着呢。"李泰的手搁在承乾肩上，低头耳语，"殿下，可要我让她送给你玩玩？"

"四弟，你……你可真够薄情。"承乾眨眨眼，伸手拍拍李泰搁在他肩头的手，咬牙不甘心地抽搐唇角哼笑一声。

李泰啊，李泰，他还是轻瞧了他，以为抓住明月这个把柄，等于卸掉他半臂。没想到，他的多情仍是无情的掩饰。李泰的心中仍旧只有帝位！

月儿，你一定要坚强，一定要平安！"人不风流枉少年！哈哈哈哈哈……"李泰眯眼仰头大笑。唯有他知晓此刻他紧闭的眼中何等湿润，那颗心早在玥月离开那刻，被刺得千疮百孔。

她冲出门那刻，才发现无处可去。她像疯子般披散头发指着碧蓝的天空狂笑。老天爷，老天爷，为什么要将她带到这里？为什么让她成为蝼蚁般的宫女，偏认识那些历史中赫赫有名的英豪？……

　　老天爷，他到底留她在这里做什么？难道看着她哭，看着她疯掉，看着她死亡，他就很高兴？她究竟做错了什么，老天爷偏要这么折磨她，捉弄她？

　　泪水像流不尽的泉，随着狂笑溢出，她摇晃着身子走入大雪茫茫的花园。好累，真的好累！她抱着双臂，在被大雪掩盖的树丛，冰凉的四肢紧紧抱在一起蜷在角落。她好想睡，好想找个地方把自己藏起来……想到媚娘眼中的恨意，想到李泰口中的肯定，她真的好想就这样安静地冻死在这里。

　　阳光越来越弱，寒风卷着大雪又落了下来。好冷！玥月紧抱着四肢哆嗦。冻死前不是一切感觉都会消失吗？为什么她会觉得好冷，冷得想要伸展四肢狂奔。不是说自杀时所有欲望都会放下，可她为何还想着热乎乎的羊肉汤？

　　"喔"树枝上一大块积雪不堪重压落下，冰冷的积雪正中玥月的颈项，雪水更顺着衣领滑入她光洁的背部。

　　"啊——"她下意识一个惊颤，弓身跳起来。老天，她不过想找个地方静静等死，为何都如此困难？她拍下颈项冰冷的雪块，望着落山的太阳，叹一口气像游魂似的甩动双臂游荡。

　　如果此刻被人发现，对方定会认为她得了癔病，而将她关起来吧！那样也好。她就不用去面对那些人，也就不用去回想学过的历史。

　　心里虽这样想，但她的双腿却下意识挑选小路，向她第一次出现的古井走去。"这里……"当她突然惊醒时，发现已走上通往古井的必经之路。

　　李泰不会在古井边等她吧？她慌乱得想要掉头，却偏又载满更多的期待。双腿更是不听话地加快步伐，几乎用小跑的速度冲向古井。

　　除了白茫茫的一片和幽深的古井，什么都没有！李泰，他果然冷情。当她与他未来毫无冲突时，他可像对待宠物般善待她。可当她可能影响他取得皇位，他就毫不留情将她推开！

　　"呵呵！"她捂嘴苦笑，原以为流尽的泪又涌出来。老天，为何要这般待她。为何，在她以为获得幸福时，又再次剥夺她的一切？

　　李泰出来一下好吗？不需要解释，只需要给她一个宽厚的双臂，她就可以不去想李君羡，不去想明月。

　　她叹着气，将双脚吊入井中，在井沿边坐下。好冷！李泰不是最讨厌她坐在

井边吗？每次她这样绝望的时候，他就会出现吗？可是，在风中在雪中，她偏听不见半丝他的声音？……在他心中，难道她果真不过是玩物而已吗？

好冷，她觉得快要冻死了。她低头看着手腕的玉镯。李宽！李泰不出现，李宽出现也好。只要他出现，给她一个拥抱，告诉她李君羡的死与他无关，也告诉她李君羡的死与她无关……她就愿意将自己交托给她。

可惜，风还是风，雪还是雪，天地间亦只有她一人。她低头望着身下黝黑的古井。跳下去好吗？跳下去一切都结束了。

她的身体下意识向井口挪了挪。"扑通！"身下的雪块因为她的挪动落入井中，溅起几尺高浪花。

"呃。"她惊了一跳，双手下意识撑在地上，快速向后挪了几步。她仰望着灰黑的天空，听着"哇哇"的乌啼……她居然连死的勇气都没有！

可像她这种懦弱而渺小，总是招惹祸事的人，活着义有什么用？明月，李君羡……谁能告诉她，她该怎么办？

"啊——"她痛苦大叫，身体向后仰倒在雪地中。就这样死去，不好吗？

她想死，真的好想死。可身下冰雪浸入衣裳的刺痛，腹中饥饿的抗议……她脑海中的混沌竟一点点散去，清明的思路一点点回到脑海。

李泰设计，李宽和高阳执行，她表明真相的信……李君羡真是被他们联手害死，而她还是主谋吗？

媚娘的诅咒，承乾的暗示，李泰的默认……三种声响交替出现在她耳边。谁是主谋，谁最该背负杀人犯的罪名……一股仇恨，一种相貌，渐渐在她脑海浮现。

她不能死！最该死的不是她。她猛然从雪地惊坐起来，低头望着宛如地狱入口的古井。她懂了，她知道谁才是最可怕的凶手。

她要报复，要改变历史，要为李君羡报仇！也许，这才是老天爷让她穿越到这里真正的目的。仇恨的火焰在她眼中一点点灼烧，她收回双腿爬离井边，站起来拍拍满身的积雪，又望了眼幽深的古井。这一次，她绝不再轻易言死！

溜回掖庭宫换了身衣服，重新梳髻上妆后，她去了媚娘居住的院落。望着大敞窗户，静坐屋内望着古琴发呆的媚娘，她低声呼唤："媚娘。"

回望玥月，一丝担忧从媚娘眼眸闪过，但下一刻她面色一冷，用力一拍放古琴的桌子站立："你滚，我不想再见你！"玥月害死了李君羡，而她则是玥月的帮凶。她无法原谅自己，亦无法原谅玥月。

"媚娘，我不否认我是刽子手。我也不求你原谅我。今天来这里，除了想对你说声对不起，更重要的是，我知道为何《秘记》会传入陛下耳中，我也知道为何我们会被陛下认为可能是女主武王，而李君羡为何就凑巧成应了那句箴言……万般皆是命，有人刻意操作的命。我想我知道为何他们一定要李君羡死。一切都是因为我。也许我真的不该出现，但既然出现了，我就不能放过将我们陷入困局，将李君羡陷入死局的人。"玥月矗立在黄梅下，犀利的眸色宛如修罗，"我要报仇。无论那人是谁，我都要把他们加诸在我们身上的痛苦，百倍奉还。"

"小月……"陛下处理李君羡的手法的确蹊跷，《秘记》的飞速流行也确实可疑。难道她当真错怪了玥月？

"至于你……媚娘，请继续恨我吧！"她含泪苦笑，"保重。"转身那刻，泪珠落下，心如刀绞，却只能如此。

媚娘恨她吧，成长吧！这个后宫不是只要有爱，就能生存的地方。在这里恨比爱的力量更大，也更加有用。

至于她们之间的友谊，那份一个现代人和中国女皇的友谊，她记得并将其藏在心底，孤独的时候拿来回想就好。

"小月。"往日相聚的幕幕惊得心疼，媚娘提裙想要追赶玥月问个明白，却被脚下放置古琴的木桌绊住跌倒，望着玥月身影消失那刻，晶莹的泪水簌簌落下。她究竟该拿玥月如何……恨？抑或爱？怎样的选择，才能对得起死去的李君羡、消失的明月？

当夜一场风寒，冷得玥月蜷在被窝中哆嗦不止，难以消退的热度把她带入混沌的境界。不知过了多久，她依稀听见身旁有人起床，眼睑好不容易撑开一条缝隙，看见射入窗户的亮光。

天亮，她该起身了。她挣扎企图撑起如同灌铅的躯体，却连人带被褥滚落冰冷的地板。"啊——"她听见一声尖叫，身子一侧彻底晕过去。

再醒来时，她觉得浑身滚烫，想睁眼却怎么也睁不开。然后，她听见袁天罡和李淳风的叹息声。然后是人来人往的声音，又有人扶起她的身子给她灌药。

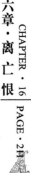

不知过了多久,她依稀听见李宽焦急的询问声,似乎媚娘也来了,她甚至能听见媚娘的抽泣声。

好想起身,告诉大家她很好,偏身体不听话,她用尽气力却抬不起一根手指头。"今夜再不退热,准备后事吧!"好不容易在混沌中,劈开一丝清明那刻,她听见的竟是对她死亡的宣判,然后是李宽摔东西的咒骂声,还有媚娘搂着她的恸哭声。

很快那丝清明消失,整个灵魂再度陷入混沌。好冷!将她扯出混沌的是刺骨的寒冷。原来这种被脱得光光抛尸雪地的错觉,就是死亡的感觉。

快死了吗?可她死了,李泰怎么办?媚娘怎么办?高阳怎么办?李宽怎么办?承乾怎么办?……好多身影在她脑海交织,她甚至看见李君羡搂着明月在向她招手。可这刻,她真的不想死!她想要改变历史,对付她恨的人,保护她爱的人。

"很冷吗?可你身子好烫?"在她觉得生命在冰冷中一点点流失那刻,一股热源竟从她四肢涌入。

"不要死。"她仔细聆听,那是李泰的声音。心头一揪,她忽觉眼角湿湿的。

"不要哭。"她甚至能感觉到李泰温厚的手指划过她眼角的温暖,还有泪水打落脸颊的痛心。

泰!她在心中呼唤,他却不再多言,只是紧紧将她搂住。那刻,她恍然觉得,彼此的灵魂在十指相交处,渐渐合二为一。

源源不断的温暖,一点点驱走寒冷,李君羡和明月的身影慢慢在她眼前模糊,她再度陷入混沌。

"吱吱!"一阵频繁的鸟叫将她惊醒,疲惫睁开眼睑,看着从窗缝飞入的喜鹊,摸摸身下湿润的被褥,死里逃生的幸运袭上心头。

迷糊中的感觉,都是真的吗?望着洒在窗台的晨曦,看着蹦跳鸣叫的喜鹊,她叹气回想昏迷中零星的记忆。

李泰,李泰,那般冷情的人,真的有来看她吗?一个侧身被褥从肩上滑过,胸前燃起一点温暖,令她不经意低头。

玉佩?她何时多了一块月牙形的玉坠?伸出沉重的手想要取下来看个究竟,却猛觉手中握有他物。

纸团?呆望手心上的纸团好一会儿,她深呼吸将它展开。"不要哭,不要死!"

李泰的字迹跃现眼前。

昨晚，他真的来了。心尖一堵，鼻头一酸，盈盈泪花涌入眼眶。她慌乱取下颈上的玉坠上下翻看，玉后篆体的"泰"跃现眼前……

"泰——"她紧攥着暖玉嘶哑呼喊，感动的泪珠如断线的珍珠，簌簌打落在温暖的被褥上。

白头偕老的誓言，执子之手的承诺……没有这些都无所谓，只要有这块玉坠，她就真正拥有了改变命运的勇气。就算此生与他相恋难相守，她亦余愿足矣！

窗外大雪纷飞，屋内暖茶洋溢。玥月静立一旁，望着对弈的李淳风和袁天罡，思量着如何开口让他们助她。

"明月？你想说什么？"险胜袁天罡一局的李淳风，握着手中白子，抬头望向玥月。

玥月低头看看挂在胸前的月牙玉坠，咬咬下唇上前几步："我想和你们谈一笔生意。"

"方外之人不言生意。"袁天罡收回棋盘上的黑子，准备与李淳风再战。

"若真是求仙之人，火山令为何偏要追问我的来历？李太史为何沉迷于推算未来？"玥月牵唇淡淡讽笑。

李淳风屡次答应李泰和李宽的求助，破例出手帮她。袁天罡不止一次地维护她。若不是为了她身上的秘密，这两位世外高人何需费这等心血？

"你想用你的身世换来我们的帮助？"李淳风半眯着眼盘算着，袁天罡却像毫无兴趣地为李淳风添茶。

"对，也不对。"玥月下意识握住胸前的吊坠，用力吸一口气，"上下五千年所有大事，不知两位感不感兴趣？"

既然老天不要她好过，那么恪守历史秘密的大任，自然不该落在她的身上。她只是历史洪流中的蝼蚁，不是吗？如果历史事件，能换来她想要的未来，她何乐而不为？

"你……"李淳风瞳孔放大，瞬间石化。

袁天罡难以置信地抬头盯着玥月，斟茶的手止不住发抖，连热茶溢出了茶杯也没察觉。"唔！"滚烫的茶水浇在李淳风搁在茶杯旁的手上，他顿时一惊弹跳起

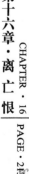

来，"你不是明月，你究竟是何方神圣？"李淳风指着玥月惊呼。

就要这效果！玥月放开紧握玉佩的手，吸气露齿一笑："我的真名叫武玥月，来自千年之后！"

"一派胡言。"袁天罡回神止住斟茶的手，慌乱用衣袖擦拭沾染茶水的棋盘。

"不出百年，在这后宫必有一个女人，会成为大唐的女帝。这算不算胡言？"她赌李淳风和袁天罡已算出女主武王，只是碍于天命不可言，而未向唐太宗上禀。

"玥月，此事《秘记》中有言。"口中虽如此说，可背在李淳风身后的手，却在慌忙掐指推算玥月话语的真实度。

"我想《秘记》不过是历史的巧合，有心人刻意为之的东西。"玥月上前几步，止住袁天罡用衣袖擦拭茶迹的失态，继续又言，"用流传千古的美誉换取一生相护，两位觉得这笔生意划算不？"望着李淳风和袁天罡眼中的矛盾挣扎，玥月心如鼓槌，脸上偏又露出一丝轻笑。

过了许久，李淳风和袁天罡相视一眼，齐声语："你要我们如何助你？"他们虽精于易数，可自知终其一生成就也难及诸葛孔明之类。可千古流传，万人敬仰，谁又不想？

"保我一生平安，助我达成所有心愿。"玥月挺直腰杆，执袖站立。

唐太宗不能成为她的靠山，因为他不相信她；李泰不能成为她的靠山，因为他自身难保；李宽不能成为她的靠山，因为她不知李宽的未来；媚娘不能成为她的靠山，因为她要改变历史……她认识的人中，可以依靠的唯有李淳风和袁天罡。

他们权势不大，不用担心落得李君羡那般下场。但他们权势又很大，因为天下人皆想知晓命运，鲜有人不信易数命理。她要承乾相信她上通天意，必须靠李淳风和袁天罡。

"好。"袁天罡和李淳风望了玥月好一会儿，始终放不下对未来的贪欲，只能握拳答应。

"谢谢。"心中大石落下，玥月十指相握，开心露齿笑了。不知道，当她改变了历史，未来还会像她在历史书中学到的那样吗？而其中带来的蝴蝶效应，又会让她变成怎样？

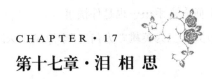

CHAPTER · 17

第十七章·泪相思

——相爱未能爱，相恨难以恨，你我终有一步之遥。

贞观十六年腊月，徐惠感染风寒卧病在床，但念唐太宗身旁无称心服侍之人，特趁唐太宗探望她之际，上请唐太宗调武才人到甘露殿代她左右侍之。唐太宗见徐惠一片深情，又念与媚娘的往日情分，便点头应下。

同月，李淳风和袁天罡上禀唐太宗已通达天意，能测日后千年。唐太宗大喜，连命二人言之。二人忙称，天命已图显之，遂闭关十日，终成《推背图》上呈唐太宗。

得此图，唐太宗大喜，连夜问之详解。李淳风难以推托，除唐史部分语唐太宗定天命外，其他朝代事件则一一对答。唐太宗龙颜大悦，立亲自珍藏此图，而后设宴二仪殿，邀京中皇亲国戚作陪，款待李淳风和袁天罡。

宴会开始前，袁天罡见承乾前来，便依计将关于厚黑学①言论的纸条，偷塞入承乾掌心。承乾虽对袁天罡此举，犹觉莫名其妙，但此为高人箴言，又加上纸条中的言论甚为有理，他便在宴会开始前将纸条内容牢记于心。

宴为家宴，酒过三巡后，气氛也更加轻松。在随驾侍奉的德妃提议下，心情愉悦的唐太宗，命人以冬雪为题巡酒令。

为讨好唐太宗，在座皇族频频出奇，偏多数酒令用词浅薄，尤显虚伪做作。一圈酒令下来，唐太宗倦怠地灌了口闷酒，不禁想起那日群臣各报乳名，以助酒兴的欢喜场面。

见唐太宗此状，李淳风提议："大唐人才济济，各位皇子皇孙多为英雄少年。

① 厚黑学言论，源自李宗吾所注《厚黑大全》，原为讽刺杂文，却多被后人用在为官处事上。

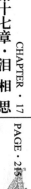

机会难得，陛下何不以史评今？"

唐太宗望着李淳风眼中笑意，顿悟其为百年江山盘算的用心。同上座的长孙无忌对视一眼，端杯笑言："好，就由李太史出题，在座各位作答。"

朝中重臣多是年过半百之人，日后江山还要靠在座皇族担当，能借此机会在其中选出俊杰之士，顺道考量江山当交由何人之手……也是件快事。

"臣献丑。请问各位，曹操、项羽、刘邦，谁当为英雄？为何？"李淳风意味深长地捻胡笑言。

难得有机会在唐太宗面前表现才华与志向，一听此题，在座皇族立刻争先恐后回答。其中文臣称刘邦为英雄居多，一问缘由则多言汉高祖开创大汉盛况"推翻暴政"功不可没。武将则多称项羽堪为英雄，只因项羽力拔山河。一圈下来，竟无一人称曹操是英雄。问之为何？则有人言，曹操以丞相之姿夺天子之位，其行当诛。

唐太宗哈哈大笑，心情愉悦地饮酒一杯，却见席中李治、李泰、承乾蹙着眉头，猛觉刚才三人没发表任何言语。唐太宗摸摸翘胡，大袖一挥，立命三人作答。

李治叹气抬头，首言："父皇，儿臣与众兄弟姐妹一样，觉得汉高祖当为英雄。不过，不是因为他推翻了秦暴政，而是因为他仁忍重德，让人敬佩。从揭竿起义到为项羽挥旗到取咸阳而不入到鸿门夜宴到退居蜀中到筑坛拜将……他能得天下，能将萧何、樊哙、张良、韩信……良臣归为己用，实令儿臣钦佩。"

一直认为李治心性懦弱、难成大气，没想到今日他竟能道出如此豪言壮语。以前算是小瞧了他。"好，好！赏酒一杯。"唐太宗龙颜大悦，顿觉李治终于长大成人。心中大赞李治不愧为他和长孙皇后的儿子！

一番欢喜后，李泰深思片刻，执杯面对唐太宗，儒雅笑道："刘邦的确用人有方堪称英雄。不过不以成败论英雄！项羽气拔山河，领三千子弟兵，扰乱秦王暴政。有勇有谋又何不可称其为英雄。还有曹操，汉献帝无能董卓弄权，曹操揭竿而起，一统北方区域，募民屯田恢复经济生产和社会秩序，对曹魏立国功不可没。不仅如此，曹操文情豪迈，堪称建安风骨之始……此人可谓文武双全，儿臣认为他也堪称英雄。不过此三人英雄皆有弱处。刘邦知人善用却生性软弱，否则何需多次哭求韩信，又怎会有吕后弄权？项羽此人重义有勇却无谋，否则岂会容不下一个韩信，不听范增劝解，落到刎剑乌江的下场？曹操有勇有谋却目空一切，否则又怎会逼走关羽,请不出诸葛亮,兵败赤壁? ……与此三人相比,父皇有此三人的优点,而无三人的缺点,才是名副其实的大英雄,万人敬仰的天可汗!"

此时,宴中众人皆举杯高喊:"陛下乃千古大英雄!"

一番话,虽含有马屁,亦是事实。唐太宗听得乐滋滋的,心里思量李泰既深知那三人优劣,亦能避开三人的劣处。日后江山若交于李泰手中,李泰定能继往开来。

长孙无忌口中高呼唐太宗功德,却又暗暗蹙了下眉头,激得一身冷汗。李泰太像当年的唐太宗,心怀大志,有继承先人的决心,又有开拓未来的勇气……若他为帝,必定启用新人,大刀阔斧、改革旧制。他们一帮老臣拼命打下的江山,苦心经营的门阀,岂不是要败在他手中?

长孙无忌闷饮一杯,目光不由落在李治身上。宫中三个亲外甥中,承乾性情偏激难扶持,李泰狂妄难控制,李治仁德……倒有几分适合他所需。一丝喜悦袭上心头,长孙无忌望着李治,笑着又饮一杯。

一番热闹后,唐太宗慵懒半眯着眼,随口道一句:"乾儿,到你了。"小时承乾聪明伶俐,可经称心之事后,他倒觉得其荒唐颓废,愚不可及。

近日承乾虽深居简出,大有悔过之意。可在唐太宗心中仍放不下,自己的儿子竟喜欢男人,还为了这个男人要杀自己夫子。若不是魏徵、长孙无忌等臣高呼"改太子,乱天下",而前些日子李泰又沉迷女色,他早就废了这个无用的太子。

李治和李泰表现得太杰出,若按常理出牌,恐难引唐太宗注意。还好有袁天罡递给他的纸条。

承乾细想了一下纸条内容,清清嗓子挺直腰际:"该言的,四弟都言了。不过对于此三人,儿臣倒有一番新看法!刘邦之所以能得天下,胜在其脸厚。若不是脸厚,他怎能在韩王宫中耍赖,借张良?又怎能先入关中后,却向项羽哭叫彼此情义?还能在羞辱韩信后,演出萧何月下追韩信?还能在鸿沟为界,两分天下后,出尔反尔诛杀项羽? ……若要细论,此人堪称千古脸皮第一厚。再言曹操,此人脸皮不厚,心倒够黑。挟天子以令诸侯、诛杀功臣、废三公复丞相制……哪件事不是心黑能为之,不过反思其为何终成一方霸主,倒真靠其心够黑。至于项羽,此人堪称黑心之最,坑杀秦军二十万,谁能堪比?不过正因为其心太黑,而缺乏脸厚,终究落得乌江自刎。"

三个流传千古的人物,在承乾口中怎都成了市井泼皮?此番另类言论,顿让

席间众人目瞪口呆，静得连一根针掉在地上都能听见。

"乾儿，你这番厚黑言论，未必……"唐太宗口中虽载着丝责备，可眼中却闪着玩味笑意。

"韩非子有云'阴用其言，而显弃其身'。真正的人物，当厚黑并施。而厚黑的施用定要在其表面糊上一层仁义道德。不过父皇既然问起刘邦、项羽、曹操这三个厚黑始祖，儿臣不得不据实相告。"承乾挂上满面仁孝笑道。

而他的言论，席间众人为之抽气，生怕他一个不小心，气得唐太宗拍桌而走。

承乾的言论，说得虽赤裸裸，但道理颇真。当年他为秦王时，若脸不够厚，恐早被李建成毒杀。玄武门之时，若不是他心够黑，只怕活下来的李建成和李元吉的后人，频频打着复仇的旗号，扰得大唐不得安宁。

他称帝后渭水退突厥、破格用魏徵、唐蕃和亲……哪件大事又能与厚黑脱得了干系？不过，这等连他都未想到的道理，以承乾的年纪又怎会想得如此透彻？更何况这等赤裸裸言论，细想一下若不为帝，用来倒真危险万分。

"你真觉得脸厚和心黑，就能成英雄？"唐太宗颦眉，转动着手中酒杯又言。

看来这份言论，很得唐太宗欣赏。承乾感激地望了眼袁天罡，胸中激情大增："儿臣以为，用厚黑图一己之私，越厚黑越失败；用厚黑以图天下之公利，越厚黑越成功。只因，凡人皆以我为本位，为我之心，根于天性。用厚黑谋一己私利，势必妨害他人之私利，越厚黑则妨害人者越多。以一人之身，敌千万人之身，焉得不败？若吾既以私利为重，用厚黑以图公利，则是替千万人图谋私利，替他人行厚黑，当然得千万人之心，只当成功。而吾亦为众人之一，众人得利，吾亦得利，不言私利而私利只在其中。"

此言若放在旁人身上只有大逆不道之嫌，可承乾是太子，是名正言顺继大位之人，由他道出只有心挂天下万民的豪情。

士别三日当刮目相待！承乾总算放下不良习气，重返太子正道。将承乾托给魏徵教导，果然是件好事。"哈哈哈哈！吾儿有理，来赏酒一杯！"唐太宗摸着翘胡，满意大笑。

"谢，父皇。"承乾扬眉吐气，一扫阴晦，接过唐太宗的赐酒一饮而尽。

"来，给所有人赐酒一杯！"想到承乾回归正道，李治聪慧厚德，李泰气宇非凡……自己百年后总算有颜面见长孙皇后，唐太宗举杯，心中涌现罕见的愉悦。

"谢,陛下！""谢,父皇！"席间一片欢呼,大颂唐太宗功绩。但见唐太宗今日所举,又闻承乾今日所言,众人心中不得不重新思量承乾的地位,不得不重新思量自己的立场。

而李泰见唐太宗对着承乾满意大笑时,心中更是警铃大作,他不相信这番言论出自承乾所想,他所知承乾所有党羽中也无这般奇才。至于承乾的新夫子魏徵,他行儒家大道,自然不懂此等厚黑之术。

究竟谁竟懂如此深厚处世之道？究竟是谁知如此厚黑的帝王之术？……若承乾真得此人相助,习得厚黑之髓,他又怎能按计划轻易获得帝位？一片阴云袭上李泰额上。

唐太宗龙心大悦,拖着众人一个个闲聊,一个个畅饮……觥筹交错,直到夜深,唐太宗酣醉,宴会才缓缓散去。

"乾儿,你总算让父皇放心了。父皇可以安心去见你母后了！无垢,朕想你了。儿女个个人中龙凤,长大成人,你可有看见……"双眼猩红,大醉的唐太宗拖着承乾,高兴地望天大笑。

"儿臣让父皇担心了。"明知唐太宗是醉语,可字字听得他心中愉悦。他撑着半醉的眼,将唐太宗交给德妃。又端起太子的架子,向服侍唐太宗的宫人,细细嘱咐几句,才紧随袁天罡身后踏出二仪殿。

"火山令,请留步。"见四周无人,承乾忙唤住袁天罡。

鱼儿上钩！"殿下何事？"袁天罡止住步伐,转身行礼笑言。

"多谢,火山令殿上相助。"承乾谨记厚黑之言,卸下太子架势,拱手向袁天罡恭敬行礼。若不是袁天罡提前为他备下的厚黑之论,他又何能在唐太宗面前大出风头？

"殿下,不必谢我。厚黑之论,并非源自我处。"袁天罡扶住承乾行礼的态势,依照玥月计划行事。

"哦？并非出自火山令,那是出自何等高人之手？"若非大德大贤之人,何能道出用意颇深的厚黑之论？若能得此人相助,他必定如虎添翼,东山再起指日可待！

"若非上通天意,何得此言！"袁天罡捻胡望着星空言道。知若直接告诉承乾,一切源于玥月之口,生性好疑的承乾,必会想到李泰,认为一切皆是李泰联合

玥月设下的局，"明日午时，山水池边，若有缘，殿下自会见一故人，亦非故人。若殿下信之，必能显贵天下。"袁天罡神秘笑笑，执袖转身离去。

"那个高人就是他？"承乾急问，但袁天罡并不回头停足，反而加快步伐消失在夜幕中。

究竟谁是"故人，亦非故人"？那人真能帮他稳固储君之位，掌控天下？……承乾眸中溢满贪婪，他仰头呼出团白气，脑海满布对未来的憧憬。

雪花飞舞，池水凝冰，树木银装素裹，空气中弥漫淡雅梅香……冬日雪景别有风情，可雪急风大，鲜有人在山水池停足。

天寒地冻，滴水结冰。后宫真有高人，会在如此恶劣的天气，出现在山水池边赏雪？山水池如此大，他真能在一尺深的雪地中，找到"故人，亦非故人"的高人？承乾搓搓冰凉的双手，在冰天雪地中沿湖寻找昨夜助他的高人。

殊不知螳螂捕蝉，黄雀在后！早朝后见承乾不回东宫，反在太极宫徘徊，李泰便心生疑虑紧跟其后，意图瞧瞧，承乾目的何在。

"好冷。"黝黑的齐腰长发随意披散在肩后，中唐才开始盛行的大袖衫裹在身上，现代流行的果冻妆细描脸上……风雪拂过衣袂飘飘，发丝舞动，与天地连成一体，远远望去令人忽生出雪中仙子的错觉。只是这身脱俗的装扮需要付出温暖的代价。玥月低头向冻得冰冷的双手哈气，计算着承乾抵达池边的时间。

"吱呀"听见来人踩雪的声音，她忙把手停至腰际，执袖胸前静望冰封的湖面。

何有女子披头散发？何有女子袖宽过膝？……黑白相间的背影高挑修长，她矗立四周更有空谷之香。难道真有仙人下凡助他？

站在玥月身后，承乾屏住呼吸，意图拍拍玥月肩膀。但又觉此举唐突，思量片刻鞠躬行礼："请问……"

不待承乾问完，玥月含笑转身，屈膝行礼："殿下！"

"是你！"承乾顿然一惊，脑中警钟敲响。

"厚黑之论，好用否？"玥月轻动眼睑，将散在脸颊的发丝挽在耳后。

"明月，厚黑之言出自你口？"承乾后退一步，恭顺的眸中乍现狐疑。他岂不知明月和李泰的关系，若厚黑之论源于明月处，那么昨夜的一切，皆有可能是李泰的计谋！

"今日的明月,已不是昔日明月。"言道此处玥月顿了顿,向前一步向承乾行大礼,"厚黑之言,是为谢殿下让我看清魏王面目,谢殿下让我高烧不止通达天意……的礼物。也是,我送给未来天子的贺礼。"

"你……是明月?"看着明月未施白妆的面颊,望着她道骨仙风的气势,想到袁天罡那句"故人,亦非故人"……他不禁心生疑惑,"不,你不是明月。"

"我是明月,亦不是明月。殿下可记得那日点破魏王陷害李将军之事?而后,我高烧不退。直到在朦胧中见到玉帝,玉帝带我畅游天庭,为我开启天眼,令我可知上下五千年。后玉帝又言,下界妖孽当道,以至于君不君,臣不臣。他命我回到人间后,要辅佐殿下让历史回到正轨。"玥月起身直视承乾满载矛盾的双目笑着。

"一派胡言。"承乾拂袖转身离开,却不知转身那刻,双目不舍地多望了玥月一眼。

若是胡言,他何需多望她一眼?若他不信鬼神之力,称心死后他何需找人替称心招魂?……只要有人相信箴言,就会有人相信她上通天意。

"殿下,我是不是胡言,上元节后就可知晓。贞观十七年正月,衡山公主下嫁魏叔玉,魏徵病故。"她不会求承乾相信,她要用历史让承乾反掉过头求她。只有那样承乾才能一步步走入她布好的局,才会对她的话深信不疑。望着承乾逐渐在风雪中消失的背影,她吸气闭眼挂起自信的微笑。

"月儿。"李泰的声音在空旷的湖边尤显响亮。

泰!她一怔,陡然睁眼。真的是他!望着裹着黑色裘衣的李泰,她下意识去抓袖袋中的月牙玉坠。

玥月还来不及言语,李泰挑了挑眉,载着绝望问她:"你当真如此恨我?要助殿下,报复我?你可知那日……"

她瞪着他,咬牙切齿挤出:"是!我恨不得吃你的肉,喝你的血!"深邃的眸子刺得她心碎。可她不能让他多言,不能听他的解释。她怕自己会受不住他的温柔,乱了方寸扑入他怀中,进而顺了历史,害了他的性命。

"月儿,你不懂。"李泰摇摇头,自嘲笑开。那日,他何尝不想追出去。看着她如死尸般躺在床上时,他又何尝不后悔那日的放手。但身不由己的他,越放纵自己的情,越护着她反是害了她。

"我懂!"她知道,万般皆是命,半点不由人。她知道,许多话他不能说,许多

事他不能做……可这一切并不代表他不珍惜她。生不逢时，生不对门，能怪谁？别了，李泰！

她在心中苦笑一下，指着李泰的鼻梁大骂："我懂你是如何薄情，如何狠心。魏王，怪就怪我错看了你！我不会放过你这个杀人凶手，我不会放过你这个薄情寡义之徒。魏王，我会很快让你见识到，什么是小女子的力量！"她咬牙忍住满心的酸楚、满腔的思念，愤恨地瞪了眼目瞪口呆的李泰，提裙快速跑开。

李泰，李泰，她就是太懂他，太知他……放不下他。她不能眼睁睁看着意气风发的他失落，不能眼睁睁看着他落寞离京，甚至是死亡。

因此，她要斗天，斗地，斗人！她要改变历史，为李君羡复仇，毁掉承乾，为李泰铺上一条直通皇位的金光大道。

就算李泰就此误会她，从此两人再无相聚，想到两人在一起的点滴，握着他送她的玉坠，她亦心满意足……确定已看不见李泰身影时，她扑抱着冰冷的树干泪流满面。

贞观十七年正月，魏徵病危，太宗派遣使者问候，并赐给药物，又派中郎将李安俨睡在魏徵家中，随时禀报一切。

可魏徵病如山倒，御医一批批前往，终不见好转。见此状，承乾顿记玥月当日雪地所言，立上禀唐太宗哭诉魏徵何等节俭，何等忠心为国。

想到多年来魏徵忠心赤胆，勤于职守……唐太宗忽觉魏徵并非感染恶疾病倒，而是因终日忙于国事久劳成疾。念及昔日种种，唐太宗遂命承乾将衡山公主招来。告诉衡山他欲将她许配给魏叔玉，与魏徵永结亲好。

又命承乾和衡山与他一同前往魏府，看望魏徵病况。一路上，承乾心乱如麻，不是担心魏徵病况，而是念着玥月那日在雪地中的话语。

唐太宗见到病榻上的魏徵时，魏徵凹陷的眼瞳含泪望着唐太宗，似乎等的就是唐太宗的到来。

"陛下！"双唇动了许久，魏徵终于模糊吐出两字，他挣扎着要裴夫人扶他起来行礼，却被唐太宗制止。

唐太宗转身询问御医魏徵的病况，十余个御医皆摇头。看着魏徵形如枯木的模样，唐太宗悲伤摇头，握着魏徵手问道："卿可有话要说？"

"臣……恐无法侍奉陛下左右。"魏徵悲痛眨眼,一串泪滚了出来。他不想离开,他还没看见夜不闭户的盛况,"臣……只愿陛下如贞观之初……慎终如始……使大唐昌盛万年……"魏徵反抓着唐太宗的手,断断续续言道。

"爱卿忠言,朕永记于心。"长孙皇后离去时的悲痛,再度袭上心头。他拍着魏徵肩膀安慰他好好养病,等着他早日返朝,却又知一切只是妄语。

一番唠叨后,他见魏徵眼中亮光开始转暗,心中大喊不好。立刻命承乾将衡山和叔玉唤来,当着魏徵的面将衡山许配给叔玉。

魏徵感动地望着唐太宗,双唇频繁动了许久,终难道出"谢"字,抓着唐太宗的手闭上了眼。

呆望着魏徵的尸首,承乾陡然一震。"贞观十七年正月,衡山公主下嫁魏叔玉,魏徵病故。"玥月的话语不断在他耳边回响,他不禁思量……"故人,亦非故人"难道明月真已上通天意?特受命下凡助他?

魏徵病故,唐太宗下令罢朝五日,诏九品以上官员赴丧,赐魏徵为司空,谥号文贞。又赠给魏徵羽葆鼓吹,陪葬昭陵。

可魏徵的妻子裴夫人,言魏徵平素俭朴,不接受羽葆鼓吹。唐太宗只得用布车运着灵柩下葬,亲手将自制碑文书写在墓碑上。

后唐太宗将一面雕有八仙的铜镜放在魏徵灵前,哀痛对侍臣讲:"人以铜为镜,可以正衣冠;以古为镜,可以见兴替;以人为镜,可以知得失。而文贞公就是朕的镜子,今文贞公离朕而去,朕失去了面明镜,国更失去了栋梁……"北风呼啸,唐太宗的悲言声中,承乾带头高呼魏徵谥号恸哭,随即满朝文武恸哭声响彻云霄。

魏徵下葬第二日,心如猫抓的承乾,下朝后直奔袁天罡住所,却寻不见袁天罡和玥月的身影。向左右侍从打听,才知袁天罡领着玥月去了内弘文馆。承乾冒着风雪赶去弘文馆,偏被告知袁天罡已离去。

算了,回东宫享受!虽如此想,可又放不下玥月的箴言。只好卷着风雪,再次奔往袁天罡住所。

袁天罡依旧不在,承乾也懒得来回奔波,命宫人拨旺炭火后退下,独自坐在正厅中等待袁天罡归来。

"吱呀——"房门被推开,身着白红相间襦裙的宫女,端着茶果踏入屋内。

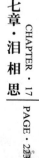

"小王不是说不许任何人打扰吗？"正在打盹的承乾，惊醒怒言。

"原来殿下，不想见到婢女。"玥月笑将茶果放在承乾身旁，作势转身离开。

"等一下。"承乾生怕玥月消失，心中迷惑空难解开。他跃身而起，不顾礼仪抓住玥月衣袖，吸一口气问，"你说的都是真的？"

"这得问殿下。"玥月回头嫣然一笑。

承乾顿了一顿，望着玥月叹口气："你为何助我？"

"殿下乃真命天子。"玥月掩嘴淡笑。

连唐太宗深信不已的《秘记》，尚且可以作假，更何况是受玉帝之命这种虚无缥缈的事。"你就无私心？"承乾摇头自嘲。

"私心？殿下可记得厚黑学？'吾亦为众人之一，众人得利，吾亦得利，不言私利而私利只在其中。'"玥月拈起盘中茶果，阴冷大笑，"我的私和殿下的私殊途同归。我要殿下许诺，在登上皇位后，杀了李泰这个薄幸寡义之徒！"

"你对他不是情深意切吗？"承乾冷哼。

"曾经是。可他待我呢？女人的恨和爱，只在一念之差！"玥月放茶果在口中咀嚼，咬牙进出。

"你以为我会信？"承乾抽动嘴角笑笑。

"你有选择吗？"玥月动动眉头，拈起一个茶果放承乾掌心，双目燃起狡黠的亮彩。

一个称心让他在唐太宗面前失宠，在朝廷失势。后他虽得侯君集相助，但侯君集并非权倾一朝，若无奇招得唐太宗欢喜，他被李泰夺取太子之位，只是迟早的事！思来想去，他唯有相信玥月有神通，方能东山再起。

他的确没有选择呵！承乾盯着掌心茶果，又闭眼略想半刻，睁眼将茶果放在嘴中细细咀嚼："到东宫来吧！"

"好。"待在距离承乾最近的地方，正是计划的第一步。看着承乾眼中将信将疑的异彩，玥月又笑言，"不过我有个要求，带我去见侯君集。"

侯君集是他新揽的心腹。为防李泰从中破坏，唐太宗猜忌，两人明里来往鲜少。整个朝廷上下，应当唯有韦贵妃知道两人关系才对。眼前这个女子，怎么会将两个关系道得如此肯定？

"我……我……我和他……"承乾一惊，口中慌乱道不出一个借口。

"殿下，还是不信我。"玥月转身推开房门，"事关重大，殿下若难信任我，还是早点离开吧。"

"我……"她真有大神通本事？承乾打量着玥月一身傲气，思量着她先道出魏徵之死，后又道出他和侯君集的关系……若她真无神通又怎会言出厚黑学如此精妙的博弈？

除了信任她，他真的毫无退路！"好。我尽快调你入东宫，安排你和侯将军见面。"承乾咬牙应下。

"我很快会让殿下知道——物有所值。"老天，既然一次次用历史捉弄她，她就要借着历史先给承乾一颗糖，再给他一把刀，从顺应历史变为改变历史。

一代女皇武则天！为了李泰，她不会让这段女主天下的历史出现。那个万人敬仰的则天皇帝，只能是李泰，而不是媚娘！

玥月暗自摸摸袖袋中的月牙玉坠。历史不是说是李泰逼得承乾谋反，从而引起唐太宗的猜忌，让李治渔翁得利？为了改变李泰流放的结局，她不会让李泰出手对付承乾，她会用自己的双手改变历史将承乾推入死亡。

幽暗阴潮的暗室中，唯有豆大的烛火在摇曳。玥月静坐密室，待听见急促的步伐声时，她起身望着漆黑的楼道，牵唇冷笑。

"殿下道你有神通之能。"头戴幞头、身着绯色圆领袍衫、下配乌皮六合靴的侯君集，握着腰间佩剑，轻蔑打量着玥月。

"是。"玥月不卑不亢点点脑袋。

"大胆，怪力乱神之徒当诛之。"侯君集毫不犹豫抽出佩剑，"刷"一下搁在玥月肩头。

玥月不语，只是仰着头，含笑用那双黑白分明的丹凤眼，直望着侯君集。

"使不得，将军使不得。"承乾慌乱在侯君集面前摇摆双手。一个厚黑学让他的地位陡然大增，若侯君集杀了她，他又如何得知厚黑学的精髓？更何况，她有先知的异能，如何东山再起，他可在她身上下了重注。

"殿下相信她那些胡话？我要说，她分明是魏王派来的奸细。"银白的剑光一现，玥月雪白的颈项便多了道猩红。

"魏徵死后，陛下心力交瘁，多日来常缅怀与自己共谋大唐盛世的功臣。殿下

应主动上疏,建议陛下分别绘画功高宰辅侯王及其他功臣像于凌烟阁。陛下必亲自作赞,褚遂良题阁,阎立本绘画。最终绘有二十四位功臣像,放置在凌烟阁内。"玥月低头看着顺着剑身流下的鲜血,感到侯君集听见所言后,握剑的手颤抖了一下,她笑着又道,"而经陛下与重臣商议,这二十四位功臣有:长孙无忌、李孝恭、杜如晦、魏徵、房玄龄、高士廉、尉迟敬德、李靖、萧瑀、段志玄、刘弘基、屈突通、殷开山、柴绍、长孙顺德、张亮、侯君集、张公谨、程知节、虞世南、刘政会、唐俭、李绩、秦叔宝。老将军,位居第十七位,我在此先向侯将军道喜了。"

还好,她对承乾谋反这段历史了解得比较多,也能提前揣摩唐太宗心思,也能用这些历史获得承乾和侯君集的信任。

臣子最大的欢喜莫过于得到陛下的肯定,更莫过于能被记下流传后世。"你……"侯君集将剑移开玥月颈项一寸,他有些犹豫是否该相信她的话。

"应当是真,应当是真。是她暗示我说出厚黑学,得到父皇的刮目相看。也是她预先告知我魏徵必死于正月;而且,她居然知道将军与我的关系。"上请唐太宗绘二十四功臣像于凌烟阁,不仅能让唐太宗对他更加刮目,还能向朝中重臣示好……这是多么巧妙的计谋。承乾望着玥月,兴奋得浑身发抖。

若是真,那是何等荣耀!一丝欢喜袭上眉梢,侯君集将宝剑收回剑鞘:"是妖女或是先知,不日将知。"

话毕,侯君集的眸中乍现杀戮,警示玥月若她所言有半分虚假,他必可随时取下她的头颅。

贞观十七年二月,承乾上疏唐太宗,应不忘旧臣功劳,画各功臣像于凌烟阁。承乾所言,正合唐太宗心意。唐太宗大喜,立提出来与众臣共商之,终让阎立本绘二十四位功臣像,放于太极宫内东北的凌烟阁。

而这二十四位功臣,果真是:长孙无忌、李孝恭、杜如晦、魏徵、房玄龄、高士廉、尉迟敬德、李靖、萧瑀、段志玄、刘弘基、屈突通、殷开山、柴绍、长孙顺德、张亮、侯君集、张公谨、程知节、虞世南、刘政会、唐俭、李绩、秦叔宝。

完事后,唐太宗当众人面大赞承乾贤德,又赏承乾黄金千两,举止言行毫无废太子另立之意。

得此结果让承乾大喜,侯君集虽不满在二十四功臣中的排位,但亦不得不开始相信,玥月竟能预知未来。

宴会结束当晚，承乾和侯君集急不可待地在密室与玥月再会。

"明月娘子，真是妙哉！有所得罪之处，还请谅解。"看着在玥月颈项留下的疤痕，侯君集拱手向玥月赔罪。

"侯将军何必这般多礼。我往日不过是个宫女，心里哪有这些大智慧，侯将军猜忌是正常的。"玥月仅是微微抬了下眼睑，静坐之势并未稍动。

"父皇对我已无另立之意，明月我当如何赏你？"略含几分醉意的承乾载着色心向玥月肩上靠去，手指挑逗地从玥月白皙的颈项滑过。

"啪！"玥月毫不留情打落承乾的手掌，身子一侧站了起来："殿下，真认为陛下已毫无另立之心？"她眼含盛怒警告承乾，若敢对她无理，她绝不会再助他分毫。

"我……听父皇的意思确实如此。"承乾尴尬整了整衣服，也站了起来。

"殿下，不可大意。"侯君集摇头。唐太宗不是因几件事而生废太子之意的人，也非因几件事而不废太子之人……而今魏徵这个力挺长幼有序、国之根本不可变的老臣已死，唐太宗的心思更难让人琢磨。

"父皇还要废我？"承乾如被人从头到脚淋了桶冷水，他扑向玥月拉扯着她衣袖询问。

"殿下应当提前准备。多联系一下齐王李佑，以备不时之需，总不是什么坏事。"玥月故作神秘地笑了笑。

"李佑？"侯君集有些狐疑地打量着玥月。齐王李佑任齐州都督，喜畋猎、私募刺客……据他了解，此人对唐太宗可多有不满。

"他和殿下的心，可是在一条道上。殿下要成大事，除了要听侯将军之言，还需要此人相助。"史书上记载，承乾在李佑后谋反。如果不让这两人多联系，她又怎能借历史，让两人谋反？

"嗯。"承乾点头。称心事件前，他本就与李佑多有联系。现在再重新联系，应当不是什么难事。只是，他太子的地位，就真这样难以保全吗？而明月又真是一心向他吗？

"明月，可不要让老夫对你心生疑虑。"侯君集摸摸翘胡，阴冷瞪着玥月。她这是在替承乾安排谋反吗？

"我可是一心向着殿下，向着老将军。"玥月心跳如雷，生怕被侯君集瞧出马脚，表面却只能笑着，用那双明澈的眸子直视侯君集。盘算着，下一步又该如何走？

CHAPTER · 18

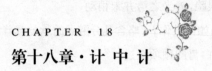

第十八章 · 计 中 计

——曾几何时，我亦懂了算计。

紫藤冒着新叶，杨柳抽着新枝，积雪融去，湖水在春风中荡漾着暖心的绿。从建二十四功臣像开始，承乾将玥月调升为贴身侍女，无论出入何处必将其带在身旁。

此等特殊的待遇惹来多方不满，韦贵妃更借机上奏唐太宗玥月妖媚迷惑太子。而唐太宗鉴于自从玥月调至东宫后，承乾一改玩世不恭之风，加上承乾近日政治见解独到，建立二十四功臣像有功，便也就对承乾此举视而不见。

二月末，承乾下早朝，以请教用兵之道为由，邀侯君集同返东宫。而侯君集瞧见独自离去的李泰心生一计，他让同僚拖住李泰，同承乾领着玥月，刻意在路上来一个意外相遇。

李泰望着向他大步走来的承乾，望着柔顺跟在承乾身后的玥月，怒火陡然在心中灼烧。可他却又不得不挂着笑意，缓步走向承乾，拱手行礼："殿下近安。"

"春风得意，有何不好？"看着李泰脸上的笑意，承乾猜想着李泰笑意后的无奈。想到近日唐太宗近他而远李泰的做法，大好的心情随着春风更愉悦几分。

看着玥月对他视而不见的模样，他不得不相信那日雪地中玥月的恨，不得不正视承乾身后最重要的幕僚就是玥月。红颜误事！他终是被张亮给料中。可他为何又偏觉得无悔？

"臣弟，还有要事在身，先行离开。"他掩住脸上的落寞，匆匆向承乾告辞。

侯君集谨慎关注着李泰和玥月的眸色，注意着两人脸上的表情。他要确定两人是否真已情绝,才敢确定是否该彻底相信玥月,将重注落在承乾身上。

李泰,她好想他。看着李泰日益消瘦的模样,看着他眼中浅浅的怒火,她心中揪疼。玥月暗中摸摸他送她的月牙玉坠,又忍不住将准备多日的纸条攥在手心,思量着该不该找媚娘将纸条交给李泰,李泰拿到纸条后会相信她吗?

侯君集转身仔细品味着玥月眼中的挣扎。那表示她对李泰余情未了?又或是恨之入骨髓却不敢外露?"魏王慢走。"侯君集向李泰行礼,移身站在玥月身旁。在李泰经过玥月身旁时,他取出随身携带的银珠,巧力向玥月脚踝弹去。

"呃——"玥月脚踝生疼,向前倾倒。

"小……"双手比思维转得更快,当李泰回神时,他已扶住向他扑来的玥月。

她教承乾厚黑之说,让承乾的聪慧在唐太宗面前盖过李泰;她提前告诉承乾魏徵之死,让承乾在唐太宗面前多得一份仁孝;她让承乾提出二十四功臣,让承乾在众臣面前多了份远虑……如今承乾的风头盖过李泰,李泰应当恨她才是!

可他却担心她跌倒,想也不想地伸手扶她。这份举止,比任何甜言蜜语,都让她感动!鼻头一酸,心中的爱恋再也藏不住,两行泪滑过脸颊。

冰冷的泪水,愕然将她从思念拉出。她与李泰誓不两立,又怎能望着他流泪?想到刚才脚踝被石子击中般的疼痛,她连忙低下脑袋望着被李泰握住的手思索。糟糕!脚下的踉跄一定是侯君集的阴谋,侯君集是在测试她对李泰,到底怀着怎样的情?

天,她中计了!事已至此,承乾和侯君集怎样看她?她还能继续得到他们信任?玥月将手中纸条塞入李泰手中,难以多想猛抬头,将搁在李泰手中的手掌抽出,"啪"含泪给了李泰一耳光。"我恨你!"她不顾身份,咬牙切齿瞪着他。

"呼——"在场众人被玥月此举惊了一跳,无人不瞪大眼猛抽气。

李泰一怔,眼中的怜惜快速被怒火取代。他摸了一下滚烫的脸颊,"啪!"反手抽了玥月一巴掌。

巴掌很沉,玥月脚下踉跄,跌倒在地。"来人,把这个贱人给我拖下去,重打一百大板!"李泰挥袖怒言。

绯红的血从唇角流出,半边面颊伴随着火辣辣的疼肿得老高……但她不觉得疼,只是流着泪盯着李泰脸上的五根指印。

这巴掌扇去了他们所有情义,从这刻开始他真的恨她了。心中饱含对李泰的

歉意,绝望地想着未来,心中如同被万只蚂蚁撕咬,眼泪掉得更加厉害。

若是她流着泪躺在李泰怀中,回到东宫他只会让她消失。可她在动情的同时,居然出乎意料地抽了李泰一巴掌。

承乾望着李泰脸上暗红的指印,上前扶起跌坐地上的玥月:"四弟,别忘了,她可是东宫的人。"她若被人拖下去重打一百大板,那还能活着回东宫吗?他的江山又靠谁谋划去?

"哦?原来只要是东宫的人就可以打亲王!东宫的权力可真大。"李泰觉得面孔一片红辣,却又不好意思当众用手遮面,只能挺直腰际直面承乾,又吩咐身旁的宫人忿恨道,"还不动手!"

"慢!"见宫人左右架住玥月,承乾又言,"四弟,何必和一个身患癔病的宫女一般见识?"看着李泰眼中的杀意,他真正相信两人再无瓜葛。

"殿下,既知此人身患癔病,又怎能在身边服侍?"李泰拂袖大怒,"把她拖下去,关起来!"

"四弟,太极宫也不是你的魏王府!你这番叫嚣,将父皇放置何处?"承乾生怕弄巧成拙,让李泰成功将玥月关起来,连忙向东宫的人使个眼色,让他们从太极宫宫人手中夺回玥月。

"好,既然你提及父皇,我们就到父皇面前理论去!让他评评,宫女以下犯上,当如何定罪!"李泰望着一脸尴尬的承乾,哼声冷笑。

如闹到唐太宗面前,玥月不死也得去半条命,他想靠玥月图谋大计恐难上加难。"我东宫的人,我自会惩处。不劳魏王费心!告辞。"承乾不敢再与李泰讲理纠缠,唯恐惹来更多围观者,将事情闹到唐太宗耳中。只能硬生生用太子之名压制李泰,带着东宫的人同侯君集灰溜溜地离开。

终是情断了吗?待承乾离开,李泰伸出冰凉的手抚上火辣辣的面颊,深邃的眼眸望着玥月的背影流出一丝痛苦。

回到东宫,承乾忙命人放开玥月,又唤来御医为玥月开药疗伤。待众人退下,屋内只剩他、玥月、侯君集时,他亲手为玥月拧起浸泡了井水的凉帕,满脸歉意递给玥月:"今日让你受苦了。"

"多谢殿下关心。"玥月冷着脸接过帕子,瞪了眼一旁的侯君集冷哼:"老将军,既然不信我,在密室时大可割下我的脑袋。又何必在今天设计试探我,还让我再被李泰凌辱一次?"

"让明月小娘子受气,我在这里赔上不是。"侯君集朗朗笑着,向玥月拱手行礼,皱着眉头解释,"我见你们彼此对望那刻,眼中依旧对彼此有所牵挂。俗话说,劝和不劝离。我此番谋算,不过是想再度撮合你们。只是没想到……明月小娘子那巴掌可真够狠!"

"再狠也没他狠!"玥月将凉帕敷在红肿脸颊上,冷笑一声,"老将军,真觉得他对我有情分?要我看来,那念念不忘不过是为了让我调头帮他,刻意在我面前所表现的真情厚意。情分,真有情分,这巴掌会如此狠绝?"说话牵动红肿的脸颊,吃疼扯扯嘴角,"这张脸,恐怕明天会疼得说不出话,真是好一份浓情!"

"那也是因为你那巴掌太狠了!魏王自小聪慧讨喜,还从未被人打过。你这巴掌算是开了先例!"承乾呵呵笑着,试探询问,"倒是你,我们明明看你在魏王面前掉下两行情泪,为何又突然伸手掴了他一耳光?"

"殿下始终不够相信我。"玥月自嘲笑笑,叹气一声继续解释,"我跌倒他扶着我时,我不禁想到第一次相见,他在井边出手相助的事。以前相处的种种在脑海回放,我忍不住哭了,哭过以后便是恨!我恨他的假情假意,一时难以控制便抽了他一巴掌。只是没想到,他的确够狠……"玥月捂着脸颊,心中盘算承乾和侯君集是否接受这样的说词。

三人之间沉默许久,承乾和侯君集同时在心中推敲玥月话语真实度,最终两人看了眼玥月红肿的面颊,选择继续相信玥月。

承乾不由又想到李泰脸上的手指印,他不禁担心道:"明月出手那么狠,魏王不会真向父皇讨公道吧!"

"不会!"侯君集转动一下僵硬的脖子,摸了摸翘胡,"魏王好面子。被女子掴巴掌又是何等羞辱,他不会让这件事传到陛下耳中,让自己成为朝廷笑柄。"

"哈哈哈哈!的确,的确。"想到李泰脸上鲜红的五根指印,承乾拍手哈哈大笑,"从小到大,我还是第一次见他如此糗的模样!"

看到承乾拍手大笑的样子,她就觉得恶心。心中思量着李泰看见纸条上"无为"两字,他会不会懂她要他什么都不做的心思,会不会相信她一直没有背叛他?

"既然没事,我想先退下休息。"玥月将凉帕扔在盆中,继续冷着脸向承乾行礼

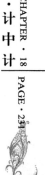

告退。见玥月离开，侯君集也匆匆向承乾行礼，随着玥月一同走了出去。

少年时他曾被人取笑：性矫饰，好矜夸。后偶遇一道人，此人声称自己精通命理，拖着他直夸他命中富贵，还断定他日后会手握重兵，官居显赫，铁骑天下。当时，混迹市井的他哪里相信这些话。

可没几年他成了唐太宗的幕僚，多次随军出征，历任左虞侯、车骑将军，封全椒县子……直到今日的陈国公，位居凌烟阁功臣第十七位。也从武德初年开始，他对易数命理深信不疑，每出征必找人卜之。

承乾告诉他有宫女明月，高烧后得先知之力。起初他怕承乾被欺骗，便用剑恐吓她，没想到她道出二十四功臣的箴言，而且无一不准。从那刻开始，他便相信她的先知之力，可又恐李泰与她仍有牵连，坏他拥承乾为帝的大计，于是又有了今日的试探。

从今日她对李泰的巴掌，李泰杀她的恨意……他终于放下心中疑虑，同时也忍不住让玥月用先知之力，为他占卜未来。

"明月小娘子，请留步。"见四下无人，侯君集忙快步上前。

"有什么事情？"玥月停下步伐，疑惑地望着侯君集。

"听闻小娘子能占卜古今之事。"侯君集思量着该如何开口。

"老将军，不是不信吗？"玥月轻笑，笑容牵动红肿的脸颊，她吃疼地伸手掩住那半张脸。

"这……我想知道，我未来究竟如何？"侯君集不知该如何将话圆下去，干脆挺胸直言。

他终于相信她了。玥月心中窃喜，连忙加上一句："玄武门之变。"侯君集可是玄武门之变的大功臣之一，也是因为玄武门之变让唐太宗完全信任了他，从此将他推向政治的高峰。她就不信玄武门之变，难以牵动侯君集因为唐太宗日益排挤不甘的心。

"你是说，太子欲得大位，必须逼……重演玄武门之变？"从玥月怂恿承乾与李佑交好，他就在猜想玥月让承乾谋反的意图。

"太白星昼现主杀伐之灾。老将军，真以为这场兵戎源于李君羡？"玥月轻动眼睑，想着如何才能让侯君集接受她怂恿承乾谋反的主意。

"可他是太子，不是当日秦王。"承乾是太子，继承皇位的第一人选，何需冒着当日唐太宗逼宫的风险；更何况，今日的唐太宗，也不是当日的唐高祖。

"呵。老将军忘了我为什么让殿下和齐王交好。陛下，可没老到因为几件事，就忘记殿下曾与男子通奸……群臣真能容下一个与男子有染的太子登上皇位？老将军当真要赌，陛下能活多久，魏王的势力能维持多久？"忍着脸颊火辣辣的痛，玥月一口气道出承乾所有软肋。

李泰身边能人众多，李泰登位他依然只能当个落寞的陈国公。这也是当初他选择承乾，而不向李泰示好的原因。承乾的软肋他不是不知，只是一直苦于无力改变。长久以来，他等的是一个让唐太宗重新接纳承乾的时机。"这……"侯君集面露难色。

"主杀伐，权倾天下！待时机，英雄末路！这两条路，需要老将军自己选。"玥月神秘笑笑，不再多言，转身离开。

"主杀伐，权倾天下！待时机，英雄末路！"这就是他的命数吗？想到唐太宗刻意排挤他，想到凌烟阁功臣他仅列十七……怒火一点点将他吞噬。若无兵祸，就算承乾登了大统，未必会继续依赖他，重用他。与其赌英雄末路，不如赌权倾天下！侯君集仰天闭上眼，用力深吸几口气……对未来暗暗下定决心。

午后和煦的阳光从窗棂涌入，春天慵懒气氛笃然在阴潮的房间内弥漫开来。玥月斜倚在窗棂边，神情倦怠地看着屋外的春暖花开。此时一丝柳絮随风飘入窗棂，她伸手接住……

"吱呀！"木门开启那刻，五指一紧，柳絮马上破碎了。玥月露出一丝失望，转身忙着对阴暗处那道模糊的身影道："阿宽。"

"近来可好？"随着如磬声音响起，他落寞的身形一点点在黑暗中清晰起来。

"还好。"玥月松开手中残破的柳絮，脸上挂着若隐若现的倦意。

"有何事？"李宽望着站在阳光下的玥月，那瞬间他竟觉得玥月太亮刺得他眼疼。一种道不出的苦涩和思念从心房中溢出。

"帮我一个忙。"玥月走到李宽面前，取出袖袋中三封书信，将其中字迹颇有王羲之风范的书信递给李宽。

李宽接过书信，看着书信的内容，双手止不住发抖："这是殿下和齐王私通的信件。"玥月调任东宫，受承乾格外重视，本来就很蹊跷。但他没想到玥月居然会

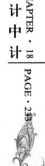

搅和到皇位之争中。

"替我按照这封信上的内容,模仿承乾的笔迹和口吻,用承乾的名义写封信给齐王送去。"玥月幽幽叹口气,将另一封信交到李宽手中。

李宽盯着玥月写的信,脸上一阵红一阵白:"你要谋反。"他难以置信地瞪着玥月。

"不,太子要谋反。"玥月咬咬下唇,坚定道。

"抱歉,我不能。"李宽摇头。他不能让玥月卷入储位之争的旋涡,更不能让她成为谋反的主谋。

"模仿我笔迹那么困难的事情,你都能做到。怎么换作模仿太子笔迹,这种事情你就束手无策呢?"本想好好解释,可一开口言辞间却充满讥讽和酸楚。

"那是……"他凝望着玥月顿了一下,叹气挤出,"情非得已。"君要臣死!就算他不动手,唐太宗也会安排他人为之。到时不仅李君羡不得善终,还会搭上玥月。因此为了救出玥月,他不得不为之。

"你不帮是吗?那好,我自己想办法。"玥月握着手中另一封信,气愤转身踱向窗边。

"月。"见玥月生气,他快步追上前,"你这又是何苦?"

"承乾不肯放过我,老天不肯善待我,我就不能善待自己吗?"她仰着头望着李宽宛如雕刻的模样,心中满是不得不为之的歉意。

"我带你走。"他带她走,远离权欲,远离纷争。

"晚了。"若没有遇见李泰,若李君羡没有死,她都会随他离开。可是她人在东宫,计划进行至此,所有一切已如离弦之箭。"你到底帮不帮?"她用力压下心头的罪恶感,努力让自己逼他。

"我……"李宽望着窗外的光影和飞絮,坚毅的眉头紧锁成一团,"好。"让玥月涉险,不如让他涉险,"不过,你得答应我,绝不参与谋反!"

"我怎会参与谋反?我要揭发谋反。"她自嘲笑笑,将最后一封信递给李宽,"齐王谋反后,替我择机上禀陛下。"

替她告密的事,她不敢交给媚娘,她怕唐太宗想到女主武王;亦不敢交给李泰,她怕面对李泰的恨,更怕唐太宗因此对李泰心生隔阂,最终让唐太宗觉得李泰心狠手辣,因担心他为帝会杀掉所有亲王,而选择李治为帝。思来想去能帮她的唯有李宽！

"你这是在玩火。"李宽担忧地望着玥月。

"可我已经没有退路。"她不敢直视李宽眼中的清明，她苦笑一下缓缓低下了脑袋。

李宽俯视着玥月轻轻扇动的眼睫，他似乎能品到她心中的苦。他怎能放任她独自品尝这份苦？他抓过她手中的信，叹气低语："结束后离开吧！这里不适合你。"

"好……"她点点头，可言语中却充满矛盾。承乾被废后，她真能放下李泰离开吗？

"月。"感染她的孤寂，他忍不住伸着大掌想要包裹玥月戴着玉镯的左手，可玥月却下意识防备地将手向后缩了缩。宽厚的大掌顿时僵在半空，俊朗的面孔顿时染上尴尬的浮云。

"对不起！"她含着泪，慌张仰头望着他。对不起，真的很对不起！她知道他对她的情义，可事到如今她真的无法接受！无法接受也罢，可她偏无可奈何一次次利用他对她的情。除了对不起，她什么也无法给他。

"傻瓜！"他苦笑着收回手。他是傻瓜，玥月也是傻瓜，两个人都傻到为一个得不到的人，挖心掏肺地付出……这何尝不是种可悲的幸福？

低头看看玥月手腕上泛着温韵流光的翡翠，又仰头张望窗外那片绚丽的春色……他要到何时才能放下，眼前这个让他揪心的女子？

齐州都督齐王李佑，亲近小人，喜好畋猎，且私募勇士，豢养刺客……长史权万纪多次进谏，齐王不听从。

权万纪奉诏治之，李佑乃占据齐州抗命，杀死权万纪和校尉韦文振，私自任命上柱国、开府等官，开府库行赏，设置拓东王、拓西王等官，且将百姓赶入城中。

贞观十七年三月，唐太宗得此消息大怒，立命兵部尚书李世绩发兵讨伐。李佑因孤占齐州，无后援相助，不得人心。李佑部下一闻唐太宗派李世绩，心生畏惧恐株连九族，遂兵变逮住李佑及其同党，在李世绩抵达齐州前献上。在李世绩将李佑押解返京的同时，唐太宗在大理寺设专人审查李佑谋反一案。

绵绵细雨周密而仔细地亲吻着粗犷的鸱吻和青黑色的屋瓦，通往禁闭着房门

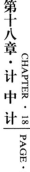

的主厅的青砖通道两侧，尽职的守卫纵向一字排开。

玥月站在雕刻人物花草的木窗边，望着沿着侍卫铁灰色头盔亮晶晶地滑下的雨水，动了动鲜艳的红唇："老将军，想好了吗？"

"箭在弦上，不得不发！"侯君集看着摊在木桌上的信纸，下意识摸了摸腰间的玉带钩。

玥月转身将桌上的信纸收入袖袋，冲侯君集行礼："月，在此先恭贺将军，任兵部尚书，权倾天下。"

一切虽未实现，但想到统领千军万马的豪迈，侯君集心中涌现从未有过的澎湃，得意的笑意不经意溢出唇角："若真有那日，我必重谢。"

"先谢过老将军。"不出一个月，他恨不得喝其血，食其肉，才怪！玥月心中嘀咕，脸上却载着欢喜，"该去见殿下了。"

"好。"侯君集扯扯袖口，率先走了出去。

团团乌云将东宫包围，透过雨雾檐下横站着神色黯淡的侍从，双眼木然地注视着铺天盖地的雨雾。

侯君集在前大步走着，玥月低垂下颚紧随其后，风呼啸鼓动着她轻盈的襦裙，瑟瑟抖动白色的衣袖。

"殿下，韦贵妃命我来告知殿下，近日风声鹤唳，陛下似乎对殿下有所不满，你可要多加小心！"彩霞斜倚在承乾身上，橘黄的烛火将她丰满的身形，投射在冰冷的石板上。

"我知。"齐王不守约提前起兵的噩耗与眼前香艳的诱惑，形成明显的反差。鼻下的胭脂粉香像蛇般将他紧紧环绕，嗜血而变态的欲望，让他忍不住伸手勾住彩霞的颈项，低头施虐她的红唇。

"韦贵妃，还让我警告殿下……明月……明月……不得不防。"彩霞依靠在承乾怀中喘息，想象有朝一日承乾能正式将她纳入东宫。

"明月……"承乾迟疑了半刻，欲望的双手稍稍放松。

韦贵妃知道了什么？站在门外的玥月，被彩霞的话语激得微颤一下。考虑是否该冲进去，阻止彩霞说下去。

"大胆奴婢，东宫重地岂容你在此撒野？"不待玥月做出决策，侯君集一脚踹开房门，冲到承乾面前拂袖叱喝。

面对侯君集的怒颜,看着缓缓步入屋内面无表情的玥月,承乾连忙推开彩霞,狠狠给了她一巴掌:"让你胡言乱语!"

玥月和侯君集是他重要的幕僚,他们对他的助力大过韦贵妃……此刻他信任他们胜过韦贵妃。

"殿下!彩霞一颗真心待殿下,天地可鉴!"彩霞捂着疼痛的脸颊,恶狠狠瞪着玥月,"她,她,她不是明月!"

"我知道。"承乾起身笑笑。袁天罡说过"故人,亦非故人",以前那个明月毫无用处,还浑身是刺……哪能与眼前通晓古今的先知相比。

她是恶鬼,她是从地府爬上来的恶鬼!彩霞指着玥月泪流满面,大声呵斥:"她是恶鬼,当日我明明将她投入古井,明明确定她已经死了。可是,她居然活了!居然从井中爬了起来!她是恶鬼,她是祸乱天下的恶鬼!"

彩霞不提还好,一提她不禁想到,那日她奉韦贵妃命令将她推入古井的事。阴蓝的怒火将她焚烧,她冷哼一声,转向一脸苍白的承乾道:"没被你杀掉,就是恶鬼吗?殿下,你说我是恶鬼吗?"

"一派胡言!"关键时刻,他还要依仗玥月渡过难关!承乾挥袖,朝门外侍卫呼,"来人!把这个疯子拖下去,重打三十大板!"

"喏!"执剑侍卫快速涌入,抓着彩霞的双手向外拖。

"殿下!殿下,救我!"彩霞悲惨地高呼,却忘记,重罚她正是眼前这个薄幸男人的主意。

彩霞被拖下去后,承乾赔笑向玥月走去:"让小娘子受惊了!"

这算不算得天子幸,天子以吾喜之为喜,吾恶之为恶?玥月冷笑一声,转身关门。只可惜,在这屋内的不是天子,不过是一个末路太子而已!

"殿下,明月带来急信一封!"见房门已关,侯君集忙凑在承乾耳边低语。

"什么信?"承乾心中陡然不安。

玥月不多言,取出袖中书信递给承乾。承乾在烛火下仔细视之,一张脸由白转红,由红转紫,由紫转黑,又由黑转青:"这……这是谁写的?"

纥干承基是东宫重要的门客,承乾和李佑联络欲诛杀李泰、仿玄武门之变的事,纥干承基知晓甚为清楚。

昨日大理寺审李佑谋反案发现纥干承基和李佑关系匪浅,立刻将李佑逮捕下

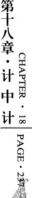

狱。纥干承基下狱当日，承乾就心生不安，生怕纥干承基受不住酷刑，将他供了出来。结果没想到一切来得如此快！

"殿下不相信纥干承基为免死刑，供出了殿下？"玥月挑挑眉，"呵呵，若殿下连在陛下身边服侍的武才人也不相信，我不知道殿下该信谁？"

承乾和侯君集生性多疑，她直接告诉他们纥干承基下狱，有供出承乾意图谋反的迹象，他们难免不相信。可媚娘不同，媚娘随身伺候在唐太宗身旁，消息从她那里出来，承乾不会不信！

"老将军，明月，救我！""咚！"承乾泪流满面，抓着玥月裙摆，跪在玥月和侯君集面前。

厚黑学的厚，他可学得真好啊！只是他将这份厚挂满全身也救不了他。"殿下，请起！"玥月弯身将承乾从地上扶起。

"明月，你说此刻我当如何？"承乾抓着玥月衣袖，浑身发抖。

"效仿陛下。"玥月压制紧张鼓动的心房，屏气凝神吐出。

"你叫我杀了李泰，逼父皇退位。"承乾难以置信地惊呼。

"不！此刻光杀一个魏王，已难成大器！陛下年事已高，殿下正值少年，应当直取皇位才是！"侯君集上前劝说。

"逼宫？"承乾就像溺水的行人，只觉一股紧室的气息堵住了呼吸。他转向玥月，将她当成激流中的唯一浮木，"明月，你不是说我得天命吗？你说我当如何？"

怪力乱神总到这种时候最让人相信。心中嬉笑这个昏庸的太子，可望着承乾眼中的迷茫，玥月双手有些颤抖，她有些害怕当刽子手。

可事到如今未来已不是她能左右，玥月咬咬下唇说服自己——承乾的造反是历史注定，而她做到的不过是将逼承乾造反的人，由李泰换成了自己。

"玄武门之变，登大统，拓盛世大唐！"冰冷而坚定的声音溢出那刻，她不敢相信那是她自己的声音。

"拓盛世大唐……"承乾在玥月幽深的眸瞳中沉沦，空洞的眼神更加迷茫。

"殿下，做大事者不拘小节！陛下当年不也是靠玄武门之变龙登大统！如此多年来，大唐繁荣昌盛，又有谁言陛下是非？……殿下，事不容缓，要早日决定！"侯君集努力游说承乾。

像唐太宗那样被赞为天可汗，手握大权成为千古一帝，谁人不想？"拓盛世大唐……"承乾凝望着玥月明澈的眼瞳,声音有些微颤,"好!我西畔宫墙,去大内正可二十步来耳,此间大亲近,岂可并齐王乎!"

"陛下,万岁万万岁!"伴随着侯君集和玥月的高呼,承乾仰天哈哈大笑,他仿佛能看见不久他将坐在皇位上,接受众臣朝拜。

玥月笑笑,在承乾松开她双手那刻,技巧性从承乾手中取回媚娘的信,缓步踱到烛火前将其点燃。

"哐——"一道闪电划过天际,击响今年第一道春雷。在雷声中,玥月透过烛火望着承乾和侯君集,瞬间她竟恍然看见他们血流满面向她扑来。

在玥月劝承乾谋反的同时,李宽密见唐太宗,将玥月早备好的告密信上禀唐太宗。唐太宗见信勃然大怒,立即调审纥干承基,在多方威逼下纥干承基将承乾私募勇士,豢养刺客,和李佑来往甚密,多次书信商议兵变……甚至连承乾曾派他安排行刺李泰、市井间抢占民女等事也抖了出来。

听完纥干承基的话,唐太宗忽觉一阵眩晕,脚下跟跄险些跌倒。近日承乾表现颇佳,他已逐渐放弃另立储君的想法,为何承乾偏连短短数十载都等不及?

"好一个朕的儿子,一个更比一个浑!"唐太宗如锥心泣血般疼,心中堵满对承乾的失望。

但稍稍静下来,他依旧不忍诛杀长孙皇后为他生下的第一个儿子,他叹一口气立刻下令处死纥干承基和李佑,又命长孙无忌、房玄龄、萧瑀、李世绩暗查承乾谋反之事,李宽密切关注东宫动向。他想也许承乾只是一时被纥干承基和李佑这等小人蒙了心,若承乾明大义并不真正举兵谋反,他还能念父子之情,当什么也没听见。

可第二日,李宽又密见唐太宗,告知唐太宗承乾将在今夜,以东宫为据,逼宫谋反。

唐太宗双眼冒火花,赫然站立,悲凉冷笑数声:"王子犯法,与庶民同罪!把李世绩宣进宫来。让长孙无忌、房玄龄、萧瑀、魏王、晋王、高阳……今日留在宫中不要走了。"

"喏。"

李宽退下后,唐太宗瘫坐地上。脑中尽是承乾小时的种种,不由悲叹为何承

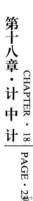

乾堕马脚跛后，性情一日比一日古怪，终落到今日田地……两行老泪涌出，他自知这一次他再也无力保全承乾。

CHAPTER · 19

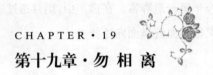

第十九章·勿相离

——君生我未生，我生君已老。君恨我生迟，我恨君生早。

当日李世绩秘密调集人马，以迅雷不及掩耳之势，将东宫暗中包围。只要今夜承乾真有异动，他就受命将承乾及其同党全逮捕起来。

而另一边，承乾压根不知唐太宗已知他谋反之事，乐滋滋地召集侯君集、左屯卫中郎将李安俨、汉王李元昌、驸马都尉杜荷、洋州刺史赵节……密聚东宫密室。

"诸位，当今陛下年事已高，魏王泰又凌逼日急。我等再不果断举事，恐陛下被奸臣蒙眼，将我等驱之甚远。"承乾慷慨激昂地宣读着，"今夜与诸公共谋大事，我李承乾在此发誓：事成之后，诸公皆为元谋功臣。未来荣华天下，我必与诸公共享之！"

"听从殿下吩咐！"承乾一番话后，众人立拱手待命。

"侯老将军亲历玄武门之变，亦久经沙场。此事，由侯老将军细说。"按照之前谋划，承乾立刻将侯君集捧出。

"当断不断，反受其乱！今夜殿下当佯称病重，陛下急之，必前来探视。而我等于东宫设伏，待陛下到来，趁其不备，一举擒之。"侯君集紧握腰间佩剑道。

"可，魏王当如何处置？"被侯君集抢了风头，杜荷不满地补言。

"我已想好。若陛下带魏王、晋王等前来探视，我等将其一同擒拿。若魏王不来，老夫愿领军一支攻打魏王府。再逼陛下立诏，禅位殿下，并诛杀魏王，以除后患！"侯君集接过杜荷的话,朗朗而言。望着密室众人,他恍然觉得又回到玄武门之变前夕。

"甚佳！"聚集众人前,他已听过一遍侯君集的主意,现在再听一次,心中巨石似乎可以安然放下。承乾吐出口长气,脸上绽出宛如阳春三月的笑容。他招呼着众人,开始喝同心酒。

在承乾带领下,众人各自挽起左袖,接过承乾递来的匕首,在手臂上深深划一刀,再将殷红的鲜血,滴在同一块白绢上,又将染血的白绢点燃化为灰烬,将所有灰烬拌于酒中,一人分一杯饮下。

最终在承乾带领下共同盟誓:"我等共举大事,誓同生死,若违此誓,天诛地灭！"起誓完毕,侯君集立刻安排今夜各人职守,而承乾也从暗道返回居屋,在玥月口中得到举事肯定成功的保证后,他安心躺在床上等着唐太宗到来。

屋内烛火摇曳,空气中弥漫着让人安宁镇静的檀香味。玥月站在承乾身旁,将月牙玉坠攥在掌心,静望着窗外闪烁不定的星辰。

时近子时,唐太宗还未到来,侯君集亦未归来,想必是所有叛军已在唐太宗掌控下。剩下的只有这阴湿的东宫,到底何时才会有人攻入,将承乾收捕归案？

看着躺在榻上心神不定的承乾,她忽然觉得一路走来,自己已和残冷的承乾并无区别！她打了个寒战。努力说服自己,自己不过是顺了历史。一切所为都是为了替李君羡复仇,为李泰改变命运！

"明月,命人多点些蜡烛。"屋外静得连虫鸣声都没有,屋内烛火又黯淡得仿佛随时会被风吹灭……光影之间的一切,让他害怕。

"喏！"玥月应声,心不在焉去取蜡烛,却迷糊忘记手中握着玉坠。在她取蜡烛那刻,"哐当！"玉坠落在地上发出清脆的响声。

"那是什么？"害怕寂静的承乾,起身询问。

看着地上的玉坠,玥月愕然一惊,慌张捡拾:"女儿家的小玩意罢了！"

"我看看！"纹理像冰块撕裂,色泽如出水芙蓉……这块淡粉的蓝田玉堪称玉之上品。她不过是一个小宫女,怎会拥有这等好玉？承乾先玥月一步,拾起月牙玉坠迎着烛火把玩。

"殿下,请还给奴婢。"玥月慌张开口,欲从承乾手中夺回玉坠。

"我再看看！晶莹剔透,神韵横生。只是这玉的背后……"承乾一把抓住玥月

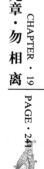

的衣领，举着玉坠逼问，"你说，背后为何会刻着'泰'字？"

"我……"心乱如麻，她一时不知如何应对。

"啪！"承乾狠狠将玉坠砸在地上，玉坠顿时碎成好几片，孤零零躺在阴冷的石板上。"你和李泰余情未了！"承乾全身哆嗦，"你是他安排在我身边的眼线！"

玉碎了！玥月的心顿时随着玉坠碎成好几块，晶莹的泪水顺着眼角滚落。

"你这个贱人！"承乾用力搧了玥月一巴掌，揪着她的头发，拖着她大步向屋内挂的佩剑走去。

殿前献计，谎称先知，多谋功绩……若不是今日看见玉坠，他恐怕到死也难相信，这个一心为他谋划皇位、恨李泰入骨的女人会背叛他！"刷！"承乾抽出佩剑，发疯似的向玥月砍去。

她还没确定改变历史，还没看着李泰继承为太子，她不能死！"私留玉佩，是我对他余情未了。为殿下谋划之心，天地可鉴！"话语道出那刻，玥月才惊觉：何时她竟能将谎言说得如此大义凛然！

玥月的话让承乾一怔，明亮的剑锋在距玥月颈项半寸处停下。

让承乾东山再起，不过是为了寻求历史缝隙，进而改变历史。不将历史事件告诉李泰，是怕她逞一时聪明，却害李泰落得李君羡般下场。可为保性命，一切都不可告诉承乾。

玥月望了眼地上的碎玉："殿下想一下，我如果没有先知，如何得知魏徵之死，如何能提议建二十四功臣像？我如果真是眼线，我又何必将厚黑学告诉殿下，又何必让殿下获得一件件大功劳？入东宫来，我替殿下谋算的任何一件事，若李泰为之，恐怕殿下的太子之位早就不保……我又何必费心费力，在东宫吃苦？"谎话说得朗朗上口，泪眼婆娑，黑眸更皓洁无瑕。

确实如此！承乾犹豫了，握着宝剑的手有些发颤。他疑虑了，但是他不会再相信她！看着承乾眼中不经意流露的杀意，玥月连忙后退几步，偏离剑锋。

"哐当！"就在此刻，房门被撞开。李宽领着兵士冲进屋内。

"我要杀了你！"承乾望着吴道子亲绘的屏风后重重人影，血腥的杀戮顿时涌上心头。他不再疑虑，挥舞着手中长剑，向玥月砍去。

完了！看着重新袭击颈项的利剑，玥月心中一片冰凉，刺痛的脑袋中想到的是李泰的笑。

"哐当！"承乾的剑并未成功袭上玥月颈项，反而被李宽的亮剑半路截获。

承乾是太子，唐太宗和长孙皇后之子，他不敢伤他。此刻承乾眼中的杀戮，偏充满拼死也要杀掉玥月的冲动。为保玥月周全，玥月必须赶快离开！"月，快走！"李宽用力抵住承乾疯狂利剑的同时，侧头向玥月呼道。

"我……"她担心李宽，想要留下，可留下又有何用？她捧起地上残破的玉坠，感激地望着李宽，匆匆道一句，"谢谢！"提着裙摆，冲出了东宫。

繁星满天，月色阴柔，春日的夜到处弥漫着浓郁的花香。刚经历了东宫政变的玥月，紧攥着掌心的碎玉，脑袋一片紊乱，她只知道提着裙在幽静的小路上狂奔……不知不觉跑向了她初来时的古井。

"谁！"在古井前，她依稀看见一丝烛火。

"月儿！"烛火向她移来，李泰温雅的容颜一点点在眼前清晰。

"泰！"她提裙想要扑入他怀中，可她想到自己在东宫的一切。她觉得自己像承乾一样肮脏而卑劣……她双腿哆嗦，手中紧攥着碎玉不敢向前。

"月儿，你没事吧！"李泰提着绘八仙的宫灯担忧上前。

"你怎么会在这里？"她下意识攥紧碎玉后退，生怕他在黯淡的烛火中看清她的狼狈不堪。

"父皇命我入宫伴驾，听完父皇训斥，我从翠微宫就偷偷到这里……我知你若从东宫出来，必定躲到此处哭。"她向后，他向前。看着左脸微肿、发丝杂乱的玥月，他心生怜惜。

眼泪簌簌落下。"你不恨我，帮助承乾？你不恨我，打你巴掌？"望着身着紫色绫罗的李泰，她觉得自己破败得像乞丐。

"你不是交给我'无为'二字吗？你的心我知，可你是否知道见你以身犯险，我是何等担心，何等害怕，何等心疼？……朝中事，我自会操心，你何必搅进去？"他锁着眉心，黝黑的眼瞳深邃得难以见底，低沉话语间怜爱更胜斥责。

"泰……"有他这些话，别说以身犯险，就算让她上刀山，她也愿意。五指收得更紧，心中欢喜，就连碎玉扎进肉里，鲜血从指中溢出也不知疼。

"月儿，你的手在流血。"李泰忙放下手中宫灯，跨上前一步，抓起玥月流血的右手。

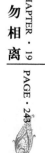

"泰……玉碎了。"她缓缓张开五指,无厘头哭着。

他送给她的玉佩碎了吗?心尖不由不安地抽疼一下。"我重新送你一块。"他小心翼翼取出身上的丝帕,将玥月掌心的碎玉放在帕中,又取出玥月身上的丝绢,轻柔将流血的手掌包裹。

"等风波平息后,我带你出宫!"宫中险境丛生,他不放心她继续待在宫中涉险。他搂着她,在满缠紫藤花的古树下坐下。

出宫?她真的累了,好想出宫。可是唐太宗会让李泰带她出宫吗?她是告密者,她害了唐太宗的大儿子。明着,唐太宗会嘉奖她的忠诚。可私下呢?唐太宗就不会视她为妖孽祸水吗?……承乾被废,若李泰为太子,他们的距离就更远了。

玥月偷偷苦笑一下,害怕地搂着李泰腰际:"我好冷,好累,好想睡。"就让她记住这难得的相聚和温存吧!

他像第一次遇见她那样,取下她固定发髻的簪子,深深嗅着她发间的芬芳。"睡吧!"他将她的脑袋靠在他的胸前,修长的手指轻柔滑过她如流水般的发丝。

"泰!"她像小猫似的慵懒唤上一声,耳朵贴在他的心脏,静静听着他强有力的心跳。未来不管如何,至少此刻他们彼此拥抱!泪水止不住从眼角淌过,她牵动唇角露出幸福之至的微笑。

贞观十七年四月,唐太宗下诏废太子承乾为庶人,关在右领军府,赐汉王元昌自尽。侯君集等人皆被杀。太子左庶子张玄素等东宫官员因辅佐太子不力都被贬为庶人。纥干承基因告密有功被任为佑川府折冲都尉,赐爵平棘县公。

后 记

历时 2 年, 无论如何, 总算是将此文完结了。撒花, 撒花!

按照规矩在此先要感谢几个人: 感谢阿舞成为我第一个忠实看官, 顺道还帮我修改错字! 感谢楠楠, 她一直叫嚷着超级喜欢这个文, 用她的微笑鞭策我写完! 感谢阿 5, 她曾专为本文人物绘图! ……还要感谢 N 多人, 一直支持我, 在看文后不留余力鞭策我, 在留下长评, 告诉我超级喜欢的同时, 给出 N 多好的建议让我修稿。

然后, 让我来认错! 为写本文我的确翻查了不下百万的史料。大到历史事件, 小到衣食住行。不过晨曦毕竟不是唐史研究者, 很多地方难免疏忽, 甚至有些地方是刻意疏忽。本文常识性错误主要有以下几点:

1. 唐代称王爷通常是 XX 大王, 但是这个词语对于我们而言, 倒像在叫山大王。为了心中小小的虚荣, 在此文中 XX 大王的地方, 我一律用 XX 王代替。

2. 在古代年长者也会叫少年人为"郎"或"郎君", 称呼熟悉的男子多以其姓加上行第或最后再加以"郎"呼之; 而称呼女子则多以其姓加行第再加"娘"呼之。写文时, 我也知道小月、月儿、月……这样的叫法是极其现代和错误的。但为了美观, 我还是用了自己的方法称呼可爱的玥月。

3. 关于一些和其他故事或转机发生时间不一致的说明: 本文的大事件和衣食住行等物品均求证史书, 应当不会出现大的方向性问题。至于那些与某些文有时间上差别的事件, 则是因为史书上并未有明确记载。因此, 谁又能说别人所写时间一定正确呢? 毕竟是小说而已, 从历史和故事结合上, 我能做到的极限就在这里了。

最后，不要叫嚷本文的结局等于没有结局。其实晨曦私下还留下了 N 多事件来虐待玥月和李泰、媚娘和李治、高阳和辩机……不过，故事是要慢慢讲述的，承乾被废已经将所有的事情暂时告一段落。

若大家像晨曦一样很喜欢这个文，那么请多多捧场，登录晨曦私人博客 http://blog.sina.com.cn/xiaochenxi1983 留言。只要大家鞭打晨曦懒惰的心灵，下面的故事很快就会与大家见面！

鞠躬，自己撒花！